イーディス・
シットウェル
EDITH SITWELL

ヴィクトリア
VICTORIA OF ENGLAND
英国女王伝

藤本真理子 訳

書肆山田

ヴィクトリア——英国女王伝

イーディス・シットウェル

藤本真理子＝訳

書肆山田

目次——ヴィクトリア——英国女王伝

ヴィクトリア——英国女王伝

第1章　ケント公の死

枯れ葉吹き荒《すさ》び海辺の家の窓をたたく。まるで小さな蒼ざめた幽霊たちのささやき声のような音立てて。小さな葉っぱは世紀の境界を隊列を組んで吹き流れて来る。ずっと遠く、郷士貴族たちが代々の土地に根を下ろして暮らしている農園へと漂い流れて行くところだ。

漂泊の旅を続けながらも生き延び、十八世紀に別れを告げて、やっと到着した――干からびた幽霊たち、美貌の寵臣や魔王《ベルゼブル》崇拝はたまたペテン師連、悪鬼《ボギー》や悪玉《キャリバー》、ガチョウ臀肉料理やガタゴト王、射石大砲やマダガスカル銃や三百代言《スナイプ》、そして、老いた手でこれらの葉っぱを掃き集めているクリーヴィー氏（『クリーヴィー記録』を残した政治家）その人もだ。すぐにも一葉残らず消え失せることだろう。

一八二〇年一月二二日のこと、侘し気な海が力なく岸に波打ち寄せている頃、五十二歳の一人の男が、かつての逞しい赤ら顔も今では黄ばみ、薄くなった髪は黒く染められ、それもかつては艶々して丁寧にブラシされていたのに（名残は留めているものの）、今ではダラリと汗ばみ、黒の間に灰色をちらつかせて、地肌には頭骨さえのぞかせて、保養地シドマスに借りた借家のベッドの上で死を迎えようとしている。

階下では、湿ったすきま風が当て所も無く開いた窓を漂い流れてはたくさんの綴じられていないまの紙束を床に吹き散らばしていたが、まるで窓ガラスを打つ雨のような音だった。けれども階上の部屋の中は死にゆく人の息のほかには物音ひとつなく、息はかつて彼が夢中になって造った時計の時を刻む音のように規則正しく喘ぎながら——だんだん不規則になり、ゆっくりと衰えて行った。もうすぐ彼には時間が止まろうとしている、どうすることも出来ない数学的厳密さでそうなるのだ。半ば意識の混濁した身動きで、ベッドサイドに座る女性の方に不安げに寝返りを打った。がっしりした体つきのいつもはよく舌の回る、リンゴの頬した女性が、不思議な程に蒼ざめて静かにしている。彼は最後の力を振り絞って息も絶え絶えに言葉を発したのだ。あの言葉、少なくとも多少は本物の愛情深さからなのか、彼の半ば無意識の見せかけの習慣からなのか、それともいつもとても大きな慰めと言い訳になっていた自己憐憫の性格から来るのかは判らないが、「私を忘れないでおくれ」と言ったのだ。

今やその喘ぎ続ける息の音はあまりにも大きくなり、そこには何かの記憶が蘇る余地などほとんどなく、その音の他何ひとつ残されているものはなく、それは我欲か愛情かの最後の哀れな爆発だった。今はもう、彼に残されたこの最後の瞬間に、彼の生活信条とも言える修練と規律に役立つものなどあろうはずもなかったのだ。血まみれの墓に横たわっている兵士は、長い間忘れられたままだ。上官であるケント公が、ある微罪に対して九百九十九回の鞭打ち刑を命じた者である。服地商人も長い間忘れられたままだ。脱走と抵抗の名目で、公爵によって死刑を宣せられた者である。遠い過去のあの葬列は、公爵を先頭に、ケベック郊外へ二マイルもの行進をし、兵士たちと自分の棺の後ろを行く服地商人は、軍楽隊が彼の後ろで葬送歌を演奏する中を背筋を強ばらせ経帷子を纏って行進して行ったのだ。この葬列が絞首台に到着した時、公爵は前に進み、今まさに恐怖の瞬間にある服地商人に数分以内に造物主の審判を受けけんとしていることを告げた後、極めて長い演説の締めくくりに、彼を赦免した。しかし公爵の伝記作者として、ロジャー・フルフォード氏は述べている、「これは高い授業料だった。棺と経帷子が公爵の負債への恐らくは厄介な追加となっただけだった」と。

私は服地商人のそれからの運命が如何なるものであったかは知らない。自棄《やけ》を起こしたのか、それとも精神病院に閉じ込められたのか。けれども今、数時間の内にも、ある兵士の血まみれの幽霊が、そして恐らく大勢の他の幽霊たちが——経帷子を着て背筋を強ばらせて行進している、終ることなく行進している人々の恐ろしい姿が——ベッドに横たわるこのボロボロになった呪いの形代を告発するために立ち上がることだろう。

しかし彼はこうした事など思うこともなかった。ただ彼の胸の懐中時計が時を刻んだだけだった。忘れられてしまっているのは、社会改革家のオーウェン氏の余人を以て替え難い闘魂もだ。人類の向上に対する彼の計画や、労働者がそこそこの環境で生活し、教育も受けられるよう、戦慄するような子供の労働も改善しよう、と幾らかの試みが成されていたクライド川沿岸の彼の綿紡工場と共に。「分かるよ」と公爵がオーウェン氏の社会主義理論について言ったことが報告されている。「我々人類の更に公正な平等と、あらゆるものに更なる安全と幸福をもたらしてくれる平等がやって来ることが。」そして彼はその後の機会に付け加えている。「人間性を再生するために君が唱導している組織の原理と精神と実践に、人間的な手段が考慮されているかぎりは、私は全面的に満足を覚えるし、原理、精神、実践においては、君の哲学への全面的な献身的帰依者であることを自認しているよ。だがねぇ」と彼特有の言い方で続けたのだ。「私たちは思慮分別と先見性を持って行動しなければならないのだ。イギリス人はあくまでも実践的国民であり、実践こそが大きな説得力を持っているのだよ」と。

公爵がオーウェン氏から数百ポンド借りていたのは本当だろうが、それは彼が紛れもなく好意的に彼の事業に興味を持っていたという事実を変えるものではなく、綿紡工場のあるラナークの水車場訪問を、公爵夫人共々望んでいたのだった。けれども今、彼は死の床にあり、訪問が実現することは決してないし、借金が返済されることも決してないだろう。死後、一度ならず数回も、重要問題を彼に託すために、オーウェン氏の報告書に従えば、公爵は霊界から戻って来たというのだが。「私に乗り移った彼の霊体は実に美しいもので」と公爵の友は私たちを説得するのだ、「御自身が約束して、この霊魂が自分の指定した時間を厳守しないことなど一度たりとありませんでした」と。こうした霊の訪れは、思うに、公爵の瑣末事への興味の結果だったに違いない。なぜなら、彼の欲していたのが「未来永劫人類全体を利することよりほかにはなく、階級でも、宗派でも、派閥でも、どこか特別な国でもなかった」らしいことがぼんやり示唆されていたことを別にすれば、彼が伝えたかった主な事柄は、霊界には何の肩書きもないということであったように思われる——そこで彼はジェファーソン大統領とジェレミー・ベンサムの霊にバックアップしてもらっているというのだ。

ケント公はその慈善への興味をオーウェン氏の計画だけに留めることはなかった。と言うのも彼は、資金と仕事の両面で、ウェストミンスター施療院や、自宅で出産する貧困女性救済の産科チャリティー、困窮作家の文学基金、その他多数の慈善協会を支援したからだ。しかし今彼は更なる慈善活動を推進するにはあまりにも疲れていた。ずっと昔、長い間忘れていたが、モントリオールに家があり、イーリングにロッジがあった。そこで、公爵は二十七年間献身的なマダム・サンローランと共に生活していた。彼女は、シャーロット王女が亡くなった時、捨てられることになった。そうすれば彼は結婚することが出来、王位継承者もつくることが出来、そのことを良しとする国から負債返済のための金を得たいと思っていたのだろう。イーリングのロッジでの負債を抱える王族の生活は何と平穏だったことか。模造の歌鳥の満ち溢れる鳥籠や、音楽時計、ダンスする馬の付いたオルガンから聞こえて来る楽しい音などに囲まれて。水洗トイレの中では泉や小川のせせらぎが聞こえ、すべてが楽しく、平凡で、規則正しく、そしてすべてが決まりきった手順に従っていた。従僕らの髪は調髪師によって毎日髪粉で整えられたが、調髪師は屋敷内に住み、仕事と言えばこれ、ただこれだけだ。そして毎朝、朝食では公爵によって茶筒がもったいぶって開けられたが、彼は時には客に意見した。「私からお教え出来ることと言えば――あなたはまさに人生の出発点にいるのです――どんなことでも個々の事柄に注意を払わなくてはなりません。そう、ほんのちっぽけな事柄にもです。些細なことって何でしょうねぇ？　私たちの安楽や、独立、平和に関わること以外の何物でもありません。」

しかしながら、安楽と独立、平和にも拘わらず、公爵は巨万の負債を抱えていたのだ。だがこれらが、不都合なこととは言え、国家に対する彼の義務感と一丸となって、死の二年前、彼が心底満足の出来る結婚へと導くことになったのだ。王座の後継者であるシャーロット王女は亡くなり、摂政皇太子はもう一人子供をつくろうとはしなかったし、ヨーク公には子供がなく、クラレンス公には結婚の意志がないようだった。だからこそ、身を犠牲にしてでもイギリスの王座の後継者をつくることがケント公の義務ではなかったのか（ヨーク公が結婚で年二万五千ポンドの皇族費を受けたこともまた記憶にあった）。

不幸なことに彼は、このプロジェクトの信任者として、狡猾で、油断のならない、悪意に満ちたクリーヴィー氏を選び――その理由の一部は、察するに、問題が影響力ある人々の間で話題にされることを彼が望んだためだった。しかしあらゆることがどんな風に伝わってゆくことになるか、彼は些かも推量しなかったのだ。公爵とクリーヴィー氏の間の会談はブリュッセルで行われ、公爵は些細な問題についての会話から始め、それから突然話題を変えてポイントに切り込んだのだ。後継者をつくるというこの身を呈した行為から彼を救う王族が一人も残っていそうもないことに重苦しい様子で言及した後、公爵は続けた。「クラレンス公が結婚しなければ、後継の次期皇太子は私自身であり、我が国が私に下す如何様な召喚にも従うことにやぶさかではありませんが、神のみぞ知る生贄に供されるその日がいつであろうとも、私は既婚者となっていることが私の義務であると思うことでしょう。マダム・サンローランと私が共に暮らしてもう二十七年になります。私たちは同い年で、すべての時、すべての困難を共にして来たのであって、あなたには良くお分かりでしょうが、クリーヴィーさん、私に起ころうとしている苦しみと言うのは彼女との別れなのです。あなたとクリーヴィー夫人に何らかの別れがあるとすれば――私にはあなたのお気持が察せられます。……マダム・サンローラン自身はどうかと言えば、私の結婚が確かなものになれば、彼女に何が起こるか、私は知りたくもありません。彼女の感情はその問題ですでに相当かき乱されていますからねぇ。」ある朝の朝食の時だったか、シャーロット王女の死後わずか数日にして、モーニング・クロニクル紙がケント公の妻帯の可能性に言及していた。彼が、いつものように、新聞をテーブル越しにマダム・サンローランに投げ渡し、彼の方は郵便物を開いて読み始めようとしたのだが、「ほんの一瞬しか読み続けられませんでしたよ」と公爵が続けて言うには、「私がマダム・サンローランの喉の異様な音と激しい痙攣の動きに注意を奪われたからです。ほんの一瞬私は彼女が大丈夫かと深刻な懸念を抱いたのです。そして彼女が回復して、私がこの発作の原因を尋ねた時、彼女はモーニング・クロニクルの記事を指差したという訳です」。公爵はしばらく沈黙し、それからその同じ義務感と自己犠牲の気高い精神で続けたのだ。「クラレンス公は私の兄であり、もしも彼が選択すれば確かに結婚する権利があり、この件に関して私は彼に干渉しようとは思いません。もしも彼が王になりたければ――結婚して子をもうけようと思うならば、気の毒な役目は彼が負うことになるが――神よ、彼を助けて、そのようにお取り計らい下さい。なぜなら私自身は野心のない人間で、今のままでいたいだけですから。……イースターは、御存知のように、今年はとても早く――三月の二十二日です。もしもクラレンス公がその時までに何らかの方策を講じなければ、私は私自身の短期間の英国行きをマダム・サンローランに納得してもらう口実を見つけなければなりません。いったん英国に行けば、取るべき適切な手段について友人と相談するのも簡単でしょう。結婚に関して、それまでにクラレンス公が何もしないのであれば、その問題について私自身が何らかの方策を講じることが私の務めとなるのです。」

自分の花嫁選びに関しては、公爵にはバーデンの公女にすべきかザクセン＝コーブルクの公女にすべきか二心があるようだった。イギリス国民と共に彼の考えは後者に傾いていたが、それは花嫁候補の弟である、シャーロット王女の寡夫の人気によるものだった。しかしどちらの花嫁を選ぶとしても、彼が願っていたのは、いや、期待していたのは、誉むべき国民がマダム・サンローランを正当に遇することだった。なぜなら彼女は、彼がクリーヴィー氏に請け合ったように、良家の出であり、決して女優などではなかったからであり、彼は続けて言ったのだ。「私は彼女と暮らした最初にして唯一の人間です。彼女の私心のなさも、また、その誠実さと同じものです。彼女が初めて私の元へ来た時、年間百ポンドの下賜金でした。その額は後に四百ポンドに上がり、遂には一千ポンドになりましたが、私の負債が私の収入の大部分を犠牲にする必要に迫られた時、マダム・サンローランは自分の収入を再び年四百ポンドに戻すよう主張したのです。もしもマダム・サンローランが友人たちの中での生活に戻ることになれば、彼女たちの尊敬を受けるに足るだけの独立した状態になくてはなりません。私はそれ程要求するつもりはありませんが、ある人数の召使と馬車は不可欠です。」これと共に、公爵は自身の身支度のより重要な問題へと立ち帰り、ヨーク公の結婚に当っての下賜金が先例と見做されるべきであると説明した。と言うのも、ヨーク公もまた王位継承のために結婚したのだから。「そして二万五千ポンドの収入が、彼の他の全収入に加算されましたが、まさに他ならぬこの理由によって決められたものです。私は一七九二年と現在の貨幣価値の違いに立ったどんな要求もすることなく元のままの決着に満足するつもりです。……私の負債の支払いも同じですから」と言って公爵は更に付け加えて、「私は自分の負債が莫大だとは言いません。逆に国家の方こそ私に莫大な負債があるのです」と言った。

この弁舌の締めくくりに、時計が鳴り、公爵にもうひとつ約束があったことを思い出させた。公爵は立ち上がり、クリーヴィー氏は自らを運ばんとするその足の出来得るかぎりの速さで家路を急いだ。彼の興奮と言ったら大変なもので、喜びは大きかった。そう、実に、最大のゴシップだったのだ。クリーヴィー氏は、ウェリントン公にニュースを伝えようと息せき切って、セフトン卿に手紙で伝えた。手紙は外科医が閣下の膀胱に石が入っていないか見つけようと聴診しているまさにその時、到着した。「ひとがこんなにも驚いているのは見たことがない」とクリーヴィー氏のビックリするようなニュースへの返事で患者は、「手術が終わるやいなや私が笑うのを見てねぇ」と書いたのだ。「エドワード公の純真さ以上に素晴らしいものはない。どれが最も称賛に値するか誰にも分かるものじゃない――マダム・サンローランに対する彼の愛情の思い遣り深さか、クラレンス公への清らかな心情か、それとも金銭問題における彼本人の全くの私心のなさなのか。」なぜなら、ああ、ケント公は、彼の自認しているあらゆる徳目にも拘わらず、人気のある人物ではなかったからなのだ。伍長と名付けられる程にもウェリントン公から嫌われ、彼の合従連衡の才に憤慨する兄弟たちからはむしろ嫌悪されている程で、それは自分たち自身の道徳的振舞の一部修正翻案的振舞によって、しばしば最上流階級の道徳的心情をはからずも現してしまうからだった。彼の姉妹たちは問題に対する思いを姉妹同士で共にしていた。「忌々しいことだ」とウェリントン公はバカ笑いしながらクリーヴィー氏に言った、「姉や妹たちが彼を何と呼んでいるか知っているかね――ジョゼフっち、と呼んでいるのさ」。摂政皇太子もこの名を採用し、その上、純情サイモン、とも呼んだのだ。

ケント公は、義務であるかのように結婚し、新しい公爵夫人はある貧困状態からもうひとつの貧困状態へと脱出したことになる。そして、奇妙な偶然の一致によって、ルター派教会の儀式に従って一八一八年五月二九日にアモールバッハで行われた結婚式（二番目の儀式は七月十一日にケンジントンで、シャーロット王妃、摂政皇太子、その他の王族の面々の御前で行われた）の十二日後、クレランス公は弟の例に続いたのだが、彼の花嫁はザクセン＝マイニンゲン公の娘だったのだ。これら自己を犠牲にした男たちのどちらも殉難者として王冠を戴かなかったと思うと悲しくなる。その上に彼らのお手当を増やす動きは、下院に提出された時、大多数を以て覆されたのだ。これはウェリントン公を驚かせるどころか喜ばせた。「きっと！」と彼はクリーヴィー氏に説明して、「あの事については言われるべきことがたくさんあるよ。どんな政府を想定してみても、彼ら二人はその咽喉首を押し潰す最も忌むべき挽臼なのだ。彼らは侮辱したのだ――個人として侮辱したのだ――英国紳士の三分の二を。下院で復讐されたからといって驚くには当たるまい？　それが紳士たちにとって唯一のチャンスなのだと思うよ、きっと！　紳士たちがそれを活かすのは全く正しい」と言ったのだ。けれども、最後には、議会はケント公の皇族費に六千ポンドを加えることに限っては軟化した。マダム・サンローランはと言えば、彼女が重荷にも物入りにもならなかったことを思うのは慰めである。なぜなら、馬車も召使も断って、彼女は修道院の影の中へとそっと入り、もう公爵を困らせることはなかったのだから。

新しい夫婦生活は不吉過ぎるスタートを切ったのだった。公爵夫人となった、ヴィクトリア・マリー・ルイーザは、ザクセン＝コーブルク＝ザールフェルトの公女であり、貧乏には慣れていたとは言え、それは二番目の夫であるケント公が耐え忍ぶ貧乏とは別種のものであった。シャーロット王女の寡夫であるレオポルド侯の姉として、十七歳の年で、年齢も行っていて貧乏ではあったが華やかさのあるライニンゲン侯と結婚した。彼女の父親も夫も、実際、同じくらい貧乏で、彼女の結婚後三年目に、父親はその寛大さと浪費ゆえに、没落者として死んだ。災難に次ぐ災難が彼に降りかかり、ザクセン＝コーブルク公国はフランスに奪い取られ、ストレィチー氏は彼の『ヴィクトリア女王伝』の中で次のように言っている。「公爵家は赤貧洗うが如くで餓死寸前だった」と。レオポルド侯は、それゆえに、心優しくはあったが用心深く、野心的で先見性のある人物で、十五の年から自らを養わねばならず、自身の結婚では愛と野心を混ぜ合わせ、英国の王位継承者と結婚し、見事に自らを養いおおせたのだった。姉のライニンゲン侯夫人は、彼女は彼女で、貧乏と無気力で意志薄弱になった夫の取扱いとに迫られて、性格をどんどん強くしてゆかざるを得ず、多少頑固にもなったのだが、そのことが、後にウィリアム四世の絶望へとつながることとなる。結婚後十一年にして夫が死んだ時には、彼女はフェオドラとカールの二人の子供と共に残され、けれども、それに先立つ人生の時期に彼女は有能な摂政としての能力を培っていたから、彼女は侯国を成功裏に治めたのである。今ではケント公の有能な妻でもあらねばならず、彼女は不満ひとつ言うでもなく国から国へ、ドイツからイギリスへ、イギリスからベルギーへと移動し、そして再び戻って来たのだが、野心のためなのか公爵の負債の急場凌ぎのためなのか、どちらにしても必要に迫られてのことで、陽気に気忙しく、ペラペラ軽口をたたきながら、ずんぐりした頑丈な体つきと、バラ色の頰、鮮やかな色のベルベットとゴージャスな絹で引き立てられた鳶色の目と髪をしていた。彼女は実際、いつも、ヒラヒラした羽根と高らかな衣擦れのハリケーンの中を、落着きと頑固さを保持して動き回っているかに見え、これが後年になって義兄のウィリアム四世の苛立ちと嫌悪を募らせることになったのだった。

幾つかの放浪の果てに、公爵夫妻はアモールバッハの公爵夫人の城へと戻った。そしてここで公爵は城の再建と改造のために派遣されたイギリス労働者の大部隊の監督に自ら従事したのだが、それは彼が住むに相応しい住まいにするためであり（一万ポンドがこの目的のために公爵によって借り入れられた）、従僕たちを訓練して軍隊の精確さを教え込んだり、時計造りをしたり、茶箱に施錠したり、その他の重要な任務をこなしていた。丁度彼がこの平和な暮らしに落ち着いたまさにその時に、公爵夫人が身籠っていることを告げ、再びあちこちへ移動する日々が始まった。と言うのはジプシーがジブラルタルで予言しなかっただろうか？　公爵は浮き沈みの多い人生を過ごすことになるが、幸福な死を迎え、彼の独り子は偉大な女王になると。そして、もしもそうなるとすれば、問題の子供は英国で生まれるに違いない。クラレンス公夫人とケンブリッジ公夫人はハノーファーで子供たちを産んでもよいが、彼の子供は英国で生まれなければならないのだ。

しかしながら、旅行のお金は始めは間に合いそうになく、それは摂政皇太子が弟の現れるのを望まず、レオポルド侯はこの件では助けようもなかったからなのだ。最後には、公爵の管財人のアレン氏が、移動にそれなりの豪華さを与えるのに十分過ぎるとは言えないにしても、幾ばくかの金額を送った。一台の公用馬車が貸し出され、イギリス人の見物人たちが〝桁外れのへんてこキャラバン〟と呼ぶ代物が、公爵夫人が出産するわずか二ヶ月前の四月に出発した。御者台に座って指揮を取る公爵、そして公爵夫人、娘のフェオドラ、子守、メイド、そして公爵夫人お気に入りの愛玩犬や歌鳥も一緒に中にいて——石ころ道をガタガタ揺れながら、どんどん進んで行った。旅は長く、疲れ果てて、不快と言う他なく、宿屋は耐え難いもので、四辻はデコボコだったが、遂に四月半ばに彼らはケンジントンに到着し、そこで摂政皇太子による歓迎会があったのだが少しも愉快なものではなかった。

とは言え兄の恩知らずな行動をどれ程苦々しく思っていたにしても、国民が自分に感謝するに違いないという公爵の思いは揺るがなかった。「私は信じているのです」と彼は友人への手紙に書いている、「祖国の人々が彼女（公爵夫人）が出産を間近に控えた時期に旅することで払った犠牲と努力を正当に称賛してくれることを。……あなたも仰っていたさる方面からの祝辞に関しては、私はいくらでも言うことが出来るのですが、調和と平和が私の目的なので、私たち二人の間ではすべてにおいてどこまでも心通じ合っていると世間に思ってもらわなくてはなりません、その逆ではなく。」

一八一九年五月二四日、ケント公夫人が娘を出産したので、公爵は手紙を書いた。「子供が娘ではなく息子だったという結果に至らなかったことに関する様々の憶測については、そのような考えは私の考え方に合わないと断言することが私の義務だと感じています。なぜなら神慮は如何なる時にも最善にして最高であるとの確信的な考えが私にはあるのです。」

ああ、国家が感謝の気持を抱いたのかそうでないのか、公爵には与り知らぬことだった。なぜなら摂政は、シャーロット王女の死後すぐにも本来は自身に帰属していたはずの王位継承者を定めることに失敗したことに立腹し、その現状に対する弟の些か一人よがりの満足表明にも激怒して、この件に関して国民が何かをする許可を求めても拒絶した。そして六月二十四日にケンジントン宮殿の大広間で行われた洗礼の折には、彼は邪悪な妖精の役で現れた。衣裳においてもマナーにおいてもまばゆいばかりで、ロンドン塔から持って来られた王国の宝珠の一部である洗礼盤よりも彼は光彩を放っていて、儀式用にと輸入された深紅のベルベットのカーテンすら薄暗い色に見えてしまう程だった。しかし何かが彼を非常に怒らせていることは容易に認められた。弟や義妹を睨み付ける目は何時にも増して尖っているように見えたし、目の下の腫れはピンク色に目立っていて——自分こそが摂政であると誇示していた。この件に関する両親の気持とは無関係に、彼がすでに公言していたのは、ロシアの皇帝アレクサンドルが名親の一人になることで、今彼は可能なかぎりの方法で公爵に逆らう堅い決意を持って洗礼式に到着したのだ。それゆえに、カンタベリー大主教が子供の呼び名を訊ねた時、摂政は「アレクサンドリナ」と応え、それに対して公爵はひとつの名前だけでは絶対に足りないとあわてて応じた。摂政は平然と賛同して、「ジョージーナ」と付け加えた。「エリザベスでは？」と公爵は提案した、心に残る女王の名の記念にもなる。これは行き過ぎだった。摂政の顔は雷のようになった。子供の将来を決めるこの最初の儀式で重んじらるべきは自分ではないのか？　怒りの一呼吸があって、「大変結構」と摂政は言ったのだ。「母親の名に因んで名付けなさい。ただし、アレクサンドリナが最初に来なければならん」と。

この出来事は終った、だが公爵の心配は終らなかった。摂政皇太子が、英国国民が奉加をしたいとする求めを無視し続けたからだ。このことが遂にあまりにあからさまになり、慎重なレオポルド侯が姉のためにお金を提供し、彼女の夫と子供たちがアモールバッハに戻ることを申し出たのだ。しかし公爵は断固として拒絶した。クラレンス公の赤ん坊が誕生後数時間で死んだため、彼の子供は今や英国の王位継承者であり、ともかく乳離れするまでは、英国に留まるべきだ。その後、彼が暗に言ったことは、もしもそれ以前に彼らの公務のお出ましの兆候がなかったなら、一家はドイツに引っ込む公算が最も大きいということだ。

その間、遠く離れた、松生い茂るテューリンゲンの暗い森の南にある、ローゼナウの黄色い石の城で、若いザクセン＝コーブルク公夫人は子供の誕生を待っていた。麗しい八月の光の中、すべてが何と平和で厳粛なのだろう、と公爵夫人は帝国様式の家具調度の模造品に溢れた部屋の花輪飾りの窓から外を見ながら思っていた。浜辺や、楡、樫が午後も遅い光の中にきらめいているのを見て、澄み切った滝や川、咲き乱れるバラに満たされた庭園、平穏な野原や堂々たる威厳ある風貌をしたコウノトリを見ながら思っていた。先の公爵未亡人は英国にいる娘に手紙を書いて言うのだった。「ルイーゼはコーブルクに引き籠っていたけれども、今はここにいてずっと居心地良くしていますよ。この家の静けさと言ったら、ただ水のせせらぎの他に邪魔するものもなく、とても気持良く、子供たちの叫び声や、通りを駆け抜ける馬車の音などの、コーブルク宮殿の騒音に思いを馳せる人など誰一人いませんよ。」

一八一九年八月二六日の朝六時、小さな男の子が「ふたつのクリクリした目で世界を見つめた」。そして七週間後、公爵夫人は親友、ゴータ公国顧問長官アウグスト・フォン・シュトゥードニッツの長女、アウグスタ・フォン・シュトゥードニッツに手紙を書いた。「あなたは彼に会うべきです。彼は天使のように美しいのです。大きな青い目と、美しい鼻、とても小さな口をしていて、頬にはえくぼがあるのです。彼は人懐っこくていつも微笑んでいて、とても大きいので長男のエルンストが三ヶ月の時被っていた帽子が彼には小さ過ぎる程です。まだやっと七週間だというのに。」

老いた公爵夫人が、喜んで、説明するには、「彼は可愛い従姉にとって丁度よいお相手《ペンダント》です。」そうやって時は過ぎ、その間、イギリスでは、ケント公とその夫人の苦しい事情は悪くなる一方で、十二月の初め、よくよく問題を考えた末、公爵は小さな家族と共にシドマスの借家に移る決心をしたのだが、それは彼の言うには、「公爵夫人は海の微温浴の御利益をもらえるし、我が子は海の風を吸える」からで、そして（この件には彼は沈黙したけれども）彼が債務者の注意から逃れんがためでもあったのだ。自分自身のためには海の空気など必要ない、と彼は宣言していた。彼の健康は上々で、自分の兄弟のことを言う時には、「私は誰よりも長生きするのだ。王冠は私と私の子供たちにやって来るだろうよ」と言ったものだ。

新しい年が明け、公爵はいつも迷信に頼る人間だったから、もうひとつのジプシーの予言を忘れないでいた。一八二〇年、王族の二人のメンバーが死ぬ、と告げられていたのだ。そう言えば、王の命運は尽きようとしていて、ヨーク公夫人は病い重篤に陥っていて、それに、彼の兄弟はと言えば、その生活は乱れに乱れていた。「私は彼らの誰よりも長生きするのだ」と彼は繰り返した。しかし一月のある穏やかな妙に暖かくてジメジメした日に公爵はピークス・ヒルに登って景観を眺めていた。海霧が立ち昇って彼を包み、その膚に沁み込み、軀から肺にまで沁み込んだ。有りあまるバイタリティーと逞しい健康を授けられたこのような人物は、風邪の手当としてどうしようとするだろうか? 公爵はどんな予防措置にも我慢出来ず、風邪は軽視され、肺にまで襲いかかる結果となり、今、彼は借家のベッドに横たわり、その胸の不規則な時計はだんだんと弱まって行ったのだ。静寂《しじま》の中に響くその音があまりにも大きく聞こえてはいたけれども。レオポルド侯と側近の友人である若きシュトックマー医師が彼のベッドサイドに駆けつけた。摂政皇太子は医師団と特使団を送ったが、すべてが無駄だった。すべてが今や霞んで、海霧のように冷たくなり、彼の胸のところで懐中時計が時を刻む音の他には何もない――そう、それと彼の覚えていて欲しいという願いの他には。「私を忘れないでおくれ」と彼は囁いた。……「神よ、妻と子供に憐れみを、そして私の罪を赦し給え。」

その夜の内に彼は意識が失くなり、そして夜が明けた時、ふたつの世紀のこの不思議な配合物、暖かな愛情と冷たい利己主義、規律遵守における言語に絶する呵責の無さと衷心からの仁愛と貧困階級の生活状態改善の希求、自分への甘やかしと自分への厳しさ、偽善と洞察力、こうしたものの混合物は、死んで横たわっていた。

レオポルド侯が、葬儀費用や未亡人となった姉と小さな姪のケンジントン宮殿への旅支度の支払いをした。

第2章　幼年時代初期

一八二九年五月二四日、一人の老紳士が、まだ朝も早いというのに暑さに疲れ果てて、緑の影におおわれた世界をとてもゆっくり歩いて行くが、そこは向かい側のケンジントン宮殿とは際立った違いのある、新鮮なキラキラした市場向け菜園の迷路だった。それは様々な色合いの緑の世界。露ふるわせる毛羽立つ木苺の葉の世界であり、金粉きらめく空中に島のように浮かぶ楡の木の世界だった。鳥のように澄んだ高い笑い声を聴いて、老紳士が刺激の強い香を放つ可憐なイバラの生垣ごしにずっと向こうの踊っている緑の影に目をやった。一人の小さな女の子が——被っている麦わらの日除け帽子を通して、葉っぱの濃い影とやわらかい黄金の光のそばかすが彼女のやさしく、正直そうな、やんちゃな顔の上や継ぎのある白い木綿の服の上に散らばっていた——自分自身の小さな庭に水やりしているのが見えた。

緑の露や、緑の光、緑の影が一緒になって、日除け帽子と小さな白い木綿の服の上に笑い声のように降っていた。まだとても早い時間だったので、キラキラと輝く露の網が、濃い霧のような手ざわりのパンジー、まるで金色のぽつぽつのある苺のように丸々として赤いベルベットのような手ざわりのキンチャク草、カラシナ、アメリカナデシコをしっかり包んでいて、小さな女の子は小鳥のようにあちこち走り回って木綿の服を露ですっかりキラキラにし濡らしてしまっているのだった。笑い声と如雨露から注がれる緑の水が洪水のように溢れている――リンゴの枝々の差し交わす下の陽光が緑に染めている。もうひとつの洪水は、小言と愛情が半々のおしゃべりの洪水だった。リンゴの枝の下に背筋をピンと伸ばして座り、注意深く見つめている一人の婦人から発せられている。緑の光が婦人のオウムを思わせる鋭く影のある顔に泉のようにたわむれている。宮殿の高窓から漂い落ちる声が、「バロネス・レーツェン、バロネス・レーツェン」と呼んでいる。するとパタンと本を閉じて、影濃い姿が立ち上がり、そして小さな女の子を自分の前に追い立てながら、宮殿へと帰って行った。

これがバロネス・レーツェンだ。愛すべき、親切で、真面目な、注意深く見つめているレーツェンは、何も知らずしてすべてを推し量る人。舌のよく回るやや無防備なレーツェンの身上はと言えば、融通無碍。地味な着こなしのオウムのような外見のレーツェンだが、女官の不行届きを咎めるキツい黒い目と、キャラウェイシードを食べる習慣ゆえにすぼまってしまった鳥のような薄い口をしていて、艶やかな黒い頭は一方に傾げられていて、その鋭い耳は宮殿の脇階段や高所の影に鎖された開かずの間から漂って来るどんな囁きも、無思慮な振舞のどんな噂も捕えてしまう。貧しいドイツ人の牧師の娘が、今では宮殿に住み、繕われたワンピースを着た小さな女の子に教えている。この女の子はいつの日か女王になるはずである。しかも、彼女はバロネスの称号まで持っていて、それは、愛すべき誠実なレーツェンが全くの無学を自覚していたからこそ必要になったものだ。と言うのも王女の養育係の役をずっと学のあるソフィア王女と共に務めることになったからで、レーツェンは素朴な人間の感受性が傷つけられることになるかも知れないと案じた。もしジョージ四世がレーツェンの貢献度を認めるなら、ハノーヴァー朝の爵位《バロネス》を自分に与えて身分保証すべきだと提案したのだった。事実そのようになった。レーツェンは今まで以上に（そんなことが可能だとしてだが）饒舌になり、つまらない会話と、ドイツから秘密めかした小包の中に納められて彼女に送られて来るキャラウェイシードの際限のない洪水の中で暮らし続けることになった。キャラウェイシードは女官たちの嘲笑を引き起こし、そのことに敏感だったバロネスは、事あるごとに彼女たちを叱ることで仕返しした。

レーツェンの指示に従って、王女は露に濡れた草の上を急いで走って宮殿の中へと消えて行った。今日、幸運なことに、もたもたと長ったらしい授業がなかったのは、彼女の誕生日だったからだ。彼女が貰ったすべてのプレゼントと、今ではホーエンローエ侯と結婚している、快活で美しい異父姉のフェオドラからの手紙のお蔭で、彼女はどんなに幸福だったことだろう。「もしも私に翼があれば」と手紙で言って来たのだ。「私は鳥のように飛んで行けるから、今日私は小さなコマドリのようにあなたの窓辺に飛んで行って、あなたに二十四日の日のお誕生祝いをすることでしょう、そして可愛い妹よ、私がどんなにあなたを愛しているか伝えるでしょう。私がどんなにあなたと一緒にいたくても、もしもそんなにも長くエルンストと離れ離れになるとしたらかわいそうな彼は何と言うかしら？　多分彼は私の後から飛んで来ようとするでしょう。でも私は彼が遠くまでは飛べないんじゃないかと心配なの。彼は飛ぶには背が高過ぎるし太り過ぎているんですもの。」

プレゼントを開く興奮や手紙を開く嬉しさの後には、宮殿前のキラキラ輝く緑の広いスペースで朝食が供され、そして王女は幾度も花を摘みにテーブルから駆け出して行くのだった。

親愛なるレーツェンが五歳のヴィクトリア王女のお世話をするために初めて宮殿に来てからまるまる五年経っていたが、それよりもずっと長く感じられた。それまでは、王女自身が後半生で語っているように、王女は「みんなから大変甘やかされて、何ごとにつけ意のままにしていた。老いたバロネス・ド・シュペートや、私の乳母のブロック夫人、愛すべきルイス老夫人、皆その時はまだ将来の定まらない哀れな小さな父親のない子供をあがめたてまつっていた」のだった。

こうした幼少期の日々は、宮殿の部屋部屋がいつも冬か早春のような感じがして、小さな王女はそこを離れて暖かな食品貯蔵庫へ行くのを楽しみにしていた。そこでは冬の気配も窓周りをおおう緑の濃い広葉樹のようで、年取ったメイドの小さな銀色の毛並の犬と遊んだものだった。二階の方で、公爵夫人が執務している時には、たとえ王女が「私のいとし子、最愛の子」ではあっても、行ってはいけない何かがいつもあった。彼女の一番小さい頃の思い出はと言えば、淡い色の早咲きのラッパ水仙やクレアモントの黄花の九輪桜の芽吹いたばかりの野のような絨毯の上を這い回っていたことや、王女が泣いたりぐずったりすると、サセックスおじさんが聞いていますよとかサセックスおじさんに叱られますよとか告げるくぐもった声だ——そのために彼女は彼の姿を目にするたびに泣き喚くことになったのだ。どうして彼女に分かったろう。サセックス公はぐずる王女の泣き声に注意を払うには育児室の上の続き部屋であまりにも忙し過ぎるのだと。彼の十八世紀風の習慣と趣味、彼の鮮やかな色の羽根におおわれたたくさんのウソ鳥やカナリア、そしてカナリアたちのスカルラッティ風の歌で忙しく、彼がミスター・ブラックマンと呼んでいた小さな黒人の小姓のことや、彼のたくさんの時計のことでも忙しかったが、その時計と言うのが、ケンジントン宮殿の時計が時を打つと、堅苦しい軍隊マーチと国の頌歌《アンセム》を怒濤のように奏でることになるのだ。彼女が恐がった人物はサセックス公だけではない。彼女には「そのかつらと前垂れのついた僧服ゆえの主教たちへの大いなる恐れ」もあった。ただソールズベリー主教のフィッシャー博士の場合は、跪いて脚につけたガーター勲章の法官バッジで彼女を遊ばせてくれて、特例的に恐くなかった。他の主教の場合は彼女の「かわいらしい靴」を見せてほしいと何度も頼んでみたりしたが、何の効果もなかった。

こうして軒周りの雪がサセックスおじさんのウソ鳥の羽根のように柔らかくバラ色になる頃、昼間は宵の中へと溶け込んで行き、穏やかな家庭の音はウソ鳥たちの歌と同じように静かになる。それから王女は小さな銀のカップ一杯の雲のように白いミルクをもらうと、ベッドへ連れて行かれ緑の影におおわれた待雪草の野原のように冷たい良い匂いのするシーツに潜り込むのだった。

間もなくフロイライン・レーツェンがやって来た。王女はすぐに彼女を大変畏れるようになった。心から愛してはいたのだけれども。最初、フロイライン・レーツェンは彼女が世話をすることになった子供の振舞にあっけにとられた。彼女はこんなに途方もなく手に負えない子供と暮らしたことは未だかつてなかったのだ。爆発的な激怒の突風が彼女をコントロールしようとするどんな試みも圧倒し、不屈の意思が不屈の意思と激突した。しかしその時ある新鮮な確信が牧師の娘を打った。王女は掛け値なしに正直だった。その青い目は率直そのものに見えた。そして他の意思の些かの努力では動かしようもない意思も、愛情によって導くことが出来るという確信。短期間の内に、レーツェンは子供の信頼を勝ち得、その後は彼女を指導し教育するのが容易になった。それまでは彼女にアルファベットを教えようとするのも詮ないことだったが、今では彼女のために書きつけられた文字表によって、読み書きを教わることに同意したのだ。とは言っても未だに彼女は勉強嫌いなのだが、読み方の問題のほかに、もっと大きな書き方の問題があり、水草の根のようになってしまう、か細いバラバラの文字は、花となることが出来るよう鍛えられることになるだろう。書くことは興味深かったが、自分自身を表現する場合には簡単なものとは決して思えなかったのだ。言うべきことはたくさんある。けれどもそれらのことは、今も、後の人生においても、いつまでたっても人の心に残されたままのように思える。だから心はしばしば重くなる。それから地理もあって、地図の線は窓ガラスに貼られた妖精の霜男が描く霜模様のようにはっきりしているのに、国の名前と言ったら——オーストラリア、ニュージーランド、南アフリカ、カナダ——彼女の耳にははるかかなたの海や風のように響いて来ることは決してなく、いつの日か彼女がそれらの国々の女王になるとは言え、今の彼女には何の意味もなかったのだ。そのようにして彼女は女家庭教師の部屋の炉辺に座って、暗い冬の朝を過ごしていたのだが、その間、外では田舎の寺院のような形に降り積もった雪は最早羽毛の柔らかさと言ったものではなく、そこに隠れている犬の毛苺《ドックヘアド・ストロベリー》の葉——その葉にも、また、知られざる海や陸の地図のような線が描かれている——のように鋭く暗い緑色をしているのだった。

冬の午後には時々、もう一人の小さな女の子がお祖母さまに連れられて馬車に乗って、六歳のヴィクトリアと遊ぶためにケンジントン宮殿に駆けつけたものだった。けれども、幼いレディー・ジェイン・エリスがおもちゃで遊ぼうと手を差し出すと、王女は彼女に言うのだ。「触っちゃダメ、それは私のよ。それに私はあなたをジェインと呼ぶけど、あなたは私をヴィクトリアと呼んじゃダメよ」と。この時（一八二八年）から何年か後、サー・ウォルター・スコットは、公爵夫人と食事をしている時、王女に紹介されたことを日記に書いている。「この幼いレディーは大層手厚く教育され、とてもしっかりと見守られているので、どんなに忠義者のメイドでも『あなたはイギリスのお世継ですよ』と囁くスキなどなかった」と。しかし彼は付け加えて言っている。「思うに、もしも我々が小さな心を解剖することが出来るとしたら、空の鳩か鳥のようなものがそのような事柄をすでに囁き終えていたのが分かることとだろう」と。この同じ鳩が、想像するに、冬のディーパーティでのレディー・ジェイン・エリスの扱い方に同じ役割を果した。

フロイライン・レーツェンがケンジントン宮殿に姿を現してしばらくすると、彼女の影響の痕跡が、あの子供らしい口調にのせると奇妙に響く、ちょっとした命令調の物言いの多くに表れた。なぜなら、この性格は子供時代の初期においてさえ相当強かったが、行動によってではなく、雰囲気によって強固なものに鍛えられていたからだ。同様に、声の影響もある。陳腐な言葉にも違ったものやもう少しの厳しさ、もう少しの賢さを添える声——親愛なる大好きなレオポルド叔父さんの声だったのだ。あの賢明なる愛しい人物と一緒にクレアモントで過ごした日々は何と幸福だったことか。彼女が子供であるように語り掛けることは決してなく、いつも彼と同じように経験ある者であるかのように語り掛けていた——この人物は彼女に美徳や、道徳的価値、義務感、自己認識、敬虔さを語ったのだ。彼女には自分には決してそうしたものを十分に備えることなど出来ないと思われた。ベルギー王は、もうすぐ王になろうとしていた時だったが、彼女の中に素直な生徒を見出していた。それに彼女は一人ぼっちでもなかった。はるか昔、暗いテューリンゲンの森の外れのおとぎ話の城の中や、コーブルクで、「かわいい従姉にとって丁度よいお相手《ペンダント》」と評されていた幼い少年はその任務のために仕込まれ、彼のものである高貴な運命のために創り上げられていた。レオポルド王は妻の力によって英国の運命をコントロールする好機を窺って見事に逃してしまうのだが、この子供たち二人と共に新たなチャンスが到来することになり、彼と切れ者で用心深いシュトックマー博士は赤児時代から大変性格の異なるこの二人を養成し始めていたのだった。

まさに最初から、アルバート王子は人当たりの柔らかさ、シャイな穏やかさを示して人の心を打ちもし人の心に訴えもした。「まだ若いとは言え」とメンスドルフ伯爵は書いている、「彼は心底貧しい人の苦しみに敏感だった」と。実際、わずか六歳の時、「彼は火事で財産を失った貧しい人の家を再建する基金を立ち上げた」のだ。ヘクター・ボライソウ氏の魅力的な本『美徳の人アルバート』から、私はこの情報を抜粋したのだが、彼が言っているように「十歳の時に、王子は世界が道徳では治められなくなるに違いないという悲しみを書いた」のだった。そして、この本によると、後半生に大層顕著になった規則正しい習慣は六歳にしてすでに表れ、その時からこの孤独な少年は日記を付け始めたのだ。

「一八二五年一月二一日――今朝起きると僕はとてもいい気分だった。僕は洗顔と身仕舞いをした後、しばらく遊んで、ミルクが運ばれて来ると、その後パパが僕たちを朝食に連れに来た。朝食の後、パパは僕たちにイギリスの馬を見せてくれた。小さな白い奴はとても速く駆けることが出来るけれども、栗毛の方はどちらかと言うとのろまだった。……

眠くなったから、お祈りして寝よう。」

「一月二三日――今朝は起きると気分が悪かった。咳がとてもひどく、とてもこわくなって僕は泣いてしまった。小さな図面を描いてから、城を造って兵隊を整列させた。その後自習をして小さな絵を描いてそれに色を塗った。それから『ノアの箱舟』で遊んだ。それから夕食を食べて寝室へ行ってお祈りをした。」

「一月二六日――僕たちは暗唱をして僕は復唱出来なかったので泣いてしまったけれども、それは僕が注意が足りなかったからなのだ。僕は暗唱の間中泣いていたので、夕食後の遊びは許してもらえなかった。」

「二月一一日――僕は何か暗唱することになっていたが、したくなかった。いやだ、いやなこった！」

「二月二八日――今日の勉強では動詞がわからなくて、泣いてしまった。するとラート先生（彼の先生）はどれが動詞かわからせようと僕をゆすぶった。それで僕は泣いてしまった。」

「四月四日――夕食後僕たちはパパとケッチェンドルフへ行った。そこで僕はビールを飲んで、バター付きパンとチーズを食べた。」

「四月九日――気持良い目覚めでいい気分だった。後でお兄ちゃんとケンカした。」

「四月一〇日――お兄ちゃんと別のことでケンカしたけど、それは間違っていた。」

しかし彼の善き叔父からのより高貴な人生を生きるための熱心な勧めは忘れられる場合もあり、百年以上も前に書かれた日記や、手紙のページから私たちに見えるのは、孤独な愛情を求めて止まない、私たちを恥ずかしそうに窺い見る幼い少年の姿だけなのだ。

「僕たちの小鳥たちには」と彼は父親に告げたものだ、「こんなにも住み心地の良い家があるんだ。しょっちゅう僕のことを考えて下さい、頭をコックリさせる人形を持って来て下さい。あなたのアルバートより」。

英国の春と夏は幼い王女に喜びをもたらしたが、それはテューリンゲンの森の外れにいる従弟が知る喜びとは別のものだった。毎朝、庭の水やりをしない時には、王女は伯父のヨーク公からもらった血統の良い優しい性格のロバに乗ったものだが、その伯父は、彼女が後半生に書いているように、いつも彼女にとても親切だった。彼のことでとてもよく覚えているのは、背が高くて大柄と言える程で、とても親切なのに、大変な恥ずかしがりだった、とも書かれている。シュトックマーは当時、彼を次のように描写している。「とても背が高く、異常な肥満に釣り合う強い脚はしていない」とか身のこなしは「まるで彼が後ろにひっくり返るのではないか、と絶えず人が心配するような感じだった」と。

彼は、実際、大きなおもちゃといった見てくれと歩き方をしていたが、それは平衡感覚を失っていることを意味すると同時にまっすぐな姿勢を保つことが困難だということだった。彼は、肉体的にも精神的にも、始まったばかりの世紀にうまく適合出来なかったし、彼の見解によればこの世紀の典型的な先触れである長いぴったりしたズボンにうまい具合に適合しなかったのだ。彼は考え方も、衣服も、十八世紀のマナーにどっぷり浸っていたのだ。彼がこんなパンタロンに慣れるはずもなく、ある時、ウィンザーに父親を表敬訪問した時には、この王室の変人はすっかりびっくりしてしまって、ハルモニウムを奏でるような幽霊が囁くような、鳥の囀りに似たとめどないお喋りからはずれ、前世紀風のご大層なズボンの革帯に吊した拍車をつかんだまま、凄まじい音立てて地面にひっくり返ったのだった。彼は歩く時は、亡くなった妻の四十四の犬が彼の踵に吠え立てているかのように足を引き上げた。角を曲がる時にはまるで「頭と尻尾」のメロディーで「公爵と思い人」をがなり立てているわんぱく小僧の群れから逃げようとするかのように直角に角を曲がった——そのはやし立てる声はクラーク夫人とのスキャンダルと軍の勲章を金に換えたことに対する彼へのささやかな罰のひとつだったのだ。歩き方においてさえ、彼に付きまとう、あの過去の人生の恐怖を、あの将来への不安を現していたのだ。けれども、ふたつの恐怖のうちでは、将来の不安の方がより大きかった。それでも、多くの観点から見て彼はこんなに変梃であるにも拘わらず、彼の姪は、彼の親切さゆえに彼を愛していたのだ。彼は彼女にロバをあげなかっただろうか？　そして、とても気分が悪かったにも拘わらず、彼女のために庭園に「パンチとジュディ」人形芝居を招かなかっただろうか？　樹の下に操り人形の高く鋭い声が漂っていたが、これらの操り人形は彼女を取り囲むお歴々——前世紀からの遺物だが、宮殿の屋根裏に追いやられることもなく、それどころか、虚飾にくるまれた奇妙な操り人形や彫像たち以上に非現実的なわけではなかったのだ。

　あらゆるものの中で最も立派な操り人形が彼女を自分の方へたぐり寄せることになるのは、彼女が七歳になる一八二六年まで待たねばならなかった。なぜならジョージ四世は自分と「ジョゼフっち」あるいは彼の呼び方によれば「純情サイモン」に彼が感じていた憤りとの間にこうした年月の空白を必要としていたからなのだ。その時まで、女王が後年言ったように、彼は哀れな未亡人と幼い父なし子に注意を払うことはほとんどなかったのだ。彼女たちはケント公が亡くなった頃はとても貧しくてレオポルド侯の温情がなければケンジントンへ帰郷することも出来なかった。

　とは言え、この事から七年も経った今、ヨーロッパ第一の紳士（ジョージ四世の呼称）は義理の妹と姪を初めてウィンザーに招いたのだ。

　王は御用邸でレディー・カニンガムとその夫と子供たちと共に暮らしていたが、王族の他のメンバーと一般の訪問者はカンバーランド・ロッジに滞在した。彼女の到着に際して、王は、大きな手を差し出しながら、突き出した目で幼い姪をジロジロ見ると、まだ年端もいかず、彼の変わり果てた姿を嘲ったりするには心が広いことを見て取り、言ったのだ、「その小ちゃなお手をどうぞ」と。

　かつては人間であり、多くの美を所有していたこの膨れ上がった偶像は、姪が私たちに語るように、「その頃には相当にくたびれた鬘」を被っていた。「彼は大柄で痛風ではあったが、素晴らしい尊厳と魅力的なマナーを備えていた。」「王子さま《プリニー》の」と些か下品だが観察眼の鋭いクリーヴィー氏は書いている、「腹を引っ込ませなくてはならない、今にも膝に届きそうだ。他の点では彼は申し分ないと言われている」。クリーヴィー氏は目を皿のようにして待ち構えていたのだ。あの誇らかな船首像のようだった姿が、恐ろしく歪んだ身体をし哀れな浮腫に襲われた廃船の王となって、窓を閉めきった馬車の中に身を隠すようにして街路を渡って行くのを。道路は人払いされなければならない、王は見られないまま通り過ぎることだろう。クリーヴィー氏は目を皿のようにして待ち構えていた、そして知った。「おお、王子さま《プリニー》、王子さま《プリニー》、あなたの時代がやって来ます、可愛い坊ちゃまよ、そして、やがてあなたの名声も評判も公明正大に語られるのです。」実際つい先夜は、クリーヴィー氏に従えば、王子さま《プリニー》は「暗闇の町に忍んで行ったが、誰も彼の脚を見ることが出来ず、彼が歩けるかどうかも見分けられない真っ暗闇になってからだった」。けれども隠れるという試みは即座に挫かれ、その後会議が開かれることとなり、ロスリン卿は「見目良き脚への注意を怠らない」ことを約束したのだった。

しかしここではじろじろ見る者は一人もおらず、王はヨーロッパにおける第一の紳士としての自らの世評を思い出し、そのマナーの素晴らしさに痛く惚れ込んだ、美しい十八歳のフェオドラに秋波を送ったのだ。実際、幾人かの人は彼が彼女と結婚するものと信じたのである。

毎日新鮮な楽しみ事がヴィクトリア王女にもたらされた。ある麗しい朝、後にアスラムニー卿の最初の妻になる若く美しいレディー・マリア・カニンガムと、後に妻の品行ゆえに自らを撃つことになるグレイヴス卿が、王女に気晴らしをさせるためにドライブに連れ出してほしいと頼まれた。そこで彼らは、四頭の灰色のポニーに引かれた小型馬車でフロイライン・レーツェンと共に出掛け、公園をドライブして、王の所有で大鹿《ワピチ》とガゼルと羚羊《シャモア》の飼われている動物園のあるサンドピット・ゲートへ向かった。彼らはどんどん進んで行った——淡い色の草の上を、長く軽やかに伸びた夏の陸地の上を、御婦人たちのパラソルに燦々と降り注ぐ巨きな太陽と共に。パラソルのひとつひとつがまるで水に照り映える小さな太陽のようだった。

翌日、王女は、ケント公夫人とレーツェンと共に、藤や淡い色のクレマチスや木香薔薇のシャワーのようにきらめく滝が岩から真っ逆さまに落ちて来る影の濃い森を通り抜け、ヴァージニアウォーター湖へと向かった。そして彼らはそこで、グロスター公夫人と幌付き四輪馬車《フェートン》でドライブしていた王に出会ったのだ。すると王は、「彼女を中へ」と言ったので、彼女は抱き上げられて伯父と叔母の間に座らされて、彼女のママはびっくりしてしまったが、グロスター公夫人が王女の腰をしっかり抱き締めてくれていた。子供は興奮して、深紅とブルーのお仕着せにすっかり夢中になってしまった（王族の残りの面々は深紅と緑に甘んじねばならなかった）。幌付き四輪馬車《フェートン》はヴァージニアウォーター湖の景勝地帯を乗り回し、その後漁場《フィッシング・テンプル》で止まった。ここには大きな釣り船があり、誰もがその上に乗って釣りをし、別の釣り船には演奏しているバンドがあり、大勢の群衆が堤から王族の一行に注目していた。王が姪にどんな音楽が好きか尋ねると、七歳の子供は「王に祝福を《ゴッド・セイヴ・ザ・キング》」と応えた。

それから、皆が釣りに飽きた後、王女とレーツェンは従者ホワイティングのコテージへと馬車で向かった。彼が以前にケント公に仕えていたからで、そこで彼女たちはたくさんの果物を食べ、王女はホワイティングの娘と桃の食べっこをして遊んだりした。

悲しくも夏の日は終ってしまった。あまりにも速く過ぎ去ってしまった。ウィンザーでの日々もうすぐ終り、今は王女がケンジントン宮殿に帰る時だ。けれども王女は伯父である王の美しい小さな《ミニ》肖像《チュア》が気に入り、ダイヤモンドがちりばめられたミニチュアを左肩に付けようと、ブルーのリボンに通した。

彼女が持ち続けていたたくさんの感動的な記憶の中でも特別奇妙に感じたものがひとつある——最初はつかの間の印象と思われたのに、幾度も幾度も繰り返し現れては遂には彼女の心の大切なものとなった。ケンジントン宮殿への帰還に際して彼女はフロイライン・レーツェンに尋ねた、「なぜ紳士方は皆私には帽子を取るのにフェオドラには取らないの?」と。重大な時が訪れたのだ。フロイライン・レーツェンは何も返答しなかったが、次の日その子供は自分の歴史の本のページのまん真ん中に王家の系図を見付けたのだ。「立派にやるわ」と未来のイギリス女王は言い、それからレーツェンその人の声を思わせはするが、その中に違う星の気高さを秘めた声で言ったのだ、「子供はたいていいろんなことを大言壮語するものなの。でも、どれも実現不可能じゃないのよ。すごく輝かしいことになるの。でももっとすごいのはやりとげようとする責任感なのよ」と。

第3章　幼年時代後期

一八二九年五月二九日の夜も明けたばかりの頃、時代遅れの幽霊たちは、消えがての月の下を家路へとさ迷い歩きながら、紗のような白いドレスを着た二人の幼い女の子を目にしてびっくり仰天したに違いない。一人はポルトガル様式の服に身を包み、セント・ジェームズ宮殿の中庭から案内されて来たのだが、それぞれ別々の従者に伴われていた。夜明けの暗い水面に漂う白い睡蓮にも見紛う一方の女の子が、ヴィクトリア王女だった。色黒の慇懃な物腰の紳士たちに伴われて先に立つ女の子は、十歳のポルトガル女王マリア二世・ダ・グロリアであり、彼女に敬意を表してヨーロッパ第一の紳士は子供たちの舞踏会を催したのだ。女王と王女が馬車を走らせて行くと、たちまち無数の眠た気な小鳥たちの囀りにも似た音が聴こえ、幼い女の子と男の子の集団が宮殿の扉という扉から弾き出され、それぞれが自分専用の馬車に乗せられて眠れる公園を駆け抜けて行った。

随行する供回りと共に二台の馬車でポルトガル女王陛下は入場し、王の近衛兵による最大級の栄誉を以て迎えられた後、王の謁見を賜ったのだが、その王は星々――ガーターを始めロシア、フランス、プロイセンのあらゆる勲章――におおわれたブルーの陸軍元帥の礼装に身を包んでまばゆいばかりだった。二人の君主が些かの会話を交わした後に、女王と王女は歯切れの良い軍楽隊の演奏に合わせてカドリールを踊ると（あるカドリールには、トランペットの特別美しく長い楽節があったと言われている）、王族以外の子供たちがワルツを踊るのに見入った。けれども今や夜も明けて、幼い女王と更に幼い王女は家に帰って寝なければならなかった。そして正午には、後者の幼い少女のために、低い声でカーカー鳴いているようなデイヴィス先生——チェスターの司祭でミヤマガラスのように光沢のある黒い聖職衣を着ている——の授業があり、それから注意怠りないレーツェンによる道徳の勧めと愛情溢れるお小言があるはずだった。偉大なるバレリーナ、シニョリーナ・タリオーニが王女にダンスを教えに来たり、ウェストミンスターの聖マーガレット教会のオルガン奏者セール氏が歌のレッスンを施しに来たりしたが、なめらかな淡いメロディーの弱々しい消え入りそうな響きは彼女の子供らしい生来の声の調子をむしろ抑えることを教えるものだった。それからロイヤル・アカデミーのリチャード・ウェストール氏がお絵描きの手ほどきをして——実際のところは動物画で名をなしたランシア氏が自らこの技芸の個人指導をした——それぞれの授業はバロネス・レーツェンが統括してはいたが、ケント公夫人も同じようにその時間に立ち合っていたのである。

しかしながら、宗教の教えや道徳的価値観の習得は、お稽古事や躾けよりも重要なものに考えられていて、その結果として、王女が十一歳になった時にロンドンとリンカーンの主教による試験に通り、主教らは彼女の進歩に非常に満足していると明言した。「彼女に提供された多種多様な質問に答えて」と報告書は続いている、「王女が聖典史の最も重要な出来事について、また英国国教会が教えるキリスト教信仰に関する主要な出来事と教訓を導き出す正確な知識を披露したこと、そして同様に英国史の年代記と主な出来事についての知識を見事に披瀝したことは、これ程に若いお方としては注目すべきことである。地球儀を使っての地理、算数、ラテン語文法の問題に王女が返答した答えも同様に満足出来るものだった。」

公爵夫人が喜んだのは、すでに主教らに次のように伝えていたからだった。王女が「それなりの年齢になっていて、私と一緒に定期的に礼拝に出席し始めています。王女の心には信仰心があると感ぜられます。つまり道徳的面で信仰に差配される程度には。ですから彼女は反省する力のある一人の子供として、自分の気持に従ったとしても間違いを犯しにくいのだと思います。」そして彼女は次のように付け加えている。「王女の性格の全体的傾向として、知的能力に秀でていることが挙げられます。それで情報を容易に了解出来、意見を求められた点にまさにどんぴしゃりの有効な決定を尋常でない迅速さを以て下すことが出来るのです。その真理への信奉ぶりと言ったら、どんなことにもびくともしない砦のような存在さながら、私が何の憂慮も感じずに済む程に顕著な性格のものなのです。」絶え間の無い監督の下、常に見守られていて、自分の子供である彼女の性格に如何なる欠点が芽を出したり出来るだろう？　と公爵夫人は思う。彼女はまだママの部屋で眠るのだし、階段を降りるにも誰かが手を引かないで降りることは許されないのだから。

この満足すべき試験から二年か三年後、何とも驚くべき種類の講義が開設され、幼い王女は、その大きな青い目を講師に釘付けにして、少なくとも講義の名前だけはマスターし、それらを日記帳に記録したのだ。ここから一八三三年一二月三〇日にウォーカー氏が講義し、次なる講義が弁ぜられていたのがわかる。「物質の性質――無限に小さい分割可能な硬い分子、結束性、毛細管力など。多様に展開され、先行する影響を打ち消すような反作用、反復発生、力学、重力と見做されるもの、その下降と投影体に及ぼす影響、国の度量衡――様々な機器と応用などによって説明される機械力……馬の牽引力、荷車の欠陥、道路、などなど……が指摘された。」

同じ夕方に王女が「ハバードおばさんとその犬」や「ハーレクィンとおとぎ話」を見に連れて行ってもらったことを知るとほっとする。

ケンジントン宮殿での生活――授業と時折のおとぎ芝居《パントマイム》等――はこういったものだった。けれどももう以前のことになるが、クレアモントでのレオポルド叔父さんとの幸福で平和な休日もあったのだ。目を細めて独特の微笑みを湛えながら、彼女に王族の義務、美徳と真実について語るのを聴くことはどんなに楽しかったことだろう。今は、ああ、彼はベルギー王になるためにイギリスを去ってしまったのだ。そしてこうした徳や思慮深さについての長い話の代わりに、手紙を楽しみに待つことしかなくなり、これらの手紙が会話と同じ程に長かったことも確かであったとはいえ、王が身体的に存在することでの慰めは彼女から取り上げられ、フェオドラは結婚したために遠くに去ってしまい、心美しきレーツェンだけが残り――つまりは「最良の、またと無い真実の友を彼女は得ることになった」のだ。なぜなら彼女はママにはとても従順で、ママが好きではあったが――おお、もちろんママには最大級の愛情を捧げていた――彼女の心に最も密接していたのはレーツェンであり、彼女の好き嫌いをコントロールしたのはレーツェンだったのだ。こうした感情や彼女の生活のありふれた楽しみのすべてが子供らしい書き方で日記に記録されていて——それが、ベルギー王への手紙と同様、時には無意識に、彼女の性格のある局面に強い光を投げかけている。

「とても気持のいい乗馬だった。駆け足をたくさんした。スウィート・リトル・ロージィは素晴らしい走りをした」——意味深長な書き出しだ、と言うのも彼女の穏やかではあっても意固地な性格には、全生涯を通じて、強い短気の血が流れていて、彼女はゆっくり進むことには決して耐えられなかったのだ。最後には物事が自ずから実相を現すのを待つことを学びはするのだが。彼女にはいつもこうした自分をさらけ出してしまう無意識の才能があったのだ。例えばずっと後、十七歳の時にベルギー王に手紙で言ったことがある。「私は波乱の人生を歩んだ改革派のハッチンソン夫人の生涯が、夫に対して激情家だったというそんなこと《コム・スラ》だけで好きです。彼女と英国教会派のクラレンドンは全くあきれる程正反対で、私は丁度真ん中《ジュスト・ミリュー》を信じるばかりです。」彼女の生涯を規定したのは丁度真ん中《ジュスト・ミリュー》だったのだ。とは言っても、可愛いリトル・ロージィに乗って走る時には持ち前の性格をあまり発揮することはなく、それにレーツェンゆずりの意見がしばしば日記に表れるのだった——例えば、彼女が生意気を嫌ったことや礼儀作法に対する考え方である。「バトラー夫人（ファニー・ケンブル）の日記を読む。それは確かに生意気な奇妙な書かれ方をしている。人は彼女の文体から著者が生意気であまり育ちがいいとは言えないと想像するだろう。なぜならそこには庶民的な表現があまりにたくさんあるから。バトラー夫人のように多くの才能に恵まれた人がそれを少しも生かさず、ただ彼女を害することにしかならないばか話と埒もない話に満ちた本を出版することはとても悲しい。……チェスター大聖堂の主教によるマタイ福音書講解は実に良い本である！　まさに私の好きな種類の本で、平易でわかり易く、真実と思いやりに満ちている。」

けれども、たとえチェスターの主教の福音書の解説といえども、それを読むよりもっと楽しいのは、マリブランが「ノルマ」を歌うのを聴いたり、スイス風のドレスに身を包んでどんなにか美しく見えるタリオーニがバレエを踊るのを見たりすることなのは確かなことだ。彼女は最初に登場した時、人工の太陽光線のようにキラキラした茶色と黄色のペチコートを身に着け、スイス製のおどけた小さな帽子に長いおさげ髪を垂らして舞台に現れたようである。そしてこんな出で立ちで彼女はオーケストラの表現する格子状の木製の橋や梯子段の中に跳ね落ちる滝のように踊ったり、メロディーと化して咲き乱れる牧場の花々のように踊ったりしたのだ。彼女の二番目のドレスは深紅と黄色のシルクに白いエプロンを付けたもので、踊り手は髪に花輪を付け、その微笑みは水のようにキラキラときらめいていた。

この日記を読んでいると、百年前にこれを書いた幼い王女の子供っぽいかん高い声と、あのドニゼッティーのメロディーが聞こえて来るようではないか。野生の花々が咲き初めるような、褪せることのない緑色の小さな春の葉の間から小鳥の歌声が漂って来るようなあのメロディーが。

ウィンザー訪問以来、公爵夫人とジョージ四世の間は平和であり、少なくとも武装中立の状態であったが、それはヨーロッパ第一の紳士が公爵夫人の溌溂たる性情を、彼女に気付かれることなく如何に抑制するかをとてもよく理解していたからなのだ。しかし、一八三〇年六月二六日、哀れな君主《プリニー》は〝王族の権威とはあまりにも程遠い〟恐ろしい病いで死に、その様々の症状はクリーヴィー氏による愚弄に火を付け、弟であるクラレンス公が後を引き継ぐこととなり、この人物は自分の喜びを隠すことなど出来ない有様だった。そしてその瞬間から、闘争の季節が静けさにとって代わり、どんどん激しさを増して行った。なぜなら、ケント公夫人はこのとても興奮し易い、怒りっぽい、気の良い老紳士の潜在的な癇癪を全部呼び起こしてしまったからなのだ。ポンポン、ヒョイヒョイした身振りで驀進するかのように部屋へ入って来る癖のある、頑固だが妙な所で極端に気が変わり易く、その考えと来たら海風に吹かれているかのように心の中をあちこち行き交い、頭はパイナップルの形をして、そして顔の表面にまるで泡のように浮かんでいる目をした老紳士の癇癪を。グレヴィル氏が言うには「ウィリアム王は自分自身を表現することには相当長けていたが、彼の言うことと来たらまるで役に立たず不適切だった」のだ。そして陛下は義理の妹を扱う際にこの才能の賜物をフル活用した。

なぜなら兄の死の何年か前から、伝記作家のロジャー・フルフォード氏によれば、クレランス公は後継者になる準備をしていて、万一後継者になれないような場合を想定して予防策も講じていたのだ。というのはヨーク公は一八二七年に二十万ポンドの負債を残したまま死んでいて、ジョージ四世のほかには彼と王座の間に立ちはだかる者はなかったからだ。ケント公の運命を思い出しながら、彼はいつも「とびきり上等の防寒防水上履き《ガロッシュ》」を履き、細菌を処分するために毎朝うがいをし、国家の状況が座りがちの生活を要求する時に備えて、雨の日でもブッシーにある彼の書斎の中を行ったり来たり歩きまわったのだ。彼はおびただしい文通を楽しみさえしていたのだが、その理由は、彼の説明によると、果てしなく続く書類に〝ウィリアム〟とサインする将来の仕事に自分の手を慣らすためだった。

兄の死のニュースがブッシーのクレランス公にもたらされた早朝、パットニーとチェルシーの人々が大変驚いたことは「白い帽子に黒い喪章の長い布を巻いてたなびかせた紳士が、道路を馬車で乗り回しながら、誰にも彼にもニコニコしながらお辞儀している光景だった。」なぜなら彼らにはまだジョージ王の死の知らせが届いておらず、多くの人々はまだウィリアム王の顔を見たことがなかったからなのだ。新しい王は彼の最初の顧問官会議のためにすぐにもセント・ジェームズ宮殿へと向かったのだが、枢密顧問官は道路にいる人々に引けを取らないくらい陛下の振舞に肝をつぶさんばかりだった。と言うのもその時会議室のドアが勢いよく開いて、背の低い、猛烈にエネルギッシュな赤ら顔の御仁が部屋に飛び込んで来ると、まっすぐテーブルに向かって駆けて行き、これら目の前の人々には一顧だにせず、「ペンを取り大袈裟な音立てて〝ウィリアム・R〟とサインした」。

彼が王位を継承した瞬間から戦いは始まった。と言うのは陛下は快活でおしゃべりな義妹に我慢ならなかったからで、王となった今では彼女を見るたびに王位後継者としての彼女の娘の地位を極めて苛立たしく思い合わさざるを得ないのだった。しかしながら、極めて幼い年齢でありはするが、あらゆる国家行事に姪は王宮へ参内すべきだと彼は主張した。そしてこの参内は新たな戦いをもたらすこととなった。こうした儀式の最初は王女が十一歳の時のことで、先王の喪に服す最も暗い色の喪服に身を包んだ王女は、その小ちゃな姿にぴったりの衣裳の裾を引き、地面を掃くような長い黒いベールを付け、ガーター勲章受章者総会にアデレイド王妃の後に従って参列したのだが、何事も起こらなかったのは確かなことだ。けれども、一八三一年二月二四日、王妃の誕生日を祝って公式接見会が開かれた時のことだ、陛下の注意は、王女がじっと彼を凝視している事実に引き付けられ、釘付けになってしまった。親切な心優しいアデレイド王妃は話題を変えたり彼の注意をほかのものに向けようとしたりして彼をなだめにかかったが、無駄だった。陛下はあの凝視に心を囚われてしまい、それをずっと覚えていた。

公爵夫人は王の反感に敢然と報いるため、娘を出来るかぎり滅多なことでは王宮へは行かせないことに決めた。ケント公夫人である彼女は王位継承者の母であり、そのことは彼女にとっては、王と言うよりは船長のように振舞い、何人かの非嫡出子を持ちながら嫡出子のいない、いつもあれやこれやに怒りっぽい一人の愚かな老人を慰めることではなかったのだ。彼が王であることは確かではあるが、彼が望もうと望むまいと、然るべき時には彼女の子供が女王になるはずだ。王女の王宮へのお出ましが稀になったことは当然のことながら新たな不興の種子を撒くことになり、一八三一年九月九日の王の戴冠に際しては王女も彼女の母親も出席せず、陛下は怒髪天を衝くばかりとなった。実際に、彼女たちの欠席は多くの憶測を呼ぶこととなり、この事件の原因についてひとつの質問が議会でなされ、陛下がその理由に完全に満足するように考え抜かれた捉えどころのない答えを誘導する質問でもあった。公爵夫人は自分が行くことも彼女の娘が出席するのを許可することも拒絶したのであるが、現実に行列における王女の占めるべき位置に関して王と彼女との間で口論が生じていたことが理由だった。

王の方は、この問題に何らはっきりした考えがある訳ではなかったが、王女には先導するのではなく、王の兄弟たちの後に従って欲しい思いがあった。公爵夫人が激しく主張したのは、彼女の娘が暫定王位後継者であり、それだからこそ統治者のすぐ後を歩くべきだということだった。双方とも決して譲らなかったので王女は戴冠式への出席を許されず、その当日も、その前の多くの日々も、涙のうちに過ごすことになった。「私を慰めることが出来るものなんて何もなかったわ」と彼女は何年も後に子供たちに語った、「私のお人形さんでもね」と。

公爵夫人は、今では出来るかぎり陛下を困らせようと決心していた。彼の姪の地位については決して退かず強く出ることにしたのである。陛下の方も、彼は彼で、問題の地位はある範囲内にうまく留め置くべきだと決心していた。それゆえ一八三一年八月に、王位継承者とその母がワイト島への途上で、ポーツマスに停泊中の船から皇礼砲を受けた時、ウィリアム王は公爵夫人にこうした儀礼を受けることは控えるよう求め、彼女が拒否すると、今後はこれらの儀礼を行ってはならないとの命を下した。後に彼は、言うところの王女の〝巡幸〟によって更に激怒することになった——母親に付き添われたその巡幸で、彼女は工業都市とその他の公共施設を訪れ、歓迎の挨拶を受けた。と言うよりもむしろ、満面の笑みや羽根飾りと衣擦れの音させるシルクのドレスで満艦飾のケント公夫人が挨拶を受け、前面に出て上手にスピーチまでしたのだった。王は、公爵夫人が〝将来の女王〟について話した公的スピーチによるあまりの独断に怒り狂い、それでも如才ない微笑みを浮かべながら「とても遠い将来の日に、とお願いしたいものですね」と付け加えた。そして首相気取りのやり方でこれらのスピーチを用意した、彼女の家令のジョン・コンロイ卿の振舞にも怒り狂い、「厄介な女だ、厄介な女だ」と叫んだのだった。更なる問題はウィリアム王とベルギー王との間なのだが、その深い憎しみは、ワインの代わりに水を飲むと言うレオポルド王の憂うべき習慣によって、ウィリアム王の側のより強い嫌悪感となったのだった。「一体何を飲んでおいでですか？」とある夜のディナーでウィリアム王は尋ねた。「水ですよ」と言う答えだった。「何ということです！　どうしてワインを飲まないのですか？　私のテーブルでは水を飲むことなど断じて許しませんよ。」義父であるジョージ四世は、彼を暫定侯爵と呼んだものだったが、暫定侯爵は何の返事もしなかった。けれども彼は姪に対して、彼女と親族がウィリアム王の扱いに注意を怠った場合、将来冷遇される危険があると警告することにやぶさかでなかった。

王女の方でも、大好きなレオポルド叔父さんのアドバイスは、会話の場合も手紙の場合も、嫌ではなかった。「叔父さまが何かの問題についてお話し下さるのを聴くのは」と彼女は日記で述べている、「とても為になる本を読むのに似ている。叔父さまのお話はとてもお勉強になるし、とても明快だ。叔父さまが現存する第一級の政治家の一人であることは広く認められている。政治について、断固としていて公明正大でありながら、とても穏やかに話される。」政治についての話だけではない。ベルギー王は道徳的価値、義務、内省については厳格でさえあり、より高い教育的見地を抱いておられる、等々……。

時が経つに連れ、公爵夫人の王宮訪問はますます稀になった。とは言え、彼女は一八三二年四月二四日に彼の栄誉を称える大々的な晩餐会を開くことで国王陛下を慰めようとちょっとした試みをしたのだが、大好きなレーツェンから節操と慎重さをあらかじめ強く説かれていた彼の姪は、ほんのわずかなお目見えをしただけだった。この丁重な儀礼への返礼として、王は翌年王女の誕生日に子供たちの舞踏会を開いたのだが、王族たちは誰一人として出席しなかった――気分がすぐれなかったため、と言われてはいたが。それから王女とその母はオペラ座での王室の夜に招待され、そこで注意深いクリーヴィー氏に観察されることになり、彼は次のように書いている。「オペラ座のビリー（ウィリアムの愛称）四世は人が望み得るすべてである。私が王たるものに身に付けてほしいと思う以上の包容力――彼の髪は私の五倍も髪粉をまぶし、金色のレースのつばの反り返った船乗り用の帽子は素敵だった。彼はオペラの大部分で眠っていて――決して誰にも話しかけず、つまりこうしたことには些かの興味も示さなかった。……残念ながら、私にはヴィクトリアがあまりよく見えなかった。彼女はケント公夫人と共にボックス席にいたが、むろん私たちより下だった。彼女がボックス席を捜して確かめている時に私は彼女を見たのだが、実に素晴らしい少女に見えた。」

王族たちは一八三五年七月三〇日のセント・ジェームズ宮殿における姪の堅信礼に出席した――彼女が恐怖に震えながら涙を溢れさせた儀式ではあった。幼い王女が、白薔薇の花飾りをあしらった白いクレープのボンネットを被り、白いレースのガウンを纏い、ママと一緒に四輪馬車《チャリオット》に乗り、レディー・フローラ・ヘイスティングズ、レーツェン、王と王妃、ケンブリッジ公爵夫妻、グロスター公夫人、カンバーランド公爵、ワイマール公夫人、ノーサンバランド公夫人とその夫君、カニンガム卿、デンビー卿、そしてアシュリー氏が後に従ったが、暑さと言ったら大変なもので太陽が葉という葉から水分を飲み尽くし、白い霧が立ち籠める中を馬の鼻息がスズランの蕾のような小さな渦巻きを描く程のものだった。暑さは馬車の周りに群がった子供たちの顔を黒人女の顔つきにしてしまったが、その髪は彗星の長い黄金の尾のようだった。その時、彼らの目は熱の霧《ヒート・ミスト》かチャペルを飾る薄靄のような白薔薇かとも見える白いドレス姿の幼い王女に注がれていた。彼らがチャペルに着くと、王が最初に姪を連れて進み出て、それから王妃がケント公夫人を導きながら歩いて来た。二時十五分前に礼拝は終り、王女がケンジントン宮殿に戻ると、王は彼女に美しいエメラルドの装身具一式を与え、ママは彼女の巻毛を中に納めた腕輪《ブレスレット》と美しいトルコ石の装身具一式を与えたが、そんな中で大好きなレーツェンもまたその式典を祝してブレスレットを与えたのだ。けれどもそれだけでその日の騒ぎがすべて終ったわけではなかった。と言うのはまさにその夜、王女は大好きな姉のフェオドラが娘を生んだことを聞かされたのだ。そして四日の内に最愛の叔父からの待ちに待った手紙が届いた。

その中で、次のような不満を述べている。「偽善というものは、いつの時でも、特に現今では陥り易い罪で、ほとんどの狼が羊の衣を着ているのです。往時の英国に対して深い愛情を抱くからこそなのですが、言うのも悲しいことに、まさに社会事情と政治があの国の多くの人を本質的にペテン師や詐欺師にしています。」だがその後で、次のように断言することで姪を慰めてもいるのだ。「けれどもやがては、他の人々がその真の性格を見抜き、彼らが受けることになるあらゆる軽蔑を目の当たりにして打ち震えることになるのですから、あなたの精神も心も安んじて幸福になるでしょう。なぜなら本質というものは自分に正直に行動するものであり、真実と美徳こそがその行動の動機であることがわかるからです。」

見上げた抑制心を持ったベルギー王は、羊の衣を着る狼やペテン師や詐欺師の実名を挙げることはなく、最後に彼らの真の性格を見出し、彼らが受けることになるあらゆる軽蔑を目の当たりにして震えるだろう〝他の人々〟を名指すこともなかった。けれども私たちには、彼がそうしようと思えば〝他の人々〟を名指すことが出来たに違いないという思いが残る。複数形が使われたのは、単に彼の品位に関するセンスによるのだろう。

第4章　少女時代初期

焼け付くような暑さに閉ざされたケンジントン宮殿の一室で、バロネス・レーツェンはドイツにいる姉への手紙に忙しくペンを走らせながら、王女の良き成長過程、公爵夫人の彼女に対する真綿に包んだような意地悪、ジョン・コンロイ卿の無作法についての長い描写でページを埋めて行った。あまり気持の良いものではないが、レーツェンが部屋に入ると、相も変わらず目にするのは、公爵夫人とジョン卿がピッタリ寄り添って声を低めて話をしている光景。しかし中でも最も際立っていたのは、バロネスの心を痛めつけた公爵夫人の侍女レディー・フローラ・ヘイスティングズに関する描写で――バロネスのきつい顔付きときつい意見、キャラウェイシードへの嘲笑にまつわることだった。だって、お姉さまもよくご存知のように、私たちドイツ人にはあんなにも幸福な記憶を呼び戻すものですもの。ああ……ああ……バロネスの唇はある特別な侮蔑を思い出したかのように更にしっかりと引き結ばれて行くのだった。……ちょっと待って……バロネスにはぬかりはなかった、ああした軽薄さやああした鳥みたいな際立つ快活さを持つ、レディー・フローラのような種類の人間のことはよく判っていた。ただ待つしかないのだ。……

まさにこの時、高く澄んだ若々しい笑い声が聞こえ、継ぎの当たった白い子供服を着た可愛い十四歳の少女と二人の少年、ヴュルテンベルクのアレクサンダーとエルンストの二人の王子が走って来た。彼らは現公爵とケント公夫人の姉との間に生れた息子たちで、ケンジントン宮殿に叔母を訪問しに来ていたのだった。王女が日記に書いていることから、王子たちは二人とも非常に背が高く、アレクサンダーはとてもハンサムで、ボートから降りる時には従妹を如何にも丁重に扱い、エルンストの方はと言えばとても丁寧な言葉使いで献身的な態度を示してくれたことがわかる。「この若き紳士たちは両者共に極めて好人物」であり、王女は、どこでも目を光らせているレーツェンとレーツェンの敵のジョン・コンロイ卿に監督されてのことではあったが、シニョール・パガニーニの演奏を初めて聴くという素晴らしい経験を従兄弟たちと分かち合った。「彼本人が、いくつかの変奏曲を最高に素晴らしく演奏した」と彼女は日記の中で述べながら、すべてを凌駕する〝死〟に具体的に迫る表現を評して、「彼はまさに二人といない異才《キャリオシティ》だ」と付け加えている。

この従兄弟たちがヴュルテンベルクに帰る時は王女はとても悲しくて、レーツェンと共に浜辺に立って彼らが将官艇で去って行くのを見送り、その後幾日も彼らと共にする日々を待ち焦がれていたのだった。

これから二年後、もっと愉快とも言える、二人の従兄弟――フェルディナント王子とアウグスト王子がやって来た――あらゆる団体から幅広い称賛を集めていたフェルディナントは全くもって物事に動じない、際立つ容姿と物腰の持ち主で、その目のあまりの美しさと才気溢れる表現力を有していることでアウグスト以上にハンサムと言えた。彼が話したり微笑んだりする時の表情には何とも言えない美しさがあって好印象を与えた。そうは言ってもアウグストも時にはとても良いセンスを披露して、負けず劣らず皆に好感を持たれていた。王子たちは従妹と多くの時間を過ごし、彼女は日記に次のように書いている「フェルディナントが来て私の側近くに座り、とても心籠めてしみじみとお話した。私はとても彼を愛してる。アウグストも私の側に座って私に話し掛けたし、彼もまたとても素敵な若者で、とてもハンサムだ。」

でも、おお、最も素晴らしい、中でも最高に興奮させたのは、ザクセン＝コーブルク公の息子たち、彼女の大好きな従兄弟エルンスト王子とアルバート王子二人のケンジントン宮殿への最初の訪問だった。彼女はすべての従兄弟たちを愛してはいたが、でもいの一番に大切な、誰よりも愛しく思っていたのは、エルンストとアルバートだったのだ。

彼らが訪問したのは一八三六年五月、王女が十七歳の時だった。そしてウィリアム王はと言えば、レオポルド王が、甥のアルバートが生まれたその瞬間から彼こそ将来の英国女王の夫となるべきだと決めていることをすっかり承知していたから、他の様々な若者たちをザクセン＝コーブルクの王子たちのライバルとして侍らせるのを目的に招待することであの水飲み君主を困らせようと決心した。それゆえに彼はレオポルド王の敵たるオラニエ公とその二人の息子たち、そしてまだ若いブラウンシュヴァイク公爵を招待してセント・ジェームズ宮殿に滞在させたが、時まさにエルンスト王子とアルバート王子がケンジントンを訪問した時だった。オラニエ公はベルギー王に特別な反感を持っていて、彼のことを「私の妻《ファム》と私の王国《ロワイヨーム》を奪った人間《オム》」と言っていたが、それは彼がシャーロット王女と結婚したかったからにほかならない。ベルギー王はこの憎しみに誠意を以て報いていたから、この訪問はレオポルド王をたっぷり痛め付けるために企てられたのだった。それは果てしない不満の奔流、レオポルド王から姪への愚痴の流露に結び付いた。

「本当にびっくりしたよ」と彼は書いている、「あなたの老いぼれ伯父さん王さまの振舞には。オラニエ公とその息子たちの招待とか、他人への尋常でない暴挙とかいったことには。……昨日までに私はイギリスから半ば公的な通達を受け取っていて、それは私の縁者の訪問が今年は執り行われないことが非常に望ましいというものなのだ。……ベルギー王妃とベルギー王の親類縁者は、それゆえ、神がどこまでご存知かはわからないが、海岸までやって来てもいいが、そこで陸地を治めているべきだということになる。あなたの親類縁者は英国への出入りを差し止められたのだし、あなたの親類縁者は皆、どんな時でも王に極めて忠順で逆らいはしないのだから。」ベルギー王陛下はこの法外な振舞が彼の姪の精神を目覚めさせることになるのを望んだ。なぜなら「英国植民地で奴隷制が廃止されるに至っている今、どうしてあなたの運命だけがイギリスにおける宮廷の慰みものとしての白い小さな奴隷であり続けなければならないのか私にはわからないのだ。彼らは決してあなたを買ったのではない。彼らがどれ程浪費して来たかは知らないが、王はあなたの暮らし向きのためにわずかな金しか使って来なかった。私の英国訪問は審議会の命令に邪魔されることだろうよ。おお、一貫性と政治的な正直さであれ、その他の正直さであれ、どこに行けばそんなものがあるというのだろうか？」

「私は些かも疑ってはいない。王が、オラニエ一族への思い入れによって、あなたの親戚関係に対して過度に無礼になるだろうことを。しかしながら、これはあまり重要ではないだろう。あなたの親類はあなたの客人であって彼の客ではないので、それを気にすることはないのだよ。」

王子たちは父親と共に、幼い王女に最高にご機嫌な緋インコ《ローリー》のプレゼントを携えて到着したが、それは彼女の手に乗る程、彼女が指を嘴の中に入れても決して噛んだりしない程なついていた。その羽毛はとても鮮やかで、色は深紅、青、茶色、黄色、紫だった。そしてケンジントン宮殿は今幸福な若々しい笑い声とハイドンの二重奏《デュエット》を鳴り響かせているのだった。「エルンストは」と彼の従妹は書いている、「黒い髪と美しい黒い眼と眉をしているけれども、鼻と口はもうひとつだ。彼は最高に親切そうな、正直で知的な顔立ちをしていて、姿形も最高だ。アルバートは背格好はエルンストと丁度同じくらいだがもっとがっしりしていて、とてもハンサムで、髪は私と同じような色で、大きくて青い眼、とても優しそうな口元ときれいな歯をしていて美しい鼻の持ち主だ。けれども彼の顔付きの魅力はその表情で、それが最高にうっとりさせる。」数日後、王女の記述が語るところによると、彼女は二人の従兄弟たちの間に座って一緒に絵を見ていた。彼らは二人ともとても絵が上手だったが、アルバートは特別上手で、その上彼らは二人ともピアノをとても上手に弾くのだった。そしてこれから三週間後、私たちにわかるのは次のことだ。「私は心からフェルディナントと素敵なアウグストを愛してるけれども、エルンストとアルバートをもっと愛してる、おお、もっと、もっと。アウグストは」と彼女が、若者らしいちょっと知ったかぶりの感じで付け加えて言うには、「気立ての良い愛情豊かな子供で、全くの世間知らずらしく、のんびりしていてあまりしゃべらない。でも大々好きなエルンストと大々好きなアルバートのマナーと言ったらとても大人なのだ――アルバートは朝食の時にはいつも何かしら面白いことを言ったりキレのあるウィットに富んだ受け応えをするし……とても戯けたり気勢を上げたりもする。」

彼女が最も愛する従兄弟たちと大好きな叔父がイギリスを去った時、将来の女王は書いたのだった。「私はめちゃくちゃ泣いた、ただめちゃくちゃに。」それから、涙が乾いて、腰を落ち着けて、人よりと思いやりの奇妙に入り混じった感情で大好きな叔父に書いたことは、彼の計画に彼女が完全に気付いていて、「叔父さまが私にお与え下さった、アルバートという人の中に開けゆく大きな幸福にとても感謝しています。……彼は私を完全に幸福に出来る特性のすべてを備えています。彼はとても良識があって、とても親切で、感じが良い人です。しかも、その上、叔父さまがこれから会うかもしれない人の中でも最高に感じの良い魅力的な容姿風采をしています。」

「私が今お願いしたいたったひとつのことは、大好きな叔父さま、今の私にとってとても大切なお方の健康に気を付けて、あなたの特別な保護下に置いて頂きたいということです。私にとってのこの最重要課題がすべて順調にうまく運びますことを希望し期待してもいます。」

アルバート王子の方は、と言えば、ただ従姉が「とても感じの良い人」であることがわかったと述べただけで、すぐに考えをほかのことに向けてしまった。熱心に徳性を説く叔父の言葉や「単なる楽しみ事を真に有益なるものに供する準備の出来た、真面目な心の枠組み」を育成しようとする叔父の忠告に付きまとわれ、その上、王子の本分全体の問題に関わるシュトックマー男爵のお説教にまでしばしば追い回されて、彼は、兄のエルンストと共に、ボン大学での教育を完了することとなり、そこで彼らは急速にその徳性で皆に知られる存在になったのだ。アルバート王子の伝記作者、ボライソウ氏の伝えるところによると、当時この大学にいた一人の英国人が後年アルバート王子の豪奢な宴会を、「個性と才能によって選びぬかれた、二、三十人の学生のパーティ」と表現することとなった。しかも、「王子たち自身はめったに贅沢にあずかる機会がない程に、二人共厳しく節約していて、特にアルバート王子においては顕著であったようだ。」

そうこうする内、ベルギーからも英国からも、新たな不満の声、新たな争いが起こることとなる。ベルギー王は、英国王だけではなく、英国国民や特に新聞には嫌われていて、「悪名高い右派、すなわちトーリー右派の新聞、立憲新聞は」と一八三六年一〇月一八日に彼が姪に書いているには、「コーブルク家を攻撃することに決めたらしい。私にはその意味がわからないよ。哀れなシャーロットの短い結婚生活の間での唯一の幸福は私たちで国民に輝かしい未来を提供するということだった。この問題に異論などありはしないよ。

その頃から私は（両院によって反対意見ひとつなく批准された条約によって与えられた収入を引き出すだけで二度となされてはならないことのように侮辱され、中傷されて来たが）イギリスが繁栄し、強くなるのを見るためにあらゆることをして来たのだよ。一八三一年、私はイギリスに多くのトラブルや出費を免れさせた。もし私がここに来なかったら非常に深刻な悶着、戦争やそれにつながる経費のかかるすべての軍事行動が起こったに違いない。一ファージング（四分の一ペニー）も惜しまずに、私は全収入を国に出した。私は大陸における結束を保ち、パリでのいさかいをたびたび阻止し、そうした諸々への感謝として私が受けたものと言えば最高に口汚い罵倒だったが、中でも常日頃から行動力のある善良な人々からの罵倒がすさまじかった。この結末のすべてがコーブルク家への口汚い罵りというわけだ。コーブルク家がどんな害を英国に及ぼしたか私が知りたいかだって？　これで十分だよ。」それに対して姪は返信している。「私の最高に大好きな叔父さま、あなたのとても心の籠もった、優しくて、長い、十八日付の興味深いお手紙が私をどんなに幸せにしてくれたかあなたには想像も出来ないでしょう。……あなたのお手紙があまりにも面白くてためになるので私は何度も何度も繰り返し読んでしまうのです。」この手紙を二度目に読んだ時、ベルギー王陛下は奇妙に捉えどころの無い気持になった。この可愛らしい子は一体何を考えているのだろう？　叔父の手紙への可愛らしい子供の返事に一度ならず見出されるその捉えどころの無さは、彼女が英国女王になった後にも続くことを彼は知ることになる。

イギリスでは、ケント公夫人と英国王との間の反目がますますひどくなったので、遠からず開戦となるのは明らかだった。一八三六年の八月は特に暑く、天候が両陣営の怒気を燃え上がらせたことも関わっていた。公爵夫人が心痛めたのは、ソレント海峡で船から皇礼砲を受けたお蔭で、乗船しているのが時の君主かその配偶者でないかぎりはこのような礼砲による歓迎が禁じられたことだった。すでに言及したことだが、王は王位継承者とその母親の〝巡幸〟に激怒した――なぜならこの四年間で、彼女はエイステズヴォウドで賞を授与したり、プラース・ネウィズ近くの男子校の礎石を置いたり、また彼女のウェールズ巡遊の結果としてヴィクトリア王女がカーディフの吟遊詩人祭での詩の朗読コンテストのテーマとなったりしたからだ。

きっと王がこれらの〝巡幸〟を不快に思っているに違いないにしても、そうした巡幸が彼の姪にとっては果てしない歓びの元であったことは認められねばならない。エイステズヴォウドの折の彼女はサー・リチャードとレディー・バルクリー夫妻を訪問している。そして日記に非常に細々したことまで記録している。「私たちはわざわざドアのところまで出て来た彼らに迎えられたのだ」と彼女は書いている、「サー・リチャードとその後にいるレディー・バルクリーに。書かずにはいられなくなる彼女のドレスは絹のレースの付いた白いサテンで袖は短く、ネックレスとイヤリング、かんらん石《ペリドット》とダイヤモンドのブローチ、それに髪にはオレンジ色の花輪を飾った装いだった。私たちはそれからテラスへ上り〝アングルシー〟国民軍の楽隊は『王に祝福を《ゴッド・セイヴ・ザ・キング》』を演奏した。私たちは次に楽人と詩人にメダルを贈呈した。……五時にはディナーに出掛けたが、仮普請でのディナーだったとはいえ、内部にはピンクと白のリネンのテーブルクロスが敷き並べられていた。ディナーは見事な接待で、食器は豪華で美しいものだった。果物と言ったら豪勢そのもの。デザートの後にはサー・リチャードがスピーチをしてママと私を祝福する乾杯をして下さった。それから私たちは二階のレディー・バルクリーの綺麗な化粧室へ行った。彼女の化粧テーブルはピンクで美しいレース飾りの付いた白モスリンでおおわれ、化粧台の上にある色々な物は金色だった。その後私たちは階下に降りてコーヒーを飲んだが、レディー・バルクリーの有名な犬、キャブリオルが芸をした。」

それから彼女はチェスターを訪れ、ディー川に架かる〝ヴィクトリア橋〟と名付けられた新しい橋の開通を宣言した。彼女はベルパーのストラット綿工場を訪問したが、どんな場合もせかせかして尊大な母親が彼女よりも前面に出て来るのだった。王はこれらすべてに不快感を覚え、その怒りはますます深まり、この暑い八月の気候の最中の八月十二日に、十一日か十二日間ウィンザーに滞在するよう公爵夫人と王女を招き、その間に王と王妃の二人の誕生日が祝われることになっていたのだが、公爵夫人は二十日より前に来ることを拒否した。これは王を激怒させ、問題をますます悪化させることとなり、彼女たちが到着するや王は議会を閉会する日だからとロンドンへ発ってしまったのだ。そしてロンドンに着くと、彼の頭の中には「ついでだからケンジントン宮殿を訪問して、〝あのやっかいな女〟が何をやっているのか見てやろう」という考えが浮かんだ。彼は遂に見つけた！　彼女は十七の続き部屋を占拠するまでに至っていた、彼女がそんな風にすることを彼が直かに禁じていたという事実にも拘わらずだ。陛下の激怒は今や限度を越え、欣喜雀躍したグレヴィル氏は次のように私たちに語っている。「彼はウィンザーに着くや（夜の十時頃に）パーティの参加者全員が一堂に会している客間へと入って行き、ヴィクトリア王女の方へ進み出ると、その両手を取りこの場で彼女に会えた喜びともっとしばしば会えなかったことに対する遺憾の念を表明した。それから公爵夫人の方を向いて深々とお辞儀をすると即座に言ったのは、〝最も是認し難い気儘〟が彼の宮殿のひとつで行使されているということだった。ケンジントンから丁度帰って来たばかりでわかったことは、自分の承諾を得ていないばかりか自分の命令に反して部屋部屋が所有されていることであり、自分に対するあまりにも無礼な振舞を是認するつもりも、我慢するつもりもない！　ということだった。これは大声で、人々の面前で、ひどく不機嫌な調子で言われたのである。」

これは十分に困ったことではあったが、翌日は更なる暴挙の事態と相成った。場面は王の誕生日を祝う宴であり、百人ともそれ以上とも言われる客人が出席した。ケント公夫人は、不機嫌な落着きのないそわそわした様子で王の右手に座り、王女は真向いに座った。晩餐の終りに陛下は健康を祝う乾杯に応えるために立ち上がる――するとまさにその時豪雨の襲来と相成った。怒りで顔を真っ赤にし、猛烈な大声で王は義妹を攻撃したのだ。彼が言うには、九ヶ月の内にも王女は成人に達することになる。彼が望み、祈りさえすることは、彼の寿命があと九ヶ月延ばされることだった。その九ヶ月間は彼も生きているだろうし、自分が王位にあるのだから、その間を「私の脇に居るこの人物、邪まな助言者に囲まれている人物、自分が置かれることになるであろう立場にふさわしい行動を取れないこの当の人物を摂政に置くという危険を避けるために用いるということだ。私はこの人物に侮辱されて来た、手酷く継続的に侮辱されて来たと言うにやぶさかでない――しかし私に対する一貫した不敬な振舞にはもう我慢しないことに決めた。その他にも多くの事柄があるが、私が特に不満に思うのは、この若き貴婦人が私の宮廷から遠ざけられ続けているというやり方だ。彼女は本来ならいつも居るべき私の客間から終始一貫遠ざけられて来た。けれども私はこうした事態が二度と起こることなきよう断然と決心した。私が王であることを知らしめるつもりであるし、私の権威が尊重されるよう取り計らう決心である。今後も、王女があらゆる場合に我が宮廷に姿を見せるよう表明し、命令するつもりだ、それが彼女の義務であるからだ。」

この長広舌の終りに、全き静寂が訪れた。百人を超える客人たちは、仰天して息を飲んだ。おとなしいアデレイド王妃は頬を染めて見る見る王と同じくらい赤くなり、王女はどっと涙を溢れさせた。けれども公爵夫人は一言も発することなく、屈辱と怒りに青ざめたのだった。この静寂は来客が辞するまで破られないままだった。その後、激情で逆上した公爵夫人は、あたりを蹴立てるようにして自分の馬車を呼んだ。その夜の内にもケンジントンへ戻ると彼女は主張した。しばらくの時間の後それが無理であることをやっとのことで説得された彼女は、結局は翌日までウィンザーに留まることになったのだった。

この瞬間から、王が義妹に抱いていた嫌悪の念、彼女が彼に感じていた強烈な毛嫌いが完全にむき出しになった。そしてウィンザーを離れてさえ、彼女は平安を見出すことが出来なかった、自分の味方の者たちとも闘って行かねばならなかったためだった。レーツェンはいつも干渉したり不和の種を蒔いたり、不満に取り憑かれるといった状態で、ジョン・コンロイ卿とは絶えず喧嘩していた。そしてその後に最後の打撃が訪れたのだ。公爵夫人は自分の地位にかかずらうことよりジョン・コンロイ卿のことの方が好きになってしまっていて彼との結婚を望むようになったのだ。彼らの間には密会が交わされるようになり、ある日ヴィクトリア王女はその種の場面の邪魔をしてしまった。大変なショックを受けて、彼女はバロネスとバロネスの親友、バロネス・シュペートに伝えたのだった。……レーツェンは唇をすぼめて思案した。そう、彼女は自分の疑惑に確信を持ったのだ！　けれどもバロネス・シュペートは自分で考える時間を持つような人ではなかった。彼女はレーツェンと同じように口達者ではあっても彼女程考え深くはなく、噂話をしたばかりか、実際に公爵夫人をずっと責め立てることさえして、その結果たちまちに近侍から退けられることと相成った。だがバロネス・レーツェンを退けることは全く別問題だった。彼女は苛々する程意見ひとつ言わないままで、その態度と言い、話し方と言い頑固なまでにうやうやしく、思っていることを自分の内だけのものにしていたのだ。そしてもしレーツェンを追い払うとしたら、王にも対処しなければならないだろう。彼は彼女の品行と姪の養育の仕方を徹頭徹尾是認していたので、彼女に不利なことには何ひとつ耳を貸さなかった。彼女は留まることになった。そして、その日から、ケンジントン宮殿には戦闘の音がこだまして行ったのだ。公爵夫人は実際に、サー・ジョン・コンロイと彼の愛情、彼のアドバイスを頼りにしないではいられなかったし、レディー・フローラ・ヘイスティングズにかしずかれていたのだが、この女性というのがいつもバロネス・レーツェンの出費をからかうことを役目にされていたような人だった。だがその時、これに対抗するように、ヴィクトリア王女の不思議な沈黙があった。彼女が母親を見る時の、その眼のいつもの穏やかな表情に取って代わる奇妙な厳しさ。公爵夫人が十二分にわかったことは、娘からは何の支援も望めないということだけであり、彼女の若さとその生得の性向は道徳的なだらしなさには憐れみのひとかけらもないものだと見做すに至り、おまけに、娘は気持を退けられたシュペートの方へ向けるようになり、公爵夫人が退けたがっていたレーツェンの方へも向けるようになったのだ。公爵夫人は屈辱感でカッとなった。一体全体どうしてこんな袋小路に自分で自分をさまよわせることになってしまったのだろうか？　何の助けもないのに。彼女は王女を取り上げられてしまった——それがわかったのだ——王女に、宗教的教えに多く基盤を置きながら、チェスターの司祭とレーツェンの助力によって厳格な道徳的展望を植え付けたのは公爵夫人自身だったのだから。

こうしたトラブルの真っ只中、王女の十八歳の誕生日のほんの数日前、王の病いが絶望的であるとのニュースがケンジントン宮殿に届いた。しかしながら、彼の意志力と強い体質がこの病いを切り抜けさせ、それで王女は誕生日を祝うことも出来、ロイヤル・アカデミーや接見の間、宮中舞踏会を訪れる計画を挙行することが出来たのだった。

朝早く、王女は宮殿の外でケンジントンの村人たちによって演奏される暁の恋歌《オバド》で目覚めると、王から贈られたグランド・ピアノをはじめとする様々なプレゼントを受け取った。この後にシドニー・リリー卿が沈鬱な様子で述べたところによると、「公共団体からの挨拶は彼女の母親に対してのものだった」のだ。公爵夫人はこの時の興奮で自分のトラブルも忘れ、何とも舌のよく回る、せかせかと落ち着きのない、全くもって未だかつてない程に軽々しい様子だった。彼女はロンドン市自治体の挨拶の言葉に応えるべく、コンロイ卿によって用意された長くて念の入ったスピーチをしたが、その中で自分の娘の〝巡幸〟と社会の全階級への理解に言及し、ロイヤル・ファミリーによる彼女に対する冷遇について苦々しく不満を述べ立てた。残りのスピーチは、時の君主の指示によるものだろう、「宗教的知識の普及、立憲君主制の維持、統治の本源的目的としての大衆の自由の保護」を扱ったものだった。

挨拶が献じられて代表たちが立ち去った後、もう少し軽い楽しみが供された。王女はロイヤル・アカデミーを訪れたが、その時、今はナショナル・ギャラリーになっているトラファルガー広場の建物で美術展が開かれていたからだ。ここで彼女は伯父の臣民である大群衆に歓迎された。詩人のロジャーズ氏と握手して会話を交わし、その上、俳優のチャールズ・ケンブルが居合わせて、彼女に拝謁を賜われないものか尋ねていることを伝えられたのだ。そしてその夕べ、何よりの楽しみである、宮廷舞踏会が彼女の成人を祝して催された。王の健康状態を理由として王と王妃が出席出来ないにも拘わらず。この舞踏会で、「名高い」ウージェーヌ・ツィシー伯爵が彼女の前に現れた。彼女がベルギー王に語ったように、「その煌びやかなトルコ石の数々と名高いワルツゆえ」の高名ではあり、後に彼女が書き記しているところでは、彼は正装をした姿はとても見栄えが良いが、平服姿はもうひとつだった。ヴァルトシュタイン伯爵もまた、素晴らしいハンガリーの宮廷正装姿で眼も覚めるばかりにハンサムな姿で、彼女の前に現れた。けれども、ああ、王女は彼と踊りたかったのに踊ることが出来なかった。なぜなら彼はカドリールが踊れなかったし、彼女の身分ではワルツやギャロップはふさわしくなかったからだ。

その日は幸福に過ぎ、公爵夫人さえ自身の軽率さに対する腹立ちを忘れていた。しかし、数日後、新たな屈辱が彼女に用意されていた。宮内長官のカニンガム卿が、王から王女への手紙を持参してケンジントン宮殿に到着したのだ。彼が王女と公爵夫人が座っている部屋に案内された時、公爵夫人は手紙を受け取ろうと即座に手を差し伸べたが、カニンガム卿は厳粛な面持ちで、恐縮ながらこの手紙は王女その人以外の誰にも渡さないようにとの指示を受けたものであると告げたのだ。公爵夫人は烈火の如き形相で引き下がり、王女は手紙を開いて読んだ。それは王女に年一万ポンドを支給し、その総額は彼女自身の用途となるべきものであり、彼女の母親によって処理されてはならない、という通達だった。公爵夫人は怒り狂った。彼女が娘をこのように見事なまでに純に育て上げたのはこのためだったのか？　と彼女は問うた。女の子への手当としては年四千ポンドで十分であったろうから、残りの六千ポンドに関しては、それが公爵夫人に提供されたとしてもまさに適切で正しいことではないのか。

ベルギー王はと言えば、彼が「最愛の子」に興奮ぎみの手紙を書いて言うには、「あなたには私が完全にあずかり知らぬ争いや困難があるのですね。私が一番奇妙な感じを受けるのはあなたの身の立て方に関して王が提案したことです。もっとましな情報を得るまで私は意見を保留しようと思うが、聞いたところでは私はそれに賛同しません。なぜならそれは時宜に適していないと思うから。……ふたつのことが必要なようだ。あなたにとって心地良くないような独立生活を選んで足をとられないこと、そしてお母さんとの仲違いを避けること。……王の提案にはとても奇妙な感じがします。あなたは自分の力で彼の提案を改変すれば良い。あなたの承認なしに済ませることが難しくなるようにね。」

ベルギー王陛下が思うのは、姪が自分自身の独立した世帯を持ったとしたら、将来の英国女王の考えと行動に注意深い親のような眼を注ぎ続けるのは少し難しくなってしまうのではないだろうか？　ということだ。しかし「最愛の子」はこの手紙を受け取る前にウィリアム王に書いていた、彼の親切に対する感謝と彼の提案を受け入れると。そして彼女がそうした時、あの不思議な表情が再びその目に現れた。口は今では珍しくなくなった真一文字に結ばれて。

陛下はその間、一時的に病いから回復したようだった。と言っても病いの痕は歴然としていて、宮廷を以前より活気のないものにしはしたが。この頃にウィンザー城に表敬訪問したレディー・グレイは「すっかり失意の様子で」クリーヴィー氏に語っている、「自分は生きていると言うより本当に死んだ人のような気分です」と。彼女は言うのだ「今まで耐えて来たあらゆる退屈きわまりないことはこの二晩の惨めさに比べれば文字通り何でもないのです。私は二度と再びマホガニーのテーブルなんか見たくもないし、女王や王、グロスター公夫人、オーガスタ王女、マダム・リーヴァンと自分自身が何時間も円座を組んでいることにはあまりにも疲れてしまっています――王妃は財布を毛糸や刺繍糸で編んだりしていて――王は眠りながら、時々――《その通りだよ、マーム！》と言うために起きて、それから再び眠るのです。」

しかしこの回復は長くは続かなかった。可哀想なくらい親切な老人のことを、彼の姪は「変てこな、とても変てこで風変わり」ではあるが、「彼の意図はしばしば曲解されていて」そして「彼はいつも私に親切だった」と言っていたのに、突然衰弱した。すぐに死にかけていることが知らされた。ベルギー王は、大変な興奮状態で姪に手紙を書いた。「予想より早く女王になるかもしれないことに驚いてはいけないよ。援助は望めないだろうが、大事なことはあなたの幸福に心から尽くしてくれる正直な人々を身辺に得ることだ。シュトックマーはこれに関しては我々が望み得るすべてとも言え、役に立つ仕事が彼の健康を病気から守ってくれるに違いないと思いたい。」――なぜならベルギー王は、彼の友人シュトックマーがある程度、〝気持の持ちようからの病人〟であることを知っていたからだ。……一週間後に書かれた次の手紙にはこんな行が含まれていた。「あらゆる困難なことにおいてあなたは私の本心からの好意を当てにしてかまわないし、シュトックマーはあなたの意のままに使えるでしょう」――ユーモアのセンスがベルギー王陛下の最大の強みとは言えないためだったが、以下のように補足している、「私の眼目はあなたが誰の道具にもならないことです」と。ベルギー王は自ら姪の対応と方策を指示しに来たくてならなかった。けれども彼はこの衝動に身を任せない方がより良くもあり、より賢くもあると感じていた。「私が吟味した結果は」と彼は書いている、「もう少し後にあなたを訪問する方が良い、ということです。とは言え、もしもあなたが私を必要とする時にはすぐにもまいりますが。人々は私があなたを隷属させに来るのではないかと疑うかもしれません。ところが私は反対の気持です。第三に、彼らは私が行くことに嫉妬しているか、少なくとも動揺しているのです。私が自分自身の様々な目的のために王国を支配しようと考えているのではないかと。」

そうこうしている内に、彼のかつての敵である哀れな程人の善い老いた船乗りの王は、彼の「疾風怒濤」の中の「船長を演じ続け」ながら、あっと言う間に死んでしまったのだ。六月十八日の日曜日、死にゆく人は、今日がワーテルローの戦いの記念日だと思い起こしながら、チェンバーズ医師に言ったのだった。「この記念すべき日を生き延びさせてほしい――もう一度日没を見ることはないだろうが。」チェンバーズ医師は言った、「陛下にはたくさんの夕暮れをご覧になるために生きて頂きたいです」と。「おお、とんでもない、とんでもないよ」と王は応えた。

その晩、カンタベリー大主教が王の部屋に入った時、王は弱々しい声で挨拶し、「大主教様、私のために祈って下さい、人々と共に」と言い、大主教が去る時には、手で胸に十字を切り、言った。「汝、愛しき、卓越せる、徳高き人に神の祝福を、たくさんの、たくさんの感謝を。」翌朝、死の間際ではあったが、彼は王妃に囁いた、「国の仕事をするためにもう一度起きたい」と。そして寝室から化粧室へと車椅子で移動しながら、彼はぐるりと向きを変え、ドアの横に涙ながらに立っている女王のお供たちに優しく微笑み、手を振った。……いのちの最後の閃光は今にも消えそうではあったが、彼はまわりの者たちを慰める力をまだ発揮し得たのだ。その夜、大主教が死にゆく人の寝室で〝病者訪問式〟の勤めを執り行っていた時、王は、王妃が彼の不治の病い以来初めて取り乱して悲しみに身を委ねているのを見ながら、彼女を元気付けるように言った、「頑張れ、頑張れ！」と。

夜は過ぎてゆき、王妃はベッドサイドに跪き、ずっと夫の手を握りながら、まだその手が暖かいのを感じ、彼が永遠に去ってしまったなどとは信じることが出来なかった。

第5章　六月の二日間

一八三七年六月二〇日朝の五時、厳粛な品のある様子の二人の紳士がケンジントン宮殿の扉を空しく叩き続けていた。門番を起こすという厄介なことをあえてしてまで、カンタベリー大主教とカニンガム卿はすぐにも王女に会わねばならないことを説明したのだが、門番は王女のお邪魔になるから、とぶっきら棒に拒絶したのだ。それでも、熱を帯びた口論の末、一時間後にようやく、彼はブツブツ言いながらバロネス・レーツェンを起こすことに同意したのだが、まるで鳥が生い繁る葉の間を突進して来るような衣擦れの音させてパタパタと階下へ降りて来た彼女は、そのニュースを聞くや興奮と好奇心で息もつけない状態で公爵夫人の方へと走って行った。婦人たちが一緒になって王女を起こすや、すぐにも小さな姿が、部屋着にショールをまとい、美しい髪を背中に垂らしたまま、小さな足を寝室スリッパに押し込んで、生涯で初めて一人で階下へ降りて来た。大主教とカニンガム卿が待っている部屋の扉が開かれ、十八歳の英国女王が部屋に入って来た。カニンガム卿は跪いて彼女の手にキスし、低い声で王の死を告げた。大主教もそれに追随すると、小さな女王は目に涙を浮かべ、両手を握り締めて、未亡人となった伯母王妃のことに触れ、彼女が悲嘆に暮れているのではないか、彼女を慰めるために何が出来るものかと訊ねた。

彼女は、せかせかして尊大ではあったがお人好しの年取った伯父が好きだった。彼はいつも彼女に親切で――かつての彼女の〝石のような凝視〟は不問に付されていた――彼女は母親から独立すべきであると、一万ポンドの手当を得られるようにしてくれたのだった。母親とレオポルド叔父がその年月のほとんどを彼との争いに明け暮れていた事実は彼女が伯父を嫌う理由にはならなかった。だからこそ彼女がケント公爵夫人と分かち合っていた寝室に続く簡素な家具付きの部屋で着替えをするために二階へ上って行った時、英国女王の目には悲しみの涙が溢れていたのだ。それは真の悲しみから零れ落ちる涙だった。けれども彼女は十八歳で、彼女のバイタリティーは並々ならぬものであったから、このこと、それまでの人生で最も大きな出来事から来る興奮が、悲しみの混じった喜びのようなもので彼女を覆ったとしても、誰も驚くまい。もう継ぎの当たったモスリンの服も、母親からの小言もない――もう再び母親の部屋のベッドで眠ることもないのだ。なぜなら英国女王は自分自身の部屋を持つことになるのだから。小さくて可愛いのに頑固な口許に奇妙な硬さがほんの一瞬あらわれ、子供っぽい青い目が更に際立ったかに変化したが――多分この変化は半ば閉じたシャッターの隙間から射し込んで微かに煌めく甘いライムの花の花粉のような夏の陽光のせいに過ぎなかったのかもしれない。しかしながら、それは後年、サー・ロバート・ピールには幾度も、ビスマルク侯には一度、パーマストン卿には何度も何度も見られることになる。

彼女が素早く着替えて階下へ走り降り、幸福な生き生きした陽光あふれる部屋に入ると、すでに朝食は準備されていた。彼女の叔父レオポルドの親友にして助言者である、親切この上ない親愛なるシュトックマー男爵が彼女を待っているのを目にしたが、ニュースのことはすでに聞き知った厳粛な面持ちで、しかし勝利を手にした者の妙に静穏な様子も湛えていた。男爵自身は、朝食がいつもよりもっと進まなかったが、急激な興奮のせいで――そしてもちろん、前王の死に対する悲しみのせいで――彼の持病の消化不良がぶり返す恐れの兆しでもあった。けれども彼は溢れる程の親切な助言をし、小さな女王に対して尊敬を示しながらも同時に慈父のような態度を表した。

朝食の後は、あまりにも遠く離れたベルギーにいる大好きな叔父に取り急ぎの手紙を書かねばならず、姉にももう一通の手紙を書こうとしていたが、そうしているうちに、塔の大時計がまだ九時を打つ前だったが、首相であるメルバン卿が――非常にハンサムであると同時に慈父のような人物――宮廷服に正装して、元首に拝謁を求めたのだった。「ずっと私がするつもりだったことは」と彼女は可愛らしい若々しい声で彼に言った、「何よりもまずあなたの統治と内閣の安泰を維持することでした」と。メルバン卿が彼女の前から辞すると、次には、いつも彼女にとても親切だった、大好きな伯母のアデレイド王妃に弔慰の手紙を書くことになる。これは叔父のサセックス公爵が到着して、彼女の前に跪こうとした時にはやっと終るところだったが、彼女は跪くなどということをさせず、彼に抱きついて、暖かくキスしたのだ。それから重鎮で尊敬すべきウェリントン公爵はじめ、彼女に大いなる敬意と大いなる思いやりを持った面々がやって来た。彼女は最早小さなドリーナ王女ではなく、英国女王、アレクサンドリナ・ヴィクトリアなのだった。

けれどもこの忙しい日の騒ぎはまだ終るどころではなかった。十一時にメルバン卿が再び現れ、元首への新たな謁見を求め、十一時半にこの最も悲しくはあるが素晴らしい日の大いなる瞬間が訪れたのだ。急遽招集された枢密院は、自分たちの女王の登場を待ち構えていた。カンバーランド公爵とサセックス公爵の両叔父たち、上位の聖職者たち、重々しい様子の主教たちと将官たち、皆が待っていたのだ。その時、ストレィチー氏の書くところによると、彼らは「扉が勢いよく開けられて濃い色の簡素な喪服を着たとても背の低い、とてもほっそりした少女が一人で部屋に入って来て、並々ならぬ尊厳と優雅さを漂わせて椅子の方へと歩いて来る」のを見たのだ。座に着くと、彼女はメルバン卿によって用意されたスピーチを注意深く読み上げた。彼女は「私の人生にあまりにも突然、あまりにも早い時期に負わされた、この恐ろしいまでの責任」のことを語った。自分が「イギリスにおいてこの上なく愛情深い母親の優しくも賢明なる監督の下で教育され、幼少期から母国の国体を尊敬し愛することを学んで来た」ということにも触れた。

彼女は自分のための座を占めていたばかりでない。議会の数時間後にウェリントン公爵の言うところによると、彼女は部屋全体に君臨していたのだ。そして公爵ばかりではなく、出席者全員、サー・ロバート・ピールも、メルバン卿も、意地悪なクローカー氏と不機嫌で不平たらたらのグレヴィル氏も、女王にふさわしい態度の完璧さに驚き圧倒されていた。愛らしい鳥にも似た若々しい声がスピーチを高らかに読み上げると、その後、再びストレィチー氏を引用すれば、「彼らが見たのは小さな姿が立ち上がり、完璧な優雅さと同時に驚くべき尊厳を以て、彼らの間を通って、入って来た時のように、一人で出て行った」姿だった。

女王陛下が会議室から出て控えの間を横切って行く、そして母親——英国にあるかぎりでは、この母親の慈愛深く啓蒙的な配慮の下に教育を授けられて来た——が娘を待っているのを見つけた。遂に、と誇りに胸膨らませながら公爵夫人が思ったのは、戦いとギリギリの暮らしとで疲れ切ったこの十八年間待ち続けた勝利と権力とが彼女の手の届くところにある、ということだった。彼女の娘は部屋へ入ると一呼吸おいた。「ところで、ママ」と従順な娘は問い掛けたのだ。「私は本当に間違いなく女王なの？」「そうだよ、おまえ、その通りなのだよ」と意気盛んな女性は応えた。「それなら、ママ、女王としての最初のお願いを聞いてほしいの。私を一時間一人にして。」

彼女の娘がこう話すと、公爵夫人の心に微かな影が、六月の暑さにも拘わらず微かな冷んやり感がよぎった。子供に一体何が起こったのか、自分の母親に対して女王としての地位を主張せんとする娘に何が起こったのか？——一人にしてなんて、孤独が何かも知りもしない彼女が、たとえ三十分といえども……女王は母親に微笑んで、ドアから出て歩いて行く、一時間後に再び姿を現したのは母親の部屋から彼女のベッドを移動させるようにとの命を下すためだった。

公爵夫人がその命令を聞いた時の落ち込みようたるや、無表情な両手を無感動にスカートの膝に埋め、羽毛やシルクの数々も最早希望の風になびく幟のようにはなり得なかった。そうか、彼女が十八年間働いて来たのは、このためだったのだ。彼女がその生涯を娘の性格形成に捧げて来たのはこのためだったのだ。娘がイギリスの事実上の支配者になることを望み、そうなることを意図して来た。この望みのためにこそ、彼女の娘はあのようにも不屈の精神で教育され、手厚く見守られて来たのだった。

幻想から覚めた目で、公爵夫人は将来像を考えた。元首の母親に当然払われるべきあらゆる尊敬を以て処遇されるだろうことが、彼女にはわかっていた――その点では彼女には何の不満もなかった。けれども彼女には、ドアが閉じられ再び開かれることがないだろうことも、またわかったのだ。

公爵夫人は、震える唇にハンカチを当てながら、十二分に予見したのだった。「私にはもう未来なんてないの」とマダム・ド・リーヴァンに言うのだった、「私はもう何の役にも立たなくなってしまったの。」彼女の予感は正しかった。その人生の十八年を子供――「私のいとし子、最愛の子」――に捧げて子供に良かれと叱ったり小突いたり引っぱったりして来た彼女が、今では子供の人生から遠い立場に追いやられてしまったのだ。レーツェンが、静かな尊敬に値するレーツェンが英国女王の信頼を得、レーツェンにはあらゆることが話された。そしてほんのわずかの後、女王の宮中はバッキンガム宮殿に移り、女王の母親には娘から遠く離れた続き《スイート》の間が与えられ、一方でレーツェンは女王の隣りの寝室を占めることとなったのだ。

階上で、当の子供は日記に走り書きしていた。「神意なのだから」と彼女は書いている、「この場に置かれたということは。国のために最善を尽くして自分の義務を果たそう。私はとても若くて、すべてとは言えないまでも多くのことに経験がないけれども、適切で正しいことをするに当たり、私が持っている以上の本物の善意や本物の願望を以てする人はほとんどいないことを私は確信している」と。

その夜遅く、ママの部屋から遠く離れた部屋の狭苦しいベッドに横たわり、照り輝く月光をカーテン越しに見つめながら彼女は遠い楽の音を聞いたのだが、それは彼女の想像に過ぎなかっただろうか？……何と不思議な音なのだろう、多くのことを語っているようだ！　ロマンス――愛――彼女の国の偉大さを語っているような。今は遠くに響いていて、樹々の中を吹き渡る微かな夏の風の音でしかないかのような。

翌日は、目覚めてからロウソクを吹き消す深夜まで、新たな人生であった。きらめく六月の朝、彼女は王位継承の布告に当たるべく盛装してセント・ジェームズ宮殿へと馬車を走らせた。メルバン卿とランズダウン卿の間に挟まれて、枢密院議場の開いた窓辺に立ち、彼女は広報官が人々に説明している間、中庭の向こうの顔、顔、顔の海を眺め、彼女の臣下の大群が、この若々しくもやさしげな様子の小さな人間を目の当たりにして感動し、歓呼の声を上げてハンカチを振っているのを眺めていた。「最初の叫び声で女王の頬は青白くなり」と騎兵隊隊長のアルベマール卿は書いている、「その目には涙が溢れた。このようにあらわに表出された感動は、少女元首が敬意を受ける際の人をひきつける礼儀正しさに更なる魅力を添えることになったのだった。」そしてあの老紳士の思いも、八年前の五月の麗しい日に帰ったのではなかろうか――あの日彼は可愛らしい野バラの生垣の向こうに、継ぎのあるモスリンの服を着た小さな女の子が自分用の庭に水やりをしているのを見ていた。そこにはアメリカナデシコ、濃い色のベルベットのようなパンジー、芥子やコショウ草、それにピンク色の頬にも似たラディッシュが生っていた。

布告が成され、女王陛下は部屋の影の中へと戻って行き、首相閣下《チャンセラー》と司令長官を謁見し、それから、正午には、彼女は二回目の枢密院会議を開き――この時はセント・ジェームズ宮殿で――その日も遅くなってからトラファルガー広場やテンプルバー門、ロンドン取引所で布告が繰り返された。

夏の日でさえあらゆるお楽しみ、あらゆるイヴェントを何もかもやりきるにはあまりに短か過ぎるようだ。ケント公夫人の固く結ばれた口、その白粉で注意深くカバーされた赤く腫れた瞼、突然の叱責の身振りは現れ出る寸前にチェックされて、気付かれることのないままに過ぎた。ヴィクトリアは英国の女王であり、そしてストレィチー氏が言うように、「彼女を囲む民衆は大きな熱狂の波の中にあった。感傷とロマンスが大流行し、美しい髪とピンクの頰の、純真な、慎ましい、小さな少女女王の活劇が首都を駆け抜け、見る人々の心を愛情深い忠誠心で満たしたのだ」。

「我々は栄えある女王を戴いたことが何度かある」とメルバン卿内閣の私設秘書官、ジョン・ラッセル卿はほんの少し後に語った。「エリザベスとアンの統治は我々を大いなる勝利に導いた。今こそ平和の実践における傑出した女王を戴くことを望む――専制なきエリザベスを、弱さなきアンを。」彼は付け加えて「全面的な奴隷廃止によって、罪を罰するよりも文明的な処罰方法、そして国民教育の改善によって、ヴィクトリアの統治は地球上の民族の中で、我が子孫にとっても称賛に値することが立証されるに違いない」と言った。

すぐにもヴィクトリアの名は善と美のすべての象徴となるはずだ。女王の王位継承の直後に軽やかな馬車が考案されると、それには女王の名を冠せられた。大きな睡蓮――それは一八三八年にギアナからイギリスにもたらされ、一八四九年に最初に開花して女王陛下に完璧な形の魅惑的な花が贈られた――はヴィクトリア・レジーナと命名された。けれども最高に素晴らしいのは、ロンドン・チャタム・アンド・ドーバー鉄道とロンドン・ブライトン・アンド・サウスコースト鉄道のターミナル駅も一八四六年に彼女の名を賜ったことだった。

第6章　初期の頃

ケント公――その時代はすでに過ぎ去ってはいたが、彼は世紀を通じて具現化された様々の過誤と美徳の奇体な縮図であったし、彼の存命中はまだ産声をあげただけだとは言え次の世紀を予兆する存在であった――の子供の王位継承と共に新しい時代が（それが過去八十年近く準備されて来たものだというのは、本当だ）にわかに具現化した――まさに中産階級の世紀、中産階級の美徳と悪徳の世紀であり、資本主義と商業至上の価値観の時代、馬に取って代わったエンジンや、紡績機が織子に取って代わる、機械に占拠された世界が出現した。これこそがまさに工業の時代となるのだが、フリードリッヒ・エンゲルスによれば、フランスにとっての政治的革命、ドイツにとっての哲学的革命と同程度に、イギリスにとって重要性がある。「一八三一年の選挙法改正法案は」とこの著者は、一八四四年『英国における労働階級の状況』に、「資本家階級の地主豪族階級に対する勝利であった」と書いている。そしてヴィクトリアの統治は資本家階級とその理想の完全なる勝利と見做されたが、その理想は、個人的美徳観の肥大化した理想と不思議にうまく混ぜ合わされて、生活上の悲惨を称揚し、どれ程地位身分が落ちても、その悲惨と貧乏が責務感によるものであると見做され得るなら零落をも理想とするのだった。

蒸気船の発明と共に、運河の構築や鉄道の建設と共に、産業の時代が始まり、時代はすでに七十八年前に予見されていたこととは言え、この時イギリスに最初の大運河が——それはマンチェスターとその地域の炭鉱からマーズィ川の河口に達する——ジェームズ・ブリンドルによって建造された。それから蒸気船が（この発明は一八〇七年ハドソン川にお目見えした）営業を始めたのもここ英国、一八一一年にクライド川でだった。最後に、リヴァプールからマンチェスターを走る最初の大鉄道が一八三〇年に開設された。

実際には、一八四七年危機の後の貿易の再興まで、産業の新時代が開花することはなかった。それから、穀物法の廃止とそれに続く財政改革の後に商業の大きな伸張があった。カリフォルニアとオーストラリアの金鉱が発見され、植民地の市場が凄まじい速さで発展し、その結果として英国製品が消費された。インドでは、何百万もの手織りの織り手たちがランカシャーの機械織機によって押し潰された。中国は開国した。しかし、何よりも紡織機と、前時代の終焉と共にもたらされた交通の新しい手段、鉄道と海洋蒸気船が、今や国際的スケールで稼働していたのだ。

大いなる栄光に満ちた産業革命が始まった。そしてボロボロの飢えた案山子の誰もが一日十四時間か十六時間、時にはぶっ続けに三十六時間から四十時間も、一時間一ペニーのために蒸気と悪臭の煤けた地獄の中で立ちっぱなし、あの無意味な苦役（機械が人間の労働に大きく取って代わったから）すら恵まれない面々はくず屋集団となり、スラム街をうろつき、これら偉大な発明が無意味な苦役を免れさせてくれたと感謝しなければならないとでも言うのだろうか。

しかしこれらは初期の頃のこと。若き女王が就任する十二年前には、一大鉄道構想が議会に初めて登場している。老いたクリーヴィー氏がリヴァプールとマンチェスター間の鉄道会社の議案を扱う委員会のメンバーに任命されていた。この折に、彼は友人の、ダービー卿とセフトン卿が、「まるで領地の最大の大立者であるかのように、極度の憂慮と嫌悪感を以て鉄道技師の設計を再吟味した」ことを知ったのだ。「私はひとつの結論に達した」と彼は一八二八年三月一六日、オード氏に告げ、「あのファーガソンは正気じゃないよ。彼はこの忌々しい代物を支持して、我々の鉄道委員会で激怒して口角沫を飛ばしたんだ――機関車怪物《モンスター》が、八十トンの荷物を運びながら、煙と硫黄の尻尾で操縦されて、マンチェスターとリヴァプールの間のあらゆる人の土地を駆け抜けて来るというのにだよ。彼はサー・ロバート・ピールの息子を除けば、ただスコットランド人から支持されているだけで、地方のあらゆる地主のお歴々、存命している自分の友人の、スタンリー卿や、セフトン卿、ジョージ・キャヴエンディシュ卿、といった人たちとは対立していた」と言った。六月一日にクリーヴィー氏が「この鉄道の化け物は遂に絞め殺された」と公表し得たのは愉快である。

それでも、この時から九年も経てば、世の中のグレヴィル氏のような人の態度にもある種の変化が表れ、彼はこの不思議な今風の発明で旅行する興奮に到底逆らえなくなってしまっていた。「何もしないでいることに飽き飽きした」と彼は七月十八日に次のように書いている。「女王のことも選挙のことも聞くのは飽き飽きだ。私は環境を変えてみることにして、バーミンガム鉄道や、リヴァプール、リヴァプールのレースの数々を見にここへ来たわけだ。そう、私は日曜日の夕方五時に出発して、月曜日の朝五時三十分にバーミンガムに着いて、七時三十分に鉄道に乗ったのだ。私の乗った、一種の二人乗り馬車とも言える車輌程心地良いものはなく、完全に締め出すのは不可能な突然の悪臭の流れを除いたら不快なものなんてない。最初の衝撃には少しばかり神経質になって一緒に走らされてるような感じにさせられたが、すぐに安心感が湧いて来て、速力と言ったら心踊るばかりだ。町また町、公園と思えば城、と素早く変化する動くパノラマを後に残して、連続する賑わいや、乗り換えや停車の活気が旅を面白くしてくれるんだ。汽車はとても長く、続く車輌からは途切れることなく頭が出たり入ったりし、感嘆の声があがり、それから驚きの挨拶と叫びが上がるのだ、『どこへいらっしゃるのですか?』とか『一体どうやってここへお出でになったのですか?』といった。開設早々の物珍しさがあるにせよ、ほんの少しの当惑はあるものの、比べてみれば他のあらゆる旅行をうんざりする程退屈なものにしてしまうよ。これはこの時代だからこその格別な娯楽だ、だってどんどん進化するんだから。」

しかしながら、このすぐ後に、グレヴィル氏は全く違う種類の動くパノラマの巻き添えになることとなり、それは決して面白くも心地良くもない代物であることがわかった。問題のパノラマは十八歳の女王陛下のウィンザー宮殿のもので、枢密院の書記官であるグレヴィル氏は、招待者の一人となった。そこには、客人たちが集まり、座ろうがぶらつこうが、じっと黙っていたり好きなように好きな人とおしゃべりしたり出来るような部屋がなかった。ビリヤード台があったのは確かだが、城の中でも客人には見付けにくい遠い所にあった。またその一方で、大きな図書館があり、これはぎっしりと本で埋まってはいたが、司書を除けばそこには人っ子一人いない状態で、照明は悪く、部屋には誰かがそこで時を過ごすことを思わせる家具ひとつ置かれたこともないようだった。ふたつの朝食用の部屋があり、ひとつは宮廷の女官たちと客人用で、もうひとつは別当用だったが、これらもまた居心地の良いものではなかった。要するに、ウィンザー城はアンニュイの荒野であり、そこでは慰めひとつないアンニュイな気分になってしまう。昼食の時間になって女王陛下が現れるまでは、きっと若干の儀礼上のことも大目に見られただろうが（彼女は自分の部屋で朝食を摂り、午前中は仕事に携わっていた）、昼食後には長い騎馬行が実施され、若き女王が行列を先導し、メルバン卿が決まって彼女の傍らで騎乗していた。その後、騎馬行列から戻って来れば、女王陛下はピアノかハープを弾き、歌を歌い、羽根つきをしたり、子供たちと跳ね回ったりするのだった。それは退屈極まりなく、ホランド邸に会する社交界の星、マコーリー氏との談話に慣れ切っていた粋人である中年男性にとっては、かなりうんざりすることだった。それから夜会の時間をやり過ごさなければならない、夕食の後のいつ果てるとも知れぬと思われる時間だ――なぜなら紳士たちはワイン片手に座るのを許されなかったのだから。グレヴィル氏は力なくため息をついた。「仲間が客間に再び集まった時」とストレィチー氏は言っている、「儀礼は万全だった。しばらくの間女王は客人たち一人一人と交代に話をしたが、このような短いぎこちない対話の最中に、王位にあることの無味乾燥さが痛ましく露見しがちだったのだ」。……グレヴィル氏が招待された晩には彼の番も来て、「中年の厳つい顔した道楽者に若い女招待主が話しかけた。『今日はずっと馬に乗ってらしたのですか、グレヴィルさん?』と女王は訊いた。『いいえ、マダム、乗ってはおりません』とグレヴィル氏は応えた。『良いお天気ですね』と女王は続けた。『はい、マダム、とても良いお天気でございます』とグレヴィル氏は言った。『どちらかと言うと、寒いくらいですけれど』と女王は言った。『どちらかと言うと、寒うございます、マダム』とグレヴィル氏は言った。『妹さんの、レディー・フランシス・エジャートンは、確か、乗馬をなさるかと、違いますか?』と女王は言った。『時々いたしております、マダム』とグレヴィル氏は言った。しばらく間があった後、グレヴィル氏は思い切って話をリードしようとした。あえて話題を変えることはしなかったけれども。『女王陛下におかれましては今日は乗馬をなさいましたでしょうか?』とグレヴィル氏は訊ねた。『はい、もちろん。とても長くしましたよ』と女王は元気潑剌と答えた。『陛下は良い馬をお持ちなのですね?』とグレヴィル氏は言った。『ええ、とても良い馬ですわ』と女王は応えた。それで終りだった。女王陛下は微笑んで頭をうなずかせ、グレヴィル氏は深くお辞儀をし、次なる会話が次なる紳士と交わされたのだ。」

すぐに、こうした退屈な義務も終るだろうと、女王陛下は考えていた、そうしたらメルバン卿と自由におしゃべりをして、あらゆる面白い話題に関する彼の意見を引き出すことが出来る。それに興奮することがいっぱいの——何と楽しい日だったことだろう。傍らにメルバン卿を従えての、身の引き締まるような寒い天気の中でのあの長いギャロップ——彼女の家のびっくりするようなあらゆる品々や彼女自身の家を、おお、そうだ、台所にまで降りて行って見せながらの、最愛の、最高に美しい従妹ヴィクトワールと共に過ごしたあの素晴らしい二時間。自分自身の居宅を持つことは何と素晴らしいことだろう――台所、食品貯蔵室、ビリヤード部屋、朝食の部屋、図書館などがあって。

日々は、毎日毎日が収めなければならないありとある幸福にとってはあまりにも短かすぎる。けれども悲しいこともまたある。例えば、一八三八年四月のあの悲しい日がある。シャーロット王女に献身的に仕えていた、女王の最初の友人の一人の、善良な老いたルイス夫人が死んだと告げられた。彼女は日記に書いている。「楽しそうに話してはいても、ディナーでは私は不幸のどん底で、ほとんどずっと泣いていた。泣きに泣いて、ベッドに入った時には、私の神経は（言い表せない程愛していたルイスを失ったことと、あまりにも激しい悲痛に人前では何とか打ち勝とうとする葛藤からますます震えて）もう抵抗も出来ず、眠りに落ちるまで三十分以上も涙にかきくれて、そして眠る寸前、私は彼女を見たのだ！　心の中、目の前に、小綺麗な白い部屋着を着てクレアモントの部屋で朝食の準備をしているかと思うと、ベストを着て夕方の私の部屋にいつものように直立不動で立っていたり、彼女特有のちょっと膝を曲げる品のあるお辞儀をしている彼女を。そして最後には死の床で、青ざめてやつれ果て、でも表情は同じで、快活でしっかりした心も今まで通りの彼女を。ベッドの中で私が見たのはこのような姿だったのだ！　それでも、悲しみは消し難いとは言え、ありがたいことに、彼女の最後はとても安らかだった――幸福そのものだった！」

女王は心の痛みなしに、信頼する老いた友のことを考えることなどとても出来なかった。しかしグレヴィル氏が、先に私が挙げた馬に関する会話に出くわした時に、若い人の本質を見抜けなかったと言って咎められる謂れもない、彼女は自分の思いを表現するのが何だか下手だったのだから。

彼女は次の紳士の前で立ち止まった。

どの紳士も順番にこうした体験をした後に、ケント公夫人はホイスト（トランプ）の席に座り、女王は画帳のドローイングに見入って、相変わらず彼女の隣に座っているメルバン卿に向かっておしゃべりしていた、残りの面々はそれぞれが出来るだけ楽しむようにしていたのだった――もしも彼らが最小限でもエチケットから外れると、女王陛下のまなざしから発する尊大な睨め付けで報いられることになる――そして十一時三十分の時報までの長い時間が過ぎ去り、女王陛下は寝室へと退去したのだった。

ケント公夫人はほぼいつも通りホイストに打ち興じたが、娘を見やる時の顔にはまだ微かに淋しい表情があった。そして彼女の家令であり、今もってそのポストにあるサー・ジョン・コンロイは、ウィンザーへの訪問客には入っていなかった。つまり、自分の女王としての王位継承に際して、生得の寛容さと正義感から、彼女の母親に仕えた彼に対して準男爵の位階と年三千ポンドの年金で報いることにしたのである。けれども彼女は彼に対する嫌悪感に打ち勝つことなど出来なかったし、このような報酬によって彼との何らかの人間関係の終りを印したことを明らかにしたのだった。レーツェンの勝利の時が来て、サー・ジョン・コンロイの挫折はこのことのもうひとつのサインに過ぎなかった。
「彼女（女王）という人間が世界で最も愛していたのは」とグレヴィル氏は書いている、「バロネス・レーツェンであり、レーツェンとコンロイは敵同士だった。以前はケンジントンには、公爵夫人付きの侍女であるバロネス・シュペートがいて、レーツェンとシュペートは親友だった。コンロイは後者と喧嘩して彼女を解雇し、そのことをレーツェンは決して許さなかった。彼女は王女にコンロイへの悪感情と悪評価を注入しただろう、そうした感情の現実の力は、多分公爵夫人も彼も免れ得ず、レーツェンに対する彼らの仕打ちに影響を及ぼした。つまり何とも奇っ怪なことだが、彼女が過去何年にも渡って彼らのどちらからも不当に扱われて来たと信じ込んでいてもおかしくないからなのだ。しかしながら、公爵夫人に対する彼女のマナーは非のうちどころなく、彼女たちは誠心誠意の愛情深い関係にあるように見えたのだった。マダム・ド・レーツェンこそいつも女王と共にある唯一の人だった。同様に女王陛下は、申請に直々に応えることは決してなかったようだ。最初これは彼女がメルバン卿の助言を求めたいためだと思われていたが、彼の言うにはこれは彼と一緒にいる時の彼女の癖にすぎないのだ。それゆえ、助言するのはレーツェンということになる。」

レーツェンの勝利の時代だった。キャラウェイシードの洪水、会話の洪水が一層おびただしく溢れ溢れて、注意深さはますます鋭さを増し、とりつくろってごまかさねばならないことも少なくなった。エキセントリックとも言える程に風変わりであっても、都会的で世慣れたあのメルバン卿は、彼女の影響力を見抜き、その信頼と好意を勝ち取るべく画策した。彼はくすぐらんばかりに彼女をからかって、彼女はその天性の頑固さから少しではあっても解放されるようになった。彼女の流暢な饒舌にも彼の率直な顔付きには退屈の影さえ射さない。彼は用意周到な態度で彼女を褒めた。バロネスは唇をすぼめたが、密かに魅せられていた。その頬に微かに花が開いてゆく様子を漂わせ、とても自由とは呼べないまでもその身振りに謹厳さは少なくなり、肩の辺りのある成熟した豊麗さの感じは最早隠しようもなくなった。

　メルバン卿という、この風変わりな、一人の人間としてチャーミングで、気まぐれな、無教養で無慈悲な、けれどもセンチメンタルな人間――無慈悲なのは彼が自分がセンチメンタルであることを懸念していたからであり、センチメンタルなのは彼の心が死んでいる、あるいは、恐らく生まれたことすらなかったことを自覚していたからであり――この矛盾の混在がやがて幼い十八歳の女王の心と信頼を勝ち得ることになったのだ。大好きな愛しいレーツェンですら、女王陛下が日記を書くために座る時には、忘れ去られたとまでいかなくても、思い出されることはなかった。彼はレディー・キャロライン・ラム（彼女の愛人のバイロン卿は、裏切られている当の夫の母親に腹心の友を見出していた）の親切な、気持が悪いくらい寛容な夫である。妻が公的な活動をしながらバイロン卿との密通を明けっぴろげに告白している間に、上品なジョークを飛ばしたり、如何にも暇そうに聖書のページを繰ったり、ラードナー博士の『マグダラのマリアの改宗をめぐるユダヤ人の過ちについての考察』を読んだりして時間を過ごすような人であり、「良いことをしようなどとは思わないことだ、そうしたら窮地に陥ることもないさ」などと言う人であった。ノートン夫人とレディー・ブランドンに対して夫たちから起こされた思わしくない離婚裁判における共同被告でもあり、首相として死刑廃止協会の委員たちと面会するにあたって突然姿を現したかと思うと机の上の一本の羽根を吹き払おうと夢中になったりして委員たちを困惑させた。そしてバカバカしいジョークに継ぐジョークで委員たちの話の腰を折ったりもするのだが、実は前の晩に徹夜して問題点を詳細に研究していたのである。そしてトルパドルの農民蜂起の犠牲者たちに無慈悲な判決を下した当人である――この不思議な混合物は最早ソファに手足を伸ばしてはいられなくなった。彼は神に向かって悪態をつかなくなり、彼についての噂話の数々もほとんど主教の礼儀正しさに適うものばかりになった。そしてすべてはあのうっとりさせるような幼い質朴な存在ゆえなのだ、とブライトンにつかの間の訪問を果たした時の彼女を見て、クリーヴィー氏は言った、「彼女が気ままにしている時、これ以上飾り気のない幼い存在をあなたは想像も出来ないでしょうし、彼女はいつももっと気ままにしたいと死ぬ程思ってさえいます。出来るかぎり大きく口を開け、あまり綺麗とは言えない歯茎が見えかねない程、本当に一生懸命笑います。彼女は笑うのと同じように一心に食べます、あえてガツガツと言いたいような食べ方をするのです。……彼女はほんのちょっとしたことにもとても自然に頬を染めて笑います。これには誰しもお手上げです」と。

我らが君主の最も偉大なる者の一人となる、この無垢で小さな女学生は、大きな、青い、出目とも言える目でメルバン卿を見上げ、彼のあらゆる文意を呑み込み、ちょっとした様子、ちょっとした身振りや所見を、日記に記録している。日記は実際、時には他のことはまるで考えられない程に、M卿の言行で満たされることとなったのだ。……M卿は夕食後には毎夜彼女の隣に座っていた。……書物や演劇についてのM卿の意見、彼の歴史の知識、彼のウィット――アカアシヤマウズラが話題になった時、彼はレディー・ノーマンビーに「あなたはイタリアであのアカアシヤマウズラの仲間を食べませんでしたか？　緋色の衣をまとった枢機卿連中のことではありませんよ。」と言い、それに女王は歯茎が見える程笑った。M卿は女王の細身の袖を褒めちぎった（ママは、本当ならお世辞には眉をひそめたかったことだろうが、何も出来なかった）。M卿は、彼女が子供っぽく見えるからと髪をカールすることをやめてしまったのを面白がった。彼女の心からの友であり、やがてヌムール公爵夫人になる美しい従妹ヴィクトワールもカールをやめてしまい、M卿を興がらせた。M卿はブルーを着る女の子は決して結婚しないと言った――彼はブルーに我慢ならない――M卿はどんよりした一月のブルーの空の下をグリーンのコートで馬を駆り、女王にそれが嫌な色か訊ね、それに対して彼女は「そんなことは全くありません」と応えたのだが、彼女はM卿が以前にその色を着ているのを見たことはなかった。……M卿は騎士姿の肖像画のためにポーズをとって座っていたが、頭のない石膏の馬に跨り、剣の代わりに傘を振り回している姿は滑稽だった。M卿は公教育に関する意見で女王を大層笑わせた。「公教育を彼は好きではなく、彼がそれを公言したかと訊くと、彼は『こんな時代に私が反対していることをあえて申し上げることはございません。ただ私は反対しています。……英国民はこのような束縛に服従することはありません』と言い、続けて次のようにまで言った『偉大な才能の持ち主たちは環境によって教育されて来ました』と。そして、『環境の教育こそが最上のものだ』となおも言い続けた。」女王は彼に罪を犯した貧しい子供たちのためのマリー嬢の施設はとても良いとは思わないかと訊ねたが、彼は首を振ってそれは疑問だと言った。女王はあえて「そうでないと子供たちはありとある凶悪や邪悪にさらされるでしょう」と言ってみたが、彼女の大臣は「あなたにもおわかりのように、そうなるでしょうねぇ」と応えた（そういった場合には彼らは迅速に処断されることとなる。

つまり、この時からわずか二年前、私たちは一八三五年三月一五日のオブザーバー紙において読んでいたのだ、「十四歳未満の三人の囚人が住居侵入罪によりオールド・ベイリーにおいて死刑を宣告された」という記事のことだ)。それから、子供の労働者はと言えば、とM卿は続けた。工場で一日十四時間働く子供に関して「おお、もしもあなたが彼らをそっとしておいてやろうと思いやって下されば」と言うのだった。とは言っても、この不思議な性格は小説家ゴドウィンに理解を示し、そして、オーウェンに愛想よく、彼がかつて出会った人々の中で最も愚かな者の一人であると評しながらも、なぜ「一人の紳士が偶々彼が抱くことになった些かの意見によって君主の御前にまかり出ることを妨げられるのか」ということの正当性を解さず、またそれゆえにこそケント公の古くからの知り合いを「クォータリー・レヴュー」が〝処女女王の紛れもなき純潔〟と書き立てた人物に拝謁させたのだった。M卿の顔は時にやや皮肉ながら半ばは寛容さを示す微笑みをたたえていることが多かった。そして君主との会話でカンバーランドの肉屋を擁護する際の微笑みは何とチャーミングで、何と異様だったことか。公爵は結局のところ残酷ではなかったようだが、少なくとも「数人の反逆者に対してのみ」は残酷だった。なぜなら、女王によれば、M卿の目にはしかるべき時にはいつも涙が溢れたが、その目に涙が浮かばない時もあったのである。「一八三〇年の農業暴動の後、メルバンは」(G・M・トレヴェリアン教授が書いている)「今ではその事実を歴史が知っているが、ピータールーの虐殺と同じく些かも容認することの出来ない残酷さによって、ホィッグ党の評判に汚点を残すことと相成った。」彼が決定した、新〝血の巡回裁判〟だ。政府には弱味を見せる時間などなかった。死刑宣告がそのために恐ろしい程数を増したが、こうして死刑宣告された人々の多くは処刑代わりに悪魔たちに支配された生ける地獄へと追放された。悪魔たちの最終的な不敬行為はクリスチャンであると自称したことだった。実際に追放を宣告された人々は、むしろより慈悲深いと言える死刑執行を延期されて追放になった人々を別にしても、四百人から五百人を数える程にもなり、彼らとその妻子、両親、兄弟、姉妹の間の別れの苦しみは、今の時代に至るまで私たちの歴史を黒く染めている。忌わしい制度によるこうした奴隷たちの運命を彼らを愛する人々に二度と再び味わわせることになってはならず、彼らは骨の髄まで徹底的に鞭打たれ、足蹴にされ、餓え渇き、家畜のように扱われ、人間性を剝奪されたわけだが、彼らが愛していた人たち、彼らが引き裂かれてしまった人たちに起こったことを決して味わうべきではなかろう。

これはメルバン卿の唯一の罪ではなかった。女王の王位継承の三年前、ドーセットのトルパドル村の六人の農場労働者、聖人にも似た美しい罪なき生活を送る慎ましい小作人の、ラヴレス家のジョージとジェームズ、トーマス・スタンドフィールドと息子のジョン、ジェームズ・ハメットとジェームズ・ブラインは、「危険で不安をそそる人物の組合を結成した」罪のために逮捕されて収容された。こうした組合はオーウェンの理論を現実的に応用した結果であり、そしてトルパドルの人々の場合は完全に平和的手段によっていた。なぜならこれらの労働者たちは自分たちの週給を週七シリングから八か九シリングに増額するよう雇い主に頼んでみようか議論するために集まっていただけなのだから。しかし気まぐれなメルバン卿はすぐに新しい裁判官を任命し、オーウェン・ラッテンベリー氏の著

『自由の炎』に語られているように、新「ドーチェスター巡回裁判」が開かれることが決定され、それがジェフリー裁判官の管轄下にある西部地方の最悪の出来事の幾つかに直結することになる。即ち任命された裁判官ウィリアムズ男爵は、これら有罪の人々を見つけ出して出来るだけ重い刑罰を宣告するようにとの特命を受けたので、こうした見せしめの罰は他の諸地方の労働組合員の心に恐怖を叩き込むこととなった。

この点から、これらの人々の運命を追跡するのは、不適切ではないだろう。なぜなら彼らは我が民族の最も高潔な殉教者に相当するのだから。巡回裁判では、裁判官に対する応答でラヴレス兄弟たちは応えている。「私たちは誰の評判も、人格も、身体、財産といえども犯したことはなく、自分自身と妻や子供を零落や飢餓から守るために結束して来たのです。」けれどもこの聖人の如き人々は、このキリスト教の愛の使徒たちは、誰もが七年の流刑を言い渡された。ジョージ・ラヴレスは刑を宣告された時、紙切れに次のような言葉を書き、それを群衆に投げようとしたが、手錠に邪魔されて出来なかった。

神こそ我が導き手！　野から、波から、
鋤から、金床から、そして織機から、
我らはやって来た、国家の権利として願い出るために、
圧制者の力を抑えたまえと。

我らは「自由」の合言葉を掲げる！
我らは、我らは、我らは自由だ！

神こそ我が導き手！　我らは剣を帯びず、
戦いの火を燃やすことなく、
理性と、団結と、正義と、法によって、
我らは種馬の生存権を主張する。
我らは「自由」の合言葉を掲げる！
我らは、我らは、我らは自由だ！

この奇怪な流刑宣告に対して大いなる動揺が巻き起こったが、メルバン卿への敬愛の念に溢れたグレヴィル氏の記録によれば、メルバン卿は賢明にも、このことをめぐって何事かが起こる前に男たちを追放して誰の目にも触れないようにさせたのだ。

一八三四年五月二五日、彼らは流刑地に搬送されたが、六人に一人宛てそれぞれ五フィート六インチの寝棚しかない船の、暑くて悪臭に満ちた地獄の中に監禁されたので、飢えと痛みに疼く魂を包む襤褸と骨の集団は一人として手足を伸ばして楽々と身を横たえることが出来なかった。到着するや、彼らは鎖につながれて働いた。仲間の幾人かは、太陽の熱にめまいを起こして倒れようものなら激しく殴打され、「皮膚だろうがシャツだろうがおおうものなどない剝き出しの傷をそのままにした、捩じくれた肉」そのものだった。一人が鞭打たれた後（ラッテンベリー氏からの引用だが）こうしたひどい鉄拳を受けた男は頑強に働き続け、ラヴレスは他の人々と同じように飛び回る蝿に悩まされていた。蝿を惹きつけていたのは生肉であり、そのうちの二、三匹がこの男の上に止まっているのを彼は見た。そのうちの一匹は傷口に卵を産んで飛び去った。ラヴレスは傍でそれを見てそのまま忘れていたが、やがてある日、傷が腫れてゆくのを目にした。この魂を喪った人間が卒倒しそうになるのを見るや、現場監督は再び鞭を振るい、開いた傷口を抉った。この度は、鍛えられた男ではあったのだが、男は傷口の痛みに叫び声を挙げ、その後気絶して道に倒れた。人々は彼の鎖を解いて傷を調べようと彼の身体を裏返したが、鞭が原因で開き切った傷のまわりを這い回る蛆虫が見えた。これは病院送りになったが、この男がどうなったかをラヴレスは知り得なかった。

恐らくヴィクトリア時代が仮借なき永遠の地獄を信ずる時代であったにはそれなりの理由があったのだろう。実際、苦しみに対しあらんかぎり同情するにも拘わらず、この私の心の中にさえこんなことを信じている自分を確かに見出し得る瞬間があるのだ——この信仰は食べるため暖まるために盗みを働く飢えた者たちのためのものではさらさらないにしても——血と肉からなるがゆえに哀れで誤りやすく誘惑に陥る者たちのためのものでもない、と。もしも地獄が存在するなら、それはオーストラリアのボタニー湾のような地上の地獄とも言うべきものを得々として創設した者たちのために築かれたのだと私は思う。親愛なる、善良なる、親切で気まぐれなM卿が悪魔の仮面を付け、悪魔の笑いを湛えているのを認める機会が私にはしばしばあった。

英国内の動乱の結果として、仲間と共に不法な刑を猶予された、あの高潔なる人物ラヴレスは、一八三六年に英国に戻り、次のように書いた。

「私の地主だったスタンリー卿は、流刑を死よりも酷いものにしてやると数年前に豪語していたが、彼の邪悪で非道な目的が所期以上に達せられていることは確かだ。つまり、彼の目的は不運この上ない男たちに親切と恩恵を施すことにあったのだろう。英国内で絞首刑に処するということは言語に絶する特典を与えるということになり、現在の流刑制度に不可避の残酷、悲惨、卑劣に身をさらすことから守ってやるということになったからである。

しかしそれは社会が良くなるためであり、私たちの最も神聖なる宗教を護持するためであると私は言われて来た。神よ！　何という偽善と欺瞞がここに明らかとなったことでしょう！　最も残酷で最も不正なる最も残虐なる行為が宗教の名に隠れて行われ実際のこととなっています！　もしも私が宗教の何たるかを学んでいなかったなら、このような所業は私に神の御名を嫌悪させ憎悪させたことでしょう。

しかもなお不思議なことには、良心的な振りをするこれら偽善者たちは、彼らの危機にある神聖なる宗教を護持すると称して、働き者の正直な夫や父親を飢えさせ、『神が結び付けて下さったのだから誰も引き離すことはない』とものものしく宣告していたにも拘わらず、誰より先に男と妻を別れ別れにして何人かを流刑にし、他の者は貧民収容所に送り込んだ。父なし子と未亡人を虐げたのだ。あらゆるこうした宗教から我らを救い出したまえ！……

私は国を追われて窮乏にさらされ、苦悩と悲惨にさらされては来たが、流刑は私にさしたる影響を及ぼさなかった。と言うのは結局、私は自分の考えと信念を強固にして屈従の境遇から帰って来たからだ。私の心に消えることなく残っているのは、少数が多数の上に君臨する結果として労働の報いが不等に分配されているということだ。そして彼らの抑圧を受けながら、何千人もが今も鎖につながれて路上で働いている。現場監督に虐待され、監視官に罪状を宣告されて、鞭打ちの刑を受けるのだ。若くて強い男たちが、今は痩せ衰えて骸骨と見紛うばかりの虫ケラだ。これが男たちを改善するプランなのか？　いや、違う。もしも男たちが以前に悪かったと言うなら、今の彼らは地獄の子の十倍以上の悪さだ！

流刑は心を頑なにして、感情を駄目にして、男たちをぞんざいで無関心にしてしまい、彼らはただ前に突き進み、深淵へとがむしゃらに突っ込んで、そこから脱出することが出来なくなるのだ。労働者たちの呻き声や叫び声が、このような酷い窮状の張本人だった人々、今も張本人である人々の頭上にやがて復讐の刃を打ち落とすだろう。労働者自身の手によらずして、労働者階級の抑圧からの解放を成し遂げるものなど何もないと私は信じる。これらの信念を持って私は英国を離れ、これらの見解を持って帰って来たのだ。私が見、そして感じたすべてにも拘わらず、この問題に関する私の考えは変わることはない。

団結する以外に大きな重要問題を成し遂げようもない。即ち、世界の救済を。富の生産者たちが自分たちのエネルギーをしっかりと平和的手段で結び合わすことだ。彼らに逆らえると思うか？　非生産者の権力と影響力は無意味へと沈み込むにちがいない、闘いは勝ち取られ、勝利が確かなものとなるのだ。」

それは気まぐれなメルバン卿がその残忍さで破滅させようとした男たちの意思だった。しかし疑いようもなく彼は彼らのことも、彼らに宣告した地獄のことも忘れてしまっていた。ウィンザー城の部屋のマントルピースの方へゆったり歩いて行く時には。なぜなら、彼に従えば、「政府の全責務は罪を抑止することと契約を保護すること」だから。そして本当に人生はとても楽しいものだった！　女王は彼を、彼の噂話を、彼が留守の時は彼の手紙を大いに喜んだのだ。それらは何と面白かったことだろう。時々驚くべき悲しいニュースが含まれていたとは言え、例えば一八三九年一月六日の次のような、「女王陛下はノーベリー卿が御自身の領地で撃たれて重傷を負ったことをお知りになるでしょう。彼はそれから亡くなりました。これは衝撃的な出来事であり、もちろん、強いセンセーションを巻き起こすことになるでしょう。下層階級の幾多の人々が同様の死に方をしたのとは違いますから」。

第7章　若き女王

「一八三八年六月二八日、木曜日。……私は四時に公園の礼砲に起こされ、その後は人々の声や、楽隊の音、その他諸々の喧騒のために眠ることも出来ないままに、七時に起きた。公園は〝憲法の丘《コンスティテューション・ヒル》〟通りを目差す群衆や、兵隊、楽隊の入り混じった、奇妙な光景を呈していた。」

まるでまだ小さな少女であるかのようにベッドから跳び起きて、正装のための着替えを始めた女王の戴冠式と王位継承の日のことである。王室のレディーたち全員が待機している――やがて最愛の友の一人となる正装した女官長サザランド公夫人、寝室の筆頭女官のレディー・ランズダウン、その他の寝室付きの女官であるレディー・タヴィストック、レディー・マルグレイヴ、レディー・シャーリモント、レディー・ポートマン、レディー・リトルトン、レディー・バーラム、そしてレディー・ダーラムといった面々が――寝室付き侍女のレディー・キャロライン・バリントン、レディー・ハリエット・クライヴ、レディー・コプリー、レディー・フォーブズ、ブランド夫人、レディー・ガーディナー、キャンベル夫人、そして住込みの寝室係りのミス・デイヴィスを従えている。皆女王と同じ程興奮して幸福そうに見えた。そして階下では侍女たち、ミス・ハリエット・ピット、ミス・マーガレット・ディロン、ミス・キャロライン・コックス、ミス・キャヴェンディッシュ、ミス・マティルダ・パジット、ミス・アメリア・マリー、ミス・ハリエット・レスター、そしてミス・マリー・スプリングライスが小鳥のように囀っていた。

九時三十分に、女王が隣の部屋に行くと、大好きな姉のフェオドラとその兄のライニンゲンのカール侯が、叔父のハノーファー国王と共に待っていたが、彼の背の高い痩せた姿が陽の当たった鮮やかなカーペットに不思議な冷たい黒い影を——何か全く人間らしからぬ歪んだ影を投げ掛けていた。

すでに行進は始まっていて、群衆の歓呼の声、大砲の音が、通りにこだましていた。歓呼の声は国民的ヒーローの偉大なるウェリントン公が姿を見せた時には怒号のようになっており、そば近くにスペイン半島やワーテルローでの敵手、スールト元帥が従っていた。レイクスは彼の『日記』で次のように言っている。「スールトは、ウェストミンスター寺院の内も外も完全に征服して、拍手喝采を受けた。彼がそれ以来言っていたのは『私の人生の最良の日であり、戦争の折にはいつも私が王室の人間として戦っているとイギリス人が考えているのが判ったからである』ということだった。寺院に入った時、彼は幕僚の腕をつかんで、まさに圧倒するばかりの声で叫んだのだ、『ああ！　まことに、勇敢なる国民だ』と。」

キラキラとまぶしいばかりに光溢れる暑い六月の中、全身甲冑に身を固めた厖大な行列が〝憲法の丘〟通りを上り、ピカデリーを下り、セント・ジェームズ通りを通って、トラファルガー広場を横切り、群衆のライオンの咆哮にも似た叫び声の真っ只中へと道をうねりながら突き進んで行くではないか！　公式馬車でバッキンガム宮殿を後にした女王は、サザランド公夫人とアルベマール卿に伴われて、彼女が日記にしたためているように、十一時三十分に「耳を聾するばかりの歓呼の真っ只中」の寺院に到着すると、入口付近の式服着用室《ロービング・ルーム》へと直行したが、そこには彼女の裳裾持ちのレディー・キャロライン・レノックス、レディー・アデレイド・パジット、レディー・マリー・タルボット、レディー・ファニー・クーパー、レディー・ウィルヘルミナ・スタンホープ、レディー・アン・フィッツウィリアム、レディー・マリー・グリムストン、そしてレディー・ルイーズ・ジェンキンスンが、白いサテンと銀紗のドレスを着て、前髪には銀の麦穂の花輪を飾り、後ろのお下げ髪にはピンクのバラの花輪を付けて女王に仕えていたのだが、その間にもあちらでもこちらでもピンクのバラがドレスに振りまかれていた。

聖歌《アンセム》が始まると、女王はすぐに祭壇の背後の小さな暗い所にある、セント・エドワード・チャペルに女官や裳裾持ちたちと共に退出し、そこで深紅のベルベットの礼服とゆったりとしたガウン《カートル》を脱ぎ、行列で身に付けていたダイヤモンドの頭飾りを外し、代わりにガウンとして金色の布の短上衣《スーパーチュニカ》を纏い、その上に「レースの縁取りの付いた風変わりなリネンの小さなガウン」を羽織った。彼女は頭には何の飾りも付けずに寺院の中へと進んで行った。

彼女は中へ入る、「皆白い服を着てまるで銀色の雲のように彼女の周りを漂っている八人の女官たちを従え、まるで息継ぎのためのように休み、両手を組み合わせ」、それからセント・エドワードの椅子に座ると、戴冠式用のローブがカニンガム卿によってしっかりと着せかけられた。それから女王にとっては王冠授受の瞬間が、すべての貴族と貴族夫人たちにとっては宝冠《コロネット》を付ける瞬間がやって来た。女王が王冠を頭上に戴くために跪いた時、太陽光が彼女の上に差したので、ケント公夫人はその光景に圧倒され、様々に入り混じった感情に突き上げられて涙を溢れさせた。女王の「優秀なるメルバン卿」もまた「この瞬間完全に圧倒されて感動してしまった」。女王は続いて即位式を終え、主教の忠順の宣誓、それに続く、序列に従った王族の君主たちの忠順の宣誓も素晴らしかった。しかしながら、九十歳近いよぼよぼのロウル卿が、玉座の階段を上がろうとして倒れるという不運な出来事が起こってしまった。幸いにも彼は怪我ひとつしなかったのだが、女王の最初の反応は玉座から立とうとしたことだった。その後、彼が再び忠順の礼を表しに来ると、彼女は「私が立って御挨拶しましょうか?」と訊ね、玉座から立ち上がると彼が上らなくてもいいように二、三歩階段を降りることまでした。これは、仁愛深きお優しい行為として大きなセンセーションを巻き起こした。この出来事に深く感動した目撃者たちの中の若い下院議員ディズレーリ氏は、その才気がすでに認識され始めてはいたが、東洋的な風貌の非常な美しさと並々ならぬ魅力と個性を持った若者であった。「これ以上効果的なことはない」と後に彼は書いている。そして妹に言った。「女王はその役割を非常な優雅さと完璧さで成し遂げたが、それはたいていはどんなに熟練した者たちでも出来かねるようなことだ。彼らはいつも次は何が起こるかとハラハラしているので、君はリハーサルが足りないのを見て取るだろうよ。」

例えば、大主教は相変わらず途方に暮れたまま。女王は、彼が十字架付き宝珠《オーブ》を女王に渡すべき時に、すでに自分がそれを手にしていることに気付き、大主教の方は（いつものことながら）とても困惑して混乱してしまい、そわそわし出したのだ。

この出来事の前、女王はメルバン卿の腕に支えられながら玉座を降りると、女官や裳裾持ちたちと共に、再びセント・エドワード・チャペルに入り、戴冠式用のローブと短上衣《スーパーチュニカ》を脱ぎ、その代わりに紫のベルベットのゆったりしたガウンとマントに着替え、その後再び玉座に上がった。上がるや、彼女が捉えたのはロイヤル・ボックスの真上の席にいるもう一人の〝大切な存在〟、最愛のレーツェンのまなざしだった。彼女たちは、実際、女王が玉座に着いた時に微笑みを交わし合い、彼女と、以前解任されたが今では（女王の日記にはこの登場を除けば、それに関する記録は実際見出せないが）復職しているシュペートは女王が宮殿を離れ、寺院に到着したのを目にして、儀式に見入り、そしてすぐにも女王が寺院を離れて宮殿に戻って来るのを目の当たりにすることになる。二人の友たちの喜びと興奮は、想像に難くない。女王が五歳の頃から、甘やかしたり、叱ったり、愛したりして、彼女の短気を鎮め、その気性に意見したりしながら、この小さな王女を見守って来たのだ。

女王は再び玉座を降り、十字架付き宝珠《オーブ》を付けた貴族、女官や裳裾持ちたちを従えてセント・エドワード・チャペルへと歩いて行ったが、メルバン卿が言うように、「それまで見て来たものとは似ても似つかないチャペルだった。祭壇がサンドイッチやワインのボトル等におおい尽くされているのだ。……メルバン卿はワイングラスを手に取った、自分がとても疲れているように感じたからだった。」

幼い女王は王冠を脱いでいた。それはとても重いものだった。けれども今また被り直さねばならなかった。そしてそのようにして、彼女の表現によれば、彼女を押しつぶしてしまう程の宝珠とローブの重荷を全身で背負い、狂乱の歓呼の真っ只中の寺院に再入場し、その中を進んで行き、最初の衣装室に行くと、そこには感激のあまり頬には涙の跡もそのままのケント公夫人、一度は落ち着いて和やかになっていたのにまたそわそわとメリヤス編みのように背伸びしたりちぢかまったりしているグロスター公夫人、それからケンブリッジ公夫人が、それぞれ女官を連れて彼女を待っていた。ここで女王は少なくとも一時間待つことになったが、その間しばらくは、大主教が、あわてふためいて間違った指に嵌めたために彼女に相当の傷を負わせた即位の指輪から指を救出させて過ごしたのだった。それから遂に午後四時半、頭には王冠、手には十字架付き宝珠《オーブ》の出立ちで馬車に乗り込み、彼女がやって来るのを見ようとした人々よりもっと数を増した群衆の真っ只中を進んで行った。後に彼女が書いているように、「まさに感動的な熱狂と、情愛と、忠誠」の場面であった。群衆は、実に、彼女の若さ、彼女の子供っぽい姿、そして青白くてひ弱な彼女の容姿に感動したのだ。見物人の一人だったトマス・カーライルは言っている「哀れな幼い女王よ！　彼女は自分のボンネットも選ばせてもらえない程の年齢だ。それなのに、大天使も畏縮するに相違ない仕事が彼女に押し付けられたのだ」と。

そのように彼女は、顔、顔、顔の海の中を通って行ったが、それは彼女の疲れた目には、実際花の世界なのか海の世界なのか星の世界なのかわからないように見え、六時少し過ぎには再び帰路に着いたのだった。そしてすぐに、豪華なローブを脱ぎ捨てると、可愛がっているスパニエル犬のダッシュに夕方の湯浴みをさせながら、楽し気に笑いながら大好きなレーツェンとシュペートに話し掛けたりしていたのだが、彼女たちはかつてなかった程によくおしゃべりしていても、二人ともとても疲れて涙が溢れんばかりになっていた。「あなたがどんなに手に負えなかったか覚えていらっしゃいますか？クレアモントでのあの夜、盛大な晩餐会があった時、私たちはあなたをどこにも見付けられませんでした――子供部屋を探しても、勉強部屋を探しても、あなたはどこにもいらっしゃらなかったのです。衣装方の年老いたルイス夫人がナイトガウンと部屋着姿の小さなあなたの姿を見付けるまでは。」……「クレアモントのあの夜のことを覚えていらっしゃいますか？　私たち、あなたとバロネスとフェオドラと私が、黄花の九輪桜を摘んでいた時、雷雨になってしまって私たちの両手は黄花の九輪桜でいっぱいになっていて傘も挿せず、帰宅すると陛下が私たちのことをまるで洪水の後の鳥小屋のようだとおっしゃったことを。」……「あなたは覚えていらっしゃいますか？」……

最後に静かな家族の晩餐会のために着替えをする時間の八時になり、女王の伯父たちや、姉と兄、シュペートとレーツェン、グロスター公の郷紳たちが、メルバン卿やサーリー卿もその席にいた。女王は付き合いにくい叔父のハノーファー王とメルバン卿の間に座ったので、フェオドラがその向こう側になった。女王とメルバン卿はいつものようにおしゃべりして、カールにも話し掛け、彼女は王冠がとても痛かったことを彼らに話した。彼らは若い女官たちのドレスのことを言い立て、メルバン卿はレディー・ファニー・クーパーが他の女の子たち程の効果は出せないでいた、と思っていた――けれども女王はこの意見を肯定しなかった。その時メルバン卿は「あなたはとても疲れています」と彼女に言って、目に涙を浮かべて付け加えた、「あなたは見事な着こなしをしましたよ――どの部分を取っても、大変良いご趣味で、人様にあれこれ言わせないものでしたから、人々の印象に残ることでしょう。」「あなたという親切で公平な友から」と女王は付け加えて言った「その言葉を聞いて、本当に嬉しいです。」それからヨーク公夫人とフェオドラはイルミネーションを見ようとバルコニーへ行き、ハノーファー王は同じ目的で通りの方へ馬車を駆って行った。幼い女王もまた、夜明け近くまで、夜の間ずっと美しい花火を眺めながらママのバルコニーにいたのだった。

そのようにして長い、栄光に満ちた、夢のような日は終り、そして遂に、宮殿の中から灯という灯が消えた。

すべての灯が。たったひとつの灯を除いて——その灯はシュトックマー男爵のベッドの傍らに位置を占めていた。彼は、そのアドバイスと長年の経験で女王を助けるために、今ではベルギー王の要請で幼い女王の宮中に居を定めている。——つまり、彼はベルギー王の影武者ではなかったか、もう一人の王その人だったのではないか？　そして王の姪にとって一体誰がより相応しい顧問《メントール》であり、指導者であり、援助者であり得るだろうか？　もしも最愛のレオポルド叔父がいつも彼女の傍らにいることが出来ないとしたら、男爵こそ疑いもなく次善の人であったのだ。

男爵は眠りもせず一本のロウソクの灯が尽きるのを見つめながら横たわっていた。なぜ、あらゆる夜の中でこの夜に、彼は他でもないあのまばゆいばかりのもう一人の若い少女を、彼の最高の友の花嫁であった陽気な笑い転げるお方を思い出したのだろう？　当時のシュトックマー男爵は、レオポルド侯付きの若い医師だった。彼は決して陽気な質《たち》ではなく、憂鬱症と胃弱と半ば気からの様々な病気を患っていた。けれども陽気でいつも笑っているシャーロット王女は彼をすぐに好きになり、時が経っても変わることなく、彼に対して心からの愛情を感じていた。彼女は彼とジャレ合った――と言うのも彼女は女子学生と言うよりも男子学生のようだったから――そして大きく響く声で彼に話し掛けるのだった。彼女は彼をからかって、おデブちゃん《シュトッキー》と呼んだ。そして彼は、こんなに楽しい宮中の一員であることが嬉しくて、日記にも書いている。「私の御主人は地球の五大地域すべての夫の中の最高の夫であり、その妻は彼に山程の愛を捧げ、その大きさと言ったら英国国家の全負債にも比較出来る程のものだ。」

後年若いシュトックマー医師を有益な助言者にすることとなる深慮と細心さが伺えるようになったのはこの頃だった。一八一七年の初め頃、王女が出産の予定で、シュトックマー医師が常任医師の一人というポストを提示された時、彼はそれを断った。なぜなら彼にはわかっていたのだ。英国の同僚が外国の医者が王女に仕えることに嫉妬し、彼のアドバイスに従わないだろうことが。そして、何かが悪い方へ向かえば、罪は彼に被せられるだろうことが。何かが悪い方向へ行きそうだと彼が予測し始めるのにそんなに時間は要さなかった。なぜならその頃はこうした状態の女性に栄養価の低い食養生をさせ、しばしば放血させるのが流行りのようなもので、シュトックマーは王女が具合が悪そうで、いつもの彼女と全く違っているのを見て取った。レオポルド侯を傍らに呼んで、懸念を伝えた。けれども、他の医師たちはこの意見を聞いても何の注意も払わずに程度の低い処置を続けた。遂に、十一月五日の夜九時、五十時間以上の陣痛の後、不運な王女は男の子を死産した。それからまた更に恐ろしい三時間があって、その間若い母親は受けた処置によって弱り果てながらも生きようと戦った。それは空しかった。真夜中にシュトックマーは彼女の息の根が尽きようとしていることを知らされた。彼は死にかけている少女の部屋へ行き、医者が彼女にワインを与えているのを目にした。彼女は荒れた小さな手を差し伸べて彼の手を握った。「彼らは私をヨレヨレにしてしまったわ」と彼女は、いつもの大きな男の子みたいな声とは似ても似つかない囁き声で言った。彼はほんの少し彼女と一緒にいてから隣の部屋に行ったが、そこへ着くか着かないかのわずかの内に「シュトッキー、シュトッキー！」といつも呼ばれていたとおりの大きな声を聞いたのだ。彼は彼女の部屋へ飛び込んだが、駆付けるや死前の喘鳴が聴こえ——彼女が激しく左右にのたうち回っているのを見た。それから、突如、脚を引き付けたまさにその瞬間、彼女は死んだ。

彼女の夫は、陣痛が始まってからのこうした凄まじい時間が過ぎて行くごく早い場面で、短い休息を取るために自分の部屋へ行っていた。そして今、彼に妻が死んだことを告げることがシュトックマーの肩に掛かっていた。侯は彼を見つめた。ことを理解している兆候は些かもない。つまり、ここは、シュトックマーの声で目覚めた彼が実際に落ちていた夢の中だ。それは夢だったのだ——こんなことは断じて起こらなかったのだから！　妻の部屋への通路を歩きながら、彼は突然立ち止まると椅子にへたり込み、その間シュトックマーは彼の傍らに跪いていた。彼はしばらくそこに留まり、それから、機械的に再び立ち上がると死んだ少女の部屋の中へ入って行った。彼女のベッドの傍らにくずおれ、その手に何度も何度もキスした。

立ち上がると、身をシュトックマーの腕の中に投げ出した。「やり切れない程淋しいよ」と彼は言った。「一人にしないと約束してくれ。」

二十二年前だ！……シュトックマー男爵はなぜ今そのことを思うのだろう、世界にあるあらゆる夜の中の今という時に？　あの幼い死んだ王女は、もしも生きていたら今や女王になっていたことだろう。そしてどんなに違った人生だったことか。多分彼も彼の最愛の友もこんな鋳型にはまってなんかいなかっただろうし、世俗的でも、慎重でも、野心的でもなかっただろう。もしも彼女が生きていれば。つまり、彼らは二人とも変わってしまった――それが彼にはわかるのだ。年を取った、年を取ったのだ！

しかし、また、こうも言える。レオポルドがその友に支えられた以上に誠実に仕えられた人間はいなかったとも。レオポルドは彼の人生のあらゆる行動、あらゆる決定においてシュトックマーの意見を訊いたし、シュトックマーは決して途方に暮れることはなかった。レオポルドに妻の死に続く年月を英国に留まるようアドバイスしたのは彼だった。レオポルドがギリシアの王位を最初は受諾し、それから拒絶した結果生じた様々な困難を取り除いたのは彼だった。レオポルドが、最後にはベルギーの立憲君主になることを決心したのは、彼のアドバイスによるものだった。そして、結局のところ、彼の誤ることのない機転、彼の外交手腕、彼の正直さが抱かせた尊敬と、彼の長らくの細心な働き、これらこそがベルギーの中立を列強諸国に認めさせたのだった。

翌日、女王は早起きし、最初に思ったのはロウル卿に手紙を書くことだった。アクシデントから病気になったりしないよう願っていると（彼女は前夜、宮殿に帰る前に彼を見舞ってもいたのだった）。そしてメルバン卿にも手紙を書いて、無事にお帰りになったか、良く眠れたかを訊ね、彼女自身がどんなに良く眠ったかを伝えた。それから日中のあらゆる騒動《エクサイトメンツ》が始まった。内閣は戴冠式のお祭が四日間ハイド・パークで開催される許可を与えた。その日以降のお祭は女王によって開かれ、女王が来臨された。そしてお祝いの催しの締めくくりに、女王陛下は七月九日ハイド・パークにおいて、法外な熱狂の真っ只中での五千人の閲兵式を挙行した。そしてこの時スールト元帥は、彼を称えて大々的に挙行された閲兵式ではあったが、万来の群衆によって再び歓呼して迎えられた。

そのように時は過ぎて行った。忙しさや賑やかさ、議会の休会やら、スパニエル犬のダッシュとの遊びやらと共に。燃えるような夏の日々も、暗い冬の日々と夜々も、あらゆる幸福、あらゆる楽しみを収めるには短すぎるように思われた。毎日、毎晩、何かしらの新しい経験、新しい喜びが、かつて継ぎの当たったフロックを着ていた幼い王女のためにあったのだ。そしてその人は今や英国の女王なのだ。

第8章　暗雲

それなのにああ、あらゆる楽しいことの真っ最中に、舞踏会の真っ最中に、そして羽根つき遊びの真っ最中に、宮殿には暗い影が垂れ込めて、やがて襲い掛からんばかりのひとつの暗雲が、まさにあの一月には、空全体をおおい尽くした。

そうこうしている頃、ケント公夫人の侍女であるレディー・フローラ・ヘイスティングズが異様な様子で伺候して来た。その目は落ち窪み、心乱れるばかりの恐怖におおわれているかのように引きつり、物腰は大儀そうで、まるで身を隠したいかのように彼女は宮殿内の部屋から部屋へと哀れっぽくよろめき歩いていた。しかし、中でも最も不可思議なのは、その体形が日を追うに従って変化して行ったことだった。レディー・フローラ・ヘイスティングズは献身的に仕えていたのでケント公夫人に愛されていたが、他の女官たちの受けはあまり良くなかった。そうした女官たちの一人があの如才ないレーツェン、キャラウェイシードに関するレディー・フローラのお茶目な冗談を忘れない人であり、もう一人は女王の寝室付き女官のレディー・タヴィストックであった。この二人の女官はこそこそと額を集めては囁き合い、囁く程に自分たちの確信を強めて行った。やがて、この囁き声は宮殿中に知れ渡るようになり、つい最近ケント公夫人がスコットランドから戻る際には、レディー・フローラはサー・ジョン・コンロイと同じ馬車で旅していたことが周知のこととなっていた。こうした状況で女官たちが思ったのは、これでレディー・フローラの様子が簡単に説明出来るということだった。彼女は明らかに妊娠中だったと。

レーツェンは恐ろしさに降参したというように両手を挙げて、唇をほとんど見えなくなるまで引き締めたが、驚きはしなかった。レディー・フローラに関しては良きに付け――悪しきに付け――いつも何かしらがある……彼女はますます以前よりおしゃべりになり、如才なくなって行った。その権力の高みから、昔の敵の没落と、ケント公夫人の納戸部屋への追放を注視していた。勝ち誇るレーツェンは、事態をこのままにしてはならないと主張した。徳行こそが美徳、彼女の若い頃からお世話した、可愛い、無垢なる少女‐女王は、このレディー・フローラのような不道徳者と接触することによって、曇らされ、おおきっと、穢されてしまうことだろう。

遂にレディー・タヴィストックは何をなすべきかメルバン卿に助言を求める、という尋常ならざる手段を取った。トルパドル事件の主役がこの事件において演じた役割についての意見は様々である――ストレィチー氏は、物事を彼流にあっさりと始末したのだと思い込んでいるが、一方で他の学者たちは把握している。メルバン卿こそが、哀れなレディーに、サー・ジェームズ・クラークの検診を受けるという屈辱を忍ばせようと示唆した人物であった、と。一方、サー・ジェームズ・クラークは立場上、疑念を即座に声に出す人物だ。こんなことは言うまでもないだろうが、この時までにはコソコソ話の声があの実に大きな声の、公然のおしゃべりになっていて、遂に女王の耳にまで届いた。傷口をティッシュペーパーで清潔にくるんで来たとは言え、すでに深く傷付いていたケント公夫人は、急遽彼女の侍女の支援にまわった――羽毛を風になびかせ、ウィリアム王と戦った頃の素晴らしい日々に戻ったかのようにシルクをサラサラと優しく揺らしながら。けれども、彼女が出来るかぎりのことを言ったにも拘わらず、検診は――その間サー・ジェームズは、レディー・フローラによれば、居合わせた他の医者は大変丁寧に彼女を扱ったのに、荒々しい無礼な態度で振舞い――強行されたのだ。そして、結果として、レディー・フローラの完全無罪を立証する証明書が二人の医師によってサインされた。

数日後、私たちはこの哀れな女が叔父に次のような手紙を書いたことを知ることとなる。

「親愛なる叔父さま、

ブリュッセルがどんなに心地良い所であるか知っておりますので、私はあなたがすでにひとつの話をお聞き及びだなどということがないことを望んでおります。ロンドンはその話でもちきりだと私は聞いておりますが、あらゆる出来事に関して、あなたには私自身のペンから極悪非道な陰謀のことや、ケント公夫人と私自身を守ることが神の御心に叶うことだという報告を聞いて頂きましょう。なぜなら、私は最初の犠牲者には違いありませんが、それが何もかにもをぶち壊そうと計画されたものであったということを、私はこれ以上疑うことが出来ませんし、ある一人の外国女性が、彼女が公爵夫人を嫌っていることは公然のことですが、糸を引いていたからなのです。それは彼女にはまだ自覚されていないことではありますが。お話ししましたように私は町に戻って来た当初は病気で、時々胆汁症の疾患を患ったこととの相乗作用で、脇腹の痛みと胃の膨張感を感じていました。私は直ちにジェームズ・クラーク卿の治療の下に身を置きましたが、この人は女王の医師であると同時に公爵夫人の医師でもあり、相談し易い人でした。不幸なことに、彼は私の疾病にあまり注意を払うことはなく、完全に分かっていたようでもありませんでしたが、それは薬を服用しても胆汁が改善しなかったからです。とは言っても、歩くことと弱い黒ビール《ポーター》のお蔭で少しは力も戻って来ましたし、そうなりますと胃の膨れもとても小さくなったのです。ご推察のように、私が怒り心頭になりました理由は、約二週間も経ちました頃でしょうか、ジェームズ・クラーク卿が私の部屋に入って来て伝えた宮廷の女官たちの確信として、私が秘密裏に結婚しているに違いない、少なくとも結婚していたのだろうというもので――ひとつの判断に完全に説得されてしまった人物を私はそこに見たのです。『私の人格を救う唯一の手段』としての『告白』に関する彼のあらゆる勧告に応えて、私は、あなたはきっと信じて下さいますように、告白することなど何もない、という憤慨しながらも確固とした拒絶をお返ししたのです。それに対して彼は私が検診に従う以外に彼女たちを満足させ、私の汚名を返上する方途は一切ないと告げたのです。私は、女王に問題が上奏されたことを知りました。これらすべてが議論され、都合よく整理されてから、私に通告されたのです。自分自身のご主人様に何ひとつ申し上げることも、疑念のひとつをほのめかすことも出来ないまま、私にこのようなことを言い渡す彼女たちに対する女王の判断もないままに。私の部屋から公爵夫人の部屋へとジェームズ卿は行き、私が妊娠しているのでレディー・ポートマンに付き添ってもらうことに決めたことを伝えたのですが、ポートマンが女王陛下から母親へのメッセージを伝えて言うには、女王は検診の結果が明らかになるまでは私が姿を現すのをお許しにはならないというものでした。レディー・ポートマンは（彼女は、お聞きになればお嘆きでしょうが、レディー・タヴィストックと共に私に対して最も攻撃的な人としてその名を知られていて）私が有罪であるとの確信をはっきり表明する機会を逃さなかったのです。私の最愛のご主人様は一瞬たりとも私を疑うことなく、このような告発に耳を貸すまでもない程に、私と私の家族を知り尽くしていることを彼女たちにおっしゃったのです。それでも、布告は下されたのです。翌日、公爵夫人の不承不承の承諾が得られましたのは、私がこのような屈辱に曝されると考えることに耐えられなかったからで（けれども公爵夫人にとっても、あのお方の御家族や私自身にとっても、単刀直入な反証がたちまちに嘘を明るみにしてしまうに違いないのは明らかであると感じました）、私は最も厳正な検診に身を委ね、私の告発者であるジェームズ・クラーク卿とチャールズ・クラーク卿もサインされた、言葉で明言することが出来得るかぎりの力強さで次のように述べられた証明書を手にする満足を得ることになったのです。『妊娠しているとも、したことがあるとも判断する根拠は皆無である』と。弟に、インフルエンザに罹っていましたが、すぐ来てくれるようにと手紙を書きました。

彼の処し方のすべてを列挙するのはあまりにも長くなってしまうでしょうが、彼の振舞以上に男らしく、勇気ある、しかも思慮分別のあるものはないでしょう。彼はメルバン卿を攻め立てて陰謀への彼の関与を明確に否定する言質を獲得しましたが、自身で女王に謁見出来るまでは町を離れようとはしませんでした。女王陛下が私を傷付けようとする如何なる意図もお持ちではないと思うと陳べながらも、まことに簡明かつ敬意を込めて自らの考えを陳べたのです。女王を補佐する人々に関して、また中傷の発案者を見付け出して、彼であれ彼女であれ罰を与えるとの彼の決意をも。彼らが自分をどのように裏切ったのかを女王が理解しなかったのは確かです。私に対するいたわりの言葉で後悔を表そうと女王は努め、目に涙を浮かべてそのことを大変見事に表されました。公爵夫人は完璧でした。母親でもこれ程優しくは出来なかったでしょう。その侮蔑を個人攻撃ととらえ、それも実際には自分に専属で仕える者に向けられた侮辱ととらえたのです。彼女は即座にジェームズ・クラーク卿を解任し、レディー・ポートマンに会うことを拒絶し、しばらくは再び姿を現すことのないよう、女王のテーブルに現れて私の気持を苦しめることのないようにしてくれたのです。女王は可哀想なママに書いた最高に美しい手紙によって美徳の栄誉を授かりましたが、物事が公けにならないようにとの配慮から、その報告はしばらくママから遠ざけられたまま、今日に至っているのです。私が言われたのは、私に対しては尊敬以外のどんな感情もないということ――まさに御名に庇護されている者に加えられた侮辱に心震わせ、多くの所で感情が爆発し、誹謗中傷した人々の免職による公けの賠償が私に提供されるべきであることが声高に表明されています。けれども、このことは大臣たちの見解となることはありませんでした。個人的には私を侮辱した人たちに復讐したいなどとは私は思っておりませんし、そのことをひどく後悔しているとも言えません。彼女たちが世間一般の感性に配慮する程十分思慮分別があるかどうかは疑っておりますけれども。ずっと女性に苛烈だった哀れなクラークが辛うじて犠牲にされたくらいでした。公爵夫人は堂々と私を支援してくださり、私はあのお方を今まで以上に愛しています。あのお方は度量の大きな女性のうちでも、何という最高に心の大きな女性でしょう！今回のことはあのお方をひどく弱らせました。それは私をも相当に打ちのめし、私は惨めな程に痩せました。でも、チェンバーズ医師の良い処置の下、ふっくらして来て、もうすぐに元気になる希望も湧いて来ました。父ヘイスティングズはこのことに関与したことなどなく、何事か精査することが残っているとしても係わるつもりはないと言っています。

さようなら、大好きな叔父さま。あなたにあまりにもいやなお話をお送りすることになり、お恥ずかしいですが、あなたには真実を、すべての真実を、ただ真実だけを知って頂きたいのです——そしてあなたに喜んでそれを正しく伝え残して頂きたいのです。

あなたの愛に満ちた姪、

フローラ・エリズ・ヘイスティングズ」

物事はそこで終らなかった。レディー・フローラの母親である、憤慨したレディー・ヘイスティングズが、ジェームズ・クラーク卿が解任されるべきである、と今一度要求をする手紙を女王に書いたのだ。この手紙に女王は返事すらしなかった。だが、トルパドル事件の主役は、女王はレディー・フローラに対して個人的に遺憾の意を伝える最初の機会に対応はしたが、それ以上踏み込むつもりはなかった、とレディー・ヘイスティングズへの手紙で書いている。しかし丁度この頃に日刊紙が事件を取り上げ、ヘイスティングズ家の属する政党の新聞モーニング・ポスト紙が騒ぎの渦中に突進し、スキャンダルはますます大きくなり、レディー・フローラは「堕落した宮廷の犠牲者」であるとさえ公言されたのだった。

フローラ・ヘイスティングズは女王及びメルバン卿との往復書簡のすべてを新聞紙上に公表した。ジェームズ・クラーク卿も、同様に新聞紙上に、彼自身の行動の弁明を公表したので、世間一般の義憤は日々大きくなり、ロンドンから地方にまで拡がって行った。しかし物語が終焉した時、それは更に底深いものとなっていた。なぜならこの哀れな誹謗された女性は恐ろしい内疾患、肝臓肥大で死を迎えつつあり、それゆえに面変わりし、それゆえに態度も引っ込みがちになり、目は恐怖にさ迷うこととなったのだ。

七月四日、彼女がバッキンガム宮殿で死に瀕していることが知られ、その夜行われることになっていた宮廷晩餐会は即座に取り消された。再び囁き声が宮廷内に聞かれるようになったが、大層異なる種類のうわさ話が部屋から部屋へ、廊下を渡り、召使部屋へと入って行き、窓々を通り抜けて、はるかかなたへと流れ、やがて町の家という家に届いて、市中に知れ渡り、遠く隔たった地方にまで吹かれて行き、今も繰り返し、こうした大層異なる種類のうわさ話が国中に拡がっているのだ。

翌日、レディー・フローラ・ヘイスティングズは死に、国民全体がショックを受けていた。宮廷に対する怒りの風評が至る所に生じ、無実の女性が、しかももうすぐ死のうという人が、あまりにも誹謗されるような扱いを受けたことに一般大衆は憤慨した。狭量な社会は宮廷によって見せ付けられたデリカシーと寛容の欠如にショックを受けたのだ。そして怒りは女王とメルバン卿に対して最高潮に達し、実際、女王が周囲に発していた魅力にしても、人々を統治することを求められた若い無垢なる少女に対する国民全体が抱いていた愛情にしても、ひとかけらも残ることはなかった。「誰一人女王を庇う者はなく、彼女の人気はゼロに沈み込み、王室は死語となる」とグレヴィル氏は書いている。これが書かれたのはレディー・フローラの死の四ヶ月前、三月のことであり、今では公憤は百倍にも膨らんでいるような感じだ。実に、そんなにも大きな彼女に対する怒りだったので、彼女がアスコット競馬場に現れた時、モントローズ公夫人とレディー・サラ・インガスターは彼女が通る時にシッシッと追い払った程だ。しかし、出来事全体はショッキングで痛ましいものではあったが、責任はメルバン卿にある、と私は思う。二、三の悪意ある、独善的な、心根の卑しい女たちが、何がしかの興奮を求めて下品で残酷なゴシップに耽ったのは本当のことだが、こうした女たちのある者はほとんど世間知らずだった。一方メルバン卿は成熟した世慣れた男で、こうした女たちの振舞の醜さを理解していたとは言え、彼はそれ以上に、人々の心に生じる影響を、いったんスキャンダルが明るみに出た以上、女王を照らす光に生じる変化を予見すべきだった。

彼は何ひとつ予見せず、ただいつもの無頓着と怠惰で物事を流れるに任せただけだった。それは実に、典型的な「おお、もしもあなたが彼らをそっとしておいてやろうと思いやって下されば」というケースだった。

女王は、彼女の立場では責めるわけには行かなかった。その若さでその種の経験など全くしたことがなかったのだから。そして彼女の心に及ぼされたレーツェンの影響ゆえに。彼女はおそらく、バロネスとレディー・タヴィストックの双方から無理矢理説得されていたであろうし、彼女の強い意思にも拘わらず、宮廷内の敵対する派閥はコントロールが難しくなっていたに違いなかった。けれども更なる寛大さとより大きな精神が内奥から現れて、彼女はこうした女官たちの悪意の犠牲者に対して、ひとたびその無実がわかったあかつきには謝罪したのだ。けれども、どうあろうと、ジェームズ・クラーク卿に関する彼女の行為は理解し難い。ストレィチー氏がグレヴィルの未刊行の著作を引用して、一八三九年八月一五日の日付で私たちに伝えるところによると「ウェリントン公は、高貴な人々のとても難しいケースについて、その意見が頼りにされるのが常だったが、今回の問題への助言を求められて、自分の意見として応えている。公的取調べなしにジェームズ卿を免職にすることは不可能で、ジェームズ卿がそのままその職に留まるに違いないことはおそらく確かなことで」あり、ストレィチー氏が付け加えて言うには、「公爵は正しかったが、女王に雇われていた邪まな医者がヘイスティングズ家を和解し難い思いに陥れ、強情に非を認めない不愉快な印象を公衆の心に生じさせる」ことになった。そのためにジェームズ卿の存在が宮廷から消えることはなくなったという訳だ。ああ！　女王はこのずっと居座り続けた存在のために、二十二年後に彼女に降り掛かることになった言うに言われぬ悲劇を予想だにすることは出来なかった。彼女の人生の幸福のすべてをおおい隠し、四十年の長きに渡り今もなお彼女に残る死の影を投げ掛ける悲劇を！

しかし誰もこの悲劇を予見し得ず、サー・ジェームズは宮廷に留まることになった。

レディー・フローラの死が関係者すべてを意気阻喪させるまで、宮廷での、そしてウィンザーでの生活は、引き起こされたスキャンダルにも拘わらず、ごく普通に続いた。

一八三九年五月、ロシア大公を継いでいた後のアレクサンドル二世が、ウィンザーに女王を訪問し、彼に敬意を表して舞踏会が開かれた。女王はふざけ半分に「私は本当に大公に恋してしまった。彼は可愛い気があって、愉快な若者だ」と日記に書き、彼とマズルカを踊ったことを、「彼はとても力強く、クルクル回る時には素速くついて行かねばならず、その後は誰だってあのショッキングな新しいフランス式ワルツをしているかのようにクルクル回された感じになるから、とても楽しかった」と記している。大公が女王に別れを告げる時がやって来ると、彼女の記録するところでは「彼は私の手を取って暖かく握り締めた。彼は青ざめて、声もどもりがちに言った、『思いを言い表す言葉が見つかりません』と言ったのだ。」彼は女王の手を握ってキスし、彼女は彼の頬にキスし、それから彼はとても暖かな愛情の籠った態度で彼女の頬にキスしたのだった。そして女王は「私はちょっぴり恋したと（冗談めかして言えば）本当に思った、可愛い気のある感じのいい若者と別れるのがとても悲しくなった。」そして、翌日の夜に、バンドが女王と大公がお気に入りのカドリール〝楽しい時間〟を演奏した時には、女王はすっかりメランコリーな気分になっていた。

そのように日々は過ぎて行ったが、女王の人生には若さ溢れる楽しい出来事と同様に、様々な苦難があり、中でも最も大きかったのは、長きに渡り女王陛下に畏敬されて来たメルバン卿とその内閣の辞任で、一八三九年五月のことであった。女王の心に押し寄せたこの難事は、彼との絶え間無いコミュニケーションが王位継承以来毎日と言わず、日に数度もあった事実から推し量るに、何と大きなものだったことか。彼女はあらゆることにおいて彼のアドバイスと判断に頼って来たので、女王になって六ヶ月後の日記にも書いている「たとえ一晩でも彼がいないのは悲しい」と。そして今、彼女は完全に彼を失う状態に直面しているのを自覚した。彼女の人生から何かが消え去り、それは決して元には戻らないものだ、と自分自身に言い聞かせた。それから更に、彼女は家系代々のホィッグ党支持であったし、彼女の王室の女官たちもこの政党支持だったので、彼女はトーリー党に対して強い偏見を持っていた。これだけでもはなはだまずいことであったが、メルバン卿の存在、その余人を以ては替え難い導きと助力を失う彼女の恐怖――これこそがあらゆることの中で最悪なもの。そして今ではその恐怖がずっと彼女に付いて回っていた。「言葉もない」と彼女は議会で決定的な分裂が起ころうという時の日記に書いている、「(私たちの上首尾を確信してはいるが) 何て滅入るような悲しい気分なのか、この素晴らしい、本当に親切な人が私の首相であり続けることが出来ないことを思うと! でもこのような様々な難局を通じてとても素晴らしく私を守ってくれた彼が今も私を見捨てることなどないと私は熱く信じている。私はM卿に不安を訴えたかったのに、彼を見ている間中、涙の方が言葉より先に立って、息が詰まった感じで、必死に何か言おうとするばかりでいた」。

そして今や女王の恐れていたことが現実となり、メルバン卿は彼女から去ろうとしている。首相の辞職の理由は以下のようなものだった。一八三九年の議会の会期中、ホィッグ党は英国植民地の奴隷制を廃止するための現実行動に大鉈を振るうことに直面した――法は一八三三年に可決されていた――そしてジャマイカの直轄植民地における奴隷の解放は、植民者すなわち奴隷の所有者が暴動を起こすきっかけとなった。内閣は、従って、議会に島の政体の維持延長を要請せざるを得なくなった。五月七日にこれは可決されたが、動議はたった五人の賛成多数によって通過し、その自然な成行きとしてメルバン卿は彼自身と大臣たちの辞表を女王に提出することを余儀無くされていると感じることとなった。彼女の悲嘆は抑え切れない程大きなものだったので、下院院内総務のジョン・ラッセル卿が、彼女に謁見した時も涙に暮れていた。

彼女は、それでも、ウェリントン公を招聘して内閣をつくるよう要請する程には冷静になったが、彼は高齢を理由にそれを辞退した。それに彼は、首相は下院の一員であるべきだと信じていたのだ。サー・ロバート・ピールを招聘するのが良い、と彼は女王陛下に言った。

嫌よ！　彼女はいつもその男をひどく嫌っていたのだ。彼はダンス教師のような仕草をする――グレヴィルは女王との面談の際、彼が「いつものレッスンをつけるダンス教師のポーズを取らずにはいられない。もしも彼がその脚をじっとさせていたら、女王陛下はもっと彼のことが好きになるだろうに」と書き――ピールの敵対者であるオコンネルに従えば、彼は柩の銀の金具のような微笑みをするのだった。ピールの支持者たちもまた嫌な感じで、「ジェームズ・グラハム卿にしても、彼女は見るのも耐えられなかった。彼はまさにジョン・コンロイに似ていたのだ。」

女王は絶望していた。大好きな信頼するM卿とのさよならの挨拶は長く感動的なものだった。翌日、彼女は彼に手紙を書いた。「私は……昨夜は食べ物を一口たりとも摂れませんでしたし、今朝もなのです。」そして同じ日にその後に書かれた別の手紙で、彼女は説明している。「ピールはその意図するところがわかりかねる程にも冷たく異様な人です。……私は彼の態度を好みません。それに――何という違いでしょう、M卿のあの率直で、オープンで、自然で、最高に親切で暖かなあの態度と何と恐ろしく違っていることでしょう。」

女王とサー・ロバートとの面談は、実に痛ましいばかりのものだった。女王の敵意は一瞬なりとも言葉になることはなかったが。サー・ロバート・ピールは融和的になろうとしたが、王家の貴婦人の冷たいまなざし、よそよそしい態度が難しくした。そして彼の生来の臆病さが輪を掛けることになり、気に入ってもらいたい一心から、ダンス教師のマナーを大げさにし、枢の銀の金具の鈍い光り具合を誇張しさえしたのだった。なぜならサー・ロバートは自分の態度が魅力に欠けていることを意識していたのだから。ほんの些細なことが――言葉や身振りさえ――彼をまごつかせ、彼がまごついている瞬間瞬間にその事実を意識すること自体が彼の態度をますます堅くぎこちなくさせ、これまで以上に人好きがしなくなるのだった。女王は彼を助けようともしなかった。気が付いてはいたけれども――満足感を味わっていないでもなかったのではないだろうか――彼が惨めな思いで〝どぎまぎ〟しているらしいことに。それでも彼女はその惨めさを宥めることは何ひとつしなかったのだ。そのまま、面談は表向きの休憩もなく続く――これが一番の近道だと判っていたからだ。そこでピールは女王の宮廷には変革が必要だと提案した。理由は、女王に影響を及ぼそうと躍起になっている、新政府に反対のホィッグ党支持の女官たちが女王の取り巻きになっている状態は最早現実に適合していないからだった。女王が確固たる顔と態度で即座に言ったことは、彼女が自分の宮廷に何らの変革も行うつもりはない、ということだった。サー・ロバートは、それが無駄だと知りながらも、折に触れこの点に関して彼女を変えようと試みながらも、それは後で決めたらいい問題だと言いつつ、バッキンガム宮殿が彼の内閣の人事をアレンジするに任せていた。女王は、彼が同席している間中、微塵も感情を表すことなく、依然として、いつも言われていたように「常に大変冷静だった。市民の者によるものでも上流の者によるものでも、如何なるアジテーションにも欺かれなかった。」けれども、彼がいなくなると、彼女は再び涙の洪水に襲われた。変てこなポーズを取って爪先を伸ばしたまま、いつまでもその姿勢を続けて冷たい微笑みを浮かべているこのガチガチの、型にはまった男に言うことなんて金輪際彼女にはありはしなかった。それから再び、彼女の王室の構成が変えられるべきであると彼が提案した時、彼が何を意味しているのか彼女にはわかった。彼らは彼女からM卿を引き離した――そして今彼らはレーツェンをも引き離そうとしていたのだ。

彼女は涙の枯れるまですすり泣き、それから、涙を拭うと、自分の経験の顛末とM卿への切なさを書き綴るために座った。「私が感じているのは」と彼女は手紙にぶつけた。「メルバン卿にはおわかりでしょうが、最も頼りとし、重んじてもいた人たちが敵となって周り中にいるということです。けれども最悪のことは私がいつも会っていたメルバン卿に会わせてもらえないことなのです。」

メルバン卿は彼女を落ち着かせようとしたが無駄だった、トーリー党のリーダーたちのことを寛大にも良く言って、彼女がサー・ロバートのことをもっと良く知るようになったあかつきには、彼の多くの良い点に気付くだろうと女王陛下に請け合ったが、これも無駄だった。女王は宥めすかされはしなかった。彼女は自分のために選ばれた宮廷女官たちを侍らせる子供ではなかった。彼女は英国女王であり、サー・ロバートはそのことを知るべきなのだ。どうしてなの。彼はすぐにも彼女の侍女や彼女の衣装係までも選びたがったりするに違いない。

しかしながら、この点に関して言わなければならない。サー・ロバートは女王が思っていた程そんなに悪くはないということで、従来の慣習に従って女王統治は首相の意向に従うべきで、それは王室の女官に関しても同様だ。しかし女王は動かされはしなかったし、M卿の言うことにさえ耳を傾けようともしなかった。そして翌朝、サー・ロバートが再び出仕した時、女王が前日よりも更に尊大な態度であるのを目にした。神経質に爪先を伸ばしながら、彼は内閣の任命を告げ、それからぎこちなく一息ついた後に言い始めた、「さて、陛下、女官たちのことですが」——しかし先を言わせることなく、女王は彼の言葉を遮った、「私は女官たちの誰一人として手放すことは出来ません」と彼女は邪険に言い放った。少しの沈黙の間が訪れた。「何ということでしょう、陛下」とサー・ロバートは叫んで、「陛下は彼女たちを皆そのままにしておくおつもりなのですか?」「皆です」と女王は言って彼を見据えた。サー・ロバートの顔はコントロール出来ない程の狼狽を示し、しばらくは話すことも出来ないようだった。「女官長や、寝室付きの女官たちもでございますか?」と彼は最後にやっとの思いで言ったのだ。「皆です」と陛下は繰り返した。

サー・ロバートは、彼の不快感が増大するにつれ柩の銀の金具にますます薄暗い輝きを帯びさせて、小さな声で英国憲法に言及した。彼は女王陛下の記憶に女王統治に求められる慣習を呼び出そうとした。無駄なことだった。女王陛下は表情ひとつ動かさず、その目は彼の目を威圧的に見据えた。そして遂にサー・ロバートは、他の様々な込み入った事柄を困り果てた様子で並べ立てながら彼女の前から立ち去り、何ひとつ決まることはなかった。女王は書物机の方へと身を翻し、メルバン卿に急ぎの手紙を送った。「サー・ロバートはとてもひどい振舞をしたのです」と彼女は主張した。「彼は私に女官たちを手放すよう強いたのです。それに対して私は断じて同意しないと返答しました。それにあんなにおびえた人を見たことがありません……私は冷静でしたが断固としていましたので、あなたは私の落ち着いた確固たる姿勢を喜んで下さるだろうと思います。英国女王はこんなペテンには従わないものです。準備していて下さい、あなたはすぐにも必要とされることでしょうから」——なぜなら陛下はすでに薄々感じていたのだ。彼女の曲げない態度が究極の、最も望ましい結果となるだろうことを。手紙を書き終えるやいなやウェリントン公が彼女の面前に案内されて来て、彼女の手を取ろうと身を屈めて言うことには、「陛下、厄介なことがお有りとお聞きして悲しいかぎりでございます。」「おお」と晴れやかに、はっきりと女王は応えた、「彼が始めたことで、私ではありませんわ!」

意志と意志の衝突であり、ウェリントン公が知ったのは彼の意志に匹敵する意志を見出したということだった——決して彼自身のものに劣らない平静さと決断。彼は、ストレィチー氏が言うように、女王を一インチすら動かすことが出来なかった。遂に、「サー・ロバートはそんなに弱いお人ですか?」と彼女は訊いた、「女官たちに思い通りに支援してもらわなければならない程に?」これはもう打つ手がないことを示していたので、公爵は最後の説諭の後、会釈をして暇乞いをした。

女王は勝者だった。彼女が感じたのは、物事にはたったひとつの終り方しかないということであり、彼女は正しかった。なぜならサー・ロバートは間も無く戻って来て、次のように告げたからだ。もしも彼女が自分の決めたことを固守するなら、彼は組閣することが出来ないと。それに対して女王陛下は彼に文書で最後通牒を下す、と冷たく応えた。

翌朝、メルバン卿とそれまでの内閣のメンバーが会食した。女王の書状が読み上げられた。異様な昂奮が醸成された、論理も分別も御構い無し、国家に関するかぎり、彼らがなぜ辞任の決定を断念し得るのか理由が無い、という事実を考慮もせずに、彼らは一人残らず主張した、「このような女王を、このような女性を見捨てることなど出来ない」と。そして、自分たちがもう女王の大臣ではないという事実を無視して、サー・ロバート・ピールとのあらゆる交渉を打ち切るよう、実際に女王陛下にアドバイスの限りを尽くしさえしたのだった。

女王は一瞬なりとも躊躇する理由はないと見て取り、その統治の第二の勝利が勝ち取られることとなった。

その夜、バッキンガム宮殿での公式舞踏会に際して、女王の特別嬉しそうな様子が見受けられ、この嬉しげな様子は再びいつもの席に陣取ることとなったあのM卿の顔にも反映していた。しかし、女王は言った、「ピールとウェリントン公爵は大層努力することになったようですね」とだけ。

レディー・フローラ・ヘイスティングズの死が宮廷を国中に拡がる動揺へと投げ込む以前の事の顚末はこのようなものだった。サー・ロバート・ピールに対する勝利に引き続いた平穏は、あらゆるデリケートな問題へのアドバイザーとして止むなく呼び入れられたウェリントン公爵が、ふたつの王室間の様々な難題を円く治めようとの見地から、ジョン・コンロイにそのポストを辞するよう説得し、宮殿を去らせることに成功したことによるものであり、それが上首尾に終ると、女王を説き伏せて母親に情愛に満ちた手紙を書かせることまでした。けれども公爵夫人は、手紙を読んでも心和むことはなかった。彼女の娘がこの手紙を書いたのでない、そのことは公爵夫人には明らかだ。娘は決してこのような文言を使うことはなく、それに彼女の筆跡ではなかったから。夫人はウェリントン公爵に自分の身に降り掛かったこの新たな陰謀、この新たな無礼について書き送った。公爵夫人からの嵐の如き饒舌の数々の後、最後にやっとウェリントン公爵は耳を傾ける気になり、手紙が確かに女王からのものであり、何とか和解したいとの真心であることを皇太后殿下に保証した。公爵夫人は過去の過ちを忘れようとしているのではないだろうか？　様々な難しい問題を無かったことにしようとするのか。いや、公爵夫人は自分が受けて来た侮辱の数々を思った――断じて相談しないという仕打ちを、彼女の娘は母親にした――おお、そうなのだ！　それが残りのすべてを束にしたよりも彼女を傷付けた――娘が一人になろうとしていること――レディー・フローラが受けた屈辱的な仕打ちに公爵夫人の思いが及ぶと、自分が和解するのは決して易しいことではないのを感じた。道のりにはあまりにも多くの困難が立ち塞がっていた。「私はどうしたらいいのかしら」と彼女は公爵に訊ねた、「もしもメルバン卿が私のところにやって来たら？」「おや、どうして？　礼儀正しく彼をお迎えしなさい。」公爵夫人は最善を尽くすつもりではあるが、それは少なからぬ努力を要するだろうと言った。……「でも、もしもヴィクトリアが私にレーツェンと握手するように言ったらどうしたらいいの?」「おや、どうして? その腕で彼女を抱き締めて、キスをなさい。」公爵大人は怒りで真っ赤になり、産毛という産毛が総毛立ち、絹のような肌全体が闘争心に舞い上がるかに思われた。それから突然、笑いが爆発した。「違いますよ、奥方、違いますよ」と公爵も笑いながら言った。「レーツェンを抱き締めてキスしろなんて言ってませんよ、女王の方をですよ。」

しかし今やレディー・フローラは死の床にあり、女王と母親の和解を成り立たせようという彼の望みはすべて打ち砕かれた。彼女たちの間の亀裂は今や明白で、いつまでも続く徹底的なものであった。

第9章　トラブルと躊躇

女王と公爵夫人の間の公然たる不和、レディー・フローラ・ヘイスティングズの死によって宮廷が投げ込まれた薄闇――だがもちろん、この期間に女王を取り巻いていたトラブルはこれらだけではなかった。他にも、深まり続ける影があった、それは彼女の大好きなレオポルド叔父の異常とも言える行動によって投げ掛けられたものだった。女王位の継承以来、彼の手紙の調子は疑いなく変わった。そして最初は変化はほとんど気付かれない程度のものだったが、まもなく女王は、「彼女がまるで子供であるかのように導く」ために別の試みがなされていることに気付いた。

ベルギー王は、目を細め、彼特有の奇妙な微笑とも言えるものを浮かべて椅子にもたれながら、速達で送る前に読み直して感じたのだ。可愛くてたまらない、今は英国女王である姪宛ての初めの頃の手紙のひとつ、あの手紙の如才なさは議論の余地のないもので――より深刻な問題に彼が介在する手段を供するものであったと。これまでは、彼は英国国教会に〝遵って〟彼女に重要事案についてはあまり喋らないよう助言する立場に留まっていた。「何か特別なことに対して自ら責任を負わずして、多言するようなことがあってはならない」と。しかしそれから少しばかり脅すような記述になったのは、彼の思いとしては、もしも彼の姪が何か決定を下すような場合には事前に相談してくれたら嬉しい、と付け加えているからだ。そうなのだ、ベルギー王陛下は確かに如才ない手紙だと、手紙を折りたたむ時に思った。彼の姪は王座に就く前は、いつも彼のアドバイスに従っていた。彼女はあらゆる問題でただ彼の見解を知りたくてたまらなかった。そして今や遂に、ただ善にのみ奉仕する人間の人生に大きな好機が訪れたのだ。ヨーロッパの安寧を保障するために、イギリスの外交政策に対し、そっと気付かれないように彼の姪の人格を通して、彼女周辺の大臣たちにはわからないように、彼の影響を及ぼす時が訪れたのだ。

彼の姪は、この手紙への返事の中で、急ぎながらも愛情溢れる文章を書いている。「あなたのアドバイスはいつも一番重要なものです」と彼女は断言している。しかしそのアドバイスはいつも読まれているにも拘わらず、なぜか決して採用されることはなかった。ベルギー王陛下は多少の警戒から今はまだ機が熟していず、あまりにも危なっかしい事はしないに越したことはない、と感じていた。それに王位継承以来奇妙な変化がこの子には起こって来ていた。いつも同じ暖かな心、同じ子としての情愛が、彼との文通には表れていた。しかし彼が完全には理解出来ない聞き慣れない調子が微かに滲み出ることも、また、あったのであり――それに、これらの手紙の中で相談された問題は政治的なことよりも家庭的なことだった。王は思い込んでいたのだろう、彼の姪は英国の統治、大臣たちの外交政策に関するあらゆる問題へのアドバイスを彼に求めようとしているはずだ。彼は両手を組んで篤と考えた。そうだ、と彼は独り言ちて、しばらくは政治問題は先に延ばして、日常生活のごく普通の行いに対して少しましなアドバイスを送り続けてゆく方が良いだろう。そしてベルギー王が、危険な女であり彼の姪が距離を保つべきだと感じているリーヴァン公爵夫人とどのように付き合えばよいかについても——距離を保てなければリーヴァン公爵夫人が自分の仕事でもない問題に差し出がましい骨折りをしようとするのは確かだった。ユーモアのセンスは決して国王陛下の最も人の心を打つ気質のひとつとは言えなかったから、彼は直截に付け加えて言った。「私も充分に守れているルールとは言えませんが、ひとつのルールとして、人々があなたご自身とあなたの仕事のことを、あなたご自身が彼らにそうして欲しいと思わないかぎり、とやかく言うのを決して許さないことです。このような出しゃばりが試みられるようなことがあれば会話を変えて、その人が間違いを犯しているのを感じ取らせるべきです。」「人々は」と彼は姪に言った、「画策などしても何の役にも立たないと考えるべきです。なぜなら女王の心が一度決まって、それが正しいとなれば、この世の力で女王の考えを変えさせるものなどはないからです。」そして国王陛下は姪が、彼女の許可なしに、誰にもたとえ首相といえども、個人的に彼女に関わる問題を切り出させたりしないように、と祈りを籠めて締めくくった。

ああ、このアドバイスに関しては、彼の姪が単に得をしただけなのはあまりにも明らかだった。なぜなら、リーヴァン公爵夫人は女王を訪問した折に疑いなく「自分が間違ったと感じさせられた」とは言え、アドバイスは結局はかなり目立つ程に、ベルギー王陛下自身にも応用されることになったのだから。

文通は続いた。レオポルド王から姪への長い訓戒と共に。お説教の受け手からのややはっきりしなくなったとは言え、情愛溢れる返事も書かれた。そして女王は、これらの手紙に思いを巡らせながら、過去においては決して滅多にもらえるものではない程素晴らしいと思える手紙、訓戒であったものが、なぜ、ちっとも興味を引かなくなったのか不思議だった。丁度そんな時に快活な物腰や魅力、ジョークを備えたメルバン卿が現れ、お説教は忘れ去られることとなった。

　実際のところ、メルバン卿の楽しい交際術、彼の尽きることのない素晴らしい溢れるような知識の伝授、女王に女王たる仕事を教え、国家の歴史と政体を教授する魅力的で判り易い彼のやり方、これらこそがそれ以前の友情に影を投げ掛けることになった。女王は自分の感情に忠実ではあったが、彼女が新顔や新しい刺激を愛し、古顔や古い刺激が対照的に少し面白味に欠けると感じてしまったことも疑いようがなかった。レオポルド叔父のイメージはメルバン卿の傍らでぼやけてしまい、やがて彼女が配偶者《プリンス・コンソート》の光輝く姿を目にした時にはメルバン卿とレーツェンの姿はすっかり影になってしまった——もちろんメルバン卿は今も彼女の哀れな古くからの良い友達のM卿であり、レーツェンは今も彼女の最も信頼するレーツェンではあったが。かつては〝メルバン卿とは似ても似つかない、冷たい、変な人〟だったサー・ロバート・ピールはと言えば、最後は〝私たちにとってまるで父親〟と言える程になっていた。更にまた、ルイ・フィリップ王とその奥方に関しても、彼女は今も彼らとずっと友達で、彼らを逆境から救うために全力を尽くしていはするのだが、かつては彼女の恐怖の的だった皇帝ナポレオン三世の全盛期の威光の前では、二人はまるで青ざめた幽霊のようなものだった。彼女はその生涯を通じてレオポルド叔父をずっと愛してはいたが、それまでは彼には一点の非も見出せなかったにも拘わらず、今では彼の欠点に気付いていることも疑いなかった。例えば、あの欺瞞を嫌う心はどこに行ってしまったのか？　かつては彼の性格の欠くことの出来ない部分であったのに。ひとつの例を取れば、なぜ彼は彼女にこんなとても奇妙な手紙を書いたりしたのだろう？・「私はシュトックマーにいつも安心してコミュニケーションを取れるよう心掛けてほしいと言いました。……今はあなたもご存知でしょう、すべての手紙は開封され、それは私たちの場合も例外ではありません。」しかも、もしもチャンスだと思われれば、このおかしな事実が役に立つかもしれないことを、手紙はほのめかしてもいた。……そしてベルギー王陛下は、この習慣によって、書き手を危険にさらすことなく、問題を様々な関係者に知らせることが可能になるのだと説明した。例えば、「私たちはこれらの難問に関して未だにプロイセンに悩まされています。今も、プロイセン政府に私たちが公式には言うのを憚る多くのことを伝えようと、首相はベルリンにいる同胞に速達を書いて、郵送するところです。プロイセンの関係者はきっとそれを開封するに決まっていて、その中に私たちが何を聞いてほしいかを汲み取るに違いありません。」……ベルギー王陛下は付け加えて、同じような事が――姪に警告するのが正しいと思っただけだが――英国にも起こるに違いないと言った。おそらく外交官たちは彼らが恐れる人々を女王の目の前で傷つけようとして、同じやり口に頼るにちがいない。「策を教えよう」とレオポルド王は、目を細め、彼独特の奇妙な微笑みを浮かべながら書いた、「あなたがそれに対して身を護るべき方法を。」この手紙は本当に、わずか二年前に、政治的信条について、またその悲しむべき衰退についてあんなにも長い訓戒を書いた同じ書き手から届いたものなのだろうか？

……とても信じられないことだ。

それから外国の諸問題についてのむしろ慎重な手紙のやりとりが続き、双方共に警戒を弛めなかったので、遂に王は、過去には彼の姪がどんなに簡単に彼の指導に従っていたかを思い出しながらも、物事は今少しオープンに動かす必要があると感じ取るまでになる。一八三八年六月二日の日付の手紙で彼が女王に伝えたのは、彼に対する彼女の溢れんばかりの愛情の証の後に、あまりに短時日で、何の理由もなく、彼にとってはかけがえのないものだった彼女の気持が変わってしまったらしいと感じることがどんなに辛いか、ということだった。そしてこの自覚があったからこそ、彼は姪の変わってしまった当の気持に訴えてみることにしたのだ。そして独立国ベルギーが——あるいはこの王国を作り成している諸州が——いつもイギリスと共にあったことがどんなに重要なことかに言及した後に、その最も確かな証拠はこの目的のために幾世紀にも渡ってイギリスが血と財宝の最大限の犠牲を払って来たことだ、と言明する。例えば、イギリスの前国王がベルギー王に、二人の最後の会談の折に断言したのは、もしもフランスその他の勢力がベルギーに侵攻するようなことになればそれは英国にとって即刻の戦争問題となるということだった。ベルギー王は手紙のこの部分を読み返して付け加えた。「女王陛下に望むことは、あなたが折に触れ大臣たちに仰ることに尽きます……あなた御自身の領土の利益と矛盾しないかぎり、あまり大きな差配力で政府が牛耳ることなどさせはしないと。でなければ遠からずこの国に崩壊をもたらすことになりかねない、あなたの叔父とその家族にも」と。そして手紙はいつもの不平、自己憐憫の文言で締めくくられた。ベルギー王が望んだのは、そっとしておいてもらうこと、それがすべてだったようだ。そして過去七年間のあらゆる危機、あらゆるトラブルが彼の肩にかかっていたことも忘れるわけにはゆかない。彼は一人で、あらゆる重荷に堪えていたのだ。

手紙は届けられ、何かこれまでにない寒々とした沈黙が訪れ、それは一週間以上も続いた。やっと女王は応えたが、今私たちが考えると、女王に手紙を書かせた意思が奇妙に漠然としたものに感じられる手紙だった。彼女はいつもの愛情溢れる呼び方で語り掛ける、最愛の叔父さまは、彼に対する暖かな献身的な彼女の愛着の気持が変わるかもしれないなどと考えたとしたら、それだけでとても具合が悪くなってしまったことだろう。何ものも私の気持を変えることなど出来ない。最愛の叔父さまもやはり気付いているに違いない。国の往年の政策について女王が最も心を砕いたことと言えば、政府はベルギーに不利益なことは何ひとつしてはならない、レオポルド王の繁栄を促進するために英国の利害や協約と衝突しないようにあらゆることを成すべきであるということだった。……彼女が彼に得心させたのは、彼を献身的に愛している姪以上にベルギー王の困難な状況を慮る者は誰一人いない、ということだった。

しかし明確な約束も言質も何もありはしなかった。

この手紙への返事でベルギー王は断言している、最愛のヴィクトリアが書いた何とも可愛らしい長い手紙が彼に非常な満足感を与えたと、だって彼が望むものと言えば彼女の愛情を得心すること、それがもう疑うべくもないものだと得心することなのだから。彼はかねてよりある疑念を感じていたことを正直に伝えることがよいに違いないと感じていた。女王が彼を忘れてしまったなどとは思ってもいないが、自分が今では望まれもしない家具の一片であるかの如く脇へ追いやられているとは感じていた。けれども、彼は不平を言うこともなかった、「それは、私への愛情が衰えるいっぽうであっても、そのことを非難がましく述べたてれば更に愛情を減少させることになるだけではないかと恐れるからです。だから私は何も言わないのです。でも私のように悲しみと失望ばかりの生涯を過ごすと、あなたの愛情を失うことが最も深刻なことのひとつになりましょう。」王が付け加えて言った理由は、パーマストン卿のプロイセン政府への声明（ベルギーに対立するオランダ支援をイギリスが決断したと誤解しようのない明白な姿勢をプロイセンに示した）が彼を非常に悲しませたからだった。それはまるで、イギリス政府がこう言っているかのようだった。「あなたは、女王の叔父に対して我々が考慮《エガール》を払うべきだとお考えかもしれません。ご理解いただけると思いますが、我々は前王の下で成したよりも手っ取り早くことを済ませるつもりです。」これは彼を傷付けた。彼のベルギー的な気質よりもむしろイギリス的気質において。なぜなら彼はイギリスからベルギーにやって来たのだし、しかもまさにこの理由によって選ばれたのだから。その上、幸福なことに、王は未だに女王に何らかのお慈悲を求める立場になったことがないので、どんなに些細な助言であれ全く私心なき基本姿勢によっていることに変わりはない。それゆえ、女王政府の最初の行動が彼に対立する向きに見られた時には、これは当然ヨーロッパ中に大きなセンセーションを巻き起こすこととなった。彼は少なくとも英国の利益と相入れないと見做されるようなことを姪に頼むようなことは決してしなかった。けれども彼の姪の方は即座に理解することが出来ていた。尽力を要請することと、敵として扱われないことを願うことの間には大きな違いがあることを。そして更に後の手紙で、経験からおわかりだろうがと女王に思い出させた――彼は彼女の親切に乗じたどのような要求も決してしなかったということ、それよりも彼女の愛情を除いて何の報酬も求めずに精一杯の助言をする立場のままでいることをよしとしているということを。しかしながら誰もが大変に注意深いわけではないのだから、と彼は続けた、多かれ少なかれ誰にも影響を及ぼす深刻な結果を見ることになるかもしれない。

これに対する答えとして、女王陛下はM卿との相談の後、大好きな叔父に伝えた。彼女にはこれらのことが四つの勢力の合意によって決められたことでしかなく、フランスは他国同様講和することが絶対に必要と思われると。彼女はただ、彼女たちの愉快で家族的な雰囲気を失わないよう、そしてあまりに堅苦しくならないよう、手紙の中で政治的な諸問題に言及するのを差し控えることを叔父に納得させただけだった。これに対してベルギー国王陛下は、他人行儀な格式で応えた。親愛なるヴィクトリアから配慮を尽くした丁重な手紙を頂き幸甚に存じます。ブライトン滞在を愉しまれたとのこと、恐悦至極です。東風が吹くまでは誠に快適の地と推奨されておりますから、と。忘れもしない、彼が初めてシャーロット王女に会ったのがそこだった。今ではとても遠い日々だ。遠い昔だ、と手紙をたたんで、ベルギー王陛下は思った。しかし即位してからの姪の振舞程に遠く隔たっているわけではないとも。まだ今でさえ、ヴィクトリアの行動を支配しようとするどんな試みも無益であることを自分自身に認めたくないと思っている。そしてそう遠くない日、私たちは「親愛なる女王陛下からいくつかの政治的才能《スパーク》が、とても思いやりのある素晴らしい表現と共に閃き出た」ことへの満足感を表明する彼を見ることとなる。それに対して女王陛下は、曖昧なものは何もかも跡形も無く投げ捨てて応えた、「あなたは私の政治的才能《スパーク》がお嫌いではなさそうですが、私はそれが大きくならない方が良いと思います。そうしたものは最後には火が点くことになるでしょうし、特にこの問題には同意しかねることが、残念ながら分かるのです」と。

彼女は揺るがなかった。しかし手紙には絶え間ない要望やほのめかしが連ねられていて悩みの種だった。間断なく鳴り響く楽音のような、あるいはゆっくりとした水の滴りのような、彼女の大好きな叔父の干渉しようとするありとある口やかましい苛立ちすべてを通した末に到達した考えというのが、女王の心の底にずっと潜んでいた考えだが、もうすぐ彼女が再びアルバートに会うという〝嫌な〟試練に直面することになるというものだった――あのアルバート、彼女が結婚すべき人として叔父が決めた人物だ。再会はとてもぎこちないものとなるだろう。なぜなら彼女は知っていたからだ。アルバートもまた叔父が彼のために用意した運命を承知していることを。彼女は結婚するという考えには耐えられなかった。アルバートが好きではあったが、もしも彼を愛するまでには至らなかったらどうしよう？　彼女は恋愛全般に強い嫌悪感を持っていたし、そのことを考えるとほかの楽しみは全部台無しになってしまい、すべてをとても厄介なことにしてしまうように思われたのだ。叔父は彼女にブライトンのパビリオンで、彼の義理の両親のルイ・フィリップ王とその妃をもてなして欲しいと思っていた。彼女は本当は彼らを迎えたいとはあまり思わなかった。けれどもレオポルド叔父は、「ノー」という応えは決して受け取らない人だったから、彼女がそうすると決めて掛かっていて、最後は彼女はあからさまに断らざるを得なかった。彼女の脳裏では楽音がいつまでも狂ったように繰り返し鳴り響いていた。だから遂に、一八三九年七月、彼女は叔父に手紙を書いて、あけすけに伝えたのだ。叔父もアルバート王子も、婚約など金輪際ないものと理解すべきであることを。たとえ彼女がアルバートと結婚する可能性があると感じていたとしても、今年は最終的な約束をすることはないと。なぜなら、どんなに早くても、二、三年後まではそのような結果にはなり得ないのですからね！　彼女は現在の立場を変えることに大きな嫌悪感を持っていた。そして何よりも、もし彼女が彼との結婚に落ち着くことがないとしても、約束不履行ということにはならないと了解されねばならなかった。つまり、彼女は何の約束もしないのだ！

しかし何も決めなかったにも拘わらず、そんな状況を嫌がっていたにも拘わらず、アルバートが訪問する日が刻一刻と近付いて来た。ガイドとしてのシュトックマー男爵――注意深く、慎重な、抜け目のないシュトックマーは、英国女王の配偶者《コンソート》としてのアルバートの適性を判断することになる人物だ――と共にアルバートが送り込まれたイタリア観光は終った。この旅行の前は、男爵は王子に備わっている資質に関して確たる意見を表明したりはしなかった。アルバートが知的であることも、思慮深いことも本当だった。しかしこれだけでは十分ではなかった。「その若者は」と彼は付け加えて言った、「単に大きな可能性を持っているばかりではなく、正しい大志を持ち、なおかつ大きな意志力を持ち合わせているべきです。生涯にわたって苛酷な政治的キャリアを追求するにはエネルギーや性向以上のものを要します――それはあの、歓びを犠牲にしてでも真に役立つものに身を捧げたいと自然に思うよう準備されたひたむきな心の温床を源にするものなのです。もしもこの後、彼がヨーロッパでの最も影響力ある地位のひとつを勝ち得たとの自覚に忠実でないとしたら、後々どんなに自分の生涯を悔いることになることでしょう！　彼がそもそもの初めからこれを重大な責任のある神命として受け入れていないのであれば、その神命の体現にこそ彼の栄誉と幸福がかかることになるというこの場合、彼には成功の見込みがほとんど無いことになります。」

　イタリア訪問を以て、シュトックマー男爵の疑念の多くは解消された。若き王子は真面目な性格のようで、義務に勤しむその信念は高潔だった。ボンで多くの時間を過ごしている間は、友人でもあるレーヴェンシュタインのヴィルヘルム公子と散歩をするか、そうでない時は「法の原理または哲学的教養」について徹底的に議論した。彼は「ドイツの思考形式」について論文を書き、「ドイツ文明の歴史」という小文を書いたが、彼が説明しているように、「全体の概要の中で、主題そのものの取扱いが要求する分析を通じて」、「現代の欠点を通観し、自分自身に鑑みてそれらの欠点を正そうと万民に訴えて、人々に良き例を示す」ことで終っている。しかし不都合なことも多々あり、確かに改善の余地があった。例えば、王子は、必至になって努力するといったことはあまり好まないようで、政治には全く興味がなく、しかも、同様に、女性の存在には「あまりにも無関心で、引っ込み思案」だった。フィレンツェで舞踏会に列席した時には、彼は夕べの時間のすべてを著名な学者であるカッポーニ師と学問的な問題を議論して過ごした。トスカナの大公はこうした振舞に大層感心してこう讃辞を呈した。「あれこそ我らが誇れる王子！　美しき踊り子が彼を待っているのに、学者が彼を一人占めだ。」だがシュトックマー男爵は、これが誇れることなのかあまり確信は持てなかった。

それでも、アルバートを英国に送り込むことは決定され、一八三九年九月三〇日が彼が兄のエルンストと共に到着する日としてもともとは設定されていた。しかしながら、その日はウィンザーで評議会があり、女王はアルバートとの面会を出来るかぎり遅らせたかったし、評議会に婚約が差し迫っていることを気どられたくもなかったので、二、三日延期するよう従兄弟に手紙を書いた。けれどもアルバート王子がベルギーのウィンターー宮殿から訪問を今しばらく遅らせるつもりであると手紙で言って来た時には、明らかに苛立った。アルバートも自分と同じように気が進まないの？　そんなことがあり得るのか、彼女は訝った。もしもそうなら、英国女王は何とみじめな立場に立たされてしまったことか！……しかしながら、この訪問のために最初に設定されていた日の十日後、彼らはアントワープからの恐ろしい海峡横断と幾つかの災難の後、到着した——災難のひとつはアルバート王子の手荷物の紛失で、彼は着替える服もなく、ディナーを宿の二階でとらざるを得なかった。女王はロンドン塔で従兄弟に会うために馬車をつかわし、それから馬車は霧深い青い十月の夕べの中をウィンザーへと向かった。城の中の大階段のてっぺんに立って英国女王は彼らを迎えるために待っていた。アルバートを目にするや、彼女の過去のすべては、まるでこれから自分の王国を見つけに行かなければならない物語の中の女王のために建てられた雪の宮殿であるかのように溶け去った。その王国は今や手にされている。「ある感動がもたらされた」と彼女は日記に書いている、「私はアルバートを見つめた——美しい人だ」と。

第10章　女王の婚約

英国のヴィクトリアは女王になるために身籠られ、生まれ、そして養育されて来た。彼女の両親の結婚よりはるか昔、彼女が身籠られる以前に、すでに女王の身分は用意されていたのだ。彼女の運命は大いさの頂点に登りつめることになるが、それは若い頃でもなく中年の時期でもなかった。老いた、わびしい女性としてだったからこそ、このようにも長い困難な道を経て到達した山の絶頂でただ一人、彼女は澄み切った鷲の目で世界と国民の未来を見つめることが出来たのだろう。晩年には蛇の知恵と獅子の心持つ彼女も、若い頃はそうではなかった。心の大いさには変わりがないとしても。「あなたは私を小さな女王とお呼びですね」と彼女は叔父であるベルギー王に言ったものだった。「私は身体は小さくても、心は違います」と。

今、彼女は恋をしている若い乙女であり、大いなる者であることの恐ろしいばかりの孤独はまだ彼女の上に落ちて来てはいなかった。それは彼女が老いて後にやっとやって来るだろう。あの幾つかの山頂の影が彼女の顔に刻みこまれているだろう。

英国の女王は若い頃でさえ、世界中が知っているように一片の美しさもそなえていなかった。彼女は色艶も姿形も愛らしいとは言えない小柄な地味な存在だったが、話す時の声はまるで春の鳥の囀りのようで、魅力的な陽気な笑い方をし、動いている時もじっとしている時も何と言う驚くべき優雅さ、何と言う表現力溢れる身のこなし方だったことか、とても誰にも越えることの出来ないものだった。彼女はどんな状況にあっても、どんな感情を抱いていても、それを彼女独特の歩き方で表現するという実に途方もない力を持っていた。それが今では故郷の湖を漂う白鳥とも言える美しさを持ち、今では推移する雲のメランコリーな優雅さと光輝を漂わせ、今では波のうねりの如き強靭さと壮観さを持つに至っている。まるで彫像のように静かで思慮深い彼女の態度が、今日までのあらゆる大いなる存在を思い起こさせ、それはまるで彼女を取り巻く影のようで、この静けさから彼女が身を起こすと、あらゆる幟、世界中の勇壮な音楽が英国女王の行列に並ぼうと馳せ参じるのだった。けれども彼女の顔は美しくはなく、彼女はそのことを知っていた。他方アルバートの美しさは何と素晴らしい比べるもののない程のものであったことか。毎日女王は新たな驚きの根拠に気が付いたものだ。「愛らしい口」、「繊細な口髭と有るか無きかの頬髭」、「見事な鼻と、美しい容姿に、広い肩とスッキリした腰」といった風に。彼女は一途に彼に恋していたので、過去のあのような尻込みと躊躇いがどうして彼女に巣食ってしまったものか自分でも理解出来なかった。そんなことが出来たものだろうか？　ついちょっと前に、婚約なんか絶対結ばないことをあからさまに言い立てた苛々した手紙を叔父に書いてしまった少女と同じ少女なのだということがあり得るだろうか？　王子たちが到着した翌日、女王はメルバン卿に心が固まったことを伝えた。従弟と結婚するつもりであることを。それでメルバン卿はどんな勲位を彼に授けるべきかを彼女と協議した――なぜならアルバートが彼女の手を拒むなどという考えは決して彼女の頭に浮かぶことはなかったからだ。王子は彼女の先の躊躇に痛く傷つけられ、もしも彼女がまだ心を決めかねているなら彼としては計画は終ったものとみなす旨を彼女に告げるつもりでウィンザーへ来たのだけれども……。彼女は未来の夫が陸軍元帥、並びに皇族に任ぜられることを望んでいる、とメルバン卿に伝え、国会はそれを彼に認定することを求められることとなった。しかしこれらすべてが確定するのはもう少し後になってからである。

三日間というもの従兄弟たちは踊ったり、デュエットしたり、「キツネとガチョウの兵法」のゲームをしたりした。彼らは共に馬で森の中を走り、おしゃべりをした。そして彼女は公務の間、従兄弟が階下でハイドンの二重奏を奏でるのに耳を傾けもした。それから、四日目の十二時半、彼女は彼に来て欲しい旨のメッセージを送った。彼がやって来ると、彼女はなぜメッセージを送ったかに彼は気付いているに違いないが、彼が彼女の望むことに同意してくれるなら、それは彼女を「大変幸福」にしてくれるだろうと言った。「私は彼に言ったのだ」と彼女は日記に書いている、「私は全く彼には相応しくない、と。彼は人生を私と共に過ごすのはとても幸福なことだと言ってくれた。私は言葉に尽くせない程彼を愛しているし、彼がしてくれた犠牲に報いるためにはあらんかぎりの力を尽くしてどんなことでもするつもりだ（私の考える犠牲はそういうものだから）、たとえどんなに小さな力しか無かったとしても。」

彼女は彼を愛していた――ベルギー王に宛てた彼女の手紙は歓喜に満ちていた――けれども叔母の

グロスター公爵夫人への手紙には意味深長な文章が見られる。彼女は無理矢理——という言い方を彼女はしているが——プロポーズさせられた訳ではあるが、それはアルバートが「英国女王に自分の方からプロポーズする自由などというものがあるとは考えも及ばなかった」からなのだった。

こうして選ばれた花婿は女王の手による申し出を受けた。それは彼が彼女を愛したからではなく——愛は結婚の数年後にやっと訪れることになろう——やがて彼のものとなる地位が、彼が継母に説明したように、良きことが出来る権限を与えてくれるからでもあった。「人生には棘があり」とも彼は付け加えて言っている、「どんな地位にもあるのです。そして自分の力を使い切っているという意識と良きことをたくさん推進するという偉大な目的のための努力が、きっと私を十分に支えてくれることでしょう」。珍しく憂鬱な調子の手紙の中で、彼がシュトックマーに確信を持って言っていることは、「この勇気が挫けることなどありません。自分の役割に揺るぎない覚悟と真の熱意を持って、私はあらゆることに高潔で雄々しく、王子らしくあり続けることに失敗は出来ないのです」ということだった。そして彼は大好きな祖母、コーブルクの公爵未亡人に語っている、「彼女（ヴィクトリア）は本当に本当に良い人で誰からも好かれる人なので、天は私を悪魔の手には渡さなかったと強く確信しています。ですから私たちは共に幸福になります。

あれ以来ヴィクトリアは私がしたいことや好きなことが分かると、どんなことでもしてくれましたし、私たちは将来の生活について共に語り合い、それを出来るかぎり幸福なものにすると彼女は約束しました。おお、未来、それが私にとって大切な大切な祖国とあなたの元を去らねばならない時をもたらしませんように！　私はこのことを考えると、言い知れぬ深いメランコリーに陥ってしまうのです。

私たちの結婚の時期はすぐそこまで近付いています。女王とその大臣たちは是が非でも二月の初めに式が挙行されることを望み、私はその理由を聞いて同意しました。」

これらの手紙が喜びを表しているとは言い難く、こうした特徴はレオポルド王の手紙に最も顕著に現れている。結婚の日取りを知らせる姪からの手紙に応えて、明敏なる王は「洗礼者ヨハネの父ザカリアの気分、『今こそ汝の下僕《しもべ》をして安らかに眠らせ賜え』の気分です」と言いながらも彼は付け加えて、アルバートの立場は実に難しいものには違いないが、「すべてはあなたの彼に対する愛にかかっているでしょう。もしもあなたが彼を愛して大切にしてくれるなら、彼はその立場の重荷に容易に堪えることでしょうし、堅忍不抜であると同時に彼にはそれを更に強固なものにする前向きな性格もあるのです」と言ったのだった。

レオポルド王の勝利は実に完璧なものだった。その野心的な性格にも拘わらず、この人物は、妻を介してイギリスを支配せんという野望に躊躇いを覚え、当の妻とは恋愛ゆえの結婚をして、財産もない未亡人である自分の姉を英国女王の母親の地位に据えることに成功し、今では彼の兄の若い息子が、異なる環境の下にあればきっと得られなかったに違いない運命をまさに握らんとする一人の若者が、女王の配偶者《コンソート》になろうとしているのだ。

少年の方はと言えば、義務感が強く、静かで勤勉、その上、これまで自分のために選ばれた他のどのような運命とも同じように、この運命を受け入れることだろうと王は考えていた。

　しかしながら、ベルギー王が予知したように、状況は困難なものだった。始めるに当たって、国会は過度に出過ぎた振舞をした。ダイヤモンドに仕込まれた王子の小画像《ミニチュア》の付いたブレスレットを腕に嵌めた女王陛下を、目に涙を溜めたM卿が遠くから眺め、バッキンガム宮殿において枢密院議会に婚約の公告がなされた直後、アルバートの宗教についての質問が成された。アルバートがカトリック《パピス》教徒《ト》だということなどあり得るだろうか？　だが、議会は知りたがったのだ。その時トーリー党員が、女王の見解によれば、先の「寝室女官事件」に猛り狂い、王子に提案された年五万ポンドの皇室費を三万ポンドに減額することに成功したのだ。そしてこの中で彼らは急進派の応援を受け、修正案動議は百人を越す大多数によって可決された。この侮辱にどちらがより憤慨したか、女王なのかレオポルド王なのか、知るのは難しい。後者は、実際にそのいつもの不平を鳴らす手紙のひとつで、このような振舞はきっと不名誉とも無作法とも見做されることになろうと断言している。アルバート王子はと言えば、この時にはブリュッセルにいて、王のお蔭で気持は治まってはいたが、この人のために彼の姪は、干渉すると言おうか干渉しようとすると言おうか、その治らない習慣のために再び不快にさせられていた。「叔父さまは」と彼女はアルバートに言うのだった、「どこもかしこも牛耳らなければならないものと信じ込んでしまっているわ。でもね、それは必要のないことよ」と。王は英国女王に手紙で説明するのだった。臨機応変と些かの駆け引きによって、彼が如何にアルバートのムシャクシャした気持を宥めることに成功したかを。けれどもそれは難しい事態だった、しかも姪の愛情を当てにする以外には何の希望もない試みだった、と。

彼女の叔父の不断の献身的助言、その干渉やらアドバイスに苛々させられて、ヴィクトリアの疑問や躊躇がすべてよみがえってしまった。アルバートの愛らしい口、その繊細な口髭、有るか無しかの頰髭が、美しいのは確かだ――けれどももしも彼がレオポルド叔父の情熱と干渉の素質、彼の男としての支配願望を受け継いでいたとしたらどんなことになるだろうか？　彼女が英国女王であることを彼は見せつけられる羽目になる――彼は二人の相対的立場を理解しなければならなかった。なぜなら、彼女のベッドがママの部屋から移動してからは彼女を止める声は全くなくなったのだから。彼女はたしかに若さに溢れている、経験は足りないだろう。けれども彼女の口から出るあらゆる言葉はまるでスフィンクスの沈黙の時代をくぐって待たれ続けた宣明であるかのように扱われた。あらゆる意向が遂行され、されないなどということは考えられもしなかった。彼女の崇拝する、恵み与えることはあっても奪い去ることのない慈悲深い父として想像されている神を除けば、彼女以上の権力はなかった。

「あなたは不満をお書きになりました……私たちのウィンザー滞在（彼らのハネムーン）について」と彼女は未来の夫に書いた。「でも、アルバート、あなたは問題を全く理解していません。あなたは忘れています、最愛の人よ、私が元首であることを。それで二、三日のことであっても長い不在になってしまうのです……。誰も彼もが、私の叔母たち皆も、私が翌日には公式の場に出て来なくてはならないと言うのです。ですから、私は自分の宮中に囲い込まれたかのように、一人になれません。このことはすべての点で私の望みでもあります。さて、軍隊に関して言えば、一人の英国王子には何の権利もなく、レオポルド叔父さまにも近衛師団を宿営させる何らの権利もありませんが、元首には王権によってそれを許可する力があるのです。これは摂政皇太子によってレオポルド叔父さまに許可されたものでありますが、私があなたに再びこれを許可するという訳です。けれどもそれは王権によってのみ可能なことなのです。」

その後に再び、王子はドイツ人の私設秘書を持ちたがったのだが、これは無理であることを女王から告げられた。英国人の感情を逆撫ですることになる、という理由で。彼は自分付きの使用人を選ぶことも許されないのだ。こうしたことは女王の選択に任されねばならなかった。そして、王子が好むと好まざるとに拘わらず、アンソン氏が彼の秘書として任命された。後年この人物は王子の最も親しい友人の一人になるのだが、その時はまだ彼にとって未知の人物であった。

将来に目を向けるのは彼には気の重いことで将来の妻に愛されているのは本当だが、彼女は鉄の意志を持っていた。そして彼はほとんど一人にはなれない外国に身をおいていた――王子は孤独を愛したのだが。女王は彼に善良な老いた首相が週に少なくとも二、三回は二人と食事を共にするだろう、と言った。それから毎日曜日も。だって日曜日には誰も拝謁には来ないのだから。「この地に住む私にとっては、日曜日に晩餐会を催すなんてとんでもないことだわ！」安息日は、アルバートにとって、イギリス人がまるで国の服喪の日ででもあるかのように見做していると映り、憂鬱な眺めだった。女王は彼に、彼女が現実に伯父の深い喪に服しているにも拘わらず〝肖像入り便箋〟で手紙を書くことを詫びながらも、付け加えて言った。結婚式の日とそれに続く二、三日は、王族は黒服を着ないことになっている、と。

遂に彼が祖国と愛するドイツから永遠に去る日がやって来た。彼の伝記作者である、ヘクター・ボライソウは、どんなにか「コーブルク＝ゴータ公国中の人々が濡れたハンカチを彼に向かって振っていたことか。幼い男の子たちは木に登って彼に呼び掛け、老女たちは玄関や窓辺で声をあげて泣いていた」と描写している。彼をはるか彼方へと運んでゆく馬車に乗り込んだ時、恐ろしい絶叫が城中に響き渡った。「アルブレヒト――アルブレヒト！」それは彼の祖母、公爵未亡人の声で、その声が消えたのは彼女が気を失って女官たちの腕の中へ倒れ込んだからだった。

第11章　ヴィクトリアとアルバート

長い夏の一日の光の中に今にも消え入りそうな老いた幽霊（最初に目が、次には微笑み、その次には造作のひとつひとつ、やがては全体が――幸福な陽光の中のひとつの小さな塵の中へと崩れて行く）、メルバン卿がバッキンガム宮殿の開かれた門のところに、王族や廷臣、政治家たちの群れの中に立っていた。「ごきげんよう、陛下」と彼が白鳥の綿毛《ダウン》に縁取りされたシルクの外套《ペリース》に、つばにオレンジの花の小枝をあしらった白いボンネットという装いの小さな姿に言ったのは、丁度彼女がアルバートに伴われて馬車に乗り込み、ウィンザーへと婚礼の旅に出る時間までの十分間を彼と話をしようと立ち止まった時だった。十分の間に女王はM卿のおしゃれなコートをからかい、二日後に彼がウィンザーで晩餐をすることになっていることを思い出させたりした――けれども幽霊はすぐにも消え入るのであり、多分彼にもそれがわかっていた。

彼の傍らにはもう一人の、もっと輪郭のはっきりした、身ごなしがもっとびっくり箱から出て来たような、消えるにしてももっと金切り声を上げる幽霊が立っていた――親愛なるレーツェン、彼女にも消え去るべき時が来ていた。つまり朦朧《アンリアリティ》の統治時代は終ったのだ。

幽霊たちは二人して、宮殿の扉を通り過ぎて行く女王とその夫をじっと見つめていた。

二月は夢のように去り、青白いはかない霧のように溶け去った。朝早く、アルバート公は封筒無しの小さく折りたたんだ手紙を手渡されていたが、それは女王がバッキンガム宮殿の彼の寝室へとつかわしたものだ。

「最愛の人へ、

ごきげん如何ですか、良く眠れましたか？　私はとても良く休んだので今日は気分爽快です。何というお天気でしょう！　でも、きっと雨は止みますわ。私の最愛の花婿の、あなたのご準備が出来ましたら、お言葉を掛けて下さいまし。

いつもあなたに忠実な

ヴィクトリア・R」

二十歳のアルバート公が、英国陸軍元帥の出立ちで、胸にはガーター勲章綬を斜めにかけ、ダイヤモンドや他の様々な貴石のついた星章をコートに付け、同じくダイヤモンドで飾られたガーター自体も膝に着けて、バッキンガム宮殿の門に、暗緑色の軍服姿の父親と兄に伴われて現れた時、何千人もの人々の祝福の声が響動《とよも》し、トランペットが響き、軍旗の頭が低く下げられ、アルバート公は君主のための特別の礼砲を受けた。

若きアルバート公が花嫁を待つためにセント・ジェームズ宮殿のチャペルに馬車を乗り入れた時には、辺りの空気は幾多の旗と歓迎する群衆のライオンの雄叫びにも似た声で活気溢れる様相を呈して、彼を途方に暮れさせる程だった。それから新たな歓呼の嵐、トランペットの新たな響きが起こり、天賦の才とも言うべき、実に見事な驚くばかりの優雅さと威厳ある物腰を備えた英国の女王が、宮殿の門の所に現れた。スミレ色の森の中の青白い春の霧、幽かな嫋やかな春の雨も、彼女のドレス程には白くはなかった。彼女と一緒にいるのはケント公夫人で、二人は馬車で幸福感に溢れて笑いさざめき歓呼する幾千もの人々の中を駆け抜け、兵士の列の間を駆け抜け、幟やざわめきがどこのものとも見分けがたい街々を駆け抜けて行く。花嫁はあの日のことを、それ程前のことではないあの日に、ウェストミンスター寺院にいたる街々を駆け抜けて、英国女王の王冠を戴いた日のことを思い出したのだった。

この日の素晴らしい出来事の数々は、あるものが他のものの中に溶け込んで、まるで夢の中の出来事のようだった。儀式は華麗さと荘厳の内に、宝石がチラチラ反射する仄かな光の中で執り行われた。それから若き女王はチャペルを後にする時、貂《アミン》の付いた紫色のベルベットを纏った姿が印象的で涙を誘う前王妃にお別れのキスをして、花婿と手に手を取って、もう一度チャペルを通って白い二月の中へと歩いて行った。再びトランペットが高らかに響き、ドラムの音がして、幾千もの声の海鳴りのようなライオンの雄叫びがして、若いカップルは幾つもの通りを駆け抜けながらバッキンガム宮殿へと向かった。

長く、辛いとも言える宴会が続き——それは永久に続くかのようで——その後、女王はホニトン・レースの幅の広い襞飾りのついた白いサテンのウェディング・ガウンを脱ぎ、きらびやかなダイヤモンドを外し、どの花嫁もするように新婚旅行のための身仕舞いをすると、母親にキスし、他の親戚たち、王族や大臣たちにさようならを言って、傍らのアルバートと共にウィンザーへの旅に出発した。

三日間の最後の日には宮廷全体が参加した。女王の「良き老監督長」であった親愛なるM卿が晩餐のために訪れて、レーツェンの絶え間ないおしゃべりと鳥のような囀りと衣ずれの音がどこでもかしこでも聞かれ、英国女王の配偶者《コンソート》としてのアルバート公の人生が如何にも粛々と始まった。

それは、最初は、精神的に非常な淋しさを伴う人生として始まり、最愛の離れ難き友とも言える兄のエルンストがコーブルクへ帰る日がやって来ると、孤独は更に更に深くなって行った。「シーツのように青ざめて、目には涙を溢れさせて」アルバート公は感情を必死に抑えようとしていた。「こうしたことは」と彼は妻に言うのだった、「とても耐えられないよ」と。そして実際、彼は自分の青春は終ったと思った。それ以来、義務のみに捧げられた人生が彼の絶対要件となり、その義務の主要なもののひとつが彼の若い、頑固な、しかし愛くるしい妻を調教して、まともな用い方をすれば、なお強い力を発揮することになるはずの妻の意思に轡《くつわ》を食ますことだった。しかしこれは、難しい仕事であることがわかった。なぜなら、彼は女王の意思ばかりではなく、レーツェンの意思とも闘わなければならなかったのだから。彼が直面したのは——もしもこう表現しても良ければ——レーツェンという果てることのない街道だった。すべての門扉はレーツェンに開かれていて、すべての音は彼女の声の反響《こだま》だった。彼女の影響は五歳の時以降のヴィクトリアの人生で最大の影響とも言うべきものであったし、レーツェンはその影響を減らすことも変えることもなく、そのまま残すつもりだった。そして彼女が女王の個人的文通のすべてを管理し、今に至るまで王室の秩序と女王個人の王室費の監督者だという事実は、彼女にいや増す力を与えていた。何かが成される前にはレーツェンの許可を得なければならず、あらゆる事において彼女の見解が頼りにされた。彼らの結婚後の五月、アルバートは友人のレーヴェンシュタインに言うのだった。「人生全般においては私は幸福だし満足はしているけれど、自分の立場をそれに相応しい尊厳で満たし難いのは、私が単なる夫であって、家長ではないからだ。」

それから、また、公は女王が自分に対して「些細な問題でも、国の政策に関するあらゆる問題でもあまり信を置いてはいない」様子なのを不満に思った。メルバン卿がこれについて言った時には彼女はそれが怠けぐせのせいだと言い張りもした。多分それは間違っていた。けれども彼女は公と一緒にいる時には別のことを話すのが好きだったのだ。メルバン卿は、アンソンとシュトックマーにこの会話を繰り返しながら、付け加えて言った、「私の印象では彼女は見解の不一致を恐れているんだよ。……バロネスがこの他者への信頼性の欠如の原因だとは思わないがね。」しかしながら、全く違う意見のシュトックマーは、言った、「女王は正しい原則に立ってのスタートをしなかったのです。あのお方は徐々にすべてを彼と共にして行くべきですが、彼がすぐにすべてを欲するのは危険です。あるケースが彼に提示されるとします。彼は雑で未熟な意見を言うことになるかもしれません、その意見が採用されるとして、結果は惨憺たるものとなり、将来にわたる助言に反対する強硬論が起こりかねません。女王はご自身がお気付きになっている以上にバロネスに影響されていらっしゃいます。その影響の結果として、あのお方は二年前と同じようには無邪気ではいらっしゃいません。」

アルバートが結婚してから数ヶ月間の孤独と不幸が、女王の情熱的な愛慕の念にも拘わらずとても深いものであったに違いないことは疑いようもない事実だった。なぜなら彼はアンソン（すでに彼の親友であり、彼自身の言葉で言えば、公にはほとんど兄弟のように見做されていた人物）を除けば、あらゆる心の交流を奪われ、幼年時代から教え込まれて来た仕事をすることを許されず、彼が慣れ親しんだ会話――法的原則や哲学的原理についての幸福な語らいの数々――は拒まれ、彼に興味を持つ人々を招き集めることも許されなかったのだから。メルバン卿は主張した、「公は毎夜毎夜のチェスみたいな単調さには飽き飽きなのです。公は宮廷のここかしこに文学畑の人々や科学畑の人々に来てもらい、宮廷人のありよう《ソサイエティ》を変えることで、その中にもっと有効な風潮を吹き込みたいのですよ。けれども、女王は、そのような人々を支援しようなどとは考えも及ばないのです。これは彼女の教育がこのような会話に加わるようには成されて来なかったという彼女の立場から来るものです。彼女は極自然に分かち合えないような会話はお好きではなく、彼女が実際にお持ちになっていらっしゃる以上の知識を、ほんの少しだけであっても、持っているかのような振りをするにはあまりにも無邪気過ぎる気さくな天性の持主なのです。」

文学関係、科学関係の人々との交際を奪われ、いつ果てるとも知れないチェスの夜々を強要されて、公は自分とはまるで別種の宮廷人のありよう《ソサイエティ》に全く安らぎを見出すことが出来なかった。実際問題として、このソサイエティという言葉をより厳密に使うなら、イギリス社会《ソサイエティ》はこの若きドイツ生まれの殿下の真価を最初から認めることなどしようともしなかったのだ。有るか無きかの口髭のある魅力的な口、大きな青い目、それにあの完璧な横顔はイギリス的な男性美の観念には合わないものだった。彼の態度は冷淡で堅苦しく、それに、スポーツなどは軽く扱われてしかるべきものと言わんばかりに振舞い、一方、ピアノを弾いたり歌を歌ったりといった女性的な研鑽は、ベンスン氏が指摘しているように、「高級で高尚なこと」であると見做していた。

けれども女王は彼を崇拝していた。彼女にとって、彼は完璧で、レーツェンに宮中を支配することを許してはいたが、それでも彼女の夫には一点も非の打ち所がなかった。彼は彼女の「大切な天使」であり、「最愛の存在」だった。そして少しずつ、とてもゆっくりではあるが、ドイツ生まれの殿下が自分たちの女王に及ぼすに違いない影響に端から不信感を抱いていた国民の大部分も、また厳密な意味での社会《ソサイエティ》も、愛することはないにしても、彼のセンスの質と思慮分別、彼の強くて気高い義務感を知り、称賛するようになって行った。

女王の夫としてアルバート公がデビューした時の肩書きのひとつは、「奴隷制廃止及びアフリカの文明協会」の会長であり、「僕はスピーチをとても上手くこなし」、「そして拍手喝采を受けた」と兄に語っている。そして彼は人々の生活に溶け込み始め――女王に随行してダービー競馬場へ行き――彼の伝記作者ボライソウ氏によれば、それは民主的意思表示の行動だった。なぜならダービーの群衆と溶け合う元首など未だかつてなかったからだ。

この数日後、一八四〇年六月一〇日、全国民は女王に対する暗殺襲撃によって激情に駆り立てられた。彼女の夫は、兄エルンストへの手紙で、次のように書いている。「あなたは弟と妹を失いかねなかったなどとは思ってもおられないでしょう。取り急ぎお知らせします。

一昨日の水曜日、僕たちはいつも通り、四頭の馬と二人の御者《ポスティリヨン》の小さな馬車で六時に出発しました。僕は右に、ヴィクトリアは左に座って。馬車の馬がバッキンガム宮殿から百五十歩も行くか行かないかの、バッキンガム宮殿の城壁とグリーン・パークの間に差しかかった時、小さな怪しげな男が、僕たちから馬の脚ならほんの六歩ばかりの所の、グリーン・パークの手摺にもたれて、何かを僕たちの方へ向けているのを僕は見たのです。それが何であるかがわかる前に、一撃が炸裂してあまりにも恐ろしい音に僕たちは二人とも気絶してしまいそうでした。ヴィクトリアはと言えば、左側の騎手の方を見ていて、その音の原因もわからない様子でした。僕が最初に思ったのは、その時の状態では彼女はきっと恐怖のあまりおかしくなっているのだろうということでした。僕が両腕で彼女を抱いて気分はどうか訊くと、彼女はただ笑っただけでした。それで僕は振り向いて男を見たのです（馬は驚いて馬車は止まっていました）。男は両手に一丁ずつのピストルを持ち、芝居じみた格好でそこに立っていました。それはまるで滑稽でした。突然彼は姿勢を変えると、ピストルを腕に構えて、僕たち目掛けてぶっ放したのです。弾丸が僕たちの頭上をかすめて行ったらしいことが庭園の塀に当たった時に出来た穴でわかりました。すぐに大勢の見物人が押し寄せて来ました。彼らはその時までは石のようにこごって立ちすくんでいたのですが、今や『奴を殺せ、奴を殺せ』と叫んでいます。僕は御者《ポスティリヨン》に馬車を出させ、叔母さんに会いに行きました。途中でいくつもの公園を通りましたが、どこでも最高に熱烈な歓呼を受けました。」

小さな女王は、ライオンのような勇気を持ち、狼狽することもなく、このようなことがあっても十一月には子供を産むことになっていた。そして人々は、レディー・フローラ・ヘイスティングズの事件以来、即位する彼女を迎えた時に抱いた熱狂の幾分かは失っていたのだが、この勇敢さと威厳を見るにつれ、忠誠心の戻るのを感じていた。

翌月に、公は兄への手紙で書いている、「僕のための最重要法案が議会に提出され、何ら反論されることなく受諾されました。それに対しての様々な陰謀が試みられた後ではありましたが。これが摂政法案です。ヴィクトリアが死んで彼女の後継者が十八歳未満の場合、僕が摂政となります——ただ一人の——枢密院無しの摂政です。この事の重大さがあなたにはお分かりでしょうし、それはこの国での僕の立場に新しい意義を与えてくれるのです。サセックスはそれに反対し、それは法的な家族制度への侮辱だと主張しました。彼は議会に異議申し立てをするつもりでしたが、彼の友人たちが、内閣であるホイッグ党とトーリー党が一丸となっての圧倒的な力を見て彼を見捨てるや、彼は調停なしでその議案を通過させたのです。シュトックマーがいなければ、内閣は恐らくリスクとゴタゴタで辞任に至ったことでしょう。けれどもシュトックマーが（僕たちの中でこの人だけ）これらの人々を説き伏せて彼らはそれを引き受ける気になった訳です。ヴィクトリアはその調停に大満足です。」

一八四〇年一一月二一日、女王は第一子である娘をバッキンガム宮殿で産んだ。そして二月十日に行われた洗礼を授ける際の名親たちの中に、ウェリントン公爵、「あの老いたる反逆者」の名があった。結婚当時の女王が、公との縁組みに対する彼の態度ゆえに招待しようとしなかった人物であるが、今ではお気に入りに復権している。「彼は」と彼女は日記に書いている、「私たちの最高の友人だ」と。

第12章　いくつかの事件

「あなたは何と幸運なのでしょう」と女王陛下はベルギー王に手紙で書いている。「彗星をご覧になったなんて。ここでも見られるのは確かで、多くの人々が見ていますよ。」けれどもイギリスの王族の面々には見えなかったようだ。

遠いパリの薄暗い部屋で、英国女王よりもひとつ年上のみすぼらしい若者が、お金を使うのを散々ためらった後、ポケットに残された小銭の幾らかを一杯のコーヒーに使う決心をしたのだが、それは具合の悪い彼が身体の弱っているのを感じたからだった。そう、彼のすり切れたオーバー・コートは質に入っていたので、オーバー・コートもないまま、彼はカフェを探しに雨の通りへと出て行った。雨の騒音は、彼が歩くに連れ、群衆の行進する音のように、威嚇する民衆の行進する音のように、彼らを虐げる風かとばかりに逆らうことの出来ないハリケーンとなって吹き募って来るのだった。

二年後、カール・マルクスは、つまり若者は彼なのだが、プロイセンの要請でフランスから追放されてベルギーに滞在していた。そこで彼はドイツの労働組合の基礎を築いた。あの時から五年、彼はドイツの労働者階級の革命秘密組織、「正義者同盟」の誘いを受けて、彼らのロンドン本部に合流した。家族と共にイギリスに住んでいたが、そこで彼は半ば餓死しかけた命を存《なが》えていた――彼の寛大にして最愛の友、フリードリッヒ・エンゲルスが、年三百五十ポンドの手当を支給することで彼を救済するためにやって来るまでは半ば餓死しかけていたのだ。

集会のリーダーであったマルクスとエンゲルスの見解が、数々の言語で、少なくとも同盟の資金が都合出来るかぎりで可能な多くの言語で印刷されたのは、十一月のロンドンでの会議（名称「正義者同盟」が、「共産主義者同盟」に変更されてまもなく）の成果だった。この印刷物は後に『共産主義宣言』として知られるところとなり、「フランスの『人権宣言』を除けば、人類の歴史に他の何ものにも増して影響力のあるドキュメント」であると言われている。それから、彼はエンゲルスと共に働く、革命家仲間の信念を組織化する。しかし英国女王は彼のことなど耳にすることもなく、よしんば耳にしたとしてもすぐさま忘れてしまったことだろう。

このところの数年は、女王にはとてもトラブル無しではすませられるどころではなかった。彼女が王座に就く二年前の一八三五年、「ロンドン一般労働者連合」の委員会が、ウィリアム・ラヴェットを党首として「人民憲章」として知られるものを立案した。これには六ヶ条がある。憲章は成年に達した健全な、犯罪の疑いのないあらゆる男子の普通選挙権を要求する。一年任期の国会。貧しい人々が選挙に立候補出来るようにするための国会議員への給与支給。有産階級による収賄や脅迫を阻止するための無記名投票。平等な主張が保全されるための平等な選挙区。そしてすべての投票者が、財産に関わりなく被選挙資格者になるために三百ポンドという単なる名義上の財産資格の廃止、というものである。

当然のことながら、その当時の論評は、道理にかなった政治なら、こんな馬鹿げた要求に一顧だに払うはずがないというものだった。これは、破壊的猛火と化した群衆と、炎の怒号と暴動の発端になった。そして一八三九年の人民憲章《チャーチスト》暴動へと導かれて行くこととなった。つまり、全く理解されなかったのだ――これまであまりにも従順で、あまりにも御し易かった民衆が、無記名投票、一般男性参政権、通年国会、議員報酬、有権者に対する財産資格廃止、平等な選挙区、といったそんな愚かしい贅沢を欲しがるなどということがあるだろうか？　しかしながら民衆は、こうした贅沢のための騒乱を鎮圧する法律に叛逆するだろう、法と秩序に反抗するだろう。最も恥ずべき行動が比較的分別のある人々からさえ起こったのだ。

例えば、ニューポートにおいて、ジョン・ラッセル卿によって行政長官を約束されていたフロストという名の生地商は、実際に暴動――危険でもあり、概して誤った暴力的な行動方針ではあったが――を先導した。だが、こうした勇敢で自らの信念への気高い殉教者たちは、それ以外のどんな方法で――彼らは自分たちにどのような運命が用意されているかを知っていた――権力者たちの面前に人々の虐げられる様を突き付けることが出来るだろうか。トーリー党もホィッグ党も彼らに耳を傾けることを拒絶したからには。

フロストが裏切られて仲間と共に捕えられ、そして死刑を宣告された後、彼らの刑は不屈の「トルパドルのヒーロー」によって終身流刑に軽減された。

そのようにして、トルパドルの人々を忘れないために流刑地の「地獄」と呼ばれるようになった地へと生地商フロストは仲間と共に出で立つ。暗闇に置かれている人々のために死をもいとわず立ち向かったということになろう。

女王が王座に就いた頃、オーストラリアにはおよそ三万人の囚人がいて（船積みされたこれら不運な生き物が最初に搬送された一七八七年以後、七万五千人がこの地獄へと送られて来た）、彼らは一年に約四千人の割合で送られて来たのだった。彼らの多くは餓死寸前の男たち、少年たち、子供たちで、絶望から来る盗みゆえか、あるいは何か哀れな子供っぽい虚栄心のためなのか、この死の落し穴に落ちてしまったのだ。私たちは前の方の章（第6章参照）で、彼らが耐えた恐怖の数々をすでに目にしている。しかし、ある程度までこれらのことが知られるようになるには、一八三七年に出版された、高位の主教ウラソーンの著書『オーストラリアにおけるカトリックの伝道』まで待たねばならなかったし、それは、ウッドラフ氏によれば、「服役制度に対する最初の大々的告発であり、これら救いなき人間たちが被った苦しみを、ノーフォーク島――あらゆる流刑地の中でも最も恐ろしい――で生きることの恐怖を描写し、彼らの神への祈りは、このような永劫罰の場での更に過酷な、より長引く恐怖に直面するよりも処刑の痛みを賜らん」というものだった。ウラソーン主教が目撃した、これら死を宣告されていた不運な人間たちがその執行延期の確定を知らされた時の情景は、彼が言うには、彼が今まで経験して来た中で最も胸の張り裂けるようなものであったのだ。

「刑務所は四角い形をしていて、片側には低い独房が並び、木屑《こけら》板の屋根が被さっていた。看守が最初のドアの錠を開けて、『少し離れて下さい』と言った。黄色い靄のようなものが流れ出て来て、男たちの骨格から成っていると思われるものがその中に閉じ込められているように見えた。靄が晴れて、私が入ると、横に渡された棒に五人の男が鎖でつながれているのが判った。私は心を込めて彼らに話し掛け、彼らに準備をさせ、彼らの名前を聞き出し、彼らが死刑の執行を延期されていて、それがもう五日も前であることを伝えた。私はこうして独房から独房へとすべてを見尽くすまで見て回った。死刑宣告を聞いたどの人も、目に涙を浮かべることもなく跪き、神への感謝を捧げたのは正真正銘の真実である。執行を宣告された十三人の中で三人だけがカトリックだったが、他の人々の中の四人が私の監督下になった。私は彼らに関する職務を翌朝六時に始めるべく手筈して、私が他の囚人のことで手が放せない間、読むことの出来ない人々のために一定時間読み聴かせる役目のインテリのカトリックの囚人監督を選任した。もう夜になって、私は総督官邸へと向かったが、そこではある華やかな会合があり、私の魂がどっぷり浸かっていた悲惨な人間の有様と何と不思議なコントラストを成していたことだろう。そんなにも多くの人々が恐怖に満ちた流刑地での生よりもむしろ死を望むということは、経験のない人々には不思議に思われるだろう。それなら言わせてもらおう、ニューサウスウェールズに流刑にされたすべての罪人は同じような考えになっていたと。私はそれを死に臨んだ何人かから聞いたのだし、マッケンクロウ神父は、私がウィリアム・モレスワース卿の流刑に関する委員会で引用したものだが、私への手紙の中で、四年間の間に彼は七十四回の執行に立ち会い、罪人の大多数が、処刑台へ赴く途中でノーフォーク島へ行くのではないことを神に感謝したと断言している。

島には二千人の囚人がいて、彼らのすべてが最初はニューサウスウェールズへ流された後、全員が新しい罪状で再び流刑された。彼らの多くが一度に、あるいは前後して死刑の宣告を受けた。彼らは人間の形をとった絶望の極みにある身体であり、外の世界から孤立していることからますます絶望的になっていた。愉しみの機会はすべて奪われて希望も失くし、他の島々から千マイルも遠く離れて周りを取り巻く海をただただ眺めていることによって、そしてどのような宗教的教えも、他の教えや慰めになるものもないことから絶望的になっていた。」

それでも、このような摘発によって生まれたセンセーションの大きさは、今もなお、ウッドラフ氏によって次のように引用される程にも大きなものであった。「この制度を運用しなければならなかった役人自身によって国会議員になされた証言は、最後は一人一人の人々に訴えかける証言となり、何がなされているかを誰もが知ることとなった。『サー・ウィリアム・モレスワース監査室によってベールがはがされた時』とエディンバラ・レビュー誌は言っている、『イギリスの人々は彼らが創り上げた怪物の光景に度肝を抜かれた。そして非常に恥じ入り、制度は廃止された。』」

それなのに、何と言うことか、こんなにも恥ずべきことであるにも拘わらず、一八五三年に至るまで存続していたとは。

刑の制度に対する向き合い方は、それでも良い方へ変わって行き、そして、フロストとその仲間がオーストラリアに送られた六年後には、サー・ジェームズ・グラハムが女王に伝えたところによると、ニューゲートでの死刑囚への最後の説教と処刑の朝の過程が十分に調査され、あまりにも不面目であまりにも常軌を逸した幾つかの事件の再発を防ぐために、報告書は若干の法的干渉の必要を提言することとなった。彼は、女王のたっての願いで、問題を同僚たちに知らしめることにした、と言っている。刑の執行は陪審員の陪席のもとになされるべきで、余りに多勢の人が処刑を見物するのも、有効な恐怖心や恐ろしい警告という側面を減じない方向でやめるべきだと考えるようになっていた。同時に彼は、民衆が極刑からの恩赦を望む場合に、そこに私利を離れたどんな理由があるのかについても、あらゆるケースで例外なく検討することにした。公開処刑が廃止されるまでには二十三年もの月日が経過しなければならない（一八六三年のことだった）。

チャーチストの暴動は続いた。激しさをいや増しながら。そしてニューポートの暴動の三年後にはメルバン卿は、最早首相ではなかったが、女王に進言した。「国内には現実の社会情勢から発生する不満分子の大集団があります。それは巨大な工業人口の上に折々に降りかかる苦渋と貧窮から、そして先へ進もうとする社会情勢の中で自然発生する荒々しく予測の付かない考え方から起こるものです。それでも、大臣たちの報告書から見ると『したたかで退かない精神が有産階級の中に、自分たちの権利を守ろうと立ち上がって来ている』ようです」と。

飢餓と機械装置を活用することによってもたらされる新たな諸事情――こういったことがじわじわと影響力を発揮し始めて来た。しかし、やっとこの時になって、サー・ロバート・ピールという、あんなにも人を惹きつけることのない厳つい外面の下に人々を愛する大きな心を隠し持つ人物や、アシュリー卿、ジェームズ・グラハム卿、そしてリチャード・オーストラーといった面々が、ゆっくりではあったが確実に、最後には――長い闘争の果てとは言え――貧しい人々の生活を変えんとする改革を成し遂げようとしていた。

女王が王座に就く前、一八三一年の工場法は、二十一歳未満の若者に例外なく、夜七時半から朝の五時半までは働くことを禁じていた。その後、一八三三年当時の工場法は、すべての織物工場において、十八歳未満の若者の労働時間を一日十二時間、あるいは一週六十九時間以内にすることを義務化した。また十一歳未満の子供たちの労働時間は最長一日九時間か一週四十八時間に制限され、一日二時間は学校に行かなければならないとされた。しかしこの法規は労働者たちを失望させ、より深い不満へと導いただけで、一方で法律は、次の章で見るように、可能なかぎり度々無視された。過超労働を強制された場合も、解雇を恐れるあまり勇気をふるって雇い主を告発する労働者は皆無だったので、悪弊は続いた。しかしながら、今や一八四〇年となり、事態は更に改善されている。この年には煙突掃除の子供を保護する法案が通過し、「子供雇用調査」が実施され、一八四二年の炭鉱法で調査結果が適用された。翌年、ピールとその政府は一八三三年の法案を改正しようとしたが、製造業者と非国教派との連合の前に敗退した。四年後、サー・ジェームズ・グラハムは非国教派の怒りを買った教育に関する条項を削除して、子供の労働時間を六時間半に、男性と女性の労働時間を十二時間に減らすという議案を再提出した。アシュリー卿は更に進歩的で、十二時間を十時間に短縮しようと提言した。ピールは自分の立場を説明して、工場法は織物労働者たちを保護するだけでしかなく、未だにその他の多くの労働者の状態が更にひどいものであることを指摘した。「あなた方は皆のために立法化するおつもりはないのですか?」と彼は叫んだ。「あるとも!」という短い叫びが議事堂全体から起こった。「何をしようとしているのか自覚しないまま」とG・M・ヤング氏——前述のピールの演説は、彼の興味深いエッセー『時代の肖像』からの引用なのだが——は言っている、「下院は国中至る所で工場システムを取り締まることに着手し、そして幾晩かを経て彼らはその決定を撤回したのです。けれども潮流はその流れを速めていたのです。……」リチャード・オーストラー——「工場の子供たちの優しい王様であり、新救貧法に反対したために自分の雇い主ソーンリー氏によって借金を理由に投獄された人物だが——は労働者や彼の個人的友人たちの間で行われたカンパによって最近釈放されたのです。ホィッグ党は彼の負債を支払うことで彼を自由にしようと再三申し出てはいました。もしも、お返しとして、彼が救貧法反対のアジテーションを止めてくれるなららと。彼の応えは監獄に留まることでした(その時から彼は工場システムと救貧法に反対するために、フリート監獄の名に因んだ「フリート新聞」を発行している)。」今や遂に彼は自由の身となり、その意思力、監獄で彼を支えた情熱が、労働条件を改善するための様々なアジテーションに注ぎ込まれた。

不幸なことだったのは、支配階級の側のいや増す啓発と称するものと並んで、異なる皮膚の色をしたあらゆる民族に干渉せんとする傾向が強くなって行ったことだ——もちろん、純粋に、彼らに良かれと思ってであり、それは大英帝国が天によってこの仕事に選ばれたものだからなのではあったが。ローバック氏は、この十年後、黒い顔の人々が地上から抹殺されればいいのに、という言い方さえした。「南アフリカのカフラリアは次のことを了解すること以外には私たちには何の関わりもないのです」と彼は説明している、「すなわち、私たちはそこにもっと知性の高い種族を植え付けようとしているところで、これは現地人の人口の漸次的な絶滅によってのみ成され得るということです。人間性のことや、キリスト教の原理や、十戒のことを言うのは全くの口実で、黒人は白人が存在している世の中であるかぎり消えてしまわねばならないのです。」

しかし私が書こうとしている時代に、大英帝国の注意を引いていたのは黒人ではなく黄色人種で、黄色い人々は大英帝国による中国への阿片の輸出を拒絶することで、自分たちでこのような事態に陥っていた。サタデー・レビュー誌が指摘しているように、四十年後のことだが、同じ問題に新たなトラブルが発生した時、「時折の、あるいは習慣的な阿片の一服の健康上の効能については疑いの余地のない証拠がある。それは神経を鎮静し、咳や肺疾患を軽減し、その上あらゆる種類の不愉快な隠れた疾患に医療的使用が可能だ。

もしも論議全体にはっきりしたことがひとつあるとすれば、それは官憲は阿片栽培を抑制しようなどとは思ってもいない、ということだ。海上輸送される阿片に対する時折の強い禁止令の要請が単なる保身の観念からなされていることは明らかだ。」

一八三四年に東インド会社の勅許の更新に伴い大英帝国と中国を戦争へと導いたのはこの嘆かわしい観念だった。中国の港は開放され、イギリスの個人貿易商は即座に阿片売買に巨大な富の原資を見出した。貿易商たちは憤激したが、未開の現地人たちは、唐突に薬の輸入を禁止したのだった。しかし英国の内閣は、彼らのキリスト教徒としての清廉さというものに身を隠して、貿易を黙認した。すると貿易商たちは中国人に薬を押し付けるに当たって、自分たちの背後には英国政府のいることを既定のことと考えるようになった。政府が、中国の法律を遵守するのが彼らの義務であると宣言した時には、貿易に関するトップ管理者でもあるエリオット海軍大佐は、この告示の信憑性が信じられず、英国人の生命財産を守るために中国に戦艦を送るべし、との要請をした。それは実行された。しかし未開人たちは頑なに薬を黙認することを拒絶し、彼らの頑なさが戦争へと繋がることとなった。しかしながら、最終的には、この世にあり得べき最高の中でも最高の結果になり、未開人たちが徹底的な打撃を受け、女王が香港の島を獲得したと理解出来るならば喜ばしいことではないか。最初はすべての事柄が完全にうまく運んだとは言えなかったにしろ。政府が望んだものはすべて手に入るはずだと女王はベルギー王に保証している、チャールズ・エリオットの到底説明出来ない不可解な指揮のためでないとしても、と。この人物は指令には断じて従わず、最低の降伏条件で矛を収めようとしたりした……。最終的に、一八四二年、戦争は栄光に満ちた結末に至り、十一月二十三日、スタンリー卿が女王に次のようにしたためたことをわれわれは知るのである。「これらの勝利が、単にアジアにおいてばかりでなく、同じようにヨーロッパの津々浦々に生じさせる道徳的影響を評価するのは難しいことです……。中国においては条約の署名によって流血の惨事に終止符が打たれました。その条約は女王陛下の統治が如何なる外国勢力の支持にも拠らないという基本姿勢に則ったもので――すなわち中国皇帝との完全なる平等という基本姿勢の上に立ち、それは過去に対する大きな保障と、未来に対する十全なる安全を得させ、そして予想も出来ない程広い範囲の中国との貿易をイギリス企業に開放することになったのです。」

この勝利の道徳的影響に勇気付けられ、イギリスは即座にアメリカ合衆国との論争を始め、奴隷を積んで輸送している疑いのある船を探査する権利を主張した（少々非論理的ではあれ、全く正当に）。

悲しいかな、道徳的勝利に関して誰も彼もがスタンリー卿の熱意を分かち持っているとは言えなかった。一八四〇年四月八日、政治家としての経歴がすでに約束されていた三十二歳の若者、ウィリアム・グラッドストーン氏は、下院において怒りを籠めてそれに対する反論を述べた。

「私には計り知れないのです」とスピーチは続いた、「中国人が、自分たちの領土内に居住している にも拘わらず、自分たちの法律への服従を拒む人々に対して、糧食を拒みたいとどれ程強く願っているか。この戦争がどれ程長く続き、作戦がどれ程長引くかを判断する資格は私にはありませんが、言えることは、戦争というものはその起源からして不正義であり、戦争はその進捗に従って、よりこの国を不名誉でおおってゆく構造になっている、それも私の知らない、読んだこともないような不名誉で、ということです。マコーレイ氏は昨夜、広東で栄光に波打つ英国旗について雄弁なる言い回しで演説しました、そして、天の下の如何なる国においても侮辱されることは断じて許されないと知ることが我が船員たちの心に如何に生気を呼び覚ますか、ということについても。しかし何故あの旗の眺めがいつもイギリス人の精神を奮い立たせるという考えがかすめるのでしょう？　それがいつも正義の根拠とか、圧政への抵抗とか、国民の権利の尊重とか、名誉ある商業行為と結び付いて来たからでしょうか？　けれども今では高い身分の有力者（パーマストン）の後ろ盾の下で恥ずべき密貿易を保護するためにあの旗は掲げられているのです。そしてもしもそれが中国の沿岸に今揚げられているような揚げられ方しかされなくなることにでもなれば、私たちはそんな光景に恐れをなして後退りすることになるでしょうし、堂々と得意気に微風に旗が漂う時も私たちの心が高鳴り震えるのをもう二度と感じられなくなるでしょう……。中国人が非常に不条理な言い方をしたり、矜持がなかったり、多少のやり過ぎを犯したりするのは疑いありませんが、私の考える正義は彼らの方にあり、彼ら異教徒や半ばしか文明化されていない未開人に正義があるからには、私たち教養あり、文明化されたキリスト教徒こそが正義と宗教の双方と相入れないものを追求していることになるのです」。

しかしながら、グラッドストーン氏が言ったすべてにも拘わらず、戦争はその栄光に満ちた結末へと導かれることになり、それに関して彼に出来ることは何もなかった。

その間、宮殿では、日常的な家庭生活はいつものように続き、球技や羽根つき、夕食後の会話、そして女王は大層お怒りだったが、メルバン卿が呼ぶところのバカ犬の、むく毛のアイレちゃんが立ち上がってメルバン卿にお遊びをおねだりする——そうしたものを通して彼が何を見たかったのか私には理解し難い。これこそがオーストラリアの囚人とか工場の子供たちの幸福な状態に他ならないとするのでないとしたら（「おお、もしもあなたが彼らをそっとしておいてやろうと思いやって下されば」）。そして動物に対して特別の愛着を持っていた女王は、時々野生動物の調教師の実演を見物に出かけたものだった。女王の結婚の何ヶ月か前、その種の格別印象に残るひとつのショーがあり、以下が女王陛下自身のお言葉で、最高の評価をうけている。「ヴァン・アンバーグはこれまでにない程の出来で、奇跡的だった。……彼（ヴァン・アンバーグ）がライオンの頭や身体にもたれている間に、第二の檻にいつも通り小さな羊が持って来られて、ライオンの鼻先に置かれたが、ライオンはいつもの通り見向きもしなかった。その時、すべての動物の中で最も小さい、忍び歩きをする可愛い一匹の豹がやって来たかと思うや、羊を捕えて駆け出し、ライオン以外の他のすべての動物、他の檻の中のすべてのものがこの惨殺の手伝いをしようと駆け出した。それは恐ろしい瞬間で私たちが万事休すと思ったその時、ヴァン・アンバーグが豹の方へ走り、さんざんに打ちのめし――羊を両腕に抱くと――ただ他の動物を見やっただけだった。すると今にも羊を食べようとする身構えは崩さなかったが、一匹として動くものはなかった。それは水際だった素晴らしいものだった……。動物たちは前日の早朝から餌を与えられてはいなかったので、いつも以上に野性的だったのだ……。

ヴァン・アンバーグは、粗末な服を着て、背は高いがそれ程強そうな男でもなく、若くて、とても遠慮がちで静かで控え目だった。穏やかな話し方で、禿げ上がって来ている額と非常に独特の目をしていて、正確には藪にらみではなかったが幾分斜視だった。私が今まで羊にこんなことが起こったことがあるかどうか訊ねると、彼が応えて言うには『時にはございまして、私が最初に中に入れた時には起こりました』が羊は傷付いていなかったと言う。それから、動物たちは餌を与えられ、吼えたけり互いに凄まじい戦いを繰り広げたが、それは見事なものだった。……彼はいつも鉄の棍棒は使わず、犀の革で出来た鞭だけを使っていて、それを私に見せてくれた。」

それでも、時々、女王陛下は悲しい光景に直面することがあり、例えば、一八四二年九月八日、彼女がグレンライアン卿（後のアソールの第六代公爵）の家にいた時だが、卿は盲目になっていて、彼女はベルギー王に、「何も見えないのに、主人役を務める彼を見るのはとてもつらいことでした」と語っている。

第13章　過ぎ去りし三月

食人種《カンニバル》市場の真裏、そこは一日中、ベッドラム精神病院の白昼の阿鼻叫喚の下にあり、通りには亡霊たちの屠殺場がしつらえられ、セント・ジャイルズの貧民街《ルーカリー》がそこにある。これらのやせてみすぼらしいテントが這い蹲っているかのようなスラムは、三階か四階建ての高い建物からなっていて、あまりにやせてみすぼらしいために、裏には「無」がひっそりと佇んでいるだけだろうと人は思っている。実際、スラムの多くはそのとおりだった――「無」。その無の真っ只中では人肉、つまり屍体がひとつまたひとつと積み上げられている、病気に罹った人々がその名だたる病菌と共に。男たち女たち子供たちは、若く美しく傷ひとつないまま、うず高く積み上げられて大きな土手のようになったそのまた上に積み重なる、ほとんど丸裸で、あるいは襤褸を身に着けているとしても災厄と世の汚穢によって言葉に窮する程の色合いになってしまったものを身に着けていて、忘却の河《レテ》の水でもその汚れを洗い浄めることは出来まいし、かつて汚れていたことを忘れさせることも出来まいと思われる程だ。ここで彼らは横たわっている、曙の光が射してカンニバル市場への道がもう一度見えるようになるまで。

これらの家の幾つかには扉もないが、それはエンゲルスが言うように、ただ無だけがあり、他に盗む物とて無い時に、なぜ扉がなければならないと言うのだろうか？

あまりに黒ずんでいて天国の光さえ曇らせてしまいそうな襤褸をびらびらとお供にして、十万もの足が地を踏み鳴らしている。「ロンドンでは」、とエンゲルスは言った、「五万人もの人々が、夜中に頭をどこに横たえるか覚束ないままに毎朝目覚めるのです」。幾人かのためにはぎゅうぎゅう詰めに詰め込まれる下宿屋があるだろう。アッパー・オーグル通りのホームレス用の保護所を例に取れば、ひとつのシェルターには三百人の人々を収容することになっていたが、そこには夜毎、二千と七百五十人の生きた人々（平均で）が、汗と悪臭にまみれ、酔っ払ったあげくの幻覚やたわごと、殴り合い、こそ泥の果てに連れて来られては、あげくに暗闇に五、六人が重なり合って寝るといった具合だから、太陽に唾するようなありとある罪よりもっと悪い状態に見舞われている。

他の人々について言えば、たったの二ペンスぽっちが頼りだ……。「貧しい悪魔にはベッドの代価も払えないわけさ。一日中働いて、二ペンスぽっちだ！……さあ、行って見てごらん。すっかり弱り切ってベッドの代価も都合出来ない。彼らは二ペンスかっぱらうか、さもなきゃ一晩中お縄だよ。ほら！　見てご覧よ！　四十人ばかりが一列に座って縄に寄っかかっている。……肘と肘で押し合って、揺れながらぐっすり眠り込んでいる。死にかけている老いぼれは別だがね。奴は吐いたり咳き込んだり、精も根も尽き果てて眠ることも出来ないのさ……。ああ、それにサムだって、とっくに失くした代物はもう望むべくもないってわけさ。イエスさま！　よろしかったらお願いしますよ、これはあんたの仕事だ……。通りから通りをヨロヨロ行きますよ、凍てつく寒さの中を歌って行きますよ、けれど、誰も、ほんの一銭も恵んでくれやしない！」（ウォルター・グリーンウッド『困窮手当と愛』）

ここ、高架鉄道橋の下の、「貧困の港に、空を火と血で染めた巨大な都市に、（おお、悪臭を放つ襤褸、雨に濡れ塗れたパン）」、死体のようにごちゃごちゃに集められて、年齢もなくなって、感情もなくなって、見知らぬ男たちの中に放り出されて、若さ溢れる冒険家の多くが横たわっているけれど、その心はかつては世界を所有していた。「冬の夜々の間、路上で」と、ありとある過酷な餓えに耐えた人は書いている、「……私の凍えた心をひとつの誓いが捉えた……汝は屍になったからには、もう殺されることはない。朝には私の目はもう虚ろになっていて、私の様子は全く死んだようで、多分私が会った人々は私とは判らないだろう。」（アルチュール・ランボー『地獄の一季節』）

ここに彼らは横たわり、ここを彼らはさ迷い歩き、彼らの周りを泥の文明が這い回り、この地獄の桟敷席は、赤貧を脱して金のかかる出来立ての文明をつくり得た者たちに占められることになる。冥府の地獄の桟敷席と同じに……。信じられないような売春の恐怖、「阿呆、ハイエナ、人さらい、昔ながらの気ちがい」といった者たちが皆、餓死というあの最後の深淵に差し掛かっている貧民窟でのたうち回っている。

バーモンジーのライアン小路三番地の窓のない部屋の二階に、絡まり合った薄っぺらな羽毛が転がっている、蜘蛛の巣かと見紛うように薄っぺらで汚い。それは四十五歳のアン・ゴールウェイの身体を被っているわけではない、彼女は餓えてまだ生きている十九歳の息子の傍らで死んで横たわっている。この部屋にはかつてはテーブルや、椅子、ベッド台の一部だったはずの棒切れひとつない。カップも、ナイフも、皿も、家庭用品の類はひとつとして無い。これは死者のための部屋だ、死者は何も必要としない。ただ十九歳の息子の生きている幽霊の傍らに死んで横たわっているこの幽霊の上に散らばっている小さな羽毛のかたまりがあるだけだ。彼女の裸を隠すベッド掛けもシーツも無い、けれども羽毛がぴったりくっついているから、死因を特定するための検死を受ける前には、彼女は家禽のように羽を毟られなければならないに違いない——公表された死因は飢えと寒さだった。そうなのだ、彼女はその惨めさを夫と子供と共に凌いで来たその部屋に横たわっている、そして三つのいのちにも人間として欠くことの出来ないものがあったという唯一のしるしが、床板の一部が引き剥がされていたということと、剝き出しになっている穴が厠として使われていたということだった。

アン・ゴールウェイが自分の死を公示する法の尊厳を待ちわびている空っぽの場所をホームレスの群れが通り過ぎて行く。……百万の足音が町という町に響き渡り、労働者の夥しい部隊、今では暗闇というシーツの下のどの穴ぼこに寝ることになろうと気になどしていられない死者軍団が蘇らされて、カンニバルの市場を目指して町々をやって来たのだ。

大きな丘の斜面に建設されたエディンバラでは、震えながら地獄へと落ちて行くたくさんの狭く折れ曲がった小道があり、路地と呼ばれていた。「これらの通りは」、と「職人《アルティザン》」(一八四二年一〇月)誌は言っている、「しばしば人がこちらの家の窓から通りの反対側の隣家の窓へ跳んで行ける程狭く、階に階を重ねて、家々はとても高く積み上げられて、家の間の中庭にも裏通りにも光はほとんど届かない。町のこの地域には下水道も、その他の排水管もなく、家ごとの厠すらない。その結果あらゆる廃棄物や、生ゴミ、少なくとも五万人の糞便が毎晩溝に投げ込まれることになり」そしてこの乾いた汚物から、これら地獄のようなスラムから、巨大な煙のような雲が立ち昇る。ここも、似たような他のスラムも、あのチフスやコレラなどのぞっとするような流行り病いの最初の繁殖地で（飢餓や、不安や、汚物の結果だ）、それは最初は無数の名もなき貧しい人々を、それから震えおののく金持を彼らの隠れ家から一掃した。

遙か彼方のエンゲルス縁りの地マンチェスターは綿自動織機《アイアン・マン》の恩恵下にあって繁栄していたが、「何軒かの（家の中は）」とエンゲルスは言っている、「全く何もない、開けっ放しのドアに、住人が凭れているだけだ」。エンゲルスが訪れるこうした言語に絶したスラムは死者の街と言える。揺れて、くずおれそうな家々が見える、ドアのない厠が見える、ひとつのスラムの中庭からもうひとつの方へ（幾つかの中庭では、豚肉業者が豚用の檻を置いていて、それがこうした場所の不潔さを増幅して行った）通じる、一面真っ黒の長い通路が見える。私たちの足は何インチもの泥みたいなもので穢された土壌をおおう汚物に沈み込む。密集した小屋から、工場の残骸から、そして汚染されて腐敗した水から立ち昇る有毒な臭気と蒸気――これらが私たちの咽喉をふさぎ、私たちを窒息させる。けれども、言語に絶する不潔さや、悪臭と吐き気を催すようなガラクタの集積で溢れかえっているこれらスラムには人間の住む部屋なんてないようだ、もの書きは別のようだが。私たちが読んだところでは、ある小さな部屋に折り重なって眠っている人々が、それでも生きているという気配を伝えるものは何ひとつなく、私たちにはペストの大流行の記録を読むのと同じ印象しかない、ペスト流行時には、共同墓穴にごっちゃに埋められなければならない程たくさんの死者がいたということだ。これらの不運な人々は、こういった共同墓穴に生活からの夜毎の息抜きを見出していた。

エンゲルスの訪問した場所のひとつで私たちは幾人かの居住者側の動静についての印象を得ることになるが、それが上に引用されたフレーズだ。軍隊がどれ程に重苦しい行進をしたとしても、これら貧困者たちの運に見放された足取りに比べようもあるまい。彼らは、朝陽があばら家をノックすると、夜の時間を過ごした剝き出しの床から起き上がって、自分たちの惨めさを安全に保護していたドアを開け、そして、からっぽの骨組みだけの建物に背を向けて、彼ら自身のものである見たくもない汚物の向こうに、光と活気の世界を見る。

そして、あらゆるものの上を綿自動織機《アイアン・マン》の巨大な影が覆う。

ストライキの間に、ユーア博士がその『製造業の哲学』で書いたところによると、ある発明者が「数ヶ月の工程を経て、経験豊かな労働者の考え方、フィーリング、才覚を備えて機械装置を造った――それはまだ揺籃期のものではあるが、もう少し精度が上れば、熟練した紡績工の役割に匹敵する機能も果たし得る新しい調整原理を体現するものである。こうして鉄人《アイアン・マン》――熟練工が見事にこのように命名したのだが――は、ミネルバの命に従う現代のプロメテウスの手から躍り出て――工業生産者階級の間の秩序を回復し、大英帝国を技術の帝国とならしめるように運命づけた代物となる。このヘラクレス的超能力のニュースは組合を通じて驚天動地の勢いで広まり、その揺籃期を過ぎる前に、無秩序の言わばヒドラを絞め殺したのだ」。

この影の下を、巨大なうねりが前進してゆく。尽きることのないうねりとして最初にやって来たのは襤褸と骨で出来たひょろひょろした先導者たちで、手織機の職工たちである、時々多くて週八シリングか九シリングを稼いで、それで彼らの家族には十分だったに違いない。彼らはくたくたになって帰って来て、生活の場である湿った地下室へと這うようにして降りて行くが、織物用具には湿った機織り部屋が必要だったからだ。時には、とエンゲルスは言う、「六人の手織り職人がひとつの小屋に住む、その内の何人かは結婚もしているのに、大きな寝室と幾つかの仕事部屋のある小屋だ。彼らの食べ物はジャガイモばかりで、時々お粥だったり、偶にミルク、肉はごくごく稀にだ」。

次にやって来たのはストッキング織工たちで、彼らは栄養不足から、その骨までボロボロに砕けてしまったみたいだと言われている。モーニング・クロニクル紙はヒンクリーのストッキング織工からの手紙を公表したが、その地の五十家族（三百二十一人）に関して言えば、どの一家も週に平均十一シリング四ペンス稼いでいた。この中から家賃、織り台の賃借料、燃料、光熱、石鹸、それに針が週に五シリング十ペンスかかったので、日々の食べ物には一人頭たったの一ペニー半しか残らないのだった。「目なんてねぇ」、とこのストッキング織工は書いている、「何も見えやしないし、耳も聞こえちゃいないし、心も感じなくなって、こうした貧乏人は半病人になって耐えてるのさ」。いつでもベッドが一番恋しいのだが、人々はひもじさのために日曜日も働くことを余儀無くされていた。「先週の月曜日には」と一人の男が言った、「朝の二時に起きて真夜中近くまで働いて、ほかの日は朝六時から夜の十一時か十二時まで働いたよ。もううんざりだ。殺されるのは真っ平だから今夜は十時に寝て、日曜日にオシャカにした時間の埋め合わせをするんだ」。

今度はセッジリーの鋲職人がやって来る。彼らは馬小屋のような不潔なあばら屋の中で群がるようにして働いている。女の子も男の子も一緒、十歳から十二歳の間の子たちで、日に千個の鋲を作らないと一人前とは見做されない。二百個の鋲に対して五ペンス三ファージングの給料である。「鋲一個につき」とエンゲルスは言う、「十二回ハンマーを使わねばならず、ハンマーの重さは一ポンド四分の一もある。従って鋲職人は日に一万八千ポンドも持ち上げ続けなければ給料をもらえない」。彼らは多くの場合、「病死した動物の肉か搬送中に死んだ豚の肉を食料としている」。

この恐るべき音は何だろう。木製の多種多様な杼の立てる音のようでもあり、何千もの木管を通って押し出されて来る空気の立てる音のよう。この真っ黒な塵の雲は何だ、死に掛けている肺から吐き出されている。これは研磨工たちが死ぬ原因となる職業病の音であり症候なのである。

「シェフィールドでは」と、当の街についてナイト博士は書いている。「ほぼ二千五百人の研磨工が働いている。約百五十人（八十人の大人の男と七十人の男の子）はフォークを研磨している。彼らは二十八歳から三十二歳の間に死ぬ。剃刀の研磨工は水に浸したり乾かしたりして研ぐのだが、四十歳から四十五歳の間に死ぬ。また包丁研磨工は水に浸して研ぎ、四十五歳から五十歳の間に死ぬ。」これらのことが起因するのは「研磨に伴って鋭いギザギザのある金属粉粒が生じ、空中に飛散し、従って最後には人がそれを吸引するからである」。そしてまた研磨工たちが採らなければならない前屈みの姿勢にも起因する。この姿勢では胸と胃が窮屈に圧迫されるからだ。さあ、彼らがやって来る番だ。黄ばんだ顔色で、「不安でいっぱいの顔つき」で、しゃがれたがらがら声で、「木の笛から押し出された空気のような音」でしきりに咳き込みながら。ナイト博士は付け加えて、彼はしばしば、この病いの初期徴候に見舞われた研磨工に、もし職場に戻ったら死ぬことになるだろうと伝えたということだ。それは無駄だった。と言うのも「一度でも研磨工になるということはすなわちその研磨工は絶望の淵に転落しているということだからだ。とっくの昔に魂を悪魔に売ってしまった、とでも言うように」。

この弱々しい音は何だろう、この希望なき群集の囁きは、今にも死んでしまいそうな人々の絶望の祈りのようにも聞こえるこの幽かな音は？　それは陶工たちが職業病にすっかりやられてしまった声だ。彼らがやって来る、何かの巨大な機械、まるで彼らを一摑みで組み伏せる魔神に振り回されているかのように身体を引き攣らせて、のたうちまわりながら。彼らの仕事は完成した陶器を大量の鉛と砒素を含んだ液体に浸すことだ。こうした男たちや、女たち、子供たちの手も服も、この液体に絶え間なく濡れていて、皮膚はブヨブヨに柔らかくなり、硬くてザラザラした物体に触れると抉り取られる、彼らの運命が彼らをしっかり摑まえて放さない。なぜなら、こうした傷の中に、こうした柔らかくなった所に、鉛も砒素も吸収されるのだから。激しい痛み、胃と腸の重篤な病気、肺結核、だがそれ以上にしばしば起こる癲癇がその結果だ。男たちの中には、手の筋肉の局部的麻痺、あるいは手足全体の麻痺がしばしば起こる。ある目撃証言によると、一緒に働いていた二人の子供が仕事中に痙攣を起こして死んだという。他の証言では、子供の時の二年間を液に浸す仕事にこき使われていて、この病気が腸の中の激しい痛みと共に始まり、その後に痙攣が続き、二ヶ月間寝たきりになり、それからと言うもの痙攣が頻度を増して行って遂には日に十回から十二回の癲癇の発作を起こすようになり、彼の右手は完全に麻痺してしまい、もう決して手足を使うことが出来なくなってしまったことが医学的に確かめられた。同じ仕事に関わっていたある工場では、四人の男の皆が皆癲癇で激烈な疝痛に襲われていて、何人かが癲癇の十一人の少年たちと共に、浸液室で働いていた。陶磁器製作の過程では、浸液室の中で石細工に磨きがかけられる。固い尖った石の埃が空中に飛散して、シェフィールドの研磨工の鋼の埃と同じ結果となる。息も出来ず、横になることも出来ず、咽喉は渇き、咳がひどくなる——という結果になる。……遂には声もひどく細くなって聴こえない程になってしまう。彼らもまた皆結核で死ぬことになる。

レース編みに従事する者らがやって来る——七歳や、四、五歳の子供たちさえいる。監査官のグレンジャーは、実に、何と二人に一人の子供がこのような奴隷状態にあることを知ったのだ。彼らの仕事は針で抜き取るべき糸を拾って精巧なデザインを作り上げることで、時間は一般的に一日に十四時間か十六時間だ。治癒不可能な失明が通常の結果だ。ボビンレースの編み手たちは、そのほとんどが大変若い少女たちだが、ほとんど身体をふたつに折り曲げてレース編みの枕の上に身を屈めている。そして、この死にそうな程の疲労に耐えるために、木製の胸当ての付いたコルセットを身に着けているが、それはエンゲルスの言うように、「年端もいかない」頃のことなので、「彼女たちの骨はまだとても柔らかく、肋骨を完全にずらしてしまう。彼女たちは非常に重篤な消化器疾患を患った後、肺結核で死ぬのが普通だ。彼女たちはほとんど全くと言っていい程教育や道徳上のしつけを受けてはいない。彼女たちは華美を愛し、売春は彼女たちの間ではひとつの流行になっている程だ」。

　これらあらゆる物の中で最もちゃちな襤褸、パタパタする小旗か、といった物が今私たちの前を通り過ぎて行く、ネクタイ縫いの魂を秘めて。彼女たちは週四シリング六ペンスの金額のために一日十六時間働く契約をしている――そして更に惨めなのはワイシャツの仕立屋で、彼女たちの週給は二シリング六ペンスから三シリングで、仕事は明け方から深夜まで続く。小さな酸欠の部屋にあまりにも隙間なくぎゅうぎゅう詰めになっているのでもう誰一人入り込むことは出来ないくらいだ。ぎゅうぎゅうに詰め込まれたそれぞれの身体から伝わる温もりが彼女たちの唯一の暖房なのだ。ここに彼女たちは四時か五時から深夜まで座り、一、二年で死んでしまう。

　今度はドレスメーカーのために働くお針子が這うようにして歩く、三万の弱り切った足を引き摺る音が聞こえて来る。ロンドンではその数は一万五千人を下らない。そして書き入れ時ともなれば彼女たちの働く時間は何と一日十五時間から十八時間にもなり、その結果はこれらの年若い少女たち、時には六歳以上とはとても思えない子供同然の者たち、しばしば三、四歳以上にも見えない者たちが、休んだり、眠ったり、食べたりする時間は時には二十四時間の内たったの二時間ということになる。これらの少女たちにとっては実に昼夜連続九日間着替えもせずにいることは異例のことではなく、その間に彼女たちは「ほんの一瞬かそこらマットレスの上に」身を投げて、「そして飲み下すために最小限の時間で済むよう、切り刻まれた食べ物を与えられる」のだ。不治の失明と結核がしばしばこれらの少女たちの運命だ。たとえまだとても若くしてこの仕事から離れたとしても、彼女たちの健康は蝕まれていて、そして、結婚したとして、弱々しい病弱の子供を産み、その子供の上には早死にを予告する印が生まれた瞬間からはっきり見える。

大行列があたりを払うように前進して行き、その夥しい足音が草もない石炭屑の山の中の、遠いブラックカントリーにまで響き渡る。この土地はまるで地震によってひび割れてしまったかのように見え、そこを横切ってもうひとつの長い長い軍団が道筋を引き摺るように行くではないか。炭鉱夫たちだ、彼らは四十歳から五十歳の間に死ぬに違いない。一日に十二時間か十四時間、あるいはそれ以上もの間、すでに死者であるかのように地下に埋められながら、しかも彼らは、それが生きている証であるかのように、狂ったような動きをしていている。鉱山では、区画区画に扉があって、換気を調節しているが、その扉は役に立ち得る最も小さな子供によって見張られている。「小さな子供はこうして暗闇の中で日々十二時間を、一人で過ごす」、これよりほかにする事もなく。石炭と鉄鉱石の運搬はとても苛酷で精根涸らす程の仕事だ、と言うのも炭鉱のデコボコの路面の上を、時には更に酷いことに濡れた泥土をよぎり、大きな水溜りをよぎって、ずぶ濡れの斜面の上や、桶を押して行く者たちが四つん這いで這わねばならない程低い天井の下を、車輪のない大きな鉱石用桶に入れて押して行かねばならないのだから。この苛酷で辛い仕事の為に年嵩の子供たちと若い少女たちが雇われていて、彼らは一日に十一時間から十二時間、時にはもっと長く働くが、当時スコットランドでは十四時間が通常の労働時間であり、彼らはしばしば超過勤務に従わねばならず、その時はすべての労働者、男たちも、女たちも、そして子供たちも、どんなに少なく見積もっても、炭鉱の中に立て続けに二十四時間から三十六時間いるのだが、その時の食べ物というのが、正常とは言えない時間に貪るようにして摂られる、それも何とかうまく行っての話だ。

ほら、どこまでも続くヨロヨロした隊列になって、工場労働者たちがやって来るよ、私たちの新たなる繁栄する英国の造り手たちだ。そして一八四四年一〇月に出された、工場監査官L・ホーナーの報告書の陳べるところによれば、二十歳から三十歳の間の何百人もの若者が古着仕立て直し屋その他として雇われ、多くて週に八から九シリングを手にするが、十三歳以下の子供たちは五シリング、十六歳から二十歳の若い少女たちは十から十二シリング稼ぐだけだ。小ざっぱりした身なりの、満ち足りて、薔薇色の顔したアンドリュー・ユーア博士が、彼の『製造業の哲学』の中で次のように書いたのが、これら哀れな生きものたちに関するものだった。「彼らの労賃が高かったからこそ、給料監視委員会は有り余る程必要だったし、屋内労働に雇われて不相応に贅沢で強烈なダイエットをして神経疾患に陥ったりもするのである。」これらの膨れ上がった図体たち、ヨロヨロ歩きながら、腕が地面に届きそうな程腰をかがめ、まるで希望もない見捨てられた動物のように見えるのは、二、三時間以内にも子供を産む女たちだ。十二時間か十四時間、一瞬の休みもなく、一時間一ペニーの賃金の為に織機に取り付いて立ち続ける。度々彼女たちは屈まねばならず、重い荷物を持ち上げねばならない。もしも彼女たちがほんの一瞬でもあえて座ったりしたら、六ペンスの罰金を科されるし、もしも仕事場を離れたりしたら永遠に離れることになる——彼女たちに代わる働き手は山程いる。八日もすれば、いやほんの三、四日もすれば、飢えが彼女たちを織機の持ち場へと戻すだろうし、そこで彼女たちは朝五時から毎日働くのだ。胸から乳を滴らせ、その服に乳を染み込ませてしまう。そして赤ん坊は、もしも生きて生まれたとしても、その子よりも数歳年上の他の赤ん坊に世話されることになる。しばしばこれらの赤ん坊たちは夜の帳が降りるまで食べ物もない。

折々、私たちが道に横たわっているのを見る、これらのちっぽけな襤褸の塊りは何だろう？　彼らは不幸な小さな子供たち（時にはわずか五歳）で、工場の奴隷を運命付けられている、そして家路への路上に疲れ果てて倒れている、倒れて寝入ってしまった所でやがて両親に見つけられるのかもしれない。もしも救助なしに、何とか家に辿り着いたとしても、這うようにドアを通り抜けるや否や床に倒れ込んで、そして、食べ物の一片にも触れることなく眠りに落ちて、眠ったまま身体を洗われたりベッドに放り込まれるに違いない。ユーア博士は、しかしながら、工場で働く多くの小さな子供たちに降り注ぐ喜びを薔薇色の筆致で描く。「私は訪ねて行った」と彼は言う、「マンチェスターとその周辺のたくさんの工場を、数ヶ月に渡って。色々な時間に、しばしば一人で、訪問の予約なしに糸紡ぎ部屋に入ったりしたが、一瞬なりとも子供に加えられる身体的折檻を見たことなど断じてなく、実際、子供たちが不機嫌な様子なのも見たことはなかった。彼らはいつも陽気で機敏に見えた。筋肉を使う軽い運動を楽しみながら、彼らの年相応の活発さを歓ぶように。工場の光景は、私の心に悲しい感情を呼び起こすことなどとは縁遠いもので、いつも気分を浮き立たせてくれた。ミュール紡績機の走錘車《キャリッジ》が固定された回転軸からはずれだした時、彼らが切れた糸の両端をすばやく結び直すのを観察したり、彼らがそのちっぽけな指の数秒のエクササイズの後、自分の好きな姿勢で楽しみながら、ストレッチや屈伸がもう一度完璧に出来るまで、ゆったりしているのを見るのは楽しいことだ。これらの元気で活発な妖精《エルフ》たちの仕事はスポーツに似ているようにも見え、そうした中での習慣が彼らに何とも心地よい手際良さを身に付けさせることになった。自分たちの技術を意識して、彼らは何某かの客人にそれをすっかりお見せするのを喜ぶようになった。その日の仕事による疲弊に関して言えば、彼らは製造所から出て来る夕刻、何らその痕跡を表すことはなく、と言うのも、彼らは即座にその辺に隣接した遊び場でスキップし始め、学校通いで下校して来る少年たちと同じように機敏な身ごなしでちょっとしたゲームを始めたりするからだ。」

思うだに悲しいことだが、たったひとつのケースを取っても、スチュアート証言は楽天的なユーア博士に同意しなかった。なぜならこちらの証言の中に私たちが読むのは、子供たちが監視人によってどんな風に裸のままベットに押し込まれ、服は袖を通し掛けたまま、殴ったり蹴ったりされて工場へ駆り立てられたかということだからだ。その眠気がどんな風に殴打によって覚まされるか、それにも拘わらずどんな風に彼らが仕事をしながら眠りこけてしまうか。どんな風に一人の哀れな子供がまだ眠ったまま、監視人の号令に寝ぼけたまま跳び起きるか、そして機械装置が止まった後にも機械装置運用の効用は機械的に及び続けるのだ。私たちが続けて読むのは、子供たちが、家路に着くにはあまりにも疲れ果てて、染色部屋で眠ろうとウールの中に隠れ込んでも、ただ革紐で工場を追い出されることが出来るだけだということだ。何百人の子供たちが、毎夜あまりに疲れ果てて帰宅し、眠気と食欲不振のために夕食も飲み込めず、両親は子供たちがベッドの脇で跪いているのを見つけるのだ。そこでそのまま子供たちは眠りに落ちる、人間の手になるこの恐怖を見下ろしている神への子供らしい願い事をしながら。

大行列が立ち去って行った。その悲惨さで大地を暗くしながら。弱った足音で生命の自然なリズムを壊しながら。ヒラヒラする、汚れて、黒くなった襤褸で天国の光を曇らせながら。

第14章　家庭生活

「サー・ロバート・ピールは」とアルバート公は書いている、「計り知れない計画を視野に入れている。彼は抗争が起こった危険を孕んだ土壌から完全にその抗争を取り除くことが出来ると思っている――工場製造業者の間の争いや、地主に反抗する飢えた貧しい人々や、末は滅亡という終り方しかない貴族社会といったものから。彼は様々の物議をかもした『穀物法』に関する法案を提出するつもりはなく、もっと包括的なものを考えている。彼は国の全体的な市場システムを取り扱うつもりだ」……更に付け加えて書いている。「貧困者を扶養する役割は、救貧法に従って国家によって担われるべきだと思っている。今進行中の延々と続く鉄道建設が終結したあかつきには――数年のうちに終了するだろうが――大不況が予測される。これは膨大な労働人口を失業の憂き目に会わせるだろう。彼らに雇用を提供して、国の農業と生産を増進する法律を通過させねばならず、その法律によって、国が大事業主に融資をして彼らの財産の活用を図らせる。これを避けて通れば、大事業主たちはこれまでになかったような重税を負担するほかなくなる。」

メルバン卿はすっかり影を薄くし、かつては人喰い鬼と恐れられていたサー・ロバート・ピールが女王の評価を得ていた。彼のダンス教師のようなマナーは忘れられ、柩の銀の金具のような態度も最早驚かれることもなく——彼は、要するに、女王の最高位の友の一人になった、と言うか、親しい知人の立場にあったのであり、女王は彼の忠誠、愛国心、彼女自身に対する騎士道的振舞の真価を認め始めていた。そして、その上——最高の美点は——彼女の夫をその真の価値において認めていたからではなかっただろうか？

一八四三年一月、彼女の友にして首相秘書であるエドワード・ドラモンドがピールと間違われて殺された時の女王の驚き——殺人者マクナートンが「有罪ではあるが精神異常」という判決となった時の彼女の怒り——はこれ以上ないと言える程のものだった。「卑劣漢マクナートンの狂気を証明するものは」と彼女はピールに書いている、「私女王にはほんのわずかしかない、実際のところ、自分が何をしているかわからない狂気と、ためらいもせずピストルを買って狙いを定めて人を撃って目的を達する狂気の違いはあり、違いははっきり認識されるべきです」と。

彼女の善良なるサー・ロバートに危険が差し迫り——彼の誠実な秘書が彼の身代わりに殺された——これは思いも寄らぬことだった。神への感謝をしみじみと女王は感じ、この忠実なる友にして、信頼するに足る首相が生き残って彼らのもとに留まり、公と相携えて国民のために働きながら、貧困を追放し、教育の機会を増大し、国民生活に芸術をもたらそうとしている——女王は今では、公と同じように心底芸術に興味をもっているのであり、この新たな見地に達したのは彼女の音楽への愛によるところが大きかったと言える。なぜなら、もしもひとつの芸術がこのようにも健全なものであるなら、他の芸術が本当に危険で破壊的なものだなどということがあり得ようか？

アルバートの影響は、今では絶大なものになっている。女王はいつも彼を崇拝して来たのだが、完全に彼と一体となり、彼女の考えは彼によって形作られ、彼女の願いは彼の願いだった。アルバート、国家に対する彼女の義務、常に増え続けている彼女の家族、これらだけで彼女の心全体を占めていた。プリンス・オブ・ウェールズがプリンセス・ロイヤルの丁度一年後に生まれ、それから十八ヶ月も経たないうちに、アリス王女が、一年もするとアルフレッド王子が生まれ、それからヘレナ王女が、そしてそれから二年程後にルイーズ王女が生まれた。そして更に多くの子供たちが生まれて来ることになる。どの子も出来るだけ大好きなパパに似ていなければならなかった。おお、何と熱烈に彼女は祈ったことか。プリンス・オブ・ウェールズがすべての、すべての点において天使のような最愛の父親に、身も心も似ていますようにと。生きることはひとつの長い小説のようなものだった、その中ですべての出来事が、大なり小なり魅力を授けられる。公は最愛の可愛いネコちゃん（プリンセス・ロイヤル）をその母の部屋へ連れて行き、祖母のケント公夫人からもらった青で縁取りされた白いメリノのとても素敵なドレスを着せると、抱き上げて女王のベッドに乗せ、自分は妻と子供の間に座るのだった――これ以上幸せなことがあるだろうか？　このような瞬間が色褪せてしまうことなど決してないように思われた。

実に、今ではもう、アルバートの影を感じさせない部屋はなかった。そしてメルバン卿が最終的に消える六年前、一八四二年のある日、もう一人の幽霊、オウムのような鋭い顔をした初老の女が、目を真っ赤に泣き腫らして、完全な都会人の旅支度に身を固めて城を後にし、ビュッケブルクに帰郷しようとしていた。そこで彼女は人生の残りを妹と共に天井の高い狭い家で暮らした、部屋の壁は女王の肖像画で埋め尽くされていた。女王陛下が永きにわたって規則正しく週に一度、バロネスに請われて書いていた手紙も、次第に手紙と手紙の間隔が月に一度に延びて行った。そして女王とアルバート公がドイツに滞在した時にビュッケブルクに寄って、今は一人の老女に過ぎない、旧知の最愛なるレーツェンに再び会うことになった。けれども彼女はすでに影を消してずっとずっと遠くに行ってしまっていた。そして一八七〇年九月、様々な欠点があったとは言え誠実で献身的なこの友が死に、とても細かくすべてを日記に書いていた女王だったにも拘わらず、彼女の死についてはその三日後になるまで言及することはなく、書き記した時にもただこう書いただけだった、「私の大好きな、とても親切な昔からの友人のレーツェンが、九日にとても静かに安らかに息を引き取ったことを書くのを忘れていた。この二年間、彼女は腰を痛めて全くの寝た切りになっていた。最近は彼女の記憶ははっきりしていなかったけれども、私のことばかり話す日々もあった、何しろ六ヶ月児の頃から私を知っていたと。彼女はその人生を私に捧げた、私が五歳から十八歳まで。一日たりとも怠ることなく、最高に素晴らしい自己放棄の精神で。私が王座に就いた後はむしろやり過ぎとも言え、結婚後は特にそうだったが、決して悪気からではなく、ただ義務に対する誤った考えと私への愛情からだったのだ……。私は彼女がいないのをひしひしと感じている。」

他の友人たちは、その間にも日光の中で萎れて行くように、早々に消え去って行った。今ではメルバン卿は、絶えずおしゃべりしていた空虚な声を除けば、何の想い出も残していない。彼は今や、官職を離れており、私たちが見て来たように、その地位はかつては忌わしいと思われていたサー・ロバート・ピールが占めることになった。

女王は、今もなお時折姿を見せることのあるM卿の薄れゆく幽霊のような姿を目のあたりにしながら「夢は過ぎ去った」と書くのだった。

けれども、最初は、メルバン卿は自分が幽霊に過ぎないことがわからなかった。彼はボロボロに砕け切って光塵になっているのだが、それは、まだ太陽のカケラが生き生き輝いている煌めきを持っているかに見えた。彼は首相でなくなってもまだ女王と政治的な問題に関して文通し続けており、三年余りもの間、彼の生活と考え事のすべての中心であった女王に、父娘のような献身的な愛情を感じていた。シュトックマーは、この不謹慎と、更にはお喋りなノートン夫人がそのことに気付いていることとにすっかり心配して、厳しく彼を諫めた。彼は宣告した、メルバン卿はこのような経緯が不穏当であることに気付くべきである。メルバン卿はシュトックマー男爵の使者を待たせておく必要はないと考えて、後で返事を書く旨を返答した。しかし男爵は空しく待つことになった。何の返事も来ることなく、女王宛ての手紙が洪水の如く続いた。しかしながら、遂にそれらも少なくなって行き、最後には全く途絶えた。ただメルバン卿を入れた空っぽの貝殻だけが、虚しい声だけが残って晩餐会から晩餐会へと悲しげに漂い、ウィンザーへと吹き流されて行くのだった。そこでは、彼はまだ女王の「古くからの良き友人」ではあったけれども、それまで彼が占めていた席は他の者に占領されていた。

なぜなら宮廷は新たな関心事でいっぱいだったのだから。まず最初の席は、ロイヤル・ベイビーたちが占めている（女王の第二子である息子が、一八四一年一一月九日に生まれた）、そしてこうした事が王室の注目を独占していた。そしてその後、女王の政治的展望は変わった。かつて彼女は熱烈なホィッグ党だった——だがアルバート公は同じくらい熱狂的な自由貿易主義者だった——だから当然女王も自由貿易主義者になった。穀物法が廃止された頃のウィンザーでの晩餐会はとても気詰まりなことになった、メルバン卿の会話は今や目に余る程に支離滅裂で、突発的で、藪から棒なのだ。「陛下、とんだ不誠実な行動ですよ！……」「女王陛下は笑って」とストレィチー氏は書いている、「会話を変えようとしたが、無駄だった」。メルバン卿は彼を会話からはずそうとする彼女のあらゆる試みにも拘わらずそのことに執着して、何度も何度も繰り返し、とうとう女王が「『メルバン卿、今はもうこの問題については何もおっしゃらないで下さい』と声を張り上げる。そうしてやっと、彼は黙った」とストレィチー氏は言っている。

彼は首相を辞めてから一年後に中風にやられ、今では健康を回復したけれども、彼の中で何かが壊れた。彼が女王のそば近くにいた三年というもの、彼女のお喋りに耳を傾け、彼が見た驚くべきことのすべてを、歴史の驚異のすべてを彼女に語って来たが——これらはロマンティックな夢であり、今は終ってしまった。女王が彼に愛情を持っていたのは確かだったが、情熱は薄れてしまっていた。今では何ひとつとしてM卿の興味を惹かなかった——古き時代のキケロを読むことも、かつては楽しんでいた晩餐会を回想することも。会話は虚しく——そして、書物はと言えば、彼はそのすべてを知り尽くしてしまった。小さくとも恐ろしい妄想が彼の心に残っていたものを腐蝕して行ったのだった。彼は全財産を失い、告白によればガーター勲爵士であることすら出来なくなった。けれども果たして彼が権力を取り戻す何らかのチャンスがまだあると言うのだろうか？　ありはしない。ピールが職を去った時、ホィッグ党は彼には目もくれず、内閣を作るよう要請されたのは、メルバン卿ではなくジョン・ラッセル卿だった。彼は今では、女王からの手紙を期待することによってだけ生きていて、手紙は来れば、親切で長いものではあったけれども、変わってしまっていた。「よそよそしい親切さそのもの」とストレィチー氏は言っている、「そして彼はその事を知っていた。彼は『哀れなメルバン卿』になってしまっていた」。けれどもかつては気紛れで善良だったメルバン卿の幽霊は、未だに時折かつては彼を知っていた世界をさ迷い歩き、こうして幾歳かの空虚な長い年月の間に彼の心は砕けて、塵の中へと、それから無意識の中へと砕け散り、このような数年の後に、彼は死んだ。

女王は、彼の生前はこの可哀相な空虚な幽霊を憐れみながらも、まだ彼が権力を持っていて彼女のそば近くにいたあの日々を再来させたいとは思わなかった。

けれども、過去から来たもう一人の幽霊はまだ留まっていた、それはケント公夫人であった。この人物は突然アルバートの存在という光の中で現実に躍り出た。追いやられていた納戸部屋から彼女を引っ張り出し、埃を払い、家族の輪の方へと復権させたのはアルバートその人だった。彼女のアドバイスが求められ、彼女はあらゆることを相談され、過去の数年はまるで悪夢以外の何ものでもなかったかのようだった。彼女の幸福は完全なものとなり、そして女王にとってもそれは同じで、彼女は不思議な気がした。大好きなママとずっと仲違いしていたなんて、あり得ることなのかしら？　と。

生きることはありふれた楽しみと家庭的な喜びの連続する輪となった——散歩や乗馬、「最初の楽器」であるオルガンでアルバート公が演奏するメンデルスゾーンのメロディーや、子供たちとするゲーム、大好きなママとの子供の教育についての話などの輪に。それだけでなく、様々な愉しみや新しい経験もあった。例えば女王とアルバート公によって企てられた最初の汽車旅行がある——ウィンザーからパディントンへのグレート・ウェスタン線だ——そしてこれは決して簡単なことではなかった。宮廷の儀礼に従えば、御馬係りと部下の御者が女王の陸路の旅行に責任を持つことになっていたからであり、御馬係りも御者もその生涯において汽車を運転したことなどないということを考慮すれば、こうした新しい環境に添うことはどうしたら可能になるのだろうか？

どうにか困難は解決され、旅行は三十分のものであったとは言え、女王が喜んだのは、埃に悩まされることも全くなく、暑さも混雑もなかったことだ。とは言えアルバート公はそのスピードに驚き、ロンドンに到着しようとする時、次のように言った、「車掌さん、次はあまり速くしないで下さい、お願いします。」

女王と公が初めてスコットランドを訪れたのは同じ年の秋で、これはあらゆる経験の中で最も素晴らしいもののひとつだった。なぜなら女王はスチュアートの血に誇りを持っていたし、ベンスン氏が私たちに伝えるところでは、アルバート公は自然のままの景色と「アーサー王の玉座」に夢中になって、それがまだ訪れたことはないけれどもアテネのアクロポリスに匹敵するくらいに美しいものに違いないと断言する程だった。そして、パース（スコットランド中部の州）はと言えば、それが驚く程バーゼルに似ていると、そしてバーナムの森の近くでは自分がまたテューリンゲンに来ているのだと本当に信じてしまう程だった、とも断言したという。人々もまたドイツ人の風貌をしていて、これがまた彼を再び故郷にいるような気持にさせてくれた。王家のカップルはブリーダルベーン卿の家――「花崗岩で建てられた城の一種」――を大層喜び、オートミルのお粥《ポリッジ》と燻製鱈《フィナン・ハドック》、タータン、キルト、バグパイプ、そして剣舞に旋舞《リール》と、要するに、楽しいことが無尽蔵で、女王と公はウィンザーへ帰る時が来るのが残念だった程だ。

　そんなにも新鮮な喜び、新たな興奮と経験が次々に起こったが、チラチラした影もあるにはあった。その年は心配事から解放されることはなかったのだ。例えば公の父親側の絶え間ない要求があった。この人物もまた、息子の結婚以来、彼の弟であるレオポルド叔父の強い個性とも言うべき様々な傾向を露にして来たのだが――義父公爵には何事もはっきりさせることを決して躊躇わないという違いがあるので、要求への答えはストレートな「イエス」か「ノー」でなければならなかった。例えば、義父はエルンスト王子――あの、アルバート公がついこの間、涙ながらに別れた兄だ――に、次のように示唆する手紙を書いた。アルバート公が金持の妻と結婚したからには、以前のままに貧しい兄エルンストに手当を与えるのは弟の義務であると。エルンスト王子はこの手紙を弟に転送し、返事として受け取ったのは、「いつも金です、いつも金。その原則（パパ）は実際に私の心に突き刺すばかりの傷を負わせます。あなたとあなたの諸々に対して神の御加護がありますように」。そしてアルバートはそのようにするつもりのないことを敢然と明らかにした。心は実際突き刺されはしたが、奇妙に無感動だった。アルバートは英国女王と結婚して莫大な手当を得たが、一方彼の兄は貧しかった。しかしながら、この時私たちはエルンストがアルバートの道徳観からは許しがたいことをしていたことを思い出さなければならない。どんな思わしくない事情であったのか正確にはわからないが、彼は疑いなくあるスキャンダルに巻き込まれていて、その健康は蝕まれ、アルバート公は奇妙な残酷さを混えた手紙の中で、昔そうだったように心の暖かな情け深い人からの手紙であるかのようにして次のように告げた。決して彼を面罵したり、兄弟として彼に捧げた愛を棄て去りはしないけれども、「彼を不道徳の汚名の中に放置する」ことが必要だと分かったと。付け加えて、当面エルンスト公が英国を訪問することも許すことは出来ないと言った。既に送られている招待状は破棄されたものと見做す。「どんなことでも」と彼は付け加えて言った、「現在のところ、あなたの訪問以上に不愉快なものはありません」と。エルンスト公がすべきこととして残されたたったひとつのことは――そしてこれは淡々となされたが――彼自身が貞潔な妻を娶ることであり――そうすれば、彼は世界の目に正しさを主張出来、彼の不品行は忘れ去られることになるだろう。

間もなくエルンスト公はバーデンのアレクサンドリナ公女と結婚し、彼の弟と義妹は、金の要求のことも、不道徳の汚名の中に彼を放置しておく必要も忘れて、クレアモントでハネムーンを過ごすよう招待した。

第15章　訪問と訪問者

一八四四年の年は相当に悲しい幕開けとなった。なぜなら少し前まではその節操のありようがアルバート公に悲痛な思いをさせていたエルンスト公爵が一月に死に、一八三六年にほんの短時間彼に会った後は、結婚式の時に再会しただけだった女王は泣き崩れた。彼女はベルギー王に断言した、押し潰され、打ちのめされ、打ちひしがれて大好きな叔父さまに申し上げるのは、この二人の心砕けた遺児とも言える彼女自身と彼女の夫にとって、あなたこそ父親。今ではこの心破れた二人の子供たちの苦悩が癒されることなど到底困難なことではあろうが、と。彼らの悲嘆の激しさはやがて鎮まるかもしれない。けれども、と彼女は付け加えて言った、今彼らに襲い掛かっているわびしさは増すばかりで、涙こそが疑いなく安らぎであると。

公爵の下の息子はと言えば、つい最近こうした憂き目に会ったばかりの新エルンスト公爵に手紙を書きながら、嘆きの声を上げた。「私たちにはもう還るべき家がないのです、何と恐ろしいことでしょう。……私はあなたから遠く離れてはおりますが、心はすっかり同胞愛で溢れていますから、私はいつもあなたのお傍で助言もすれば、どんなことでも致します。……私たちの哀れな子供たちはなぜ私たちが泣いているのかわからず、なぜ喪服を着ているのかと尋ねるのです。……ヴィクトリアは私と共に泣いております。私のために、そしてあなたたちすべてのために。これは私にとって大きな慰めで、あなたの大切なアレクサンドリナもあなたと共に泣いておいででしょう。私たちにこの大切なお二人の懇ろなお世話をさせて下さい。私たちに愛し保護させて下さい。再び幸福を見つけられるように。……ヴィクトリアは……あなたに大切なお父様の巻き毛の付いたピンをお送りします。」

更に悪いことに、アルバート公はコーブルクに行かねばならなくなったのだが、女王はこれまでは一夜たりとも彼と別に過ごしたことがなかった。彼女は、どうしたらこのようなことに耐えることが出来るか分からなかったし、想像することさえ出来なかった。彼女の愛する叔父さまが、彼女が友情によって慰められるようにと、ルイーズ叔母さまを来させて、一緒にこの忍び難い二週間を過ごせるようにして下さらないことなどがあるだろうか? なぜなら、「もしも私が一人ぼっちになるとしたら」と彼女は叔父に話したのだ、「私がそれにじっと耐えられるとは思いません。思慮分別がないのかもしれませんが、たとえわずか二週間であっても、私のすべてであるお人と離れ離れになることが私にとってどういうことか考えてもみて下さい」。

その間、ドーバー海峡から、アルバート公はその生涯で最初のラブレターを書いていた。「恋しい人よ」と彼は始めている、「私がここに来てもう一時間程になります。あなたと共に過ごすべき時間だったのに、無にしてしまった。……可哀相に! あなたは、私が手紙を書いている今、昼食のための準備をしながら、私が昨日座っていたところが空席になっているのを見るでしょう。でも、あなたの心の中では私の場所が空席でないことを願います……あなたは今では半日分再会の時に近づいているのです。あなたがこの手紙を受け取る時にはまる一日分近づいていることになります――十二日したら、私は再びあなたの腕の中です。……あなたにお仕えするアルバートより」。彼は付け加えるのだった、「あと二言書かないでは寝ることも出来ません。私はあなたの昔の部屋を使っているのです。……私たちにはむしろ不快な航海でした。私は航海中目を閉じたまま一ヶ所に座り続けていましたが、心は安んじているどころではありませんでした」。二日後、ゴータから手紙を書いて、彼は説明して言っている、「思い出は、悲しいことも楽しいことも、すべてが寄り集まって奇妙な悲哀を産むものです。……さようなら、愛しい人よ、私がもうすぐ帰ると思って元気になって下さい。神のお恵みがあなたと可愛い子供たちにありますように。……アツバサクラソウとパンジーを挿みますが、私がラインハルツブルンで摘んだものです。……子供にはオモチャを、あなたには磁器の風景画を入手しました。……」

数日後、彼はウィンザーへ帰って来たが、日記の中で書いているように、まさに「大喜び」の真っ只中へだった。

幸福がヴィクトリアの心に戻り、あまりにも速く過ぎて行く日々は、まるで暗い夏の広葉の間に見え隠れしながら愛らしい羽毛を一瞬見せて輝く鳥のようだった。時々王族の訪問者が従者と共にやって来たが、すべてが歓びと期待に満ちたものだった。舞踏会あり、観兵式あり、晩餐会ありで、訪問者はやがて帰ってゆくが、女王はありとあらゆる楽しみのすべてを供し終えたかどうか確かめるいとまが無い程だった。けれどもこの年の一年前には、純然たる喜びとは言えないひとつの訪問があり、それは女王の怖れる叔父のハノーファー王の訪問だった。王は彼女の第三子、一八四三年四月二五日に生まれたアリス王女の名親になるよう請われていたのだ。

この嫌な性格の老紳士は命名式にあまりにも遅れて、一頭だて四輪馬車でバッキンガム宮殿に到着するや、たくさんのびっくりするような出来事を惹き起こすこととなった。実際、彼はセレモニーに引き続いて行われた昼食会にも間に合わず、すべてが終ってから現れ、女王が彼を待たなかったという理由で非常に不機嫌になった。とは言え、彼の気持も収まり、訪問は晴れて平穏無事なものとなり、やがて何週間かが過ぎ、彼の姪であるケンブリッジ公の娘オーガスタの、メクレンブルク＝シュトレーリッツ大公との結婚式にゲストとして出席した。この儀式に彼は最高に褒め上げても良い程の時間厳守で到着したのだが、それに続いて珍妙としか言いようもない態度で振舞った。と言うのも、王族の行列が前に進んだ時、ハノーファー王は突然走り出し、日頃「紙切れ殿下」と呼び慣らわしていたアルバート公を押し除けて列の外に追い出すや、女王の隣りに場を占めたのだ。あっけにとられるような光景が続いた。我に返ったアルバート公が「彼に強いパンチを喰らわせて、二、三歩よろけさせた」のだ。そしてハノーファー王はその後セレモニーの監督官にチャペルの外に連れ出された。けれども問題はそこで終らなかった。なぜならハノーファー王は名簿にサインするまで忍耐強く祭服室で待っていたのだが、もう一度見せ場を作って、女王のすぐ後、彼女の夫より先にサインしようとしていたのだ。けれども女王の身ごなしは彼にはあまりにも素早過ぎた、テーブルの反対側に回り込んだ女王に署名簿が渡され、アルバート公はもたもたしているハノーファー王が位置に着くより前にサインすることが出来た。

この一連の目を見張るばかりの出来事のすぐ後、アルバート公は兄に次のように伝えることが出来た。「幸福なことに彼（ハノーファー王）はキュー・ガーデンで石に躓いて転び、あばら骨を何本かへし折られて終りさ。」そしてそれが訪問の終りとなった。

その年の晩夏、女王と夫はルイ・フィリップ王の客となったのだが、王は妻と共にル・トレポールの近くのウー城に滞在していた。ヨットで到着すると、将官艇の王に迎えられ、キラキラと金色に輝く日没と月の出の夜が長いひとつの輪をなすように饗宴を繰り広げていた。九月二日には城で大きな饗宴が開かれ、四日には森で野外祝宴があった。老いた王は彼らを迎えて「有頂天の絶頂」にあり、楽しませたい一心で、彼らの風変わりなイングランド趣味に合わせようと厖大な量のチーズと瓶ビールを注文したのだ。女王は王の客人の中に、その作品にとても愛着を持っている作曲家のオベール氏を見つけたことが特に嬉しかった。そして実際に、楽しかったことや嬉しかったことがあまりにも多過ぎて、二人が今一度立ち去る前に数え上げてみるいとまもないまま、彼女は親切なもてなし役と別れ、子供たちが滞在しているパビリオンのあるブライトンへと出港しなければならなかった。

エルンスト公爵の死の三ヶ月後の翌年六月には、ロシア皇帝が女王陛下を公式訪問し、女王は自分の城の屋根の下で眠っているこの偉大な驚くべき君主のことを思って小鳥のように震えたのだった。「まるで夢のようだった」と彼女は日記に書いている、「地球全体の中でも最も偉大な君主と朝食を共にし散歩をするなんて。まるで昔のチャールズ王（一六〇〇―四九。清教徒革命で処刑される）か誰かそんな人と一緒に散歩するようにそっと歩いた。」皇帝は極若かった時以来英国を訪問したことはなく、その時の彼は藁の寝床の方が良いと言ってベッドで眠るのを断り、大変な驚きを引き起こした。けれども今の彼は驚くようなことは何ひとつ引き起こすこともなく、女王は彼の目の力が侮り難いものだと言いはしたけれども、わずかに畏怖心を起こさせるだけだった。彼は公のことを「上品で気高い雰囲気」を持っている、と言い切って、公の真価を認めることによって、そしてまた、皇帝に対して全く物怖じしない子供たちに讃嘆の念を表明することによって、女王の心を完全に勝ち得た。実際アリス王女は皇帝に抱かれるがままになり、自分から進んで彼にキスさえした。昼夜を分かたずに楽しいことが満載で、女王はウィンザー宮殿、殊にワーテルローの間《ま》の美しさに誇りを感じるのを禁じ得なかった。そこは、夜には黄金の灯が点されてまるで何百万もの太陽が水に照り映えているかのようだった。ある早朝のこと、朝食後に女王と皇帝と善良なるザクセン王は、彼は皇帝とはまるで違ってとても家庭的だったが、太陽に枯れて黄色になった草を踏みながら、アデレイドの別荘を訪れた。そして別の日には皇帝に敬意を表してウィンザー公園で大観閲式があった。そして彼とザクセン王は彼らのもてなし役の女王夫妻と共に競馬場訪問も果たした。そしてこの訪問もまた、終りを迎えることになった。

　そうして日々は過ぎ、一八四四年一〇月、宮廷は近付くルイ・フィリップ王の訪問に備えて大騒動の最中にあった。この訪問は、王には危険を伴うものだったと考えられる。それは自分が最早二十歳ではないことを忘れてしまう彼の治らない気質のためであり、危険なのは、このような平素とは違う珍しい環境の中に置かれると興奮して食べ過ぎてしまうことだった。実際、ベルギーの女王は自分の母親であるフランスの女王に手紙を書くことを余儀なくされ、彼女の大好きな最愛のヴィクトリアが王の訪問について彼女に語ったことをすべて伝えて母親の気持を落ち着かせようとした。そして彼の到着前に、先程言及した危険をどのように回避するかというあらゆる可能な助言が与えられた。王は、何のトラブルを起こす気もない、最高に扱い易い人のように見えるかもしれない。だが、以下のことを忘れてはいけない、即ち、王に朝早くに階下に来ることを許してはならない、特に朝食に加わることは禁じられている。王はそうしたいとあらゆるサインを出すだろうが、それは致命的なこととなろう。昼食と夕食のみが、許される食事であるべきだ。一方で、一碗の鶏スープは朝には必要なものだろう。王は生来の性格で思慮分別に大層欠けているように思われる、また用心や予防にはほとんど無関心だから常にきちんと保護されて、何をおいても、風邪をひかぬようにしなければならない。部屋に関しては、ただただシンプルに整頓されていればよい、書類用の大きなテーブルと硬いベッドが必要なもののすべてだ。大概、彼は下に木の板を敷いた馬毛のマットレスで眠るが、本当のところはどのようなベッドであれ、柔らかくさえなければよいだろう。

二番目の手紙で、ベルギー女王は大好きな友ヴィクトリアに、彼女の母親が王が無事に保護されていると「了解した」ようだと保証した。けれども本当のことを言えば、彼があまりにもたくさん食べているのではないかという大きな心配がまだ残っていた。実際、この考えが彼の妻の悩みの種で、彼女を安心させるために、王は朝食には出ないと約束させられていた。そしてベルギーのルイーズ女王はそれに加えて大好きなヴィクトリアに頼んだのだ。出来ることなら、彼の乗馬を完全に止めてくれるよう、そして、もしも遠出が予定される場合には、馬車にして頂きたいと。そして、遠出に関しては、少なくとも二回計画して頂きたく、一回はロンドンへ、一回は士官学校のあるウリッジへお願いしたい、と。後者は彼の興味を非常に引くことだろう。彼は騎兵隊の隊長だったのだから。

後日、女王はベルギー王に、あなたの義父ルイ・フィリップがその日の二時きっかりに息子に伴われて到着したということと二人の到着が夢のように大変嬉しいことであったと語った。

実際、その訪問は初めから終りまで成功で、コーリン（尾形光琳）の海波の絵とも見紛う程非常に丹念にカールさせた髪の王様は、あらゆる方面から熱狂的に愛情深く受け入れられた。英国女王は、何と素晴らしい思い出を残す、何と並外れた人かと、すっかり彼に魅せられていた――「そして何と生き生きした、何とキビキビした人なのかと」と。その上に王はアルバートに非常に魅了されていて、彼のことを「我が兄弟」と呼び、自分と全く同等の者として扱い、「アルバート公は、私にとっての帝王だ」とまで言うのだった。彼は別れるのをとても悲しみ、毎年女王陛下に会うという決意表明をしたのだった。

その決意が成就される方法を考えるか考えないかのうちに、何と三年半後、彼は家族と共に二月革命の勃発に遭遇し、頬髭は剃られ、頭には一種のハンチングを被り、粗末なオーバーコートを纏い、その目には大きな眼鏡を付け、英国に永久の避難所を求めようとした。

彼の娘は、彼に襲いかかった運命を考えてみて、何の策も講じなかった彼の方針を嘆いた。もしも、とため息混じりに彼女が言うには、彼が早めに些かの改革を許していたとしたら、公衆は満足して、彼はまだフランスの国王でいたであろうと。

しかし今の彼は英国にある亡命者で、時にはかつがつ食べ物にあり付くことが出来るとは言え、哀れな老いた前フランス王の転落に心を切られる思いのプロイセン王は、それでもまだ彼の運命に「王の中の王の逆襲の一手」があるはずだと考えないではいられなかった。

第16章　新家庭

「あらゆる人間の歌は」とラスキンは言った、「正義を目指す気高き人々の喜びや悲しみの、芸術による完成された表現である。そして正義に比例した感情の純粋さこそが優れた芸術を可能にするのは確かだ。……しかもどのような場合にも、完璧な的確さを以て表現することこそが、芸術が表現する道徳的純粋さと感情の至当性の指標たり得る。……

あなた方は、絵を描いたり歌を歌ったり出来るようになる前にまず優れた人間でなければならない、そうすれば色と音が最も優れたものすべてをあなたの中で完成させるに違いない。」

一八四二年七月一九日、最も優れたものすべてを音で完成させたという一人の男がバッキンガム宮殿の鎧戸の閉まった大きな部屋の影を帯びた亡霊のような人々の真ん中に立って、純朴な若者と小柄で家庭的なその妻がオルガンを弾いて歌を歌っているのを聴いていた。宮殿の外では、金蓮花色の七月の太陽が高く昇っていたが、この部屋の中では、影を帯びた姿が大層背高で灰色なために、彼らはまるで最近流行り出したロマンチックな英国ゴシック式廃墟のイミテーションかとも見えた。スラリとしたフェリックス・メンデルスゾーン氏、それがこの人物だったが、その容姿は暗くきらめく羽毛持つほっそりした珍しい東洋の鳥にも似て、頭をわずかに傾け、暗い顔にはかすかな微笑みを浮かべてその音楽に耳を傾けて立っていた。夏色に彩られた、滑らかな、あまりにも甘いメロディーが鎧戸を通り抜け、下にいる歩哨のところへまで降りて行き、メロディーはまるでベルベットの深みのあるキンチャクソウか、刺すように輝く火炎の金蓮花などの素朴な花の花びらであるかのように、その平たい緑の葉の間でチラチラ震え、他の如何なる芸術でもあり得ないことだろうが、こと音楽においては道徳的高潔さも道徳的教育もどちらもないがしろにするのを許されるかと思わせる。アルバート公は、それでもいつもの真面目さで――彼が「ドイツの誇りとならん」を弾くのを聴きたがったメンデルスゾーン氏に懇請されて――コラール付きの演奏を弾き始めた。彼の指にかかると、このコラールはギルバート・スコット氏の有名な英国ゴシック様式の建築物――煉瓦と煉瓦の間の明瞭なジョイントが特徴だ――との非常に強い類似性を帯びる。メンデルスゾーン氏はその後、女王のリクエストで、彼のオラトリオ『聖パウロ』から合唱曲「何と愛らしい使者たちなのか」を演奏し、それに対し、作曲家が第一楽章の演奏をしている途中で女王陛下と夫君が彼らの声を重ねたのだが――そうしたことが更に軽やかな音質を生むことになった。女王は「巡礼の歌」、「乙女はただあなただけを」、「真に過ちなきままに」を歌ったと作曲家は母親に語っている、「しかも魅力的な感情表現で」と。しかし彼はこうした場合は過剰な讃辞を送るべきではないと思っていたので、彼女に何度もお礼を言うだけですませた。それに対して彼女は次のように応えた。「おお、そんなに驚くようなことでもありませんわ！　私はだいたい息が長いのですから」と。次に夫君は「それは一人の仕立屋」を歌い、その歌を歌い終えると、メンデルスゾーン氏に宮殿を去る前に何か即興演奏をしてもらうべきだという考えがひらめいた。そこで作曲家はオルガンに向かって座り、即興演奏した。女王は拍手を送り、目を輝かせて彼にまた遠からず英国を訪ねてくれるようにと言って訪問を要請した。その後すぐメンデルスゾーン氏は退去し、十五分もすると女王陛下と夫君は「深紅の従者付きの煌びやかな馬車」に乗り込んで、メンデルスゾーン氏が外で待ち受けながら見つめている所を通り過ぎ、クレアモントへと駆け抜けて行った。旗は降ろされ、王室行事日報は「女王陛下は三時二十分に宮殿を後にした」ことを伝えた。

　これ以前にも、宮殿ではしばしばコンサートは開かれていたが、メンデルスゾーン氏は女王に迎えられた最初の著名な作曲家であった。この二年前の、一八四〇年六月一二日、シニョール・コスタの指揮の下に壮大なコンサートが開かれ、いつものように王家の夫妻はその公演に大きな役割を果たした。このコンサートは女王陛下とアルバート公によって歌われたシニョール・リッチの『脱走者《イル・ディセルトーレ》』からのデュエット「質素な葬式もなく」で幕を開いたが、シンプルな鎮もり行くメロディーは澄み切った滝が流れるようで、暑い六月の夜に清々しく響いて行った。これにシニョール・コスタ自らのペンによる偉大な組曲――『田園合唱曲』――が続いたが、それには女王陛下とレディー・サンドウィッチ、レディー・ウィリアムスン、シニョール・ルビーニとシニョール・コスタ、アルバート公、チャールズ・パジット卿、シニョール・ラブラーチェがパートを受け持った。その後で、女王はシニョール・ラブラーチェやルビーニと共に『魔笛』から、三重唱「私の愛する人よ」を歌い、その後女王陛下とレディー・ウィリアムスン、レディー・サンドウィッチ、レディー・ノーリーズ、レディー・ノーマンビー、ミス・リッダル、ミス・アンソンによる演奏という最終的大成功と相成った。

しかしながら、音楽を例外として、まだまだ芸術が人々の家庭生活の中に高い位置を占めるということはしばらくは想像し難いことで――「良心の声」とペットの犬の中間の位置といったところだった。前の章で見たように、最初女王は芸術を自分の家庭生活に入れるのが嫌だった。けれども、最後はアルバート公の考え方に説き伏せられた。芸術は彼女にとってはまさに友達のようなものでかわいいダッシー程にも危険なものではなく、最後は全国民が安心して可愛がってやってお砂糖まで食べさせてやるといった感じのものだった。

この感じは、アルバート公がイギリスでの優れた芸術の発展を促進するために創られた委員会の座長になることがわかった時に更に確かなものとなった。国民は感じ取っていたが、公は、後援される者たちの適性を確信していなければこのような仕事を引き受けることはなかったであろう。そして国民は正しかった。なぜならこうした家庭のペットにはもうひとつの面があったのだから。そしてこれらの可愛い毛むくじゃらの私たちの慰みものから、突然、「良心の声」がトランペットを鳴り響かせることになったのだ。けれどもそれはいずれにしても彼らの御主人さまたちを当惑させようなどとするものとは決して見えなかった。だから、再建された国会議事堂の壁をフレスコ画で飾るという提案が発議されて、公が委員会からこれらの絵が道徳的教訓を植え付けるものであるべきか、植え付けないものであるべきかを問われた時、公は答えた。最大の確信を持って、植え付けるべきであると。委員会はこの結論に大いに安堵し、道徳的教訓が制作された。ああ、短期間でフレスコ画は完全に色褪せてしまい、教訓がそれまでのように上手に授けられることはもう決してないだろう。

それでもフレスコ画への公の情熱は冷めやらぬままだったので、彼はバッキンガム宮殿の庭園にパビリオンを建てるプランを描くようになり、パビリオンが建った時には、画家たちの中でもランドシア氏とウーウィンズ氏という、偉大な現存の芸術家にフレスコ画を描かせることにした。おお、これらのフレスコ画から学ばれる道徳的教え、これらのフレスコ画から得られる喜び！　公はこれらの偉大な人々との会話を楽しんだが、彼らの方でも、公の芸術的知識の確かさと家庭的美徳に大層心打たれたのだった。彼と女王は「時代の鑑」である、とウーウィンズ氏は断言した。毎朝九時半前に彼らは朝食を摂り、朝の祈りに耳を傾け、仕事に励むウーウィンズ氏を見ようと庭園を歩いて大好きなパビリオンの方へと行くのが見られたものだった。ウーウィンズ氏の称賛は更にはるかに高らかになり、王家の御夫妻が時代の鑑であるばかりでなく、その象徴的権現であるとまで言い切った。

公がウーウィンズ氏の称賛を呼び起こしてからしばらく後、女王は夫のインテリア装飾に対する趣味によって庭園パビリオンにもたらされた成果を喜び、この才能の運用のために更に大きな機会を用意すべきだと心を決めた。なぜなら、時折、彼女はバッキンガム宮殿やウィンザー城よりももっと寛げる、もっとプライベートな家庭に憧れていたからだ――そこは、彼女が「本当は彼女の望む生活にとって災いのもとである御領苑や御狩場やあの魅力的な各省庁から自由に」なれる生活であり、そこでアルバートが「ロンドンにいるかぎりは自らに課さねばならないあらゆる辛酸から」遠く離れていると感じられる場所。そしてワイト島（イングランド南岸沖にある島）にこのような場所が見つかった。

女王は、幼い少女の頃、彼女の苦の種子であったサー・ジョン・コンロイの住まいであるオズボーン・コッテージ近くのノリス城を二回訪問していたので、その島の美しさを覚えていた。

そこで、一八四五年、彼女はオズボーン館の周囲二千エーカーの土地を買ったのだ。オズボーン館だけでは王家に十分な広さがなく、それに代わる新しい家が建てられなければならなかったので、そのデザインと庭園の設計に公の才能が大いに発揮されることになった。

アルバート公はすぐにナポリを思い出した。なぜなら庭園と言えばソレントに尽きていたからで（彼にとっては、場所というものは避け難くどこか他の場所に似通うところがあった――文化の何らかの源泉に似るのだろう）、テラスや、散歩道、庭園、東屋を設計することと、家のインテリアを美しくすることに着手した。長い回廊内は、アルコーブが藍灰色《ガーター・ブルー》に塗られて、贅沢に金粉を施された貝殻漆喰《プラスター・シエル》のデザインに作り上げられ、女王のドイツ人の伯父たちの大変クラシックなブロンズ胸像の見事な背景となった。これらが整えられている間、英国の彫刻家ソーニークロフト、ティード、エドガー・ボエームは、熱のこもった活動をして、夥しいアルバート大理石《アルバート・マーブルズ》彫刻群を制作したが、それらはエドワード三世とフィリッパのような公と女王一族の群像に始まり、ローマの甲冑に身を包んだ公の彫像へと続いて行くことになる。これらは彫刻家たちの芸術によってもたらされた装飾品だけに留まらなかった。なぜなら、大理石で出来た女王の子供たちの手や足の複製や、犬やポニー、ハイランド王室サーカスの小像群があり、これらに加えて、ベンスン氏の本から抜粋すれば「磁器の風景画」もあった。「懐旧芸術のこの注目すべき形式は」と彼は続けている、「ドイツから来たアルバート公によって紹介された。有名な親しみ深い風景は皿やティーポットの釉薬の下に描かれたローゼナウやテューリンゲンの森の眺めだった。彼はこの形式を家庭の思い出の品々に採用したので、エーオスや女王の他の飼い犬たちがそれぞれの名前と共に陶磁器の中に生き返ることになった。王家の夫妻はエッチングも制作し、家族画のリトグラフが山積みになった。」同じように——再びベンスン氏から引用するが——「硬い石炭の塊から二脚の椅子を作り出したが、それは石炭採掘がイギリス工業の最大の荷手だったからで、更に、後に夫君がバルモラルの鹿猟用の森で撃った牡鹿の角で脚と枠組みが作られた他の椅子もあった。」

この天国の生活は何と幸福で静かなものであったことか。森の中で幸福そうに遊び回り、野いちごや白鳥の羽根のような葉に隠れた野生のスミレを捜し、緑のフードを付けた天南星、立金花、優しいルビー色になった黄花九輪桜や螢袋を摘んで、それらを花束にしてママに持って帰る子供たちが一緒にいた。これらの花々が枯れたのは私がこれを書いている今からすれば九十年前のことになるが、この子供たちにとっては決して滅びることなどないかのようだった。森の中を、彼らは走ったり笑ったりし、そして、家から一マイル程のところにアルバート公はスイス風の小屋を子供たちのために建て、そこで子供たちは遊んだりしてローゼナウでの彼の子供時代をなぞり、もう一度生き直したのだった。そうしている間にも子供たちは成長し、その性格もはっきりとして来て、例えば、女王は幼いプリンセス・ロイヤルを「おデブちゃん」と呼んだのだが、彼女の性格は女王夫君の立場からすれば完璧だった。女王の目にも、やはり彼女は間違いなかった。彼女はとても頭が良く、ラマルティィーヌをとてもきれいに暗誦し、とても良く理解もして、ポニーに乗ろうと外へ出た時には、牛と羊を目にして、シャリエール嬢を振り向くなり言ったのだ、「私たちの足元に絵画が繰り広げられているわ」と。三歳の幼い子供にはあり得ないようなことではないだろうか？ 女王はまるで二十歳の人が言うことのようだと思った。しかもその上に、と彼女はベルギー王に言う、「彼女はとても聡明です、残念ながら腕白な悪戯っ子ですが、それにとても頑固です」。そして彼女はどんなに最愛のパパを愛していたことか。彼女は飽きもせずに何とか父を喜ばせようとして、まだまだ子供っぽい声で、父の見解を木霊のように繰り返し、怠慢とは縁もなく、おかしな考えなどもいっさいなく——と言って、過剰なバイタリティーや人懐っこさを示すわけでもなかった。弟のアルバート・エドワードは何ともがっかりする程違っていて、いつかイギリスの国王になる人なので、その職務のために訓練されなければならなかった。

この孤独な幼い子供は、愛情を交わすことに憧れていて、彼の心温かな陽気さと「とても可愛らしい臆することない態度」(彼の最も初期の友人の一人、若いグラッドストーン夫人が気付いていたように)、彼の小柄なことといい、それに不釣り合いな「足首の下まですっぽり覆い尽くす程長いズボン」が大方の人々の心を勝ち得ることになるのだが、女王夫君にはこの幼い少年の親密さを求めて止まない思いも、ドイツ哲学に関する無関心も理解出来なかった。

そして女王は、もちろん子供たちすべてに等しく一身を捧げていると信じ込んではいたが、夫の物の見方に嵌め込まれてもいた。なぜなら彼女の目には彼が間違いを犯すはずはなかったから。

従って幼い王子は、子供時代の極めて初期には友達と言えばただ家庭教師のレディー・リトルトン――彼女は彼の「礼儀正しさ」を愛し、そして後年思い出したことと言えば、わずか三歳にしてどんな風に「彼がお辞儀してその手を美しく差し出したか、その一方で軍隊風の敬礼も出来た――すべて、教えられたわけでもないのに」ということだ――とグラッドストーン夫人とその夫の新進の政治家がいるばかりだった。グラッドストーンの幼い息子ウィリアム・ヘンリーは、実際のところ、王子と遊ぶのを許された同じ年頃の唯一人の子供だった。そして王子はその性格の中心をなす心温かな誠実さから、子供時代の友達を終生の友人として尊んでいる。両親への愛情は、神への崇拝と並んで王家の子供部屋で教えられた。誕生日やクリスマスともなれば、用意周到にプレゼントが整えられ、良く考え抜かれたお祝いの言葉を添えて朝の早い訪れと共に持って来られた。……けれども、この注意深く培養された愛情にも拘わらず、冷たく湿った霧がアルバート公を息子から引き離した。息子は期待外れだったし、息子もそれを知っていた。こうした理由で、彼は益々最初の友であったレディー・リトルトンと、最初の指導者であった教師のバーチ氏にすっかり懐き、父親を愛するとすればこうもしたに違いないような仕方でこの人物を愛するようになっていた。しかし、バーチ氏にもまた、不十分なところがあった。明らかに彼の義務とも言える、生徒の些細な気質上の欠点や反抗や、勉強上の失敗をすべて報告する代わりに、そうするのをむしろ省略してしまったので、アルバート公は息子をますます不満な思いで見るようになっていた。バーチ氏の宗教的見地もまた失望の種となり、こうした事々や、孤独な幼いプリンス・オブ・ウェールズへのあまりにも完璧な、ほとんど親でもあるかのような愛情がバーチ氏の免職へとつながることとなった。それ以来プリンス・オブ・ウェールズは孤独が務めとなる。

退去するその日まで、夜毎バーチ氏は枕の下に悲しい程小さなノートや子供らしい手描きで名前を書いたささやかなプレゼントを見つけることになった。しかし彼は去る。彼の場は「しかつめらしいお行儀の良い」ウェイワース・ギッブズ氏に取って変わられ、アルバート公に欠点のすべてを知らせ、間違いのすべてを報告することを求められた。少年がどうして神学やドイツ哲学に興味が持てないかですって？　彼は人生の深刻さというものに対応する感覚を持ち合わせてはいないようです。また、これから何年か後のことになるが、大博覧会を見に連れて行かれた折には、シュトックマー男爵――彼の父親の教育監督をしたと同じようにすることを期待されていた良心的人物――に手紙を書くことが約束だったので、少年は残忍なインディアンの暴漢の蠟人形にとても興奮した、と生き生きと書いた。その返信で男爵は、少年が「そのような残虐な行為が夢にさえ現れてはならないキリスト教の文明化された時代に生を享けている」ことを忘れぬようにと非常に適切にも指摘した。

少年が、出来ることなら更にきっちりと押さえ付けられ、更に厳格に訓練されるべきであることは明らかだった。そして彼の友達は、そういう友達が許されるとして、注意深く選ばれねばならなかった。

幼い少年が訓練を受けられるだけの年齢になる前は、王室の家計に不可欠な改革がアルバート公の日々の仕事の多くを占めていて、彼はシュトックマー男爵をこうした仕事への積極的な協力者とした。果てしのない浪費を止めるために何かが成されなければならず、どの分野にもわたる混乱に対して一種の秩序の基準が置かれなければならないのは明らかだった。検討した結果として、男爵ががっかりしながら伝えたことは、もしも女王が食堂で灯す火を所望するのであれば、そのためにふたつの部署が呼び出されること無しには不可能だということだった。毎日何百本もの新しい蠟燭が食堂や居間に置かれるが、しかし、それらが使われようと使われまいと、翌日は姿を消して従僕の専有物になっているにも拘わらず、他の何百本もに取り替えられる。他方、寝室には二本以上置いてはいけないことになっている。それから女中にまつわる馬鹿げた状況がある。ウィンザーに四十人、バッキンガムに四十人もの人数がいて、六ヶ月間だけの仕事に、それぞれの女中が賄いと宿舎と四十五ポンドを受け取っているという始末である。従僕の完全な組織団体があり、一時に正雇用されているのはその三分の一だけで、他の三分の一は休業待機におかれ、残りは全く何もしないでいる。

家計を改良し、浪費を減少させ、秩序を回復するには時を要した。しかしアルバート公は、シュトックマーの助力を得て目的を成し遂げ、このことで示されたビジネスの大きな才能は後年国事に遺憾なく発揮されることとなった。

第17章　パーマストン卿と女王

一八四六年六月二九日、女王陛下が絶望したことに、サー・ロバート・ピールが首相としての地位を辞任し、その席はジョン・ラッセル卿に取って代わられたのだが、一緒に、外務大臣として、あの恐るべき人物の老パーマストン卿がやって来た。彼はパンドラの箱を抱えていた。箱の中は、反目や戦争や脅迫や望ましくない和睦、しばしば驚くばかりに豹変してしまう並外れた頑固さ、強固な常識と自由への愛、忠節、大きなカケスのような嘲りの笑い、カケスの羽根のように鮮やかな彩りのその衣服、その潑溂とした態度と染め上げられた頰髭、といったもので満杯だった。

パーマストン卿の姿勢そのものはストレィチー氏によって語られる物語に要約されている。「ある日、オズボーンからの帰路に彼はロンドン行きの列車に乗り遅れたことに気付いた。彼は特別列車を指示したが、駅長はその時間帯に特別列車を走らせるのは危険であると伝えて、許可することは出来ないと言った。パーマストンはロンドンに重要な仕事があると言明し、その仕事は待ってくれないものであると主張した。駅長は職員全員の応援を得て反対し続け、会社が責任を取れない旨を言った。『その時は私が責任を取る！』と、パーマストンは即座に断固たる態度で言った。そこで駅長は列車を手配し、外務大臣は事故もなく仕事のために時間通りにロンドンに到着することとなった。」

パーマストン卿が外務大臣になることに女王はぞっとしたし、アルバート公もそうだった。彼らは知っていたのだ。彼が権力を握ったあかつきには、彼らをその生き生きした活動的な知性から看板かお飾りの存在に引き摺り下ろそうとすることを。

パーマストンはその仕事を出来るかぎり早い機会に始める。同年、スペイン王家婚姻の問題の時には、公が抹消すべきだと主張した文言を取り下げなかったために女王の激怒を買うことになった。復古的なスペイン政府に対してもっとリベラルになるようにと高飛車な態度で命じた結果、彼はマドリッドからの我々の大使の即刻追放をもたらしただけでなく、スペイン女王の母君がすっかり恐れをなしているスペインの進歩党を支持することを表明したため、彼はこの貴婦人をフランスの手の内に放り込むことにも成功してしまった。結果としてルイ・フィリップが短期間の内に発表したのは、若いスペイン女王とあの卑劣でお馬鹿なドン・フランシスコ・デ・アシスとの婚姻、そして女王の妹と彼自身の息子との婚姻だった。これはまさに最も望ましくない結果であったから、当然ヴィクトリアもアルバートも大いに憤慨した。

しかしこれがすべてではなかった。この時から三年前にも、ヴィクトリアの実の従弟の妻であり、彼女の子供時代の友人であるポルトガル女王が、王座を失う危機に見舞われて、ヴィクトリアに支援とアドバイスを願い出た。パーマストン卿はこの訴えを聞いて、トラブルを単なるコーブルク家の問題として扱い、独特の陰気な笑いを浮かべて両手を擦り合わせながら、災難のすべてはコーブルクの出身であるディーツのせいだと断言した。ディーツはポルトガル女王のアドバイザーの地位を、英国宮廷でのシュトックマーの地位と同じように占めていた。ディーツを即座に解雇することによってのみ王座は救われ得ると彼は断言した。そして彼は、勧告と厳粛なる警告と歓迎されざるアドバイスで満たされた手紙を口述した。それはきっと女王の筆跡を真似て清書されたに違いなく、彼女の不幸な従弟に送られた。これはコーブルク家の激怒を招き、彼らはパーマストン卿を「気難しく、粗野で、脅迫的」だと非難した。

　問題はそこで終ることはなかった。一八四七年も終る頃、プロイセン王はヴィクトリア女王に親書を送り、その中でドイツ連邦全体を支配する方向に政策転換することに対して是が非でも彼女が承認を表明してくれるよう求めた。この手紙は、女王本人の手に受け取ってもらえるよう、大使であるフォン・ブンゼン男爵の仲介で送られた。しかしパーマストン卿は、神話の巨人アルゴスにたくさんの目があるようにたくさんの耳を持っていて、何らかの方法でその手紙のことを聞き知ることとなり、男爵に率直に語り掛けた。イギリスの君主にとって他国の皇帝と私的な文通をすることは、親戚関係にあるのでないかぎり、不適切なことであると。彼はアルバート公にサー・シドニー・リーが「偏向《カラレス・》なき答弁《リプライ》書」と呼ぶところのものを彼と共に起草するようにさせ、その結果怒り心頭に発した女王は、常々アルバート公が良しとした考えを表面上は裏切るような形で、幾度も幾度も繰り返しプロイセン王との文通に精出すことになった。

抗議しても無駄であった。なぜならこういった場合は、女王を苛立たせることになったものに鑑みてパーマストン卿が首相の命を受けて呼びつけられることになり、そんな時にはただ咎められるべき老人が気軽な態度で応えるだけのことだ。「困ったことに、女王は政府に敵対する人々や、彼女の心に内閣に対する不信感を注ぎ込もうとする人々に、あまりにも易々と耳を貸し過ぎ、根拠のない不安感で絶えず悩むことになるのです。」

女王は彼女の私的信書が外務省で開封されることに抵抗した——気に障る官吏のとても差し出がましいやり方だと思ったからだ。当然！　もちろん当然！　すぐにもパーマストン卿は事態に対処すべきだった。それは二度と起こってはならないことだった。しかし継続して起こったのだった。

外務省のパーマストン卿と共に、大使たちの大異動を英国女王は期待していた、もう失望しなくてもすむように。一八五〇年、パーマストン卿は英国艦隊をギリシアの領海に急派することによって、ポルトガルのユダヤ人でジブラルタル出身のドン・パシフィコに英国臣民として補償すべきであると女王が突き付けたイギリスの要求にギリシアを従わせた。なぜならアテネのドン・パシフィコの家は暴徒に襲撃され、略奪され、その上、歴史家のフィンレイ氏の例もあって、氏はギリシア政府に対して何程かの金銭的要求をしていたのだ。こうした騒ぎの過程で、女王はパーマストン卿に次のように質問することを余儀なくされた。彼がギリシアの内務大臣を「二十万ドラクマもの契約不履行者」と呼ぶのを正しいと感じているのかと。そして、もしもそうなら女王の外務大臣にとってこの文言を急送公文書にすることが妥当なのではないかと。最後にパーマストン卿は、この事件において、ギリシア同様フランスにも反旗を翻す結果になり、それまでは仲介者だったフランスはロンドンから大使を即座に召還し、わが国は再び戦争の瀬戸際にあることを知ることになる。

同じ年、パーマストン卿はオーストリアのヘイナウ将軍へのバークレイアンドパーキンス醸造所の荷馬車屋たちによる襲撃を深刻には取り上げなかったことで女王の不快感を招いた。この唾棄すべき老紳士はハンガリーの戦争中、女たちを鞭打たせたり数々の残虐行為を犯したので、その結果大層嫌われ、英国にやって来て滞在した折にこのビール醸造所を訪れて荷馬車屋に襲われ暴行された際にも、全く威厳もなく這々の体で逃げざるを得なかったのだ。彼はパーマストン卿からは何の同情を受けることもなかったのだが、パーマストン卿の方はオーストリア政府に対する謝罪文を送ることを余儀なくされた時、オーストリアに侮辱的な文言を挿入せんがために女王が見る前に急いで送ってしまった。女王の叱責への応えとして彼が彼女に伝えたことは、イギリス来訪時のヘイナウ将軍から示された礼節の欠如感を述べざるを得ないということだった。なぜなら、イタリアとハンガリーにおけるヘイナウ将軍の残虐行為に対する英国国民の感情はしっかり知らしめなければならないからだ、と。実際にコラー男爵（大使）がパーマストン卿に伝えたのは、見つからないよう「長い口髭を切り落とすように」将軍に頼んだ、という程だった。パーマストン卿は当然法律違反には遺憾の意を表明したが、荷馬車業者たちはただ将軍の残虐行為への怒りに駆り立てられただけで、どのみち彼はコートを裂かれ、杖を失くし、幾つかの打撲傷を負って、口髭を毟り取られそうになりながら逃げるよりなかったのだ。英国人は、外国人に対してもまた過去の恨みに対しても、その受容力たるや驚くべきものがある——ナポレオンやその麾下にあったスールト元帥に対する振舞を目の当たりにするにつけ。……「しかしヘイナウ将軍は」と彼は付け加えた、「大変な道徳的犯罪者と見做されたのです。そして彼に対する感情はタウエル（南丘陵《サウス・ヒル》の殺人者（一般にはソルト・ヒルの殺人者））や殺人鬼マニング夫婦に向けられたものと同じ性格のものでした」。違いはただ、将軍の罪が更に大きなスケールで犯されていたということだけだった。実際、パーマストン卿は女王陛下に確信を持って言うことが出来た。「こうした正義感と高潔な義憤は英国に限ったことではありませんでした。なぜなら、あのヘイナウ将軍のイタリアのブレシアや他の町村の不運な住民たちに対する昔の卑怯な扱いを当然ながら知っているからです。ペスト罹患者たちに対する彼の残酷な布告と、ハンガリーにおいての野蛮な行為は、イギリス同様オーストリアにおいても吐き気を催す程の嫌悪感を掻き立て、『ハイエナ将軍』のニックネームはロンドンで使用される以前にウィーンにおいて長らく彼に付けられていたものでした。」

これに対する応えとして彼は意気消沈するような手紙を女王から受け取っていたが、彼女はコラー男爵がパーマストン卿自身の意見を訊くために彼宛ての覚書を書いていたなど信じられないことだと伝えていた。そして英国においては私刑《リンチ》というものをパーマストン卿が他国の公人たちを非難する際に用いる激しい悪罵に劣らず容認することは出来ないことをも。

しかしあの呑気そうな老紳士は簡単に退き下がるような人物ではなかった。そして、今に至るまで彼は女王と夫君からの人望はなくとも、盲信的に彼を信じている人々からは一様に愛されていたのだ。

これから一年後、ハンガリーの革命家コシュートが、イギリスに到着した時には、パーマストン卿が彼に会うことを何とか食い止めるよう、イベントがあればそのすべてが政府に認可されたものではなくパーマストン卿の個人的な行為であることが理解されるようにして欲しいと女王がジョン・ラッセル卿に懇願しているのが見られる――さもなければ国外に甚大な被害が及ぶことになるだろうと。ジョン卿は女王に、言うに忍びないがこの問題にはこれ以上干渉出来ない、と告げた。最後の方策として、彼はコシュートを接見しないようパーマストン卿に命じてみては、と女王にただ控え目にアドバイス出来ただけだった。なぜなら、接見すべきでないというジョン卿の「前向きな要望」にパーマストン卿はこう答えたのだ。「あらゆる事には限界があります。私はどういう人物を我が家に受け入れるか受け入れないかということについて、人に指図されたりはしません。……私は自分の裁量でやります。……あなたはもちろん、あなたの内閣を組閣するように自分の裁量でおやりになればよい。」

最後にはパーマストン卿は品位を以て譲歩したが、しばらく経つと女王は彼がすでにコシュートを接見しているのではないかと確信した。イズリントンとフィンズベリーにおける急進党の支持者たちの集会が彼のハンガリー愛国者受け入れに対して感謝の声明を送っていたし、外務省では、彼が外務大臣として受け入れた代表団が、オーストリアとロシアの皇帝を「無慈悲な暴君と独裁者」とか「忌まわしい憎むべき暗殺者」と名指して告発した建白書を持参していたからだ。

パーマストン卿は女王の見解からすれば彼女の命令を全く無視したと言えた――命令を完全になおざりにしたり、命令に従うことを避けるためには正反対の方向に向かったり――あるいは、ほとんど、命令に従わないでいてくれた方がまだましだったと思えるような、過剰な程の恭順な態度で従ったりした。ルイ・ナポレオンが一八五一年にフランスでクーデターを果たした時には、イギリスは完全な中立の立場を取り、その寛大な政策でパーマストン卿は大統領の行動を全面的に支持することをフランス大使に伝え、大使はそれを本国政府に伝えたから、イギリスは完全に中立であると同時に大いに支持するという奇妙な立場に立つことになった。彼はイギリス大使のノーマンビー卿がクーデターの時に怖がったことをからかったが、それはクラブハウスが火事になった時に、レディー・ノーマンビーがフィリップ大佐に語ったところによると、「壊れた姿見を惜しむあまり、同じ弾丸があるイギリス人の頭を掠めたことを忘れてしまっていた……そのイギリス人は窓と鏡の間にいたのだが」という理由からだった。要するに、パーマストン卿の行状は絶え間ない驚愕の源であり、次に何をするか誰も予見出来ないものだった。この最後の騒動の結果として、我慢強いジョン・ラッセル卿は説明のために外務大臣を呼びつけたのだが、彼は事件を説明することが出来なかったのか、説明しようともしなかったのか、ともかくも解任されることとなった。女王と夫君は有頂天になって喜び、女王はパーマストン卿が「月桂樹の上で休む」（過去の名声に甘んずる）のを余儀なくされるだろうと予測した。とんでもない！　二ヶ月のうちに、この古老のわずかばかりの昔年の願いが内閣の失脚を招いたのだ！　「私はジョン・ラッセルにしっぺい返しして」と彼は書いている、「そして金曜日、遂に彼を追放した」と。

女王が彼を引き摺り下ろしたことを喜んでから一年足らずで彼は再び仕事に復帰し、今回は内務大臣としてであったが、彼が全エネルギーを行使出来る地位であった。例えば、一八五三年に、コレラという恐ろしい流行病のひとつが国中に蔓延していた時期、エディンバラの長老会に次の手紙で圧力をかける彼を私たちは見ることになる。

「拝啓、

私はエディンバラの長老会の支持を要請する今月十五日のあなた方の手紙の受理を承認するようパーマストン長官に命ぜられましたが、それはコレラの災厄のために国家的断食日を定めることを発議するかどうかを知らしめるものであり、神意への慎ましい服従と、人間の無価値性の真摯なる承認とが疑う余地のないものであることを明らかにするものであり、それらが明らかになるのは苛酷とも言える災いで人類を苦しめることが摂理に叶うからこそなのでありますから、パーマストン卿には、国家的断食が現在の状況に相応しいことには見えないのです。

宇宙の創り主は私たちが生きている惑星のためにしかるべき自然の法則を設け、人類の繁栄と悲哀はこれらの法則への恭順や、無視によって起こるものです。これらの法則のひとつは、健康を、溢れ過ぎた人間や、動物も植物も同様に、穏やかならざる個体から発するおぞましい発散物といったものの不在に結び付けています。そしてこれらと同じ法則が病気というものをこうした有害な影響に身をさらすことが避け難いことを結果としているのです。けれどもそれは同時にこのような発散を止めたり消散させたりして、自然の法則に仕えつつ、摂理を人間自身の繁栄のために与えられたものに組み替える能力を発揮することが人間の義務でもあるという有難い摂理でもあるのです。

しばらくの間一所懸命食い止めて来たコレラがこのたび訪れたのは、この地域の人々への畏怖すべき警告です。彼らはこの点における義務をあまりにも疎かにして来たのですから、これらの人々と一緒に村や町を清めたり、病気の原因を予防したり、取り除いたりすることが残されている仕事です。このような問題に対してあまり活動的ではなかったのですから。P卿は、それゆえに次のことを示唆しました。この国の人々がコレラの更なる進行を止めるべきであるとの価値基準を追求出来る最上の道は、現時点と来春の初めとの間にある期間を有効に活用することであると。極貧階級が住む町村に対する施策を練り、執行すること。そしてこれらの町村は事柄の性質上、清掃と環境改良を最も必要とする地区で、接触伝染の原因と源から解放されることになるでありましょう。もしもこれらの原因が放置されるようなことになれば、疑いなく疫病は夥しい死へと繁殖して行くことになるでしょう。如何に国家的規模の祈禱と断食がなされても、行動が伴わなければ、結果は同じです。人が自分自身の安全のために最善を尽くした後こそ、その努力に報いる天の恵みを祈願する時なのです。

敬具、あなた方の従順な下僕、

ヘンリー・フィッツロイ」

全く難しい人間だ。そして彼が天国を「他力」として扱ったと言われることは驚くに当たらない。しかしすぐにもパーマストン卿のエネルギーにとっての更なる大きなはけ口となるものが現れた。一八五三年、東ヨーロッパを嵐が吹き抜けた。ロシアはトルコの領土を更に幾分か併合するために、トルコに住むキリスト教徒の保護を決定した。これはトルコをロシアへの宣戦布告へと導き——それはまさにロシアの望むところだった。そして他の勢力が仲裁するのを余儀なくされるだろうことはわかっていた。さもないとトルコは完全に消滅することになるからだ。少し前には、イギリスの地中海艦隊がボスポラスに送られたが、命令はロシアがトルコに侵攻しないかぎり艦隊は黒海に入ってはならないというものだった。ルイ・ナポレオンはフランスが英国と同盟して二国がロシアに対して宣戦布告するべきだと思っていた。しかし当時の首相アバディーン卿は、可能ならば平和を遵守する決意だった。

パーマストン卿は、しかしながら戦争は避けられないと思っていた。そして、同僚たちの同意がなかったため、内閣を辞職することになった。

そうこうしている内に、民衆は戦争を待望するようになり、事態の遅滞に怒り狂ってアルバート公をスケープゴートとして捕らえた。彼はドイツ人であり、政府の背後に隠れてロシアと陰謀を企てている。彼はヴィクトリアが承知の上でそうしているのだし、彼女が承知せずともそうした。彼は国賊だった。「私が犯してもいない罪で国に対して国事犯であるなどあり得ないことだ」と彼はシュトックマーに語った。ボライソウ氏は次のように説明している、「悪意あるスキャンダルはアルバート公が女王に対する国賊であるとし、彼が重大な国事犯として弾劾され、逮捕されてロンドン塔に収容されるという風評が立つまでに増幅して行った。驚くような噂がロンドンの群衆をテムズ川へと向かわせた。彼らは囚人として連れて来られる女王と夫君を見るために、ロンドン塔の城壁の方へ押し進みながら、何千人にもなって待っていた」。

世間一般の戦争を求める狂ったような叫びが続き、やがて人々はこの欲求を成就させることとなった。内閣は遂にパーマストン卿に同意する結論に至り、彼の元に再結集し、彼は仕事に再着手した。そして一八五四年二月、英国とフランスはロシアに宣戦布告した。ベルギー王は姪に、以前よりは短く手紙で糾弾した、「皇帝が自らと他のすべての人々をこの地獄の窮地に放り込んだとは何と不可解なことであろう。彼は征服を目論んではいなかったと私が今もって確信していればなおのこと」。そして彼は彼女に思い出させたのだ「老いた公爵さまが言っていたことを、『どんな小さな戦争も駄目だ』と」。

それは真実だった。戦争をあんなにも熱烈に求めていた人々は、その栄光の真の本質を知ることになった。物語は詳細を繰り返す必要もない程によく知られている。初めは、棚引く旗や、歓声、狂喜する群集と共に、女王は夜明けに軍勢を見送り、艦隊を南のスピットヘッドからバルト海へと進撃させた。――ついでクリミア半島のバラクラバの戦いでの絶望的事態――スクタリの野戦病院や、戦地での負傷者を運ぶ輸送船の中で目撃される魂を震撼する恐怖。これらの船――わずか四日半しかかからないはずの航海が、今や二週間、いや三週間にもなり――の中で負傷者も死にかかっている者も山になって共に横たわり、ある者はつい先程荒っぽく手脚を切断され、ある者は凍傷になり、ある者はコレラか赤痢で死にかかっている。バラックの病舎を支配していたのは地獄のルールだった。疫病を運ぶ害虫の大集団が壁や寝具、床下に横たわる巨大な下水道を侵略して行った。膨大な傷病者と病気で死にかかっている人々のためのベッドは不十分だった。混沌と不浄――他には何ひとつ存在してはいないようだった。

そしてその時、三十四歳の若い女がやって来た。名をフローレンス・ナイチンゲールと言い、同僚からなる小規模な一団と共に、献身の奇蹟によって、超人的な努力によって、あの死の奈落に何某かの秩序と、何某かの慈悲をもたらした。

ドイツの生まれゆえに民衆が国賊であると宣告した人物――彼もまた強いプレッシャーの下、いつもながらの熱意で働いていた。何年もの年月の後（一八八二年）、ウォルズリー卿は、女王への手紙で言っている。「女王陛下が最早私たちと共にはいない偉大な人物の思い出に私が言及するのをお許し下さることを望みます。……誰だったでしょう、私たちがクリミアに上陸した時、旧式のマスケット銃の代わりにライフルで武装させてくれたことに私たちが感謝しなければならないお方は？　鞭打ち刑の減刑を支持して下さったのは誰だったでしょう？……私たちの大きな病院の設立を強く勧告して下さったのは？　サー・セオドア・マーチンの作品のページを通して読んだ人々は今や気付いております。ウェリントン公爵の死以降、軍隊の他のどんな将官よりも女王陛下の故ご夫君のお蔭を蒙っていることに。」

戦争勃発の二ヶ月後、女王は如何にも彼女らしい手紙を書いている。彼女は「むしろびっくり致しました」とアバディーン卿に語ったのは、国辱の日を創設すべきであるとの発議に対してだった。この問題について彼女はとても強く共感していたからだ。「言わば……国家の計り知れない罪禍性がこの戦争をもたらしたのです。それは『一人』の人間とその従者の利己主義と野心がもたらしたものなのです。私たちの振舞がどこまでも利他性と正直さによって駆り立てられていた時にあって」――これは偽善的で嫌悪を感じさせるものだろう。祈りの日は設ければよいだろう。だがそれは、国が享受した大いなる恩恵に対して、そして膨大なる繁栄に対して神だけに感謝を捧げる日でなければならない、神の加護と救いを求める日でなければならない。

第18章　大博覧会

一八五〇年という年は女王とその夫に多くの悲しみをもたらしたが、それらに追い討ちを掛けるように大きな衝撃が訪れることになった。五月二十七日、ケンブリッジ公が死の床にあったピカデリーのケンブリッジ・ハウスを女王が後にした時、骸骨のような、異様な、狂人のような顔と瞳孔の開いた目をした男が、先に女王を襲った未遂行為からわずか数ヶ月後、突然女王に襲い掛かったかと思うと持っていたステッキの真鍮の先で女王の頭を打ち付けた。これは特別に残忍な襲撃だった。彼女の三男となるアーサーがまさにその月の一日に生まれたばかりの時だったからだ。この暴力の犯人である前将校ロバート・ペイトは気が狂っていたのではないか、というような憶測も成されたがそれは却下され、彼は七年の流刑を宣告された。

けれどもはるかに悪いことが起こった。六月二十九日、ドン・パシフィコに関する討論が下院で行われた翌日、ロイヤル・カップルの心友にして助言者であるサー・ロバート・ピールが、乗馬から帰って来る途中で憲法の丘《コンスティテューション・ヒル》通りで馬から放り出されて、七転八倒の痛みの末、三日後の七月二日に死んだのだ。彼の馬が暴れて駆け出そうとしているのに気付いた顔見知りが一人でもちょっとした警告さえすれば彼の命は助かっていたかもしれないということが、変わり者の善良ではあっても魅力的とは言えないこの人物の特徴を示している。彼の顔の表情は顔見知りの人間であっても敢えて語りかけるのもはばかる程に険悪なものだったのだ。しかしそれでも、あらゆる政治家の中では孤立していたとは言え、貧しい人々は彼のために泣いた。けれども五ポンドの施しを求めるとして、それには彼が一番穏当な人物だという認識を持つ人々ではなかったから、英国全土で彼に向けて嘆願書が一通でも書かれたことはなかった。今日の私たちに、彼はその功績——労働者たちの生活を楽にする国会決議の数々——の記録とローレンス作の肖像画を残している。肖像画の彼は今でもダンス教師のポーズをとり続けていて、ヒップを一方の側に見事に突き出し、そのヒップの上に気取った手を置いている。その顔はどちらかと言えば寒々しく凝り固まっているのに、目は優しいヒューマニティーと一種の子供っぽい真っ正直さに溢れている。

全国民がこの善良で高潔な人物に哀悼の意を示し、そして女王はと言えば、かつてはとても怖い大臣だった人物の死に対する悲しみが何ものをも圧倒する程で、彼女がベルギー王に語ったところによると、彼女の夫は第二の父親を亡くしたかのように感じた程だったという。

この別れは、シュトックマー男爵にとってもまた辛いものであり、二人の友情は一八一九年から育まれて来たものだった。そして女王は、彼の友人の死の三週間後に手紙で、彼に来て欲しいという彼女の願いを聞き届けてくれないものだろうかと懇願しながら付け加えている。「私たちの愛するアルバート公と一緒にいることはあなたにとっても良いことでしょう。彼はあなたを求めています。あなたの可哀相なお友達の死以来、彼はとても早く目覚めるのです。……それが心の問題であると秘書は考えています。」なぜなら彼のもう一人の親友アンソンが亡くなってからまだ二年と経たず、彼は友人もなく一人ぼっちだと感じていたからだ。

ああ、まだもうひとつの残酷な打撃が用意されていた。と言うのは十月十一日に善良で心優しいベルギーの女王が、わずか三十八歳にして亡くなったのだ。王は彼女の死のわずか四日前に手紙で言っていた。「彼女の愛おしい天使のような魂は、こんな最悪の差し迫った危機にも変わりなく更にキラキラと輝き続けているかのようです」と。けれども魂はその弱り果てた身体を去り、王は再び一人ぼっちになった。

こうした悲しみの真っ只中、公の妻は打ちのめされてしまいそうであったが、殿下の方は大博覧会を組織するに伴う大量の仕事に幾らかの慰めを見出していた――彼がずっと前に編み出していたひとつのプラン、それは、英国の繁栄の増進ばかりでなく平和運動の促進も目的としていて、よって立つところは、いつの日か各国は自国の繁栄が如何に他国の繁栄によってもたらされるものであるかを理解すべきだということである。「一八五一年の博覧会がもたらすものは」と彼は確信を持って言った、「真の実験であり、全人類が科学を応用するこの偉大なる務めの発展において目指すべき到達点の目に見える姿形であり、そこから全国民が更なる力を導き出し得る新しい出発点なのです」と。

しかしながら、計画を押し進めることの難しさは、とても太刀打ち出来るようなものではないと思われる一時期もあった、大方の報道界と世論が断固反対したからだ。殿下がそれを計画した、ということだけで十分だった。外国人である彼は、国をお笑い種にするに違いない、とあからさまに決めつけられた。「ピールは私の収入を削減しました」と彼は兄に告げた。「ウェリントンは私に位階を与えるのを拒絶したのですが、ロイヤル・ファミリーは外国の介入に反対して声を挙げ、省庁のホィッグ党が私が立っていられるだけのスペースは与えたらどうか、という考えに傾きかけただけで終りでした」と。しかし殿下は最後は勝利し、彼の組織力とエネルギー、意志力のすべてが、彼の考えていた終局に到達するために使われることになった。

彼は一八四四年、チャッツワースに滞在している時であったが、巨大な展示用温室の美しさに大変な衝撃を受けた。それはあの一風変わった人物、ミスター（後のサー・ジョゼフ）・パクストンという、デボンシャー公の庭師の頭領によって建てられたもので、大博覧会はまだこれよりずっと広い温室の下で花咲くことになろうという思いが心をよぎった。チャッツワースの温室は長さ三百フィート、高さ六十四フィートでしかなかったが、ミスター・パクストンが今アルバート公に提起しているデザインは長さ一千フィートの構造で、全体がガラスで造られるものだった。

G・M・ヤング氏は最近、ミス・ヴァイオレット・マーカムの『パクストンと独身公爵』（不幸にも、私は未だ持っていないので、読む機会がない）に関する最高に面白いエッセイで言っている、「あの水晶宮《クリスタル・パレス》は私たちの誰もが知っている巨大なガラスの家だ。私たちはその建築構造が、建設技術の面から言えば、巨大睡蓮《ヴィクトリア・レジーナ》の葉っぱ及びその浮揚力の植物学的に入念な研究に基いていることをすでに知っている。勇ましい新世界の到来である。このような偉業が、蒸気機関車を完成させたジョージ・スティーヴンソンと言葉を交わして自らの科学を打ち立てた一人の男にも手の届くものとなったのである。」

五月一日に行われるオープニング大イベントの五日前に、女王は博覧会場を訪れて帰って来た、と日記に記述している。「すっかり圧倒されて、頭がグラグラして、美しい素晴らしい物の数々は今も私の目を完全に眩ませてしまう程輝いている！」更に付け加えて、打ち倒される程のひどい騒音は、一万二千から二万人もの人々が、数知れない仕事に今も蜜蜂のように働き続けているからなのだ、と。

ガラスの家の広さが最もよくわかる方法は、ハイド・パークにある最も高くて葉の繁った楡の木のうちの二本が、室内に植えられた植物にも拘わらず、キラキラしたドームに覆われているにも拘わらず、何ら閉じ込められている感をもたらさないことを知ればよい。

オープニングの日、女王とその夫、プロイセンの皇太子夫妻とその息子のフリードリッヒ、この日から七年後にはその妻となる十歳の幼い少女、それに幼いエドワード王子が公用馬車に乗って、十一時半に人混みの街路を通り、グリーン・パークとハイド・パークを通ってガラスの巨大な家へ、あの

……類い稀なる神性の奇蹟
陽光煌めく氷の洞窟を擁するドーム

へと行った。そこには波打つような椰子、数知れぬ鮮やかな色合いの花々、彫像や群衆がギャラリー

を埋め尽くしていた。それは女王にとっては世界中の美がそこに集められているかのように思われ、また、夫に導かれて、もう一方の手で幼いエドワード王子を抱いて宮殿の中央へと進んで行くと、そこでは大きなクリスタルの噴水が水しぶきをほとばしらせていた。……万雷の喝采、人々の歓喜の声、響き渡る巨大なオルガンと二百もの楽器と六百人もの合唱──すべてが彼女の最愛のアルバート、そして彼女の愛する国のために彼が果たして来た責務に注がれる祝福に思われるのだった。

そして実際に恩恵は多く、アルバート公の知恵と彼の不思議な程鋭敏なビジネスセンスが博覧会計画でもう一度発揮されることとなり、見積もられた総額を九十三パーセントも上回った十八万六千ポンドの金額が回収された。

アルバートの勝利は完全なものであり、女王の喜びは果て知れなかった。遂に国民は彼女の最愛の素晴らしい夫の真価を認識することとなったのだ。

そして、この成功のすぐ後、公は再び仕事に就いたが、この時はもっと小さなスケールだった。彼は新しい住まいの設計に専心したのだった。

二度の魅惑的なスコットランド訪問を思い出しながら、女王はかの地に住まいを持つことを決心し、一八四八年にはハイランドにある小さな家、バルモラルが賃貸契約された。その後一八五二年にそれは買い取られ、家は花崗岩の城に取って代わられた。この建築は一八五四年に終るが、再びアルバート公の室内装飾の才能が発揮されることとなった。家は美術品だった。レディー・オーガスタ・スタンリーは、当時ケント公爵夫人付きの侍女だったが、ロイヤル・ファミリーの入居翌日に妹に手紙で告げている、「昨日はとても忙しい日でした——十一時半に私達はバルモラルへ行って昼食近くまで調度類を見てまわりました。住居建設と調度整備に関わるあらゆる手仕事がこれらの部屋の中で続けられていました。どうして六時半前にすべて完成することが出来たのでしょう？……木造品全般は」と彼女は続けた、「楓と樺材の淡い彩りで、錠や蝶番などの銀材が付いているのです。……その他の美しい物と言ったら——ギリシア様式の磁器製シャンデリア、光を包み込むように美しくデザインされたスコットランド高地地方の品々は然るべき記念品の間に置かれています——丹念に作り上げられた品々同様、同じスタイルのテーブルの置物や、摩訶不思議な考案の趣きのある一切合切が。唯一欠けているものと言えばある種の全体の調和——部屋を壁紙で被うと言ったようなことなのです」。

……そしてレディー・オーガスタはカーペットがロイヤル・スチュワート・タータンとグリーン・ハンティング・スチュワートで——前者には赤いラインが付いていることを付け加えている。「カーテンは同じスチュワート様式と、幾つかは薊模様のインド更紗で、客間の椅子とソファはスチュワート様式のポプリンです。すべてが素晴らしく個性的なのですが、すべてがすべて同じように目を惹きつけるものというわけでもありません。」

その時、丁度レディー・オーガスタが最後の部屋を見学していた時だが、「歓迎の喜びの声が聞こえ、彼ら（王族の一行）が青いベールに包まれた馬車で乗り入れて来ました。」

それはこの天国での一年後のことになる。プロイセンの若き皇太子が女王とアルバート公に願い出た。幼い十四歳の英国第一王女に白いヒースの一枝を差し上げて、「彼の気持をお伝えする」ことへの許しを。けれども、女王がベルギー王に告げたのは、彼女の娘はまだ結婚を考える年齢ではないので、この申し分のない心踊るような出来事はしばらく内密にすべきだということだった。それでも、噂は漏れて、イギリス国民を少なからず激怒させることになった。一年も経たない一八五六年五月、王女は社交界デビューを果たし婚約が認められた。ふたつの慶事を祝して、その頃の日々の生活はお祭騒ぎの状態で、アルバート公によって設計され、この日初めて使用されることになったバッキンガム宮殿の新しい舞踏の間で舞踏会が開かれた。同じ月に、女王はトルコ大使館の舞踏会へも行き、大使をカントリーダンスの最初のパートナーに選んで彼を震え上がらせた。彼女の人生を通して今までもこれからもない程に見事な動きで、彼女はメヌエットとカントリーダンスを踊った。そして二週間後、ウィンザーのワーテルロー・ギャラリーで開かれた舞踏会で、すべてのダンスを踊り終った後、バグパイプに合わせてのスコットランドのリールダンスが披露された。

その間、女王は自分でも非常に驚いたことに、あのお騒がせ男のルイ・ナポレオン——パーマストン以来、彼女が本当に最も信用しなかった男——と親しく話していたりしたのだ。……そしてこの幸福な愛情の展開は彼女の抜け目のない叔父レオポルドによってもたらされたところが大きかった。彼は、もしもフランスとイギリスが親しくなれば、ベルギーがフランス側から攻撃を受ける危険度が少なくなると考えた。そこで彼は着々と仕事の準備に掛かった。まずは甥のエルンスト公爵をフランスに送り出して、ナポレオンの元に滞在させる。するとこのフランスの紳士とその美しい妻は、家庭の価値について熱心に語るようになったのだ。エルンスト公爵の弟と義妹が営む家庭生活というものに刺激されたわけである。そして、切実な熱望を公爵に告白する始末だった——お二人に是非お知らせ願いたい、よくよくお知らせ願いたい。お二人がもたらしたこれらの感情について、公爵が何度も何度も語ってくれたのだ、と。そして皇后は、日常生活が一向に改まらなかった頃の皇帝の嘆かわしい道徳的立脚点への嫌悪を愚痴っていたものだが、英国女王夫妻の例がヨーロッパ中の宮廷を改革したという事実を皇帝がすぐさま了解したことに心を動かされずにはいられなかった。彼らの交友関係を深めることは、個人的観点からすれば親切心だけからなされたのだろうが、政治的に見れば等しく賢明なことなのは明らかである。だからアルバート公は過ぎ越しの祝いの日に皇帝をその軍営に訪問し、皇帝は彼の魅力に、そして最後の砦も陥落するばかりの彼の絶大な知識に圧倒された。そして女王は来たる四月にはウィンザーで彼女と共に過ごすよう皇帝と皇后を招待した。

訪問は比類ない程の成功だった。女王は皇帝がとても物静かで、率直で、溢れる程の魅惑の持ち主であることを発見したし、皇后は後に彼女の親友の一人となるのだが、「大変美しい、類なき容姿の人」だった。しかしながらディズレーリ氏は、祭典の幾つかに招待されながらも、この驚くべき美しさの魔力にも最初は陥落することはなかった。「皇后には大いに失望しましたよ」と彼はブリッジズ-ウィリアムズ夫人に語っている。「私には彼女は魅力がありません。彼女の眼は中国人風で、絶えずニタニタして、あれが私は大嫌いです。」しかしながら、二年後、彼はこの意見を変えることになる。十七日にはウィンザー・パークで近衛兵の閲兵があり、皇帝の輝く笑顔と巨大な口髭と皇后のノスタルジックな美しさが称賛の的だった。同日の宵に城では舞踏会が開かれ、月明りの公園の樹の下で夢見ていた幽霊たちはガボットやマズルカ、カントリーダンスやワルツ、スコットランドリールの音に夜明けまで邪魔されることになった。十八日の午後に女王は皇帝にガーター勲章を授与した。それから十九日に皇帝は軍服姿も輝かしく、ギルド会議所で昼食を取り、宵にはオペラ座を表敬訪問したが、そこでは『フィデリオ』が上演されていた。二十日には全員が、人々が混み合う街々を通り抜けて、今も公開中の水晶宮《クリスタル・パレス》のあるシドナムへ向かった。いよいよ訪問も終りに近付き、まるで夢のようだった、と女王は語った。

ディズレーリはブリッジズ - ウィリアムズ夫人に、「別れに際しては抱擁と涙の嵐でした。遂に馬車のドアが閉まった時、皇帝は再び自ら開けて飛び降り、ヴィクトリアを胸に抱き締めて涙あふれる目で彼女の両頬にキスしたのです」と語ることになったが、この事実は観衆を大層驚かせた。

長く続く友情の基礎が築き上げられた。そして、同じ年の八月、女王と夫君はプリンス・オブ・ウェールズとプリンセス・ロイヤルと共にフランス皇帝と皇后を返礼訪問した――なぜなら皇帝は、今度は彼がパリで開催している大博覧会を彼らが見てくれることを切望していたからだ。彼らは熱狂の真っ只中に到着したが、しかし女王が言ったように、空気はイギリスの場合よりも輝かしく沸き立っていて、退屈させるようなことなどなく――彼女はあらゆることに「心奪われて、楽しく、面白く、興味いっぱい」だった。マニャン元帥は彼女に言った。ナポレオン一世でさえその凱旋において、女王が姿を見せるたびに受けた程の狂おしいばかりに熱狂的な歓待を受けることは決してなかった、と。

彼女の小さな背丈と他に比べることも出来ない不思議な優雅さに関して、ある批評家が「〈妖精の女王マブ王妃が私たちを御訪問下さった〉」と書いた程だった。けれども女王の衣裳はフランスでは驚きを引き起こし、特にカンロベール元帥の場合は、日記に次のように記した程だった。「大変な高温にも拘わらず、彼女は白いシルクの大きな帽子を被り、濃い緑の小外套《マンテイラ》とパラソルを手にしていたが、それは私には他のコスチュームと調和していないように見えた。」他方、フランス人の任務に対する謹厳実直ぶりは同様の驚きを引き起こし、女王の随員には更なる狼狽を引き起こすこととなり、ヴィクトリアの侍女レディー・バルティールは彼女に配属されていた従僕に見られるこうしたあまりにも過剰なありがたい特質に弱り果てていた。「〈私は侯爵夫人のご命令に従います。いつなんどきでも。私は侯爵夫人の部屋の扉のところに置いてあるこの椅子から決して離れません。どこまでも侯爵夫人の意のままでございます。〉」そして彼は、明らかに、その言葉通りにした。と言うのも、彼女が入浴している間（ドアには鍵が掛かっていず）ドアのハンドルをいじりまわして時を過ごして、彼は「いつ何時でも中に入れる様にしていた、彼女の諫める叫び声にも拘わらず——〈入ったらだめよ〉〈次第に強く〉〈入ったらだめよ！〉」「〈おお、はい、はい、はい、はい、公爵夫人、違うのです、公爵夫人。御説明申します。〉」そして、レディー・バルティールが従僕の勤勉さによって悩ませられていたように、変名を用いてレディー・チャーチルと名乗っていた女王の深刻な悩みは更にひどいものだった。なぜなら女王には従僕が三人もいて、その義務への献身はどんなに称賛しても足りない程のもので、如何なる状況にあっても決して女王を放って置くなどということはなかったからだ。

　こうした個人的なトラブルは、しかしながら、公的勝利——例えばパリ到着など——に比べれば何でもないことだった。女王がベルギー王に伝えたのは、それが「全く圧倒するばかりに――豪華に飾り付けられ――イルミネーションを施され――厖大な群集に膨れ上がり――六万人もがストラスブールの駅からサン・クルー寺院まで行進した」ということだった。それから、また、宮廷ではすべてが何と美しく管理されていたことだろう。女王と夫君は（従僕のことなど気にせず）この閑静な完璧さを哀れなルイ・フィリップ王時代の混乱や騒音、せわしなさと比べずにはいられなかった。皇帝の宮廷は、女王が説明するには、はるかに荘厳だった。訪問は尽きることない喜びだった。王室の御一行はオペラにまで足を伸ばし、そこで彼らは「ゴッド・セイヴ・ザ・クィーン」に迎えられた。彼らはプリンス・オブ・ウェールズの手にする松明でナポレオン一世の墓を訪れたが、タータンチェックのキルトを身に付けた彼は墓の傍らに跪くよう女王に言われた。まさに彼が跪いたその瞬間に雷鳴が響いて嵐となり、あまりに印象的な光景を目にしてフランスの将軍たちは涙に暮れたのだった。

ヴェルサイユの祝宴の華麗さは、女王によれば、想像を超えるもので、楽しさも興奮もすべてが熱狂や、ノスタルジックな太陽や、まるで税関吏ルソーの画のような緑の葉生い繁る熱帯を思わせる樹々や、肌の黒い異国の人たちの顔立ちによって更に高められていた。それからまた、親愛なる皇帝と皇后は――全フランス国民は――楽しませてあげようとどんなに気遣っていたことだろう。サン・クルー寺院の王族訪問者用スイート・ルームはウィンザーのいくつかの部屋を模して飾り立てられていた。そして博覧会場の待合室《ブードワール》と銘打たれた王族用スイート・ルームの一部は、王室の訪問のために整えられた「フランスの室内装飾の傑作」が見事で、グレートウェスタン駅の待合室の正確な複製だったことが確かめられている。

これ以上の満足は有り得ない程で、女王と夫君は訪問を十二分に楽しんだ。女王はかねては信用していなかった人々の魔力に負け、皇后にすっかり魅了されてしまい、別れの時が訪れた時には涙に暮れたのだった。

彼女のパリ訪問の二年後の、一八五七年八月に、皇帝と皇后が今回はオズボーンで、しかも個人の資格で、再び彼女のゲストとなるというニュースを彼女はどんなにか嬉しく受け取ったことだろう。

第19章　流行《おしゃれな》の思考

黄金のスパンコールが、黄金の光の破片が、薄青い海の波打際や、一面蜜房のように金色になった砂浜、セイレーンの洞窟や、泉湧く洞窟に、まるでマンドリンの爪弾きのように鋭いきらめきを見せ、その傍らを、二輪幌車《カレーシュ》や四輪幌馬車《ヴィクトーリア》がゆっくりと走るので、通り過ぎて行くニンフたちやその装いが見て取れる――こうした女性たちはまるで微笑む彫像のよう、あるいは「古《いにしえ》の女たち――ステラ、パルマ、オボルス、エイユウズ、リリ、ツェマド、ベリル、ディアネル、エパヴ、ヴェヌスィア、ジギタリス、ルテシトゥ、イブリダ、ヴィリダ、パンドラ、コスモポリタ、リアン、ピスティラリーネだ――半分花の子供の女たち、半分星の女たち、海の波や愛の夢から生まれた大波だったり、詩人の肉体、太陽の彫像、夜の仮面、雪の中に花と咲く白薔薇の木や、キマイラだったり、喜びに光輝く処女たちもいる」。

馬車は、四輪幌馬車も二輪幌馬車も、ゆっくりと走り、なぜなら今は午後も遅く、居合わせた人々が四輪幌馬車が女王とフランスの皇后を乗せて通り過ぎるのを見たがったからだ。やって来た、他の馬車よりは少し速く走っている。女王の素朴な頑固さを感じさせる小さな姿は、皇后の目を瞠るような透明感に満ち輝きを帯びた美しさを横にして、何となく奇妙な感じがした。けれどももっと不思議なのは、薔薇色を帯びた金髪に、物憂い優雅ささえたたえている皇后の美しさに目を奪われながらも、すべての目は素朴な姿の方へと戻り、これは彼女が英国の女王だからという理由ばかりではなく、彼女の威厳と類稀な優雅さによるものなのだ。

女王は大きく口を開けて笑いながら相手と話をし、その魅惑的な声と言ったら、まるで小鳥の声のように響くのだった、そして馬車は午後の光に照り映える葉を生い繁げらせた丈の高い樹々や、ツツジや、マグノリア、常盤樫の木の立ち並ぶ並木道を去り行き、見えなくなった。彼女はプリンセス・ロイヤルの婚約のことや、アルバート公の七月のブリュッセル訪問のことを話したが、その訪問は、後のメキシコ皇帝となる星回りの悪いマクシミリアン大公とベルギーのシャーロット王女の結婚式に出席するためのものだった。

淡い息の泡のような花弁はまるでオズボーンの女王の温室から届く花々のようだ――蠟のような鈴を付けた蜂蜜の香りするリヨニア、暗色の葉を持つベルベットのようなシニンギア、イサパル産の長い花弁のブバルディア、ジャスミンの花のようなハインジアや、雪の上に青い蔭を落とすかのように淡い花を開くグロキシニア。

波はゆっくりと姿を消すように溶けてなくなり、どの波も、それぞれの世紀の最も変化に富んだ異なるファッションを纏いながら、死んではまたよみがえる。ギリシア贔屓の風潮はギリシア独立戦争以来盛んになったが、美しきバイロン卿、独立戦争の「聖戦」で死んだロマンチックなフォン・ノルマン将軍と同様に消え去った。そしてあれらの不思議な程俗欲のない銀行家たち、ジュネーヴのアイナールとダルムシュタットのホフマンは、ギリシアのために滝のように自分たちの金を放出して消え去った。騎士道の神聖なる義務を信じていたあのプロイセンの貴族、貧困反対の戦いに身を捧げた騎士たちの白鳥騎士団を創設した人物と共に、ロマン主義運動も消えて行った。愛のためにすべてを捨てる婦人も消えて行った——デンマークのクリスティアン八世の妻であるメクレンブルクのシャルロッテ・フレデリカ、彼女の女王としての人生は音楽教師への愛ゆえに終り、ユトランドでの長い流刑の後、ローマで慈善団体の修道女として死んだ。哀れな愚かしいレディー・キャロライン・ラムは、絶望と屈辱の内に消え去った。一八二一年五月にプリュドンへの絶望的な愛のために自らの喉を切ったコンスタンス・メイエも。偉大な作品を残すべき詩人のハインリヒ・シュティーグリッツという最愛の、けれどもまことに不十分な才能しか授けられなかった夫に詩魂を吹き込むことが出来るかもしれないという希望の挙句に一八三四年自ら縊死したシャルロッテ・シュティーグリッツもまた、消え去った。ロマン主義時代は過ぎ去りつつあるのだが、ここでは女王と皇后が馬車で行く。二人の愛はただ夫にだけ捧げられている。やがて様々の流行もまた終り、忘れ去られるだろう、夏薔薇の大輪が一年の終りに見せる姿そのままに——夏のためにグレイと白のドレスは雨の色に彩られ、大きなヒラヒラした袖と巨大な暗い色の葉のように先の尖った襟のあるケープを付けている——冷たい十二月のためには黒鳥の羽毛のような袖付きマント《ベリース》、大きなケープと、細かな泡のようなレースで縫い取りされたボンネットとマフ、それにはまるでカイツブリの羽根で作られているかのような暗色に渦を巻いているボアが付いている。こうしたドレスは忘れ去られ、そしてそこへ、輝く風に吹かれながら一八五〇年のパゴダ風の袖を付けた小さな軽やかな女性たちがやって来た。彼女たちの暗い葉のような色の髪は中国風に纏められている。ここでは女性たちは木蔭のように暗く、スペイン風スカーフ《マンティラ》や、鎖帷子風のボンネット《カマイユ》、長手袋《クリスパン》、深紅《カルディナル》のフードを身に付けて、足取りも軽くマズルカ風ダンス《レドワ》を踊り、そしてアラゴン風かアンダルシア風の半コートを纏えば、彷徨う風やノスタルジックな太陽や不思議な静けさもつ雪がこれらのファッションに映し出される——スウェーデン風のケープ（一八四六）、モルダビア風のマント（一八四八）、そして後にはアルジェリアのフード付きマント《バヌース》やアラブのベドゥイン風スカーフ、ロシアのとんがりフード《バシュリク》やスコットランドのタータンの外套——そしてこれらに鳥の羽を挿したターバンを巻き、その羽は黄金の風の長い指や金の房飾りの付いたミトンで撫でられる。

　ここにいる美女たちは太陽神《フォイボス》やスルタンの長外套《ペルリーヌ》を纏い、それはまるで泡の飛沫を浴びたかのような様々な種類の波紋のある絹製や、北京の薄絹《フラール》やサイダの畝織り《グロス》、そして風に愛されたシリアの磁器のようなのもあり、カシミアのアルバンダールや、淡い黄色のバレージュ、そして水のようにキラキラした薄色の北京の真珠——そしてヴィクトリア朝風格子柄やクリノリンを付けた滝のような薄いクレメンタインを纏った女性たちだ。

　樹々の下の暗がりを波紋のあるモスリンを着た一人の婦人が歩いている。夏の暗がりを涼しい雨脚が降り注いでいるかのような縞柄のバレージュを着た人物と一緒に。けれども水辺は明るく輝いて、こうしたファッションを創り上げている素材、ガーゼやモスリン、薄い綿布《ジャコネット》やオーガンジー、チュールや薄紗のように軽やかに煌めいている。けれどもどのような風も、異国をやがて怖ろしい炎で照らす悲劇がこうした風のように薄い素材を用いた結果起こるだろうとは囁かない。早くも一八五一年には、ラ・ロシュ・ギヨン城で炉端に座っていたメイエ公爵夫人が焼死し、ついで怖れ慄く観衆が女優エンマ・リーヴィーの焼死を目の当たりにすることになった。舞台のあちらこちらに恐ろしい火柱がまるで猛々しい風のように髪を逆立てて襲いかかり、誰一人助けることも出来なかった。ただ彼らの叫び声が彼女自身の叫び声と混じり合うばかりだった。やがて、アルブレヒト大公の娘マチルダ大公妃もまた火によって死ぬこととなる。けれどもすべての中で最も恐ろしい悲劇はまだ来てはいない。なぜなら、一八八三年のサンチャゴのラ・コンパニア教会の火事では、炎がこれら滝のように輝くドレスからドレスへと燃え拡がり、二千人の女たち、雪の中の白薔薇の木々、太陽の女神たち、半ば花の女たち、半ば星の女たちが、松明となって燃え、塵と化すこととなったからだ。

空を覆う椰子の葉のように拡がって黄金色の光を注ぐノスタルジックな壮大な太陽の下を、二輪幌馬車と四輪幌馬車がゆっくりと走って行く。

サチュロスの森の中を、麦藁を飾りに挿した緑のモヘアのガウンを羽織り、雉羽根を付けた丸い麦藁帽子を被った婦人たちが歩いて行き、その山羊革のブーツは黄金の露に濡れた苺や金鳳花の葉を踏んで行く。緑のラシャ織《ベーズ》りの森の中を、彼女たちは革のゲートルの上に黄色いペチコートを巻き付けた他の女性たちと一緒に歩いて行くが、その髪と言ったら田舎の寺院のように緑いっぱいの草叢を歩いて行くポニーのたてがみを思わせる程たっぷりとあり、クリーム色をしているのだ。遠いパリでは、バルコニーに座る婦人たちがカンカンの舞姫リゴルボッシュやセレスタン・モガドールの回想録を読んでいる。ドゥミモンド（高級娼婦の世界）の御代が始まったのだ。ほどなくコーラ・パールが時代の寵児となろう、次の時代が始まる。すなわち踊り子ローラ・モンテスがリストとバイエルンの王に対する支配権を手に入れた時代、ブランシュ・ド・マルコーネがブルボン王家の王子と結婚し、偉大なモラビア家の一員であるグスタフ・シャビンスキー伯爵がジュリー・フォン・エベルジェニイの暗い魔力に屈した時代だ。エベルジェニイは、「律修修道女の名の下に天性を隠蔽して来た」と言われて来た人物で——シャビンスキー伯爵は最後は彼女を毒殺し、世紀で最も評判の殺人裁判の、悲惨な、幻覚から腹話術師に操られる人形のようになってしまった主人公を演じることとなった。あの恐ろしい謎掛けをしないスフィンクスとも言える律修修道女の他にも、夜のキマイラたち、聖者や女預言者に仮装した娼婦たちがいる。不敬な冒瀆を口にして「舌に聖餅を持って生まれて来た」と言われた上バイエルン傷痕発現派《スティグマティスト》の小作人の娘や、その秘密の誘惑を共にするために、夜毎、顔もなく名もない相手との出会いを求めて暗く寂れた街をうろついているのが見られる娘だ。そしてそのまやかしの預言の光によってスペインの女王イザベラに王冠と王国を失わしめた暗黒の尼僧パトロシニアが。

しかしパリでは、これらの暗部に住む夜のキマイラたちは無視されていた。「不良《カナイユ》」であること、「色気がある《アヴォアール・デュ・シアン》」ことは——ドゥミモンドに可能なかぎり近づくこと——これはあらゆるファッショナブルな婦人たちの野望だ。やがてチュイルリー宮殿は「兵隊には神聖なんてありゃしない」や、「人参を持ったヴィーナス」や、「髭のある女」などのサウンドを真似て響かせるようになる。なぜなら王女の一人がミュージックホールの芸人、オルタンス・シュナイダーとマダム・テレサをフランス皇后が主人役を務める宮廷に紹介することになったからだ。そしてドゥミモンドのマナーばかりでなく、姿形までが真似られるようになる。物憂い夏の夕べ、市民公園の眩いばかりに豪奢な木々の間に設置された野外音楽堂を通り過ぎて、ムッシュー・メイエルベールとオベールの音楽のベゴニアのように煌めく音の方へと歩いて行くと、奇妙な男装の麗人たち——男物の外套《パルト》、男物の襟、男物のネクタイを身に付けて、ステッキを携えて歩を運ぶ最高に女らしい女性たちを目にすることになる。夜も更ける頃にはある者は中国の刺繡を施された黄色いベルベットの軍服をこれ見よがしに纏い、そうかと思えば他の者は黒レースで縁取られた赤いベルベットの外套か、「金属のボタンで作った星座やガラス細工の飾り」を付けた燃えるようなサテンの短いジャケット《カラコ》を纏ってはいるが、どの婦人たちの髪も、牛の尾のような赤い色に染められ、愛玩犬のように「カールされたり縮らせて」ある。

今や太陽は波の中へと沈んで行き、女王と皇后を乗せた馬車は家路を辿る。その夜も遅く、モスリンの部屋着《ペニョワール》を纏ってまるで白薔薇の木のような皇后は、鏡台の前で二時間の時を過ごすことになる、まさにモスリンの滝だ。窓の外は暗くなった海と眠た気な波の音だけ、そして微かな暗い風がその鏡台の上に拡がる軟膏や化粧水や白粉の中のゲランの香料を吹き散らすことだろう。バルサムエーテル・エッセンス、フュルステンブルクの花束、ユダヤの薄荷、ブルージュのリボン、ウィーンの手帳、アロエの森、オリーブガム、立葵のアミジン、戦好きのエチオピア人、クレポン《クレープ》、スペイン・ウォル、真珠乳液、メッカ乳液、白鳥白粉、糸杉白粉、アーモンド乳液、安息香のエキス、巴旦杏エキス《アミグダリン》、処女乳液、薔薇の乳液、キュウリの冷たい乳液、ペルシアの乳液、ピスタチオ混合の蜜蠟アミグダリン、王妃と四つの種の軟膏《パテ》、ザクロのパテ、ロイヤルアーモンドのパテ、スルタンのセルヒ、阿片斑岩、マジャール人ネメイティ、ケノグの頬袋、キュドニアのクリーム、アテネ水、竜涎香、スペインの肌の人工アロマ、ベラノバ、フランス美人、アラビアの花束、ネバの花束、白いカナンガ、キルケの花束、シパロス、姫君、ディプテリクス・ウゥテラ、エラストリック、エルジェズィール、エロシュロア、エリクシス、温室花、華麗、フロキニア、フォル・アロマ、干し草刈り、フミ・フルシ、ガザキ、大元帥、女帝、古代、元帥夫人、マリー・クリスティーヌ、オーベリーヴ侯爵夫人、ミラレウカ、モスコウスカヤ、スラヴ娘、黄金の叢雲、オウリダ、ローザ、パリ娘、泥棒娘、秋の草地、生垣、優越、エスパニャの春、白昼夢、リータ（天則）、ロココ調パリジェンヌ、セニョリータ、夜の香り、グランディフロラ・スタリジア、シタキソウ、甘草、日本の木犀、タコナ・グラシリス、ジリア、アミリス・ポリョレンス、アンシアムタ・ノビリス、アヤパナ、アザレア・ミラレウカ、バナナ、ベルガモットとバラ、アンテイル諸島のカラバ、シトロンの実、クレマチス、シクラメン、銀中毒、サイパリス・エライドン、エニシダ・シルバリア、バラの十の花びら、ディプテリックス・オリテラ、高山イチゴのエッセンス、彼等、アリザの花、オフェリアの花、コモのアルフィオリ、グロキシニア、スイカズラ、麝香アイリス、ジャカポーダ、シャムのジャスミン、深紅の香り、ローリエ防臭剤、ロリウム・アグリフィラム、谷間のユリ、蜜蠟、ミモザの霞、ミモザ郷、ポルトガルの水、モス・ローズ香油、ミルテの花盛り、オーシマム・ドルセ、中国のオレンジ、パオローザ、パロミス・アスピーニア、甘美なる集合、匂いやかな野ばら、タイメリア・ヴオルカメリア。

微かな暗い風がこれらのすべてをかすめながら、庭の滑らかな葉の間を吹き抜けて行くと、やがてあの淡い黄色いバラの蕾たちも、皇后の鏡台の上の蠟燭の焰も、消えて行き、宮殿は暗闇に鎖される。

第20章　ふたつの死

　フロッグモア・ハウスの、眠気を誘うような日差しのある静かな部屋に、一人の老女が座っていた。四十年も前に書かれた手紙を読みながら。外ではいくつもの影が草地を走り回って、誰か知らない人の葬儀に出る子供たちのように見える。ずっと離れた所にある遊園地で覚えた遊びに興じているようにも見える。あっと言う間にこれらの影も、より重々しく色濃く冷たいものとなるだろう、様々の神秘についてよくは判らない言葉で彼女に語りかけるだろう。それらの神秘に、遠からず彼女自身も包まれることになるのだが。けれどもケント公夫人はそうしたものに心を留めることもない。彼女の思いは過去のこと、束の間の幸福な現在のこと、それがすべてだった。最早彼女はせわしなく働くことも、出しゃばることも、絹と羽飾りの嵐の中を動き回ることもなく、穏やかな満ち足りた状態で、ぼんやりと人生の残りの年月を過ごしている。その死の原因となった病気のために絶え間ない痛みに襲われてはいたけれども、「自分が与えた愛を頼りに生きて」今は幸福だった。彼女の娘は彼女に返され、実際その子供時代よりもはるかに彼女を愛していたし、娘の夫である甥はまるで彼女自身の息子のようであり、彼女は彼にすべてにわたって助言し、宮廷がウィンザーにあった頃は孫たちが彼女の家の内も外も小さな幸せな影のように走り回っていたものだった。

その後は、バルモラル城近くのアバディーンで過ごした夏もあったが、公爵夫人の誕生日のお愉しみと言ったら、過去のものとはまるで違っていた。それ以前の彼女は唯の哀れな誰にも構ってもらえない寡婦でしかなく、英国の女王の最愛の母親とも言えなかったからだ。……けれどもその後の誕生日では、早朝に侍女たちは女王陛下の寝室の窓の下で歌われる国歌の響きで目覚め、それに続いて滝のように楽し気な音が流れて来ると、白い制服の花盛り、それぞれブーケを手にして桜の木のように一列に並んだメイドたちと共に、全家族が集まっての皆のお喋りが聞こえて来るのだった。それからバグパイプと従僕たちが無骨な田園のお日様みたいな顔と共にやって来て、リールダンスや剣舞になるのだった。

夜にはダンスがあるのだが、公爵夫人の近習マズリンが「一番年上の王女をリードして彼自身が考案したカントリーダンスを踊ることから始められ」、レディー・オーガスタ・スタンリーは公爵夫人の歓待の気持が募って感激のあまり「ウィスキーの祝杯が危険な程増えるに違いない」ことを恐れたものだった。

公爵夫人には考えることがたくさんあった。束の間の些細なことから、大きな永遠のことまで、あまりにも沢山の楽しいことが。女王の末っ子のベアトリス王女は、一八五七年四月一四日に生まれ、甘やかされる新生児の御登場となった。そして公爵夫人の最年長の孫であるプリンセス・ロイヤルが、プロイセンの王妃となるべく父親によって準備も整えられ、結婚式のためにあらゆる段取りが話し合われたり、考え直されたりしていた。女王はその間、儀式はベルリンで執り行われるべきだと信じ込んでいるプロイセン側の人々に非常に苛々し、クラレンドン卿に言うのだった、「プロイセン王子は大英帝国のプリンセス・ロイヤルと結婚するためにイギリスにやって来るべきだとするのは酷だなどと決めつけるのは、控えめに言っても馬鹿馬鹿しいかぎりです。プロイセン王子側の慣習がどんなものであれ、英国女王の長女と結婚するということは尋常のことではありません。ですから、問題はもう動かしようがなく決定済みと考えるべきですのに。……」

若いプリンセス・ロイヤルが英国と彼女の子供らしい愛のすべてを捧げた父親のもとを去ることになっている一月の寒い日が遂に夜明けを迎えた。彼は娘がこの結婚をしてくれることを望んでいた。それは彼女にとって良いことであり、彼女は彼の考えに従ってどこまでも、どこまでも歩んで行くべきなのだ。けれども彼女は母親に言った、「大好きなパパから離れたら私はきっと死んでしまうわ」と。

結婚式の後、アルバート公は娘とその夫と共にテムズ河南岸のグレーブセンドへ向かった。それはひどく寒い日で、彼等が波止場に着くと雪が降り出した。若い王女の顔はとても蒼ざめて震え出し、彼女の傍らを歩く三十八歳の年かさの男の締まりのない躰は、増大し続ける仕事の重荷のために弱り切っていたのだろう、寒さによってガクリと腰が曲がったように見えた。

王女は船のタラップを渡って王室専用キャビンへ降りてしまい、父親の方は船が見えなくなるまで埠頭に立っていたのに、再び娘を見ることはなかった。彼女は彼に手を振るためにデッキに戻ることはなかったのだ。

アルバート公は、ロンドンへ戻ると、奇妙な疲れを感じた。明日はやらなければならない仕事がきっとたくさんあるだろう、と彼はつくづく思うのだった。そして、時にはその仕事のことを考えて押し潰されるような気持になった。新たな秩序が国家に導入されるべきであり、改革が始められるべきであり、貧困状態が改善されるべきであり——そして失業問題が処理されねばならない。ボライソウ氏が公の伝記の中で指摘している、彼の「博愛主義は決して単なる理論の範疇に留まるものではなかった。彼は水先案内人協会《トリニティー・ハウス》の会長に任命された時、荷揚げ人足の事例に関心を抱いた。彼等の解放にまつわる顚末は公の死後に女王宛てに書かれた彼等自身の記録の中に最も良く語られている。『殿下が私たちを助けに来て下さるまでは、私たちは河畔の酒場の主や仲買人の団体を通してしか仕事を得られませんでしたが、彼等は賃仕事をくれる前に私たちに飲ませるのです。……その結果私たちは悲惨な状態になってしまいました。この飲酒の現物給付制度は、身も心も、私たちの家族までも、蝕んで行ったのです。……私たちにはあなた様の故御夫君《コンソート》に誓願書をお送りするまでは何の救済もありませんでした。あのお方はすぐに私たちの言うことに耳を傾けて下さいました——あのお方は自ら王座から降りて来られて私たち貧乏人の惨めな家庭にお入り下さいました。……あのお方は私たちを虐げる諸悪を自ら調査して下さり……即座に私たちにとっての不当な事の数々は矯正され、私たちを蝕んでいた制度は廃止されることになったのです。』」

どの年もそんな気苦労と過度の仕事の重荷を抱えて、幾年かが過ぎ去った。クリミア戦争も終った、それは確かだ。しかしその後間を置かずして公は気付いた。英国がその昔からの習性である怠惰の状態に逆走していることに。軍隊は統率が失われ、熟慮せぬままに陸海軍共に兵員削減に追い込まれ、公は少なからぬ局面にトラブルが発生して、英国がそれに対処出来なくなるだろうと予見していた。そこで女王はパーマストンに兵員削減への不満を述べ、より積極的な方針を打ち出すように促す手紙を書いた。

アルバート公の恐れはすぐに根拠がありすぎる程にあってのものだったと証明されることになった。一八五七年にインド人傭兵軍によるインド大反乱が激越な形で勃発したからである。夫君はこれを予見していたからこそ、すでに女王の信頼を獲得していたディズレーリ氏を取り込んでいたのだ。ディズレーリ氏は近付きつつある反乱への警告を発していた、一方でグラッドストーン氏は離婚請求に対処することにあまりにも忙しくて、混乱する一方の諸報告に注意を払うことが出来ないでいた。また、いつもは先見の明があるパーマストン卿はと言えば、危険が来る懸念など全く持っていなかったので、女王に伝えたのは、軍隊内の暴動の拡大は嘆かわしいが結果を恐れてはいない、ということだった。しかし反乱は火のように拡がり、毎日口にするのも憚られる様々な残酷な事実の新たな報告があった。女王はベルギー王に「哀れな婦人たち――成人女性も子供も――を襲った怖ろしい出来事がこの時代に起こるとは非人間的であり、血も凍る出来事だ」と伝えている。……

憤怒と恐怖と暴動の結果として生じた混乱の真っ只中で、女王陛下は諸問題へのいつもの対し方とは違って、頭脳を冷静に保ち、心の完全な公正さを維持した。私たちは彼女がクラレンドン卿に非常に細やかで公正な手紙を書いているのを知るのだが、卿はインドの王子マハラジャ・ドゥリープ・シンが蛮行に怒りを表明しなかったことに不満を抱いていた。この手紙の中で、彼女はクラレンドン卿にマハラジャが「彼の国民が鬼畜呼ばわりされて、千単位でなくとも百単位で処刑されるに至っていることに対し聴く耳を持たなかった」ことを指摘している。

実際、ヴィクトリアの心の高潔さのすべて、正義感のすべて、完璧なる良識、女王としての才能は、インドに対する彼女の心構えと、暴動が鎮圧された時のインド国民への布告に示されることになった。「インド国民は知るべきです」と彼女は一八五七年、総督であるキャニング卿に手紙を書いている。「褐色の膚への偏見を持つ者など誰一人なく、反対に女王側の最大の望みは、彼等が幸福で満ち足り、繁栄して行くのを目にすることである」と。

インド大反乱もクリミア戦争も終り、それぞれの破壊と恐怖の痕跡は残ったが、年月が過ぎ去るにつれ、様々な変化がもたらされた。例えば、パーマストン卿は、かつては人々の偶像だったが、今ではまるでメロドラマの悪役であるかのように扱われている。議会で演説しようと立ち上がれば野次られ、議員たちは彼が支持するどんな議案にも一致結束して反対するのだ。「全く訳もわからずに」とアルバート公は書いている、「彼は唯一のイギリス人政治家、自由のチャンピオン、人民の長、等、等、等、と様々な刻印を押されて来たのです。今でも、何ひとつとして考え方を変えることはなく、昔から常に持っていた同じ価値観と短所を今もなお持ち続けながら、七十五歳の年齢にも拘わらず若々しく精力的にその政策を達成して来ましたが、今では彼は派閥の頭領、策士、賞味期限切れ、等、等、等、と見做されています。――事実、嫌われているのです。」

七十五歳で若くて精力的とは！　公はもう一人の男のことを思わなかっただろうか、三十九歳にして弱々しく老いてしまって――あのやつれ果てた労働者たちとほとんど同じように老いてしまって、彼ら労働者の福利のためにたゆみ無く骨折り続けている男のことを――その上、不信感を持たれ、人気もなく、過小評価されていた男のことを？　けれどもパーマストン卿は、他の人とは違って自分が人気があろうがなかろうが意に介さなかった。彼は今まで通りまさに呑気そうに、彼独特のカケスの笑い方をして、緑のズボンと青いコートを見せびらかし、口髭を染めていたのだ！

外の世界で大変動が起こっている間に、女王の家族には再会や誕生といった少しく穏やかな種類の変化があった。

一八五八年八月、女王と夫君はベルリンにいる長女の元への訪問を果たした。そして翌年の始めには最初の孫が生まれている。それから、一八五九年には、プリンス・オブ・ウェールズが十八歳の誕生日を迎えて成人した。その頃には王婿殿下《プリンス・コンソート》の称号を得ていた父親は、息子が成人したにも拘わらず、相変わらずであることを悲しくも見抜いていた。息子はまだ楽しくてたわいない軽い本を愛読していて、自分と同年代の仲間を持ちたがっていたし、それが許されても来た――手短かに言えば、彼の父親の見解では嘆かわしいことに期待外れと言ったところだった。それでも、出来るかぎりあらゆる害から彼を守らんとする優しい親としてのプリンス・コンソートの立場があった。だからこそ、三学期間オックスフォードへ送られた時には、彼は自分の家庭教師と共に生活することになった。彼のあらゆる動向を監視し、くだらない知り合いなど作らないようにさせるために。喫煙は禁止され、プリンス・コンソートは息子のあらゆる行状をメモで知らされるだけではなく、彼はベンスン氏が言うところでは、しばしば「手綱がゆるまないように大学を突然訪れたりもした」。

とは言え、一八六〇年には、プリンス・オブ・ウェールズはニューキャッスル公爵に伴われて、植民地大臣の資格でカナダを漫遊し、ワシントンとニューヨークを訪問することを許された。そして彼の父親にとっては相当の心配と気苦労の種だったあの魔力がどんどん増していることに気付いたプリンス・コンソートは、イギリスに着き次第、すぐにも息子に納得させようとした。彼の人気は母親の代理であることの結果に過ぎない、と。そして再び王子はオックスフォードに幽閉されて、喫煙を禁じられる身となった。

その間、プリンス・コンソートは未来の英国国王に相応しい花嫁として選ぶことの出来る若い婦人たちを調査し始めた。このことでは、彼は倦むことを知らないベルギー王に助けられることになるのだが、ベルギー王は彼の甥の息子が十六歳になると、七人の結婚適齢期の王女たちのリストを作った。そのリストの七人目の名前は、アレクサンドラ公女、シュレスヴィヒ＝ホルシュタイン＝ゾンデルブルク＝グリュックスブルクのクリスティアン公の娘であり、デンマークの王座の後継者であった。プリンセス・ロイヤルはすでに彼女に会っており、若い公女の長所や魅力、デリケートな傷ひとつない美しさに対する彼女の品評は大層熱の入ったもので、プリンス・コンソートは更なる調査の後、彼女の位置をリストの最下位からトップに変えた程だった。そしてまた、彼は王子が花嫁に会うのは早ければ早い程良いのではないか、と判断していた。とすれば、ケンブリッジの休暇が――王子にとっては今まで勉学の座に閉じ込められていたのだから――好機到来、となることだろうと考えていた。

こうした計画はすでに噂になっていた、一八六一年も明けた暗く陰鬱な春のことだった。

二月になるとケント公夫人は病気で沈みがちになり、侍従たちを引き連れてフロッグモアへ移った。彼女が到着した宵のこと、侍女の一人のレディー・オーガスタ・スタンリーは、死を前にした女が尊大に背筋を伸ばして、書物卓に向かって座り、彼女の「重要書類」を抜き出して手で触れているのを目にした。なぜなら幸福に飛び回る影や太陽の欠片のように薄らいで行く瞬間を記録しようと、その萎びた手を太陽の温もりの方へと伸ばす数日が、まだ残っているのだから。

翌日、いつものように、彼女はピアノを弾いた。けれども旋律はほんの塵の流れかと思う程微かだった。その手も腕も益々気持を苛んで行くばかりだ、と彼女は言うのだった。本当に、一度などあまりにも痛みがひどくて、永遠に続く冷気を予知したかのように歯をガチガチ言わせる程だった。しばらく一人にしておいて欲しいと彼女は頼んだ。それで侍女たちは引き下がったが、時を経ずして側へ来るよう悲し気な消え入りそうな声で彼女たちを呼んだのだ。ジェームズ・クラーク卿が現れ、そして、部屋に入って公爵夫人の顔を見た瞬間、最期が近いことを彼は悟った。彼女の声は今では聴こえない程で、目はと言えば「とても力なく悲しみを訴えるような眼差しだった」。ジェームズ・クラーク卿は女王と夫君を連れて来るためにロンドンへ駆け付けたが、二人が到着した七時には、公爵夫人はもう彼等のことが判らなくなっていた。

夜も深まると、女王は悲しみに打ちひしがれて、休むよりない程だった。けれども、幾度も幾度も、彼女は白い部屋着を着たまま階段をこっそり降り、ランプを手に母親の部屋に入って行き、その足元に跪いて手にキスしながら、母の名を呼んで喚び戻そうとした。

レディー・オーガスタは床に身を横たえ、他の侍女たちは寝椅子に横になるか肘掛け椅子に深く座っていたが、皆眠ることなくあの永いお別れを待っていた。四時にお茶が持って来られたが、それは侍女たちの気分をもっと悪くさせただけだった。その後、六時に女王は母親の部屋に戻った、傍らには夫君が付き添っていた。「寒い灰色の夜明け」とレディー・オーガスタは書いている、「鳥が目覚め——すぐにも私たちは庭師たちが現れるのを目にし始めた……とても寒かった」。

無言の静寂には、今では、死を前にした女が息を吸い込むたびに、今にも消えそうな小さな灯火のような、微かな悲し気な音だけが響いている。そして、九時ちょっと過ぎ、消え入りそうな音も止み、やがて遂には完全に終止符を打ち、部屋は再び深い陰の奥底に沈んだかのようになった。

涙にかき暮れながらアルバート公は、女王を母親の遺体の傍らから抱きあげると、夢の中にいるかのようにゆっくりと歩いた。二人の頭は垂れ、顔は暗い影におおい尽くされた。二人は部屋を後にした。

それに続く幾日も幾週もを女王は自己嫌悪と自責の念に繰り返し浸っていた。「ひたすら泣くことが」と女王は、自分の日誌に書いている、「慰めであり、安らぎだった」と。そして幼少時や少女期の記憶のひとつひとつが、公爵夫人の宝物が分類され広げられる折々のすべてが、——新たに涙に暮れるための口実になった。女王は訝りさえした、祝福されたアルバートの到来以前のことではあれ、どんなに心から情熱的に彼女が母親を愛しているかを自覚しない瞬間などあり得ただろうか？　おお、この面目ない真実がわかった時の苦々しさ、彼女の赤ん坊時代の記事を、ちょっとした優しいコメントと共に載せた小さな色褪せた木を見つけたのだ。おお、二人の人物がこの上ない悪意で女王を母親から遠ざけた頃のことを考えると……。「私はあえてそれを考えないようにしている——考えると私は気狂いのような気分になる！」しかも、なお、何冊かの日記に、彼女の大切なママが彼女の最愛のパパ（彼には会ったこともなかったけれども、女王は彼を早くに亡くしたことを嘆かずにはいられなかった）と何と深く愛し合っていたことか——彼女は彼と再び一緒になるためにのみ生き続けていた、と読んだ時の深い感動。

女王の嘆きは驚くばかりのものとなり、その涙は止めど無く、遂にはプリンス・コンソートが彼女に自らコントロールして日常生活に戻るように言わざるを得なくなった程だ。それで、いつも彼に従順な女王は涙を拭い去って、しばらくすると王室訪問者を受け入れられる程強くなったような気持になり、しかも一家がバルモラルへ移動した時など、お忍びの探検旅行やピクニックを楽しんだ程だった。探検旅行は、宮廷の一員の名前を変名に使って彼女自身とプリンス・コンソートが一緒に旅行する最も大きな楽しみとなった。見つかる恐れと見つかった時の笑いやいつもの言い訳——彼らが滞在していた旅館のひどい不快感、食べ物の悪さや不足さえ——変わることのない喜びだった。彼らがとある旅館へ上がった時は、この宿屋には、その夜の軽食と部屋を求めて商用の旅行者の一団が集まっていた。そのために探検旅行のメンバーはこの旅館がアバディーンからの結婚式参列者の一行に借り切られていることにしようという素晴らしい考えを思いつき、商用の旅行者たちは引き上げることとなった。

こうした探検旅行においては、ハイランドの狩猟案内人《ギリー》のジョン・ブラウンという男が、変わることなく女王の個人的随行者となり、ポニーを引きテーブルで給仕するのだった。実際、彼女がベルギー王に言ったように、「彼は馬丁や、従僕、小姓やメイドの職務を兼務していた、と私には言えます。彼が外套やショールに関してとても手際がよかったということも言い添えなければなりません」。やがて、彼の存在は女王が心地よく過ごすためには無くてはならないものとなって、彼女がバルモラルを後にしてウィンザーへ戻る時にも、彼は王室御一家にお供することになった。

生活はとても幸福で、ささやかな喜び事と笑いに溢れ、暗闇が訪れることなど決してないかのように、たとえ塵でさえ新しい春の芽を包んでいるかのように思われた。だが時々、女王が夫の顔を見ると、それは微かな不安を帯びた陰におおわれているのだった。十一月のある朝、益々激しくなる滝のような雨の真っ只中を、アルバート公はその頃建てられていた、陸軍士官学校と兵学校《スタッフ・カレッジ》を視察するために、ウィンザーからサンドハーストへ馬車を駆った。彼は二時になるまでウィンザーへは戻らなかったが、女王にとても疲れて、寒さと雨が身に沁みる感じだと言っていた。二週間というもの彼は実際全く眠っていなかった。サンドハーストを訪れた二日後の二十四日に、彼は日記に書いている。「リュウマチの痛みが全身に拡がって、すっかり調子を崩してしまい、この二週間は夜も目を閉じることが出来ない程だ。」

それでも翌日は、朝も早く、彼はプリンス・オブ・ウェールズを訪問するために汽車でケンブリッジへ向かった。さる話の真偽を調査するためだったとのことだが、真実のところは知られることのないままになってしまった。またも沁み入る寒さと嵐のような日で、公は自分が「まだかなり具合が悪いみたいだ」と記録している。翌日の一時半に帰る際には、彼は「かなりひどい状態だ」と言って、背中と脚の痛みのために、いつもの午後の習慣通りに女王と一緒に散歩することもままならなかった。翌日、痛みと不快感は増すばかりだったが、疲れ果ててヘトヘトになった男には休む間とてなかった。なぜなら英国国旗にアメリカの侮辱が加えられたとのニュースが届き、公は問題を処理することを余儀無くされた。連邦の軍艦サン・ジャキント号が、イギリスの郵便旅客汽船トレント号に発砲したようだ。軍艦の艦長は汽船に乗り込み、乗客の中にいた四人の南部の密偵を逮捕するよう命令を受けていたと声明を発表した。そして、もしも即座に賠償されなければ、今回の行動は戦争へと発展して行くことになる、と。従って外務大臣ジョン・ラッセル卿は、ワシントンのイギリス大使宛ての至急報を起草することになった。即時の謝罪要求の通達、そしてもしもこれがただちに受け入れられないなら、あらゆる手段に訴えるべしという指令である。この草案は女王の承認を得るために十一月三十日の宵にウィンザーへ送られた。

翌朝七時、プリンス・コンソートは――ペンも握れない程に憔悴して、震える不明瞭な書体でしか書けない程具合が悪くなりながら――草案を訂正してそのあまりにも断固とした特徴を和らげて、新たな提案を作成する仕事をした。仕事は、彼の病気にも拘わらず、どうしようもない疲労感と絶望感にも拘わらず、遂行されねばならなかった。なぜなら国民の幸福が危うくなっていて、それは何事にも優先させるほかなかったからだ。それだからこそ死にそうなこの男はベッドからテーブルへ自らを引き摺るようにして行くと、そこに座り、草案を訂正して作り直すことで新たな戦争から自国を救おうとしたのだ。そしてそれが終ると、彼はイートンの義勇兵を視察する女王にお供しなければならないのだった。

その日はぽかぽかした蒸し暑い日だった。けれどもアルバート公は毛皮で裏打ちされたコートに包まれていたにも拘わらず、背中に冷たい水を注がれているかのような寒さを感じていた。彼はゆっくりと覚束ない足取りで歩いた。まるで影が実体のある物となって自分の仲間に引き摺り込もうとしているかのように。その夜、彼は食べることも眠ることも出来ないまま、あの影たちに付き添われ、ぶるぶると震えながら横たわっていた。それなのにまだ医者たちはそこに何の警戒要因も見ず、ジェームズ・クラーク卿は女王に病気は低体温症ではなく、パーマストン卿が示唆するように別の医師を呼ぶ必要はないと請け合った。今は唯経過を見つつ待機することだけが必要なすべてであると。けれども公の顔に拡がって行く影はますます深く濃い灰色になって行き、女王に微笑みかけることもなく、女王がいることに気付いていないようでさえあり、彼女はその顔付きが一種異常な無惨な感じになっているのに気が付いた。

十二月六日、女王は書いている。「八時には彼は起きて、居間で椅子に座っているのを私は見たのだが、弱々しく疲れ切り、具合が良くない様子で、少しも良くならないことと病気の原因がわからないことに不満を抱いているようだ。仕事のし過ぎと心労だと私は彼に言った。彼は『あまりにも多過ぎる、大臣たちにそう言ってほしい』と言った。それから彼は目を覚ましてはいたが今度は横になって、言ったのだ。小鳥たちが歌っているのが聴こえる、子供時代にローゼナウで聴いた歌声のことを思い出す、と。私はすっかり気も動転してしまった。医師たちが入って来た時、彼が少しも良くならず熱も更に上がっていると彼らが思っているのがわかり、私は自分の部屋に行き、心臓が破裂するのではないかという思いだった。」

医師たちは今では自分たちが間違っていたことに疑いの余地がないと悟り、女王に向かって出来るだけ穏やかに彼女の夫の病気の症候を打ち明けた。彼は腸チフスか低体温症である、と彼らは言った。それでもまだ彼らは警戒要因を一切否定した。熱は成り行き次第だが、一ヶ月続くかも知れない。必要とされたことと言えば介護がそのすべてだった。けれども女王はこの悪夢に対処し、この現実とは思えない日夜に対処してはいたが、今に至るも名状し難い恐怖に付きまとわれていた。

それでも、彼は彼女のもとへ帰って来る、彼が永遠に彼女のもとを去って行くことが本当であろうはずがない、と彼女が思う貴重な儚い瞬間もあった。「彼は私を見てとても嬉しそうだった」と女王は書いている、「――私の顔を撫でながら微笑んで私のことを『愛する妻《リーベス・フラウヘン》』と呼んだ」。ある朝、彼が病人食の濃い牛肉スープ《ビーフティー》を飲む時、「私が彼を支えると、彼はその愛しい頭を――美しい顔は、今までより更に美しくなっている顔は、大層痩せてしまった――私の肩に置いて、ほんのしばらくそのままにし『とても良い気持だよ、可愛い人』と言った。私はとても幸福になった」。

十二月十四日、朝六時頃、医師の一人が女王の所へやって来て「公はとても良くなっておられ、危機が去ったという希望的観測があると言うにやぶさかではございません」と告げた。「私は七時に向こうへ行った」と女王は書いている。「麗らかな朝、太陽がまさに昇らんと燦々と輝いていた。部屋は悲しげな徹夜明けの様相を呈し、蠟燭は受け皿の中に燃え尽きていて、医師たちは心配そうに見えた。私は中に入り、そして私の愛する人がどんなに美しく見えたか、忘れることなど決して出来はしない。昇り行く太陽に顔を照らされ、その目は普段は見られない程に輝いて、見えざるものを見据えて、私のことなど気付いてもいなかった。」

彼が彼女のもとを去ることになるまさにその日、時間は苦悩に満ちた絶望と荒々しい希望が交替交替に現れる縞目模様をなすようだった。十二時に女王は深呼吸をしにテラスに出た。遠くで、軍楽隊がまるで冬ではないかのような、世界に影ひとつないかのような陽気な曲を演奏していていた。軽快で無情な陽気な曲を聴きながら、女王は涙に暮れて部屋に戻った。……ついで、新たな苦悩がやって来た、彼女が医師の報告を待っている時だ。「私たちは非常な恐怖に襲われております」と彼らは言ったのだ、「けれども諦めません、希望を捨てはしません。脈拍は持続しています。大変に悪いわけではありません」。

そして変化が訪れた。女王が言うには、「彼の顔と手の辺りに黒ずんだ色合いが出て来たのだ。……アルバートは腕を折り曲げて、髪を整え始めた。調子が良かった頃、服を着る時にいつもしていたように。これらは悪い印だと言われていた。何と言うことだ！　まるでもうひとつの更に大きな旅への準備をしているようではないか！」

女王の心の苦悩は恐ろしいばかりだった。医師たちは彼女を慰めよう、希望を与えようと努めたが、彼女には愛の本能からわかっていた、その更に大きな旅が始まろうとしていることが。「五時半頃」と女王陛下は書いている、「私は中に入って彼のベッドの傍らに座った。『優しい妻よ《グーテス・フラウヘン》』と彼は言って、それから哀れを誘うような呻き声、と言うかため息のようなものを洩らした。けれどもそれは苦しみからのものではなく、まるで私のもとから去りつつあるのを感じているかのようなため息だった。そして、頭を私の肩に置いた」。

夕べも遅くなって、女王はほんのしばらく、悲しみに身を委ねるために彼の側を離れた。けれども、彼女が席を外したほんの僅かの後、ジェームズ・クラーク卿は彼女に戻るよう伝えさせた。部屋に入るや、彼女は彼の傍らに跪いた。ベッドの足元にはプリンス・オブ・ウェールズとヘレナ王女が、反対側にはアリス王女が跪き、少し離れた暗がりの中にはライニンゲンのエルンスト侯、医師たち、公の従者ローライン、グレイ元帥、そしてウィンザーの司祭が立っていた。……深い沈黙が部屋を満たしていた。その時、城の時計が十時四十五分を打ち、ベッドにいる人のやつれ果てた苦悩に満ちた顔は影ひとつない晴れやかなものとなった——二十五年前の、ケンジントン宮殿の木の葉に覆われた庭園で遊んでいた十七歳の少年の頃のように美しく……。

第21章　影に鎖された家

オズボーン、一八六二年一月八日。……「昨年は音楽が私たちを目覚めさせてくれた。ささやかな贈物、新年のお祝いとしての音楽が。子供たちは贈物と一緒に隣りの部屋で待っていた。」今年は静寂に包まれ、全世界が黒いベールに包まれていた。

アルバート公の死に続くこうした来る日も来る日もただ苦悩ばかりしかない日々の中でも、為さねばならない様々な機械的な行為や下さねばならない様々な決断があり、前者の中には公の死の翌日、レオポルド王のアドバイスによる女王のオズボーンへの転居があった。それからまた、いつか彼女が再び夫の傍らに横たわることになるフロッグモアの庭園内での霊廟の敷地選びがあり、無意識の手でサインするだけの無意味な国政書類があった。アリス王女とホーエンローエ侯夫人は彼女の傍らで泣いていていた。ホーエンローエ侯は十二月二十日の真夜中に到着し、女王は涙にかきくれながらも階段下の部屋で彼に会うことだけはした。三日後に彼女は夫の顔を最後に見ることとなり、自分の人生が終ったのを感じた。

彼女はダービー卿に（一八六二年二月一七日）次のように書き送った。「この女王のわびしさを表現し、惨めさを言い表すことなどとても出来るものではありません。あらゆる感情は果てしのない悲しみの感情の中に呑み込まれてしまったかのようです。樹々が芽吹き、日が永くなり、桜草が咲いているのを目にはしても、自分にはまだ十二月のような気がするのです。朝から晩まで働きづめで、日に二回外出し、主治医にするように言われていることはすべてしていますが、ボロボロになってやつれ果てています。魂の奥底にあるものがこの女王というものの存在を衰えさせて行くように思われるのです。」

残りの時間はこれからの彼女には、ただ亡くなった夫の顕彰だけに捧げられることになるだろう。彼の名誉のために、彼本人のために、ことあるごとに彼の名を称揚する。彼は国民にそのありのままの人間として知られなければならない、知られるべきなのだ。書物は彼の思い出を褒め称えて書かれるべきであり、彫像も記念碑も彼の姿をそのまま写して作られるべきであり、彼の名を冠するべきである。彼女があの最愛の顔を最後に見た時、彼女の叫びは「国民は今こそ彼に対して公正であるべきではないか」というものだった。あらゆる行為が、たとえ大きくても、たとえ小さくても、あらゆる思いが、彼の顕彰のために決められてしかるべきだった。彼女の人生の最後まで彼の部屋は変えられないままにされていた、と彼女の伝記作者シドニー・リー卿は言っている。そして、彼女が生きている間、彼の年忌は宮廷で休息と祈りの内に過ごされることになっていた。彼の誕生日や婚約して結婚した日——こうしたものもまた、聖人記念日と同等と見做された。これらの宗教的な務めの中に彼女はその苦悩の幾ばくかのはけ口を見出していたのだ。

そのあまりの悲嘆の中、「最初の二年の恐ろしいばかりの苦悩」の中で、かつてとても幸福だった頃の顔の表情はすべて抹消してしまいたかった。鏡の中にかつてのどのような思い出も見ないですむように。見知らぬ人々の存在、群衆に対面する義務、これらは痛みに追い撃ちをかけるものだったが、それは彼らが彼女に徹底的なわびしさを教え、十七歳になるまでは誰かに手を取られることなく階段を降りることもなかった彼女が、今では誰一人手を貸してくれる人も寄り添って歩いてくれる人とてないことを認識させるからだった。彼女は一人ぼっちだった。そして彼女はまだ気付いていなかったが、更に四十年もの永きにわたって一人ぼっちであることだろう。

私たちは『ハイランド生活日誌続篇』のページの中に、この苦悩の数々を垣間見ることが出来る。例えば、アバディーンにおける公の彫像の除幕に関する記載（一八六三年一〇月一三日火曜日）。「私が震えながら外出して到着してみると、私に手を貸してくれる人も、以前のように何をしたらいいか言ってくれる人もいなかった。」素朴な動物の匂いをした光沢のある革のような茶色の木の葉の下、いつもの暖かい大陽の光の中で、人々の群は海の波のように動いていた。けれども、猿茶色の頬髯を生やしてチェックのスーツを着た男たちも、ハンカチを雲のように空中にヒラヒラさせている女たちも、そしてまるでレンガで出来ているかのような強張ったガウンも、スコット氏がミッドランド駅の為にデザインした物であるかのようだった、動いているにも拘わらず彼らはこれらデザインされた彫像と同じく、リアルな生命を持ってはいなかった。

群衆に対面したり公の場に出席する事は、彼女の孤独感を一層強めることになるがゆえに彼女の苦悩の原因となった。彼女は宮殿から馬車を駆るのだが、付き添うのはかつてはその隣りに座っていた愛する存在の思い出だけだった、そして生きてはいないような群衆《アンリアル》の間を通り抜けて、それから、また一人で宮殿に戻るのだった。中でも議会を開くという義務は彼女にとっては何よりも辛く、ラッセル卿に告げた（一八六六年一月二二日）。「女王が刑の執行のようにしか思えないことを成し遂げるには、女王自身が心からそうしようという意向を抱けるようにすることが重要です。ですから、ウィンザーへ行ってまる二日もこの怖ろしい職務のために待機することは、女王には決定的な打撃を加えることになるでしょう。……女王は言わねばなりません。女王に議会を開催しに行くことを要請する人々の思い遣りの欠如を彼女がとても苦々しく感じていると。国民は女王を見たいと思って当然です。よく理解しています。その希望を妨げようとは思っていません――全く逆です。でもこうした望みはどんなにか理に叶わず、思い遣りのない性格のものであることでしょう。人々が望んでいるのは、哀れな心破れた未亡人を目の当りにすることなのですから。この未亡人は神経質になって引っ込み思案になり、孤独に威儀を正した深い喪に沈んで、かつては夫に付き添われて訪れていたショーのように衆目に晒されます。デリカシーも何もありはしません。これは女王には到底理解出来ない事であり、女王が、人目に晒されるというこれ以上ない苦痛を望むなどということはあり得ません。」

それから女王のインド総督ダルハウジー卿への訪問があった。誰もがとても優しかったが、女王は疲れと悲しみを感じて途方に暮れ、その人生で初めて「母も夫もいない余所の家で一人ぼっちであることを知った。どんなにたくさんの訪問を」と孤独な女性は書いている、「私たちは共にしたことでしょう、あの人と私は。そしてどんなに私たちはそうしたことを楽しんで来たことでしょう。それらが辛い公式のものである時でさえ一緒にいることの幸福と二人で共にしている世界はとても大きいものだった」。今は彼は去り、女王は「哀れな追われる野ウサギのように、母を失った子供のように、とても途方に暮れ、とても怯えて頼るものとてないのを」感じていた。

ドアが開いて、彼女が初めて会った時のように若く美しい、死によって汚されていない若さ溢れる顔の彼が入って来るのを感じる日々もあった。アルフレッド王子がマルタで腸チフスの熱から快復しつつある時、彼女はベルギー王に手紙を書いたのだった。「一体どんな人がこの凄まじい熱から快復出来るものか私には想像も出来ません。彼（彼女の夫）が快復しなかったのですから。愛しいアルフィー（アルフレッドの愛称）の場合のように〈神に召されぬ者《ウンベルーフエン》〉として私たちが確信を持って、きっと快復するに違いないと信じるなら、私自身の大切な夫もきっと戻って来るに違いないと思います。」

彼女は、実際、わびしさのますます増して行く中で生きていた。一八六三年七月に、彼女の「最愛にして、聡明この上ない、最高の、最も年上の友」であるシュトックマー男爵が亡くなり、彼女はベルギー王に語っている、この別れは「全く修復の仕様もないものです。私の天使は彼にアドバイスと支援を求めていましたので、彼の悩みや心配事はシュトックマーが傍らにいてくれなくなった後、確実に増しました。何度も何度も彼はシュトックマーに会えるならと言っていました。……おお、大好きな叔父さま！　あの私の大好きな夫が私たちと一緒にいてくれなくなってから、私はそれまで以上に彼に縋り付いて、とても多くのアドバイスと助力を様々の形で彼に頼っていて、私はこの別れがどのようなことになるのか全く実感することが出来ず、それを信じることすら全く出来ないのです。あまりにも恐ろしい事です。

ひとつの思いだけが私を支えているのです——それはお互いにとても深く愛し合い、理解しあっているこれらふたつの霊魂の祝福された再会があることです。と言うのは親愛なる老いたシュトックマーは去年私に言ったのです。私の愛する人の写真を見ながら。『もう一度彼に会えたらどんなに嬉しいだろう、我が敬愛する王子に』と。」

生きていることの全てが蜃気楼に変わり果ててしまった。例えば、麗しい十月のことだったが（一八六三年一〇月三日）、女王は、女官や侍従と共にテイ湖の畔に座り、砂浜でキラキラする白水晶を摘まんでみたりして昼食を摂っている時、モーブ色の湖にほとんど本物の風景と見紛うばかりの、鮮明なはっきりした映像を見た。けれども何事も再び真にリアルになろうはずがない、傍らに夫がいないのだから。夫は彼女が生きなければならない華麗で荘厳なる世界を幸福で親しみに満ちた家庭生活に変え、怖ろしい歴史的歳月を幸福で平和な時間へと変えてくれたのだった。個人の幸福な人生の傍らで国家の歴史というのは何と嘘っぽい《アンリアル》ことか——もしかすると、湖に映る影ではないか、と思うばかりに現実らしくない。彼女にはこのことがわかった。百万もの生き方の、百万もの生命の鏡である女王には。彼らは慎ましい生活ながらも幸せに暮らし、その宝のすべてを愛の中に置き、その家庭を天空の風ばかりか運命に抗する避難所——暖かな避難所、シェルターと見做しているのだ。彼女にとっての創造は子供を産むことであり、彼女の夫への愛は彼女が誠実に仕えて来た神——多分、彼女自身に似せて造られた神ではあるが、善と慈愛に満ちた光の神――への愛の地上における鏡にほかならなかった。ストレィチー氏が言ったように、彼女は鏡だったのだ。けれども鏡のように冷たくも硬くもなく、暖かいと同時に人情味のある肉で出来ていて、短気ではあるが忍耐力に溢れていた。彼女の力はその意志に根差していて、木の根にも似て自然ではあったが、訳もわからないままに光の方へと上昇して行くものだった。悪魔が触る余地もない程で、彼女が悪意の声を聞く時も、当の本人が何をしているかわからないままそうしているのだ、とただそれだけを願った。

時は飛ぶように過ぎて行き、外界の歴史の大風を除けば――最愛のアルバートが生きていた頃のように――平凡な程に何事もなかった。それなのにおお、何と違うことなのだろう！　今では昼は光の溢れたただの穴、夜も闇の溢れたただの穴なのだ。

この時期は、彼女の誠実な個人的従者である、善良で安らぎを与えてくれ、疲れを知らない堂々としたジョン・ブラウンだけが、ハイランドの畜牛にも似たその厳つい強そうな容貌と、樅の樹のボサボサの枝のようなゲジゲジ眉で、手で触れることの出来る唯一の現実《リアリティー》であったようだ。スコットランドの農民の息子である彼は、何年もの間プリンス・コンソートの従僕であり、今では彼の忠節と堅忍不抜と素朴な話し振りで女王の覚えめでたいのだが、女王は、彼の中に、多分、国民の忠節の一種の典型と彼女が助力を求め慣れて来た王子の特徴の小振りで慎ましい代用品を見ていたのだろう。彼はどんな非常事態にも決して彼女の期待に背くことなく、いつでも暗殺予謀者や逃げた馬を捕らえ、出過ぎた記者《リポーター》連を追い払い、常識あるアドバイスをする準備も出来ていた。背後に彼が控えていると思うととても心強く、とても正直で、とても忠実で、とても男らしく、加えてとても良識的だったから、女王に言いようもない安心感を与えてくれた。毎日バルモラルからハイランドの小川の暗緑色の鴨の羽毛のような水辺に沿って、穏やかなモーブ色のかなたへと馬車を駆って行く時には、黒いベールの女たちと黒服の男たちの行列が従ってはいたが、このキルト姿の頑健な毛深い男にも付き添われていたのだった。

彼がいる時には彼女は安心していられた、彼女の身辺の毎月毎月増して行く様々の危険にも拘わらず。それらの危険は民衆全般の不満によるものであり、アイルランド独立を目指すフェニアン騒乱のためでもあった。例えば、植民地担当のグレイ将軍に知らされるところとなった計画——この事件に関する匿名の手紙を受け取ったハーディ氏とバッキンガム公とケンブリッジ公によると——では、女王がオズボーンにいる間に誘拐してしまおうというものだった。そしてグレイ将軍は女王に次のように言った。「すべてが静寂で平穏と思われる所でこそ、この島の静かな森や谷に危険は潜み得るのです。信じ難いことかも知れませんが」と。彼は率直な確信を繰り返し表明しなければならなかった。こうした閑静な平穏な場所にこそ真の危険が存在しているのは明らかだと。……それゆえ、女王にとってはウィンザーに留まる方がよいのでは、と。女王陛下は計画を変えるつもりはなく、「再びこの事に言及せぬよう」申し渡した。

しかしこれが唯一の危難ではなかった。マルボロー公爵はカナダのモンク卿から、女王と内閣の諸大臣を暗殺する目的を持った八十人の人間がニューヨークから二艘の貨物船に乗って出発した、と警告する電報を受け取って非常に神経質になっていた。彼らは、モンク卿によれば、ブリストル海峡のどこかに上陸するつもりだったし、マルボロー公爵は、これらの船を拿捕するようにとの命令が下されはしたが、この三、四週間の内に少なからぬ危険があるだろうと考えていた。「彼が言ったのは」と日誌の中で女王が説明するには、「船は岸を見つけて軍勢がここに送られるに違いない」ということだった。女王がそれに付け加えて書いているのは、午後にはルイーズ王女とスイス・コッテージあたりまで散歩して、それから森を馬で巡ったということである。今では個人の自由が大層干渉されているのを感じるのが最も不愉快で、神経質になり動揺を感じている、とも。その同じ日（一八六七年一二月二〇日）ダービー卿に手紙を書いて、オズボーンでの暗くなってからの遅い遠乗りに関する彼の心配は、そうした事はたまのことであり、いつも馬に乗った侍従が随行しているから、根拠のないものであると伝えている。けれども彼女はウィンザーが安全と見做しているわけではなくて、状況が変わるまでは何ものも彼女にロンドン行きを強いることは出来ないとも伝えている。オズボーンでの警護は、彼女が付け加えて言うには、国家刑務所よりは少しましな程度かというものだった。「ほんのしばらくならこれを認めはするが、長くはとても無理と言うものだ。」

二艘の船から上陸してオズボーンの街をうろつき回っている舟型帽と嚙みタバコ、チューインガムに奇妙なガサツなアクセント、といった不埒な意図を持つ八十人について考えるということは、警告として考えられるべきということであったはずだ。だが警告は結局のところ雲散霧消して、こうした不埒な人々は、想像の中以外には存在して来なかった、ということになった。しかしどんなことになろうとも忠節なるブラウンの存在と警護は、いつもの通り、国民の忠誠のすべてを一人の人間に凝縮したものだったから、疑問の余地なく安らぎの源となっていた。

好漢ブラウンは、あらゆる憂鬱な状況下の押しつぶされぬばかりの悲痛な状態にあってなお明るく振舞う才に優れ、女王がメルバン卿に心酔したのと同様の涙もろさを兼ね備えていた。だから悪いニュースを彼に伝えることは、伝え置くということに留まらず、明らかに慰めでもあった。実際、彼は女王陛下の日記のページの間から文句の付けようのない涙の滝越しに私たちを凝視しているのだが、その涙はいつも用意されていて、丁度よい時にいつでも彼の目からほとばしり出て、見る者を感嘆させる。私たちは「好漢ブラウンは全く凄い」というフレーズを、繰り返し繰り返し目にするが、この愛情表現は、死亡のニュースの場合にも一箱のビスケットのプレゼントの場合にも用いられた。例えば、一八七八年九月二八日に、気の毒にトーマス・ビッダルフ卿は病い篤かったのだが、女王が東屋で手紙を書いていると、一時十五分前には彼女の足元には涙の水溜りが出来てその真ん中に好漢ブラウンの姿がはっきりと認められ、「もうどうすることも出来ません」と言っている。女王は付け加えて、「好漢ブラウンはとても心を傷めて親切で人情家でした」と言った。また、一八七八年八月二六日の「聖なる記念祭」では、女王は「我等が尊き霊廟」の七宝の写真立てとモンテネグロの細工師が作った銀のベルトをベアトリス王女に贈り、朝食後に彼女の忠実なるブラウンを呼び、「燻し銀のビスケットの箱と幾つかのオニキスの飾りボタンをプレゼントしたのだった。彼は前者に大層喜んでその目には涙が溢れ、言った、『勿体無いことでございます』と」。けれども女王は言った、「神はそんなことはないことを御存知ですよ、とても献身的で忠節心溢れた方なのですから」と。

好漢ブラウンのいつも用意されている涙に当惑しているシニカルで薄情な人々が、こうしたことを強い感情が押し寄せて来て散歩中に彼がよろめくのが見られたという事実と一緒くたにして、悲しみとは別の感情が引き起こすものと見做していたことは、憂鬱ながら真実であり、人間の本性のあまり名誉にはならない一例と言えよう。事実彼について報告されていることは、ある時、圧倒するばかりの悲しみの重さにうちひしがれて彼は地面に倒れ、しばらくそのままの状態で、目撃者には心神喪失の恩恵に与っているように見えた、というものだった。けれどもこの現象が女王陛下に報告された時、彼女は穏やかに応えたのだ。彼女自身が明らかに微かな地震の衝撃を感じていたと。なぜなら好漢ブラウンの忠節は彼女の寂しさの唯一の慰めであり、彼の涙は彼女の悲しみの伴奏音そのものなのだから。

このような慎ましい忠節を除けば、手で触れるような現実と言うかリアルなものは何ひとつなかった。ダッフタウンでの一日のこと、「人々が集まり、鐘が鳴り、バンド演奏があったが、彼らは私たちが傍らを通り過ぎるまで、一体誰なのかまるでわからないようだった」。そしてずっと雨が降っていたようだ。「雨は止みそうにない。九日にもなるのに」と女王は書いている。また、晴れていれば女王はスケッチをするのだが、光も影も感じられるわけではなかった。それからある日の夜、女王はスコットランドのグラスオルト山荘の新築祝いを行った——その小さなこぢんまりした家は、大層どっしりと、大層頑丈に、モーブ色の山の影に建っているのだが、その山の「野性味」こそが女王にとって慰めと満足の源だった。女王が眺めている間、家族はリールダンスを五回踊った。それからブラウンは女王に火で暖めたウィスキー・トディ（湯、砂糖、レモン入りのポンチ）を飲むよう勧めたので彼女は飲んだ。けれども「愉快でオシャレな小舞踏会」の後、まだ男たちは執事室で歌っていたけれど、女王は何も聞いていなかった。なぜなら「私の寝室近くの小さな通路がすべてを遮断していた」のだから。いつもと同じように。そして彼女は暗闇の中に目覚めたまま横たわって夫のことを考えながら、きっと彼に逢えると空想し、最後には半ば慰められ半ばウトウトした状態で、言うのだった。「きっと彼の祝福がこの（家の）上に宿り、そこで暮らす人々の上に宿ることでしょう」と。

影の帝国の中、そこで女王は生き、動き回り、呼吸をしていたが、どんな楽しみもなかったに違いない。懇親会や、子供たちの結婚式や、孫の誕生、といったものは今では涙が新たに溢れ出て来る機会に過ぎなかった。プリンス・オブ・ウェールズが長い近東への訪問から帰って来た時も、女王は「彼を見た途端にとても取り乱してしまった、大好きだった彼の父親が彼の帰りを迎えるためにそこにいないことを感じてしまったからだ。彼はこんなにも成長した息子に会って、顔色もよく健康的なのを見てどんなにか喜んだことだろうに」。

それからまた、アリス王女がヘッセン＝ダルムシュタットのルートヴィヒ大公に嫁ぐ前夜は、女王はほとんど眠ることが出来ず、婚礼のために色々と準備する音を聞くのはひどく彼女を苦しめることになった。しかしながら、朝早く王女が母親の部屋に入って来て祝福を求めた時には、女王の幸せな結婚式の朝に大好きなママから与えられたのと同じようにお祈りの本と一緒に祝福は与えられ、幼いベアトリス王女が名付けたいわゆる「悲しいお帽子」を被る前に、女王は美しい装飾のすべてを目に収めようと近寄った。けれどもまだ、それは大変に大きな試練ではあった。女王は涙を抑え、結婚式の間中大きな葛藤に襲われていたにも拘わらず、冷静を保ってはいたのだが。

けれどもアリス王女の結婚よりもはるかに辛いことは、プリンス・オブ・ウェールズの結婚式という公衆の前での試練だった。女王が未来の義理の娘に魅了されていて、実際その心の暖かさのすべてを以て彼女を愛していたのは本当だった。それでも涙なしにこの未来の家族の一員を見ることは彼女には到底不可能だった。すでにいなくなってしまったすべての人々、そして彼女自身が味わった悲しい別れを思い出して。

白い霧が鳥たちの鋭い鳴き声に刺し貫かれる日、未来の皇太子妃が両親と妹に伴われてイギリスに到着した。朝早く、皇太子は花嫁に会いにグレーブセンドへ行くためにウィンザー城を後にしたが、鐘が鳴り始めて馬車と護衛が近付いて来るのが見えたのはもう暗くなってからだった。城の門に向かっていつものように人々は駆け寄ったが、女王は一人悲しみに沈んで、ゆっくりと階段を降りて行った。遂に、彼女の未来の義理の娘が、女王が自分の日誌の中で述べているように、まるでバラのような姿で現れた。毛皮の縁飾りを付けた菫色のジャケットとグレーのドレスを身に纏って。女王は彼女を暖かく抱き締めはしたが、それでも、白の客間でほんの一瞬過ごした後は、寂しく悲しい気持になって二階の自分の部屋へ行ってしまった。彼女は書いている、「これから起ころうとしていることのすべてがあまりにも恐ろしいことに思われた。見知らぬ人たちが到着し、そして彼、私の最愛の人が、そこにいない」。

三日後――結婚式も終り、女王が「愛と優しさをとても必要として一人寂しく座っているのに、私たちの二人の娘たちにはどちらにも愛する夫がいて、バーティ（長男アルバート・エドワードの愛称）は彼の美しく清らかで優しい花嫁をオズボーンへ連れて来た。彼が手に出来るとは本当に幸運と言うほかないような宝石を」――彼女はその日のあらゆる出来事を記憶に留めた。これらはしかしほとんど何の感動も彼女の心に刻まなかった。なぜなら彼女はアルバート公《プリンス・コンソート》以外のことは考えられなかったのだから。けれども彼女は覚えていた。自分が喪服と共に、クレープの縁飾りの付いたシルクのガウンを身に着けていたことを。そして彼女は覚えていたのだ。大群集のこと、彼らに見つめられて寒気を感じる程に神経質になっていたことを。レンチェン王女（三女ヘレナの愛称）はライラック色と白のとても綺麗なドレスを着て、長い裳裾を引き、「可愛い赤ちゃん（五女ベアトリス）も同じ色の衣を纏っていた。可愛い赤ちゃんはママを見つけると膝を引いてちょっとお辞儀をした。けれども彼らが行ってしまうのを見るのは恐ろしく」、女王は悲しく途方に暮れて座っていた。彼女を取り巻くものはすべて彼女の最愛の人の記念碑ではあったが、彼女は一人ぼっちだった。

女王は最初アリス王女が姿を現した時、彼女とは気付かなかった。菫色のドレスを着て、ウェディングのレースに被われてとても凛々しく見える彼女が現れたのに。それに白い毛皮の縁飾りを付けた菫色のベルベットの裳裾はケント公夫人が孫のプリンセス・ロイヤルの結婚式で着たものだったのに。一番最後に白いサテンに身を包み、幼い息子ウィリアム王子の手を引いたプリンセス・ロイヤルがやって来た（こんな可愛い良い子が——自分の短剣から何とか煙水晶を取り出すとそれを側廊に投げ付けたものだった。若い叔父たちを困らせようと……）。プリンセス・ロイヤルは母親を見つけると、蒼ざめて神経質な面持ちのプリンス・オブ・ウェールズが入って来た。それからトランペットが再び鳴り響き、「名状し難い愛と尊敬の面持ちで」深々とお辞儀した。彼はコーブルク公子とプロイセン皇太子に伴われていたが、皆ガーター勲位の礼服を纏っていた。彼は女王にお辞儀をし、しばらく花嫁を待っている間、心配でたまらない様子でしばしば自分の母親を見上げ、彼女は強く心を打たれた。それから遂に、オーケストラがヘンデルの行進曲を演奏して、若い王女が現れた。まるで春の日のように美しく朧げに。

女王はペンを置くと、夢の中に沈んで行った。あの長い途方に暮れるばかりの日を、それ以上記録することが彼女に出来ただろうか？　彼女は、自分の人生が終ってしまったと思えた日から初めてのことだったが、大階段を降りて二人の子供たちに会い、抱き締めたことを覚えている。……登記簿への署名があり、三十八人の家族の午餐会があった。けれども女王は幼いベアトリス王女と二人きりで昼食を摂った。その後に花嫁花婿との長い感動的な別れがやって来たが、その間誰もが泣かずにはいられず、若いカップルがオープン馬車で出発する時に最後に目にしたのは、プリンス・オブ・ウェールズが立ったまま愛情籠めて女王を見つめている姿だった。……彼女は群衆の歓呼の中を馬車で行く彼を見送っていた。おお、それは二十三年前の、あのもうひとつの新婚旅行と何と良く似ていたことか！　これらの群衆は、本当に自分たちとは別の花嫁花婿に歓喜の叫び声をあげたりしているのだろうか？　あるいは彼女が振り返りさえすれば、傍に立つあの愛すべき若さ溢れる何年も前の姿を再び見出すというのだろうか？……不思議なことに、彼がいなくなってしまった今では、彼女が思い起こすのは、ただ若く美しい顔、希望溢れるばかりの輝く目だけで——決して曲がって弛んだ軀でもなく、働き過ぎで死んだ男の疲れて意気消沈した顔でもなかった。……けれども彼女が振り向いても彼女の傍らには誰もいず——空しい日の光の中には影ひとつなかった。

彼女はしばらく立ち尽くして、それから、レンチェン王女と馬車に乗り込み、霊廟へと向かい、愛する人の永眠の場で祈った。

辛い一日は、悲しみの涙が溢れるままに終った。けれども女王は次に彼女の子供の一人が結婚する時には、離れ離れの生活など問題外だと心に決め、ベルギー王に告げた、「結婚する娘を私と一緒に住まわせなければなりません、いつもいつも手助けを求めてそちこち探し回らなければならないような一人ぼっちの生活はたくさんですし、その日その日の算段をしなければならないのも余りにも辛いことです。私のつもりでは（彼女自身もそれを望んでいます）一、二年の内に（と言うのは私は十九か二十歳までは彼女を結婚させないつもりですから）、レンチェンが結婚する若くて気の利いた王子を選び、私の寿命のある間は私の家を彼が主に生活する家庭にするようにさせたいのです。レンチェンはとても役に立ち、彼女の性格全体が家の中での生活にとても向いていて、それで（アリスは、彼女の意志もあって私といつも生活を共にしているわけではなかったので）私はこの寂しさの重みに沈み込まぬためには、彼女を諦めることが出来ないのです。たとえ私が死んでも独立して生活するに十分な富があること、沢山の良いセンスと高いモラルだけが必要な条件ということになります」。

一方で、喪ってしまった人物の本当の性格を言葉で綴って、人々の心を捉える大きな仕事が速やかに続けられている。女王の命令の下でモグラのように働いていたアーサー・ヘルプス卿は、分厚い公の講演録とスピーチ録を作り上げた。グレイ元帥も同様に女王陛下の指揮の下、アルバート公の誕生から結婚までの生涯の伝記を制作し、この仕事のために女王は彼に機密文書と彼女自身の手になる追加メモを利用することを許した。この本は一八六七年に世に出たが、大きな成果がまだやって来る。ミスター（後のサー・セオドア）・マーチンによる王子の完全な一代記がそれであるが、これは書き上げるのに十四年間を要し、最後の巻は一八八〇年になってようやく出た。けれどもこの仕事でさえ、取り除かれるべき幾つかの難点や躊躇なしに完成したわけではなかった。例えば、女王は一八七四年一月一九日にすこぶる秘密めかした手紙をミスター・マーチンに書き送っている。「彼女（女王）が省略したがっていた件りに関しては……彼女はこうした言及が、私たちの感情と同じようにいつももっと考慮されなければならない誠実な臣下たちの感情をどんなにか傷つけるかもしれないことを感じ取り、理解しています。おそらく彼女と共にいたある従僕は彼女を理解することはないかも知れませんし、犬たちは、彼女が覚えているように（絶対間違いなく）彼女に従うことはなかったのですが、こうした限なく行われる観察が引き合いに出されると多大な害を及ぼすこととなります。」

しかしながら、あらゆる困惑の数々にも拘わらず、ようやくマーチン氏の仕事は終りを迎え、この膨大な仕事からひとつの姿がたしかに見えては来るが、それは感動したり、悩んだり、愛したりする人間の姿ではなく、その暖かな家族愛、貧窮した人々への憐れみの情熱が他の追随を許さない人物であったということは、ボライソウ氏の本のページを開かなければわからない。彼の持つあらゆる美徳が記録に留められているのは本当で、欠点はひとつとしてないのだが、光も陰もない、むしろ平板な生気のない完璧な存在――信じられない程に完璧なキャラクターとして姿を見せている。これは、実際、彼の初期の伝記作家すべてのケースにおいてそうだった。詩人テニスン氏は、私たちが知っているように静かな散文の讃辞に韻文の輝きを加え、結果として全く王子の姿とは言えない姿形が現れ出ることになった。それはおとぎ話のナイトであり、ステンドグラス窓の平板な陰影のない聖人像だった。

これらの讃辞と並行して、建築物や彫像やモニュメントの建立の問題が、公の栄誉を称えんとする女王の心を占めることとなった。彼を記念してロンドンに彫像を建立するか会館を建設するかを議論するために、公の死の翌月には委員会が設立されて市長公邸で会合が召集された。署名文書が作成され、女王にお伺いを立てることとなった。女王陛下の好みは、おそらく、会館よりもむしろ台座に彫刻を施した花崗岩の方尖塔《オベリスク》の方だろう。けれどもこの選択には技術的に様々な困難があり、オベリスクというものは、委員会が考えるところでは、真に堂々たる一本彫り《モノリス》であるべきで、十分なサイズのモノリスにするだけの花崗岩の塊がどこで見付けられると言うのだろう?

記念館の建築家であるギルバート・スコット氏の名が上げられるのはこの時点においてであり、この著名な男性の初期の活動をここで検討してみることはあながち見当外れではないだろう。彼はストレィチー氏がまさしく指摘したように、その顕著な才能によるのと同じように、その個人的美徳と衒いの無い敬虔さによって建築界に堂々たる位置を獲得していた。建築は彼にとっては、何はさておきシンボルであるということだった。彼は、例えば（少なくともパーマストン卿が彼を素気無く扱うまでは）、イタリア国民とそのローマカトリックへの不幸な耽溺にあまりにも染められた古典様式には全く無関心だった。彼が思うに、ただイギリスゴシックの「天に向かう気概」の流儀によってこそ、人は光の道を見出すことが出来るのだった。これは『教会建築学』の編集者への手紙ではっきり説明されているのだが、その中で彼は、イギリスゴシック様式の傑出した信奉者であるピュージン氏が「キリスト教民族のあらゆる建築物に採用されているゴシック様式の独特の正当性を明らかにした」ことを指摘している。「彼（ミスター・ピュージン）はゴシック建築の特徴のすべてとも言える上方に向かう性向について言及している。彼は『高き天の穹窿で皆が相い会うまで、互いの重荷を担い合い、互いに天に向かう気概を支え合う兄弟愛の表象《エンブレム》』としての柱石群のことを語っている。すべての人々の目的が天の穹窿にあるかぎり、すべての魂は自由な愛の精神となる——隷属的なものは一切現れてはならない、天に向かう気概を抑圧的と見做す台輪《アーキトレーブ》も一切認めてはならない、あらゆるものは耐えまた仕える、それは真実のところだ。だがそれは自由な愛に仕えるということなのだ！」

　従って、スコット氏がホワイトホールに議事堂を再建するために、その設計に送り込まれた時、彼の抱負がゴシックを特徴とした建築に向かったことは驚くに当たらない。そして政権が交代してパーマストン卿が首相になるという事態さえ起こらなければ、全てがうまく運んだだろう。なぜなら、アルバート公が重荷となっていた彼は、今ではスコット氏を犠牲者にすることに着手して、実際、「彼の年齢のみに許される哀れな戯け者の体」で振舞った。彼は設計に際して、イタリアンスタイルを主張して、怒り心頭のスコット氏に話したに違いないのだ。そして結局のところ、この挑発的な提案に怖気をふるったとしても、スコット氏にはなす術がなかった。退き下がって、純粋な、あるいは不純なと言うべきか、古典様式のデザインをすることは避け得なかった。国民の気持は（と彼は言い残している）皆同情的だったけれども。「美術批評家のラスキン氏までもが彼にとても良くやったと言ってくれた」ことを知ったのは少なくとも慰めにはなった。そして更なる慰めとなったのは、一八六五年ミッドランド鉄道の駅とセントパンクラス・ホテルを建てるために召喚されたことであり、これらの建築において彼が自分の理想である天に向かう気概、自由な愛と奉仕の理想、互いの重荷を支え合う石柱群を現実化出来ることだった。

スコット氏の活動は他にも沢山あった。しかし今では彼が獲得した経験は、スケールにおいてはもう少し小さいとは言え、以前のものよりも更に重要性のある仕事に使われることになった――アルバート記念館である。

まさに最初から、スコット氏は記念館のアイデアに非常に惹きつけられていた。彼は採用されようとしていた形式を残念に思っていて、それからまた「彼自身の個人的な満足感と喜びのためでもあったのだが、一本彫りのオベリスクを思いついた時、大きな堂々とした十字架を天辺に付け加えることによって、このアイデアをキリスト教のモニュメントと調和させようと努力をした。」遂に、スコット氏はこの思案中の記念碑の図面を女王に見せた。もっとも、彼がすぐさま私たちに断言するように、オベリスクのアイデアが最後には断念されるまでではあるが。そして、彼がとても誇らしく感ずるのは、彼がこの建築物のための建築家として選ばれたことであり、それからこの建築物が今では彼の指揮下に更に厳粛な姿を帯びて来ていることだった。「記念館設計の私のアイデアは、アルバート公の彫像を保護するために一種の天蓋を立ち上げることです。そしてその最も特徴的なことは幾分か古代聖堂の構造原理に基づいて設計されていることです。これらの聖堂は想像上の建築のモデルではありますが、現実には決して立ち上げられるようなものではありませんでした。」この記念館は、女王の望みでロンドンの大博覧会会場に出来るだけ近い所に設置され、そして「一八六四年五月に最初の鍬が芝土に入れられたのです。」

　宴会が開かれて発破をかけられた労働者たちが遂に彼らの偉大な仕事を完成し、そして一八七二年七月、それは女王の忠実な臣民たちの目を喜ばせることになった。「この記念館は」とデイリー・テレグラフ紙が言っている、「確かに現代の天才が創り出した最も完全にして優雅な追悼《エレジアック》のための芸術のひとつである。もしも私たちがイタリアのぶどう園かギリシアの丘で高度な思考と誠実な労役から成るこのように巨大な建造物群を掘り起こすようなことになったとしても、批評家たちは、ペリクレス時代の遺物と見間違えることは恐らくないだろう。それどころか、彼らにもしも見る目があるなら、それらの優雅さ、精神、美とリアリティーに喝采するだろう。もし彫刻家T・ティドー氏が『アメリカ』をカルタゴ女王ディドかカルタゴの悲劇の貴婦人ソフォニスに捧げるために彫ったのだとしたら、喜んで同じ重さのモーリタニアの銀が支払われたことだろう。

それは実際首都の価値を高からしめる財産であり、私たちが外国からの訪問者に見せて恥ずかしくないものである。彼らは必ずこれを称賛し讃嘆するだろうし、結局、彼らが深い感銘を受けるのは、拝金主義で理想のない時代と呼ばれるこの時代がこのように絶妙な豪奢な芸術の殿堂を一人の人物を記念して造り上げたということだ。この人物のふたつの栄光は彼が生涯にわたって持ち続けた完全なる義務感への誠実さと、そして死後は彼の未亡人の涙と変わることないその忠節だった。これが建っているかぎり、下界を目指したり天上を目指したりしながら天使たちは〝耳傾けよ〟と声高らかに皆に言うだろう。天国に至る最も良き道は地上で静かに為される義務に殉じて行く道である、と。そして、歴史は語るのを忘れはしない。この記念館が真に高潔な夫の汚れなき真実と完璧な妻の死よりも強い愛を永遠化するのだと。」けれども、この高貴なる偉業によって女王に感じられた喜びが大層深かったにも拘わらず、彼女の誇りは更に更に深く、アルバート公へのずっと大きなモニュメントとして『国王牧歌』が創られて公に献呈されるべきであると考えていた。この献詩は女王と詩人の間の友情へとつながり、そして、この経緯を辿るためには何年かを遡らねばならない。

第22章　女王と桂冠詩人

一八五〇年一一月一九日、ロンドンの西のメイデンヘッドの近くにあるボックスレーの家の書斎で、ホメロスの威厳とラグビー出身の詩人アーノルド氏の公正さ、アルプスの厳つさと英国の安息日の平穏（人々が言うように、カウベルと教会の鐘が入り混じっている）をほぼ同程度に兼備した風貌の男が、座って手紙を読んでいた。

窓の外では、黄金のモザイク状になった樹々が霊廟の冷たい輝きを帯び、ビーバーの毛皮のように繁茂した草、メンデルスゾーン風の滝、こうしたものたちが詩人の風貌のように、一緒くたに手の付けられない状態で並んでいる。そしてテニスン氏は手紙に見入っていた目を景色に転じて明らかに満足そうだった。これより少し前に、彼の友人のカーライル氏が「詩作によって損なわれた人生の番人」のようだと彼を描写したものだが、しかし丁度届いた手紙は少なくともその損なわれ方が現世的視点からすれば十全なものではないことを証明していた。なぜなら女王陛下がテニスンを桂冠詩人に指名したとの通知だったのだから。

この栄誉はプリンス・コンソートが彼の作「イン・メモリアム」を深く称讃していた結果として授

与えられたものであったが、同時に、詩人の道徳的高潔さによって勝ち取られた一種の御褒美でもあったのだ。彼には、例えば、どんな環境の下でも道を誤ったりしない生真面目さがあり、「たとえ私の最大のヒーローであっても私の最高の友であったとしても、もしも女性に悪さをしたり、女性に嘘を吐いたりしたら、私はそいつから手を引くよ」と言うのが彼の口癖であったと息子が記録に留めている程だ。実際、ガーデンパーティーで微かに軋る音が聞こえた時、彼は傍らにいた女性の方に向き直って、「お嬢さん、あなたのコルセットがキシキシ言っていますよ!」と言ったとも記録されている。けれども彼は大層真実を愛していたから、数分後には彼女が逃げて行った庭の遠くの方まで身を運び、付け加えて言ったのだ。「お嬢さん、私が間違ってました。あなたのコルセットではなくて私のズボン吊りでしたよ。」

同じ誠実さが、大なり小なり、あらゆる行動に染み込んでいて、奇妙なことに、時折見られる、けれども無類の鋭さを備えた諧謔のセンスとしっかり結び付いていた。

テニスン氏はこのような権力への道を昇るとは予想だにしていなかった。なぜなら彼の前に桂冠詩人に任ぜられていたのは亡くなってからもう数ヶ月が経っているワーズワースだったからだ。従って彼が地位を提示される前の晩に見た夢は彼には不思議な偶然の一致と思われた。夢ではプリンス・コンソートがやって来て彼の頰にキスし、それに対する返礼として詩人が夢の中で言ったことは、「とても親しみをこめて頂きました、けれども大変ドイツ風のやり方でございますね」というものだった。テニスン氏は何日も桂冠詩人の地位を受け入れるべきかどうか迷っていたが、最後には受け入れた。

友人のヴェナブルズ氏が食事している時に、もしも彼が桂冠詩人になったら外で食事をする時は、自分がいつもレバー詰め手羽先を供して貴殿の右腕ともなろう、と言ったことが決心を付けた理由だという。

地位は、結局のところ、名誉職でもなかった。栄誉のニュースが知られるところとなるや、王国のすべての詩人が手紙で桂冠詩人を攻め立て、アドバイスを求めて様々に哀訴し、そして中でも最悪だったのは、詩を送り付けて来るのだった。「大英帝国の二百万もの詩人が毎日私に殺到して来たのです」と彼はため息を吐いた。ある場合など、この事態が詩人をしてワーテルローの生存者によって勝利を記念するために書かれた十二の長編詩に正対させることになった、次のような詩行だ。

天使たちはワーテルローの原野で野営せり。

桂冠詩人は、けれども、怯むことなく業務の本分を遂行した。水晶宮における大博覧会を記念するために召喚された時には、彼は次の詩行を書いて女王への献辞に組み込んだのだが、それは彼の『詩集』の第七版の巻頭を飾っている。

ヨーロッパと我らが猛々しき世界の散乱せる欠片が
女王のガラスの大広間で友として

また兄弟として出会うであろうと
女王は広大なる構想を思い描けり。

けれどもこの詩行《スタンザ》は、伝記作家サー・シドニー・リーが述べたように、女王を中心とした彼の人生においてはあまり注目されず、再版されることはなかった。七年後、女王陛下は「ゴッド・セイヴ・ザ・クィーン」にもう一スタンザが付け加えられることを望んだが、それはプリンセス・ロイヤルの結婚式の夕べにバッキンガム宮殿で開かれるコンサートで歌われるようにとの思いからだった。桂冠詩人は二スタンザを書くことでこれに応じ、それらは一八五八年一月二六日のタイムズ紙に発表され、大成功の結果となった。

神は我らが王子と花嫁を祝福せり!
神は彼らの領土を結び付け、
神は女王を救い賜う!
彼らを正義でおおい、
彼らに幸福を授け、
祝福のすべてをもって祝して、
神は女王を救い賜う。

この聖別されし時間は、
我らが英国の花に別れを告げ、
　神は女王を救い賜う！
さらば、五月の麗しき薔薇よ！
両国民に言わしめよ、
神は汝らの婚姻の日を祝福し、
　神は女王を祝福すると。

　これが唯一の勝利ではなかった。クリミア戦争に材を採った「バラクラバ突撃」は兵士と市民の意気に火を付けたが、その範囲たるやテニスンが小説家ジョン・フォースターに次のように告げた程だった。「友達のチャップマンは私にこんな手紙を寄越したよ。〈「言うところのSPG（福音者伝道会）の部署にいるクリミアの従軍牧師がこんな風に手紙を書いて来ていると言っている、『そちらでたった今出来る最大の奉仕はテニスン氏の「バラクラバ突撃」を印刷物にして送ることです、と。それは兵士たちの最大の愉しみであり――半数はそれを歌い、みんながそれを印刷物として持ちたがり、彼らの心をそれ程までに捉えるものを読みたがるのです』〉と。」
　その詩は一千部が桂冠詩人によって急送されたが、結果はと言えば、以前に馬に蹴られて長く患っていた突撃の生存者が、たとえ蛭に血を吸わせることまでしても立ち上がらせることの出来ない絶望的状態にあったにも拘わらず、この詩を耳にして大層奮い立ち完治して、三日で退院し、軍務に就いているという。これは桂冠詩人の詩が癒しの特性を有することを証明し記録した唯一のケースではなかった。一八五五年一〇月一八日、彼の友人のノンセンス詩人ミスター・エドワード・リアーが詩人を訪問して彼に自分の作った「マリアナ」、「蓮喰い人《ロータス・イーター》」、「おお、固き大地を貸せ」や「おお、あり得ることだ」の節を歌って聴かせた直後、テニスン氏は興味深い一通の手紙を受け取ったのだが、それは詩「ふたつの声」によって自殺しかねない憂鬱状態から恢復した男のことを伝えるものだった。またマレー群島沖の商船航海士は、テニスン氏の詩を一週間ほとんど絶え間無く朗唱した後、詩人の友人にこれらの詩が彼を投身自殺から守ったと伝えた。

ああ、彼はいつも人気があったわけではない。実際、詩「モード」は司祭詩人ダン博士が抗弁の作品を出版するのを強いられる（「『モード』を擁護する」）といった嵐を引き起こした。ある批評家はその詩に「痙攣発作」のラベルを貼り、もう一人はそれが「呑気で、幻想的で、非現実的なロシア戦の寓話」であるのを見出し、三人目はそのオリジナルの名前に変えて「狂っている《マッド》」とか「泥々している《マッド》」と呼ばれるべきものなのかどうか心を決めかねていたし、四人目は「狂っている」が正当な言い回しであり、狂気《マッドネス》こそがこの詩を「過剰な感受性の基調」に沈める理由になっていることを見出した。他の者たちはそれが「一般に流布している考え方の軽率さに起因する一種の流行病であり、時代を漫然と静観する態度」であり、そしてそれが「政治熱」の結果であると通告している。その間にも「深遠と見間違われた意味不明」とか、「余程肩入れしようとしている友人すら許容するのを恥じざるを得ない不条理」とか、「乱れに乱れた散文の機能不全なレベル」とか、「魂の凶暴な血の渇き」などの評言が詩人に投げつけられたが、遂には、まことにもって喜ばしいことに、次の手紙を受け取ることになったのだ、残念ながら署名はなかったけれども。「拝啓、私はあなたを崇拝していましたが、今は嫌いです。あなたが嫌で嫌でたまりません。ケダモノ！　そう、あなたはロングフェローの物真似をしているのです。あなたを毛嫌いする者より。」

けれども更に悪いことがやって来ることとなり、中傷が実際に詩人の道徳的見地に対して投げつけられ、文学雑誌「アテナエウム」は『イーノック・アーデン』の傾き《トーン》にぞっとしていたから、その頁は以下のような厳しい非難によって埋められた。「公共心の前にこのような詩を差し出すことによって私たちは何を得ることになるのか？　詩人や小説家たちは一妻多夫の紹介方法を準備しようとしているのではないのか？　次世代の若い女性たちは同時に二人の夫を持つことを暗く恥ずかしい悲惨な有様であると言うよりもむしろ詩的な出来事であると素直に信ずるように教え込まれているのではないか？　そうでないなら、売春芸術の存在理由などあり得ないではないか？

イーノックは帰郷した際に妻や子供たちから離れて生きることが出来ず、だますつもりなど毛頭なく、結託して罪を犯そうなどとも思わなかったが、妻子をもう一人の男の家に預けたままにしておいた。一人一人の魂が清らかであるためには、即座に帰郷を表明してこの状態を終らせる方が彼にとっては良かったはずだ。居酒屋や港をうろつき回り、隠れ回ること、また一丁前の顔をしてその日その日の嘘を生きることで英雄を気取るように彼が描かれるべきだとするなら、病める憂鬱なる世紀の不可思議のひとつに他ならない。」

ミセス・アーデンが七年以上も最初の夫の消息を耳にすることがなかったことを理由に、法律上の観点からすれば彼女の重婚罪は無罪である、と「婦人の雑誌」が証明出来たと知るのは気分の良いものである。

この応酬はプリンス・コンソートの死後、一八六四年に起こった。だから彼は桂冠詩人の道徳的評判上の汚点を見るというショックを免れることとなった。けれども、様々の嵐の真っ只中にあってさえ、彼からの敬愛と女王からの敬愛は減じることなく続いた。

ファリンフォード・ハウスは丁度その頃テニスンによって買われたものだが、オズボーンから程遠くない所にあり、アルバート公は詩人を訪ね、御者のコートのようなロイヤルブルーの空に覆われた近傍の地を馬車で訪れたが、そこは揺らめく樹々がウェリントン公の将軍たちのように年老いて見えるところだった。巨大な黄金の太陽の下、まるで緑の嬰児そのものの葉叢の中に、何軒もの旅館は種蒔き人の包みか、はたまたマリーゴールドや百日草《ジニア》、あぶらな《キャンデータフト》や赤い八重のデイジーの花束かと思われるように輝いて見えた。農民たちはキラキラ輝くキツネ色したビールを飲みながら乾杯し、幼い少女たちは、カリフラワーのような襞のあるドレスでお辞儀していた。何もかもがまるで機械の時代が始まっていないかのように、まるで失業の問題など一切ないかのように、我々の全人生を苦くする恐ろしいパーマストン卿などいないかのように、政治も超過労働もまさに冬の微かな前触れでしかないかのように、平和で幸福に見えた。

アルバート公の桂冠詩人への訪問は思いも寄らないものであったので、ドアを開けた女中は狼狽し、彼のことがわからず、公が中に入るには女中を押し退けなければならなかった。

それから、まだ半ばしか整えられていない静かな図書室で、ヴィクトリア朝において最高に優れた、無欲で高潔な、先見の明があって賢明なる者の権化とも言える二人が、二、三時間語り合った。侍従は女王の許に持ち帰る野の花の小さな花束を摘んでいたのだが、それから間も無く死ぬことになる早世の男は任務に追われて時ならずして疲れ切り、過労によって死へと駆り立てられ、再び自らの馬車に乗り込んでオズボーンに戻ったのだった。

これから程なくして、非常に危険な一、二節にも拘わらず、無垢な清浄の作品としての『国王牧歌』が世に現れた。クォータリー・レヴュー誌は感銘を受けて次のように言っている。「この本の清廉さと道徳的高潔さは、学問的なキリスト教信仰の書ではないにも拘わらず、その本質的要素と深みは、おそらく英文学界全般を見回しても同等な力で釣り合うことなど出来ない程のものである。……彼は地を踏み締めなければならなかった、彼以外の人間だったら足を滑らしたに違いない地面に。かなり手だれの読者にとってさえランスロットとグィネヴィアのどちらが信用するに足るかは全くわからない、彼の天性の心の純粋さと高度な筆力がなければ。」

プリンス・コンソートはこの本を喜び、彼の余暇の邪魔をしたことを詫びると共に、自分の持っている本に彼の名をサインして欲しい旨の手紙を書いた。桂冠詩人は、公がその詩を気に入ってくれたのは彼がそれらの詩の中に「無意識に」自分自身の姿を見ていたからだろう、と返事を書いた。

　三年後に、公は既に亡くなっていて、詩人はオズボーンで寡婦暮しをしている女王を訪ねた。彼は言っている。「彼女は私の前に彫像のように蒼ざめて立ち、静かな、言い知れぬ悲し気な声で話した。彼女には一種威厳のある清浄さが漂っていた」と。彼女は彼に「聖書の次に『イン・メモリアム』が私の慰めになっています」と言った。それから二人は公のことや詩人のハラム（テニスンの親友。「イン・メモリアム」の主人公）のことを語り合ったが、ハラムは「イン・メモリアム」の中のその肖像から、その青い目と言い、大層アルバート公に似ていると彼女は思った。桂冠詩人が公は偉大な王になったに違いないと思うと言うと、彼女は、「彼がいつも言っていたのは、正義が為されさえするなら、自分が正しいことをするかしないかなどには意味がないということです」と応えた。

　プリンス・コンソートを顕彰して「国王牧歌」が献呈されたことは、女王がいつも桂冠詩人に抱いていた好意の度を強め、敬愛は友情となり、友情は真心からの愛情となった。彼女は文通と会話の双方を楽しんだのだが、彼の手紙には彼の本来の天性と努力が相俟って形造ると思われる哀調《ノート》が光っていた。実際、晩年には自分自身を暗によそ者の、孤立した存在と言うことによって、もともと礼拝式目のような荘重さのある元首への手紙に特別な悲傷を帯びた威厳を加えたのだった。「老詩人は」、「あなたの老詩人は」、「老詩人は祝福を送ります」。「あなたの老詩人」は誕生日を思い出してもらったことを感謝している。こうした方法によって彼は主人公であると同時に観客となり、手紙のやりとりによる感動を存分に味わい尽くした。「高御座にあってとても孤独である——恐ろしい」と記す崇められ愛されている女性元首と国民の誇りである臣下の間の文通――偉大なる詩人はその高潔な老いた頭《こうべ》を月桂冠の重みの下に屈めていたのだ。

詩人に対する女王の態度は彼女の天性の暖かさと素朴さのすべてを示し、敬意を表明する才能を示していた。そして二人の間の友情は双方にとって誉れであった。彼の死の九年前、彼の病いが進行して弱って行くことと、二人の住居の間の距離が彼の訪問を不可能にしてしまったことを考えると悲しくなる。彼女がその個人的日誌に記録しているところでは、一八八三年八月七日火曜日、彼女は一時間近く最愛のアルバートの部屋で最後にテニスンと会っている。彼が大層年を取って、盲目同然であることに彼女は気付いた。彼女は彼に座るようにと言い、二人は彼が失った多くの友人たちのことや不滅について語り合った。彼は「あの世も不滅もありはしないとあなたに信じさせたり、おぞましい手法ですべてを説明しおおせようとする不信心者や哲学者のことを恐怖を以て」話したのだった。彼らはアイルランドのことや、「哀れな動物たちを虐待することの邪悪さ」についても語りあった。「私は心配です」とテニスン卿は言った（なぜならこの時までに彼は貴族に昇り詰めていたのだから）、「世界は暗くなってしまいました。再び晴れ渡ることもあろうと私はあえて申し上げます」。女王はもう一度彼に「イン・メモリアム」が彼女にとってどんなにか慰めであったかを言い、それに対して彼は「それに関して私が受け取った恥ずべき罵りの手紙の数は女王には信じられないことでしょう」と応えた。「何と言うことでしょう！」と彼女は日誌に書いている。彼が辞去する際、彼女は彼の親切に感謝し、非常に辛い思いをして来た彼女であるからこそ、彼の親切が必要なのだと言うと、彼は言った、「あなたはあの恐ろしい高御座であまりにも孤独でいらっしゃいます。……私はもう一、二年しか生きないでしょうが、あなたのために何か私に出来ることがあれば幸せです。いつ何時でもあなたのお好きな時に私をお呼び下さい」と。

帰ってから、桂冠詩人は、「親愛なる我が女王陛下」に思いの丈の悲しみの手紙を送ったが、その中で、女王の地位がシェイクスピアによって言及されているところと似ているとコメントした。

そして、

おお　この辛い状況は王という偉大な地位と双子の兄弟なのだ
市井の民たちが謳歌する、
限りない心の安らぎを王なる者たちはどれ程奪われていることか！

そして「王座の孤独と、陛下の多くの死の別れ」に軽く触れた後、彼は「一番最近の別れ、あなたの忠実な下僕との別れ」にほろりとさせる言及をした。なぜならジョン・ブラウンが最近亡くなったからだ。手紙はその後も取り交わされていて、女王はお抱えの詩人に、定評高い「エレイン」（ランスロットを恋する乙女）を演ずる女優の写真を送った。だが、彼女は再び彼に会うことはなかった。病気と悪天候を突いての訪問の難しさが彼女からはあの慰めを、彼からはあの安らぎを奪い取ったのだ。とは言え、二人が共に信じていた不滅に逢着するまでに、彼は九年の歳月を生きる。

最後の時が、女王陛下が日誌に書き残していることだが、真に傑出した人間に値する最期であったことを知るのは慰めとなる。彼はその手をシェイクスピアの本の上に置いて死んでいたのだから、そして月光が彼を覆うように光を放っていた。

第23章　女王と、ディズレーリ氏と、グラッドストーン氏

一八六八年一二月、女王は落胆を礼儀上押し隠してはいたが、首相として十ヶ月務めてすでに女王のお気に入りになっていたディズレーリ氏が職を辞したので、グラッドストーン氏に新内閣の組閣を依頼する必要に直面することになった。彼は、彼女との個人的な会話でも、まるで公的な面会の場でもあるかのように話すような人物だった。

ディズレーリ首相の十ヶ月間、女王は寡婦になって以来示さなかった活気ある気配を見せていた。彼女は三月にはバッキンガム宮殿で公式接見会を開き、六月二十日にはウィンザー・パークに二万七千の志願兵を閲兵し、その上二日後には、バッキンガム宮殿の庭園において公的「朝食会」や午餐会を催していた。

しかし今ではグラッドストーン氏が登場したことで、安息日の落ち着いた静穏さに過酷な仕事が入り混じるようにして宮殿を支配していた。

この二人の性格の間には大きな溝があり、それぞれ自分独自のやり方で偉大な人物としての特性を発揮していたが、不思議に反対の種類のものだった。彼らの生まれ持った気質の火が全く違う姿で燃

えていた。グラッドストーン氏の厳つい容貌はそれでもめかし込んだうわべで被われたり艶付けされたりしているように見えた。ディズレーリ氏の顔と体型は完全に硬化する寸前のように見え、どんな釉薬も受け付けない。行政官作家のサー・ジョン・スケルトンは「『ロゼア』をめぐって」で、一八六二年のディズレーリ氏との出会いを描写し、次のように書いている。「オリーブ色の顔色と真っ黒な目、がっしりしたドーム状（キリスト教会の尖塔を連想させるところは皆無だ）の額をしていて、稀代の奇術師のような外見は現存の人物で似ている男は思い起こすことが出来ない。私はそれまで昼の光の中で彼を見たことはなかったのだが、この時の昼の光は彼の異貌をきわ立たせていた。顔はそれまでに増して仮面めき、彼とただ生きて死ぬだけの人間との違いは更にあからさまになっていた。私は即座にハムレットやリア王、あるいはさまよえるユダヤ人と一緒にテーブルに着くところを想像してしまった。……つまるところ、本当のところ、この男は何という大物だ！　というところだ。それでも、最終的な印象はと言えば、無条件の誠実さと忌憚のなさだ。東インド総督次官のグラント・ダフなら彼が外国人ではないかという想いを抱くだろう。英国はその人にとって何であろう、あるいはその人は英国にとって何であろうか？　そのことこそがまさに人々の間違った点である。ホィッグ党であれ、急進党であれ、トーリー党であれそのことはさして問題ではない。たぶん――そう、この強大なヴェネチア――太陽が沈む時の決してないこの帝政共和国――そのビジョンが彼を魅了したのだ。そうでなければ私は大きな誤解をしていることになる。彼が抱くイメージでは英国はキリスト《イス》教徒《ラエ》の王国《ル》であり、彼は死ぬまでに帝国首相になるだろう（イスラエルの綴りをDとIで括るとディズレーリとなる）――もしもチャンスがあれば。」

これら二人の男は、全く正反対の立場によるものとは言え、愛国心においては等しく、今では交代で国家の命運を支配していた。彼らの生活習慣もまた、全く正反対だった。若いグラッドストーン氏の場合は、後に妻となる女性（彼は彼女の敬虔さにまず惹かれていたのだった）にコロセウムの月の光に誘われてプロポーズし、英国式庭園でもプロポーズを繰り返したが、その庭園で彼女はプロポーズを受け入れた——彼は牧師になりたかったのだが、父親の反対で諦めて政治家の道を取るについては、政治家も教会の発展にその生涯を捧げることが出来るとわかったからだと打ち明けられて心底圧倒されたからだ。グラッドストーン氏の場合、結婚式の日の朝五時、彼は妻と聖書を読んでいた。二人がようやくコックを頼むことに思い至ったのは、宗教的な問題についての妻との長い会話の後だった。その後に、あの老いてなお螢のようにきらめいていたディズレーリ氏のことを思ってみると——彼の伝記作者シシェルが書いているように、「彼は一種の地中海的バイロンであり、ディズレーリの血統が決して地中海沿岸を離れることなく、ゴート族以前のスペインに力を奮っていたセム族だった」からだが——老年になっても、寝間着姿のディズレーリ夫人と、自分も寝間着姿でハイランド・ダンスを踊っていた。その時は幸運の到来が彼らの友人の一人を見舞ったというニュースを受け取ったからだったという。これらの違いを考えると、二人の政治的敵対者がなぜどうしても個人的友人になることが出来なかったかが分かるだろう。グラッドストーン氏はディズレーリ夫人に対して愛情の籠もった接し方をし、夫人もそれに報いはしたのだが。

今一度言うが、グラッドストーンの共感は中産階級に注がれていると言えよう。中産階級の価値観こそ彼のものだった。反対にディズレーリの共感は労働者たちに注がれていて、労働者たちの福祉のために彼は労を惜しまず骨を折ったが、一方で古くからの貴族階級社会にも新興貴族階級の社会よりは好感を持ち、共鳴していた。彼の断言するところでは「十八世紀の政治家ピットは、下級貴族を創り出して世襲貴族の寡頭政治に組み込んだ。彼は二級地主連中や豊かな牧畜業者からなる貴族を創り出した。彼は金融街ロンバード・ストリートの街並みに彼らを囲い込み、銀行の会計課が彼らをしっかりと握ったのだ。」この富の崇拝と増大にディズレーリは何の好意も抱かなかったので、富の崇拝と増大が貧乏人たちの搾取へと向かうと、これまでになかった程に非難した。ずっと以前、一八四八年の演説で彼は指摘している。ラディカリストのヒュームが「富を参政権の基礎に据えた、それも一八三二年にホィッグ党が為したと同じくらいに完全に」そして「同様のブルジョア支配が続くことになるだろう」と。

「さて、諸君」と彼は続けて、「少なくとも私自身は、富は十分にこの議会に自らの代表を出していると思っている。……議会はこの階級がその立法府運営に当たって何を為したかを忘れないだろう。私は『中流階級』という言葉を些かの無礼な念も持たずに使っている。都市住民が人類の自由と文明のために為したことを私以上に認識している者はいないだろう。そうではなくて、公然と支配を目指す階級としての中産階級のことを言っているのだ。従って、その事実が彼らの政治的能力における信任をどのくらい正当化するかを確かめるのが得策だ。中産階級が何らかの少なからぬ影響を発揮したのは前世紀の終りだけであり――もっぱらピットの時代なのだ。……彼らの奴隷売買廃止は高潔にして崇高な行為ではあったが、事態が証明しているように、現実問題に対して終始一貫無知なまま遂行された。それがどんなにか奴隷であることの恐怖を深刻なものにしてしまったかを私は問わずにはいられない。……中産階級は黒人を解放したが、十時間労働法を提案することはなかった。……彼らはその手を議会改革に向け、選挙法改正法案を通過させた。しかしよく見ると、その実行過程で、腐敗行為という名目で古い産業の特権を破壊しただけで、新しい産業の特権を築き上げることはしなかった。……彼らは次に通商改革を試みて、自由貿易というもっともらしい名の下に自由輸入を導入した。この第三の動きの中で労働者階級の利害はどのように考えられただろう？ あの植民地改革や、彼らの議会改革以上と言えるだろうか？ 反対に、首都の利害が厚かましい程に唱導されている一方で、都市に流れ込んだ地方の労働力が何の慰めも補償もないままに提供されていた。大群集の中に流れ込んで吸い込まれてしまうよりなかった、と言われている。」

地中海的バイロンであるばかりでなく、東洋的《オリエンタル》貴族でもあったディズレーリ氏が中産階級を嫌っていたのは疑いの余地がない。何らかの力《ヴァーチュー》を有するものは全て嫌うことが許される程に人間が公正だとしてのことだが。彼はまた功利主義をも嫌悪した。そして、彼の最大の才能のひとつである未来を見通す不思議な力を以て、ディズレーリ著『若き公爵』中の登場人物、功利主義者ダンカン・マクモラフを通して、ある精神性の完璧な肖像を示したばかりでなく、その上になお私たちの現在のロボット文明をも予示してくれたのだ。「ダンカン・マクモラフは」と彼は書いている、「生き物《クリエイション》を粉々にこき下したことで有名だ。山々への登攀は相当に凄まじいもので、その苗字からしてスコットランド南部低地地方の出身であることも明らかだった。彼は、高きに昇ることすべての無意味《イナビリティ》を高言し、アンデスの山々は地球の貴族階級に過ぎないとまで宣言した。河については、ボロボロに引き裂いて、存在するものの中で最も無役なものでしかないことを明らかにした。……彼は我々自身が生き物《クリエイション》の奇蹟であると仮定するところに過誤の根本があると明言した。反対に、すでに人間よりはるかに重要な様々な種類の機械があることを公言した。そして彼は早晩優秀な人種がジェニー紡織機の蒸気機関に付き添われてやって来るだろうことを疑わなかった。」

グラッドストーン氏もまた理想主義者だったのは本当だ。けれども彼の理想主義は彼の政敵のそれとはかなり違う傾向のものであり、バックル氏が『ディズレーリの生涯』の中で次のように言っているのは当を得ている。「二人ともライバルの議会主義への適性を称賛し尊敬していたが、グラッドストーンの尊敬は深い道徳的不同意を混在させていて——ディズレーリが『潔癖で気難しい高位のイギリス人連中』と呼ぶものに養われた精神構造に結び付いたものがあり、それらの連中に馴染んでグラッドストーンは生活していた。彼らにとっても彼にとってもディズレーリの高きに昇ることは不快の種だった。」

グラッドストーン氏とディズレーリ氏は一八三五年に、大法官のディナーパーティで初めて会った。当時二十六歳だったグラッドストーン氏は、その政敵の光輝——ディズレーリ氏がお歴々のお邸から引き連れて来たご婦人たちの栄光の雲、モーリー卿がそれを表して、「まがい物の宝石のうっとりするようなきらめき」と言っている――に圧倒されているように見えた。なぜなら彼はディズレーリのことには何ひとつ言及していないからだ。その一方で、ディズレーリは妹に「若いグラッドストーン」に会ったことを語ったが、続けて最高の同席者は「トリュフをお腹にいっぱい詰めた、とても白くてやわらかな白鳥だった」と言うのを我慢出来なかった。

その頃でさえ、グラッドストーン氏は大変に強い義務感と真面目さによって際立っていた。例えば、日曜日には彼は断じて外食しなかった。たとえサー・ロバート・ピールが彼を招待したとしても。それだけでなく、彼は、モーリー卿が言っているように「社会生活のささやかな義務にも、それが義務であれば、きちんと気遣いしていた。彼はまた表敬儀礼の几帳面な遵守者であり、ある午後などは十二回とか十四回とかの表敬儀礼を果たしたとノートに記している。」

表敬訪問の廃止は、私が思うに若干の大真面目ではない女主人たちには幾らかの安堵の気持で迎えられたに違いない。なぜならグラッドストーン氏との会話は相変わらず気の張るもので、啓発的な傾きさえあり、この真面目さは年を取る程に増して行ったからだ。実際、晩年の彼について書かれたものを読むと、ある日曜日彼はテニスンを訪問し、ゴッシェンの教区会議計画や、他の社会改革、ラコルデール（リベラルなカソリック神父）のことや、リベラルな集産主義について議論している。けれども、ヴィクトリア女王との会話となると――儀礼上の規則によって女王にリードされることになっていたから――必然的にもっとたわいない宮廷人らしい調子を帯びる。議論された話題は（私はグラッドストーン氏の妻への手紙から引用するのだが）イタリアのウンベルト王子、イタリア統一の志士ガリバルディのこと、子供たちの家庭教師レディー・リトルトンのことや、ハグレーの少年団、ルチア、喫煙、ドレス、ファッション、アルフレッド王子、彼の身を固めることや将来のプラン、プリンス・オブ・ウェールズのデンマーク訪問、歳入、ランカシャー、対外政治、新聞社、当今の人々の気質、若者たち、若い既婚女性、クラブ、外相クラレンドン卿の外遊、流行にも目配りした正装のプリンス・コンソート、スーツ姿のプリンス・オブ・ウェールズ、サー・ロバート・ピール、ミセス・ストナー、家族名義の貯金残高、外国人の名前や外国語の読み間違え、英国人の海外での評判、そして外務省に論争や抗争が起こらなくなって有り難いということなどだった。

「自然は」とモーリー卿は書いている、「グラッドストーンに溢れる程のたくさんの贈り物を授けた。それらの中に諧謔《ユーモア》が含まれているかどうかについては、友人間で常に論争の種子になった。けれども、ユーモアの兄弟とも言える陽気で思い遣りのある心配りの持ち主であることは、彼を知る誰もが否定しなかった。冗談好きも、彼の演説が山程の証拠を残している。地口やおふざけに関しても即座に対応するセンスがあって、前以て受けそうな洒落や白けさせる洒落をしっかり準備するということではなかった。」

読書もまた、グラッドストーン氏には軽い問題ではなかった。一八八五年の年、七十六歳になるこの学者はボドレーの『遺稿』や、ボーシャモンの『逸話』、キュビエの『地球論』、『天文学としてのヒューウェル』、『R・ギルピンの生涯』、ヘンネルの『調査』、シュミットの『キリスト教の社会的影響』、ミス・マーティノーの『自叙伝』、アンダーソンの『聖書の頌栄』、そしてボローの『真理を求めて』を読みこなしていた。

三年後、彼はこれらよりもはるかに重要な作品にどうしようもなく引き付けられていた。「ママと私は」と彼は娘のミセス・ドゥルーに手紙で、「どちらも『ロバート・エルズミア』（ウォード女史作。後に女史は貧窮街で社会活動を実行に移す）を読むことに没頭しています。あなたが私に読むようにとても強く勧めてくれた小説の幾つかには不満がありますが、これには全くありません。これは完全に一般の規格から外れたものです。現在私はこれに基づいて何かをするという考えには疑念と恐れを持って静観している状態で、あなたの意見が正しいかどうかはまだ確信が持てません。どちらにしてもこれは恐ろしいばかりの本です。」後に、彼はアクトン卿に言っている。「それがじわじわと衆目を集めていることに私は何の驚きもありません。これは一般の小説の二倍近い長篇ですから、読む労力と努力といったら、言って見れば六倍になるにも拘わらず、トゥキュディデスを読む時以上に読むのを止められなくなってしまいます。……この本を前にすると、奇怪であると同時に強烈で、失敗作と無視されることはあり得ないと感じるのです。私はこのことを書きながらも半信半疑でいますが。」

現在ディズレーリ氏に代わる女王のアドバイザーとしての地位に就いている人物をめぐる事情は以上のようなことである。ディズレーリ氏はわずか十ヶ月間の首相ではあったが、すでに女王のお気に入りの地歩を築いていた。女王の仕事を助けようとの非常に強い気持によって、彼の明るさによって、彼のキラリと光る個性、彼のウィット、女王陛下を喜ばせるとわかっているちょっとしたゴシップ付きの明るい公式書簡を書く彼の習慣によって、そして彼の実に上手なお追従によってだが、それは単なる戯れでしかないのを女王は知ってはいても、それでもなお、最初期の日々においてさえ疑いなく二人の関係に妖しい魅力を投げかけるものではあった。

彼女の亡夫に対するディズレーリ氏とグラッドストーン氏の態度はどちらも尊敬の念にあふれたものので、「アルバート公は」とディズレーリ氏が女王陛下に申し上げるに、「理想というものを具現した、このディズレーリが今までに知る唯一のお方です。私が知遇を得た誰一人として未だかつてこれ程まで理想に近付いた者はありません。あのお方の中には、アテネ・アカデメイアの知的な輝きを帯びた騎士道の、男らしい気品と高潔な無垢さの融合がありました。あのお方に幾つかの点で迫ると思われる英国史上の唯一の人物と言えば、エリザベス朝の詩人サー・フィリップ・シドニーです。同じような気高さ、同じような……精神力、同じようなロマン派のエネルギーと古典派の落着きの稀に見る結合の持ち主です。」これが全てではなかった。公がどんな人だったかを知ることは、ディズレーリ氏が言うには、「私の生涯で最も満足の行く事柄のひとつです。洗練された美しい思い出に満たされ、私自身もそうありたいと望みますが、残された者の上に心なごませ勇気づける力を及ぼしておられます。」

女王はこの称賛に誇張されたものはいっさいないと受け取り、ほんの何年か前にはこの讃辞の書き手が「あの恐るべきディズレーリ」だったことをすっかり忘れて、彼女がどんなに美しい手紙を受け取ったかをサー・アーサー・ヘルプスに知らせようと転送した。ダービー卿がディズレーリ氏に伝えるところによると、彼女はそれが「用いられている言葉において、美しい栄光に満ちた数々の式辞よりもはるかに雄弁である」と思った。そして実際おそらくそれはひたすら誠実なものでもあった。なぜならディズレーリ氏は、何年も前に書かれたパンフレットの中で宣言しているのだから、「考えを持ち感情を有するひろやかな心は決して言行不一致ではあり得ず不誠実でもあり得ない。……不誠実は愚か者の欠点であり、言行不一致は悪党のしくじりである」と。

グラッドストーン氏がアルバート公のことを話す時の態度は、ディズレーリ氏と同じく尊敬の念に満ちてはいるが、温かみを欠いていた。公の死に際しての彼の追悼の辞は、女王に大きな満足を与えたのだが、彼の個人的なメモは（もちろん、プライベートであり、決して女王に知られることのないものだった）の中でこう書いている。「私の称賛は公平なものとなるでしょう。即ちあのお方は判断力と道義心を除けば、どのような面でも惚れ惚れするところも、人を支配することも、魅了することもありませんでした。思うに、あのお方の物腰には自由さや、自然さや、生き生きしたところが欠けているのです。その一端は内省に終始する能力と習慣に負っており、他端はあのお方のあらゆる言動における控えようのない慎重さに負っていて、それはある意味では物腰の沈着冷静さに結び付き、にも拘わらず誰に対しても変わらず穏やかで、率直で、親切でしたから、誰もこのような特質を殊更にひけらかすと言って非を難じたりはしませんでした。」

一八四五年にグラッドストーン氏が英国とプロイセン間の著作権協定について公と「かなり良好な会談」を持ったのは事実だが、彼の主たる記憶――辛い記憶だ――は、ウィンザーでの非常に興味深い、しかしながら失望に終るやりとりに関するものだ。無原罪の御宿り（イエスの母マリアもその母アンナの処女懐胎によって生まれたとする説）を信ずべしというローマ教皇調書をめぐるやりとりだった。公は、それが教義体系の全体を陽の下に晒し、誤りを正すことに資するならば結構なことだと言った。グラッドストーン氏は次のように主張した。「私たちは誰もがあの偉大なキリスト教社会の安寧と徳行に関しては絶対的なものであれ相対的なものであれ関心を抱いています。そしてキリスト教社会のより悪しき影響力がより善き影響力を凌駕する趨勢を指示したり増大させたりするものであるとすれば、どんなものであれ、大いに非を難ずべきです。付帯条件を付けたとしても」とグラッドストーン氏は悲しそうに続けて、「不承認とせざるを得ません」と言った。

　このような絶望的なことは別として、グラッドストーン氏はバルモラルに滞在することにそれ程は執着していなかった。「黒みがかった緑の樅や灰色の岩、果てしないヒースの広野」を楽しんではいたのだが。（他方、ディズレーリ氏は、女王陛下の窓外に続くきれいに刈り込まれた緑のオウム色した草地を楽しんでいた。）何年も前（一八四五年）には彼がむしろ晩餐後の気晴らしごとに不相応な程の柔軟さを発揮して適応しようと一所懸命になったことは事実だ。トランプもした。幸いなことに（つまり、晩餐の前に、彼は財布を寝室に置いて鍵をかけていたからだが）彼は決して悪い手を打つことはなく、支払を要求されることもなかった。それどころか、彼は二シリング三ペンス儲けて、そのうちの八ペンスは公によって支払われた。けれども今は華やかさの限りを尽くしたあらゆる計画が消え去り、日曜日はつまらないものとなった。グラッドストーン氏は最大限の注意を払って英国国教会について調べたが無駄だった。十五マイル内には一ヶ所もないようだった。食堂での家族の祈りと食後の礼拝らしきものがあるのは確かだが、たった四十分程続くだけであった。けれども次の日曜日、グラッドストーン氏は少し嬉しい気分になったのだが、それは女子のための非国教派教会で礼拝がなされることになったからだ。しかしこの好運は、その日のバルモラルには牧師が一人も居ないという事実を招来し、それで食堂の礼拝の方がなくなるという事態に至ってしまった。他方、ディズレーリ氏は、その日の一時一時を楽しんだ。図書室での女王とのディナーは――「良い本を備えて、とても居心地良く」――彼を魅了した。スコットランドのとても素晴らしい部屋でさる独身男性と食事をした時の思い出が突然涌き上がり、さも晴れ晴れとした様子で彼は付け加えて言ったのだ、「エディンバラ公爵は外国の果物のことを色々と、とても巧みに話されましたよ」と。

その他にも、女王と前首相との間には著述家としての大いなる絆があった。サー・アーサー・ヘルプスがディズレーリ氏に『ハイランド日誌』の初期の版を送ると、ディズレーリ氏はサー・アーサーにそれを「ごく自然な興味を持って」読んだ旨を書いた。「この本の傾向は邪気のない活気のあるものです。絵が楽しいし、私がかねがね王家の女主人の特質だと思っている――品の良さというものがあるのです。

ヒースの中で書かれたからでしょう、この本のまわりにはまさにヒースの清々しさと芳香が漂っています。」

この称賛はごく当然ながら満足を与えるもので、ディズレーリ氏が引き続いて行ったことは女王に彼のすべての小説をプレゼントして、女王との会話に「我々作家は」というフレーズを差し挟むことで、完全に女王を征服することとなった。しかしながら、グラッドストーン氏も最初の内は、態度こそ重々しくはあったが自分の君主を喜ばせる必要を同様に意識してはいたようだった。なぜならかつて彼は、民衆にお目見えすることを極端に嫌がる女王の神経質な心気症に対処するための的確な方法を求めてウィンザーの司祭からアドバイスを受けていたこともあり、勇壮なる騎士として応戦したのだった。「義務感や情感、好奇心、といったあらゆる男を突き動かす動機が、私の微力にも拘わらず最善を尽くして女王との関係において私の採るべきマナーを学ばせることでしょう。あのお方は女性であり、未亡人であり、真理を愛する人であり、君主であり、国民の擁護者であられます。何と多くの肩書きでしょう！」

しかしながら、一人の女性であり未亡人であり真理を愛する人であり国民の擁護者であることは、スペンサーの詩に登場するフェアリー・クィーンや、シェイクスピアの劇に登場するティターニア、また魔法に支配された小さな生きもの、といった類の楽しいものではないことを認めなければならない。そしてこの感情は国民の擁護者がふたつの文書「一般政策と対策の実施に関して」（アイルランド教会の国教制廃止のための法案）と「法案の主要条項たる趣旨の合理的詳述」を送られた時に一層強められることとなった。けれども一度び彼女がこれらに習熟しさえすれば、グラッドストーン氏がオズボーンへ来て、問題を更に議論することが出来るだろう。だが女王はこれらに習熟出来なかったし、彼女がジレンマを訴えたセオドア・マーチンも出来なかった。それで女王がグラッドストーン氏に不可解な謎を解くべく訊ねた時、彼は「六つの緻密な道理の通った項目に分けて応えた。」

女王陛下がただうんざりしていたばかりでなく、働き過ぎだったのも明らかだ。なぜなら、グラッドストーン氏は自身の重苦しさだけならともかく、彼女の弱り行く健康への如何なる配慮もしなかったからだ。女王は自分の様々な症状の報告を送るが無駄だった。主治医であるサー・ウィリアム・ジェンナーもグラッドストーンに面談して、報告書を送ったが無駄だった。彼女が公けの場に姿を現すべきだとする彼の主張は決して揺らがなかった。そして、彼女は知らなかったのだ。彼女自身の個人的秘書官のグレイ将軍までもが、実際にグラッドストーンに同意したばかりか、更に強力に押し進めるよう促したことを。グラッドストーン氏は彼女のバルモラルでの休養期間に干渉しようとさえした。そうこうする内に、エジプト副王イスマイルが英国訪問の途上にあるという。先にプリンス・オブ・ウェールズがエジプト訪問をした際に、この副王の許に二ヶ月滞在していたのであった。女王陛下は彼を歓待しないのだろうか？　もちろん彼女は、もしも彼が大勢の供回りを随行させていなければ、ウィンザーで一夜を過ごすよう招待したことだろう。けれども彼女は「自分たちの娯しみのためにのみ、ここへ来たいと言うすべての外国の王族たちを、彼女が私生活を送る宮殿で彼女の経費負担で接待すべきだという暗黙の要求の圧力に強く抵抗した」に違いない。

ラッセル卿とパーマストン卿のどちらもが強く感じたのは、夫を失い、統治の重荷のすべてをその身に負わされ、健康も衰え、国家の代表を務めることの疲労が極限に達した一人の女性としての彼女には、貴賓たちを公式に歓待することは期待出来ないということだった。……「きちんとした事が出来ないことはあのお方を病気にしてしまうことでしょうし、しかもあのお方はお出来にならないのです。」本当に、もしもグラッドストーン氏が議会を開くことと同様に外国の王族を歓待することで彼女を悩ますようなことにでもなれば、それに伴う疲労は限りないものだったろう。それにこれがすべてではなかった。

女王陛下はブラックフライアーズ橋の開通式に参加すべきなのだろうか。……七月の炎暑の中、しかもこのような危うい健康で。ディズレーリ氏だったら決してそのようなことを提案したりしなかっただろう。女王陛下は手紙で返答した。幾らかの断固たる調子で、アンダーラインされたり大文字で綴られたりした非常にたくさんの言葉で応えた手紙は、まさに嵐の海で、その上を彼女の思考の儚い艀が無量の未知の境界へと運ばれ行くようなものだった――私ハ行キマセン。

アイルランド教会の問題は議会で議論されて来た。これが危機へとつながるようなら、女王陛下は八月半ばまでバルモラルへ帰ることを遅らせることは出来ないだろうか？　女王陛下の応えは、もしもそれが絶対に必要なことなら、彼女は帰館を二、三日延期するというものだった。

疲れを知らずに仕事を一途に遂行し続けるグラッドストーン氏は、益々彼女を圧迫して行った。バルモラルは何百マイルも離れていて、議会がまだ開会している時に元首がそんな遠くにいることはお勧め出来ない、と彼は指摘した。ブラックフライアーズ橋については、彼女は決定を再考することは出来ないだろうか？　人々は女王との個人的接触を感じたがっているので、折りに触れ公けにお目見えすることは賢明なことであるばかりでなく、彼女にとっての義務でもある。彼女は橋の開通式への列席を結局は承諾した――暑さは疲れに拍車をかけるので、七月ではなく、十一月に応じることにしたのだが——そして、不承不承であったにも拘わらず、完全にとは言えないまでもセレモニーをほとんど楽しんでいる自分に気付いた。「この最も成功した満足すべき進歩とセレモニー」、「大群集が歓呼して迎え」、「熱狂は最高潮に達し」、そして皆が皆「友好的な顔をしていた」。彼女が未だかつてこんなにも熱狂的で、忠節で、友好的な群衆を見たことはないと言った程、まさにロンドンの真っ只中で、誰もが何かをするようにと言われて人々が目一杯の考えを巡らした末の、これは、大層目覚しい出来事だった。

女王は書き記している。「私はすべて首尾よく果たされたことに大変な喜びと安堵を覚えた。これ以上に楽しいことはなかった」と。けれども少し暗い調子で、「何千人もの中、たった一人で子供たちだけとオープン馬車にいることは私には何と辛い試練だろう!」とも記述されている。

グラッドストーン氏は、その途方もないエネルギーと決断力で半ば勝利を収めたが、女王は喜ばなかった。そして次なる五年間(一八六九—七四)彼女は不快感が増すばかりの状態で暮らすことになった。グラッドストーン氏とその内閣は改革の提起——アイルランド教会とアイルランドの土地制度、議会選挙や、司法行政における改革——に疲れることを知らなかった。グラッドストーン氏が忠義を尽くして幾度と知れず彼女の援護をしようとしたのは本当だ——例えば、彼女の収入は非常に莫大なので、議会からの追加の交付金なしに子供たちの結婚を準備してやれるだろうと思われていた時に。プリンス・オブ・ウェールズの旅行熱が高じて行くことへの彼女の心配には、彼も共感していて——それは不眠症が昂じたものではないかと女王は思っていたが、時に予測も付かない危険へ導くものだった。(アメリカにいた時、彼はナイアガラの滝にピーンと張り渡されたロープの上を綱渡り師ムッシュー・ブロンダンの一輪車で渡るのをようようのことで諦めた。)女王陛下が改革に反対だったとばかり言えるわけではなかった。例えば、アイルランド教会廃止の法案の時、彼女は海軍に顎鬚を蓄えることが認められるべきかどうかといった問題に深く没頭していたのだから。……

王国の統治に関しては女王の支配の下にあって何の問題もなかった。後年ローズベリー卿は彼女の要望で、カナダの総督であるアバディーン卿とその妻と家族、側近が週に一度使用人の居室で夕食を摂っているという噂を訊き質した——噂というのは、ローズベリー卿はその問題で女王を安心させることの出来たものだが、アバディーン卿がアイルランド総督になってからも何年にも渡り繰り返されたものだった。結果としてその種のことは何も起こらなかったことが明らかになった——卿とレディー・アバディーンは、時々気楽にハッド・ダンス・クラブで社交の夕べを過ごす使用人たちに加わったり、そこでアバディーン卿は鉄道や鉄道業務について論評し、彼の従者は「藁束の意志」を歌ったものだったし、この土地生まれの風変わりな男が「自分自身の罠にはまって」を朗唱したのだった。

女王陛下は、先に述べたように、改革するのが全く嫌なわけではなかったが、グラッドストーン氏によって制定されたこれらの改革法案にはうんざりしていた。

彼女はグラッドストーン氏が破壊的な見解を持っていると感じざるを得なかった——これは危険である。グラッドストーン卿の報告に従えば、女王のグラッドストーン氏に対する不快感の最初の徴候が示されるのは一八七六年以降のことである。この年にはビーコンズフィールド伯(ディズレーリ)の女王に対する個人的支配力が確固たるものになっていたのである。一八五二年には、女王はプリンス・コンソートと共に、グラッドストーンが大蔵大臣になることに部分的には責任があった。けれども、ビーコンズフィールドの影響が大きくなるにつれ、ビーコンズフィールドは女王を焚き付けるようになった。レディー・ポンソンビーが夫への手紙の中で、「女王の心の中にある自らの大権への盲信」と称したものにへつらったのである――そしてその盲信に対してグラッドストーンは断固反対した。この事実と、女王に自ら努力させようとする彼の果てしない骨折り、そしていつも失敗してはあからさまに見せる絶望が、彼女の彼に対する個人的な嫌悪感の大半の部分の元にあった。……「全体を鑑みて」と彼はポンソンビーに語っている、「私はそれ（女王の神経衰弱）が私の四十年近くにわたる公的生活の中で最も忌々しいことだと思っています。更に悪いことというのは容易に思い浮かんでも、王権を衰亡に向かわせる小さな取るに足りない原因はなかなか見つからないものです。それは高貴な樫の木の樹皮に穴を明けて、その生命の源を破壊する毛虫のようなものなのです。」

様々な問題には女王の公的な儀式への欠席を擁護するディズレーリ氏の助言も全く役に立たなかった。二人の男性の間の差異が顕著になっただけで、この助言の翌月、グラッドストーン氏がバルモラルを訪問した時、女王は幾日間かは自分の健康状態が彼と会うことを許さないのを悟った。遂に、一度切りの接見を許した時、彼は「彼女がどのように使うかを熟知している反発力」を初めて経験した。そして、彼女の芳しくない健康が公けの式典に姿を現すのを妨げるという事実にも拘わらず、休日に「バーデンまで馬を駆る」のを妨げはしないということだった。

グラッドストーン氏は自分の遇され方に悲嘆に暮れた。それでも非の打ちどころなく女王に忠節を尽くしていたのだが、彼女の打ち続く隠遁が更に由々しい状態になって来ているのを感じた。そしてグランヴィルに語ったのは、自分の直観に従うなら、このことについてはもっと語り合わなければならないということと、プリンス・オブ・ウェールズの推挙問題を俎上に乗せなければならないということだった。なぜなら女王が今のところ多大な熱意を以て拒絶している義務を顧みて頂くためにはこの話題が好都合なのだから。グラッドストーン氏の憂慮に間違いはなかった。とは言え、女王の代理としてプリンス・オブ・ウェールズをダブリンに送る問題が一八七一年に提出されると、女王と大臣の間の溝は埋められない程に拡がった。

一八七四年のディズレーリ氏の政権復帰を、彼女はどんなにほっとして歓迎したことか。長くて退屈なレポート、公衆の前に姿を顕すことの絶え間ない悩ましさ、といった彼女が修めざるを得なかった様々の修行はなくなった。今では、すべてが物語、彼女は再びフェアリーで、ディズレーリ氏は彼女に仕えるためにのみ生きている。自分自身を酷使することを請われるどころか、彼女を疲れさせるようなことはいっさい要請されない。これは疑いなく喜ばしいことだ。……「私が希望するのは女王様が夜には少なくともあまりお書きにならないという控え目なお約束を覚えていて下さることです。私は女王様のためにのみ生き、女王様のためにのみ働き、女王様を除けば何もないのです。」首相が病気になった折に、女王陛下にお目にかからなければ完全に快癒することはないでしょう、と言われるのは心楽しむことだった。また別の折に「いくらかロマンチックで想像力を第一にした人生でしたが、こんなにも身分の高い方からの、こんなにも励ましの気持のこもった、内々の文通程に興味深いことはかつて経験したことがありません」と言われるのも心楽しい。それからまだ、女王様が彼に送って下さった花に対してお礼を申し上げるこんなにもチャーミングでロマンチックな作法が彼にはあった。「私が崇める君主からこのような場合に拝領するルビーよりも、更にかけがえなきものであると私は心底から言うことが出来ます。」そして彼が彼女を、君主としてばかりでなく、魔法によってもたらされた超自然の存在とみなしていたことも全く確かなことだった。オズボーンは、地図の上に記された小さな島などではなくて、女王陛下の住む妖精の島であった。まさにその島から届いた桜草は、妖精の女王の命令で彼女の森の半獣神《ファウヌス》と木の精《ドリュアス》によって摘まれたものなのだ。「昨晩は」と彼は断言している、「ホワイトホールの庭園に、王室の署名のあるデリケートな箱が届けられました。私が開いて最初に思ったことは、女王様が手ずから手配された勲位の星章の数々を授けて下さった、ということでした。そして、実際、この優雅な錯覚に強く心を動かされて、宴を催しているその場にはたくさんの星やリボンがありましたから、胸に幾つかのスノードロップを挿すことによって、私もまた慈悲深い君主によって勲章を授けられていることを誇示する、という誘惑に抵抗することが出来なかったのです。

それから、真夜中に私が不意に思ったことは、すべてが魔法で、そしておそらく、それが妖精からの贈り物であって別世界の支配者からもたらされたものに違いないということでした。女王ティターニアが法官たちと共に、穏やかな海に囲まれた島で花々を摘み、魔法の花々を撒き配っている。それを受け取る人々の頭は狂ってしまう！　と言われています。」それにまた、一八八〇年の聖バレンタインデーの女王宛ての手紙もそうなのだが、物語の中に途方もない不条理をこれ以上ないくらいにうまい具合に混ぜ込むことは、どんなにおもしろかったことか。「暁け方にバラ色の雲から転がり出たばかりの若いバレンタインのように陽光降り注ぐ川岸に憩うことが出来たら、と思います――けれども幸せな若人の夢想は私のものとはすっかりかけ離れたものでしょう。」さる大臣について、彼は分別があるけれども御作法みたいな分別だと教えてもらったり、象について話してもらうのも楽しかった。女王は未だかつてこのような手紙を受け取ったことはなく、その生涯で初めてすべてをひとつひとつ語ってもらったと断言したのは驚くに当たらない。彼に対する彼女の信頼は完全なもので、彼女がセオドア・マーチンに語ったところでは、政府がエジプト副王のスエズ運河の株式持ち分を四百万ポンドで買った後――こうしてイギリスはインドに完全なる安全を与えることになった――のことであるが、これは全く以てディズレーリ氏の成したことに他ならなかった。そして彼女が付け加えたのは、ディズレーリ氏がこの国の保持すべき立場について非常に広大にして、明快な、そして非常に高潔な考えを持っているということだった。なぜなら彼はグラッドストーン氏に比べて、心はより大きくて、広く、また事の大小に拘わらず物事の理解力もずっと速かったから。その上に、何と魅力的に彼はニュースを女王に伝えたことだろう。「あなたの勝利です、陛下！……勝利はあなたのものです！」そうすることでニュースは公務上の勝利であるばかりでなく、個人の秘密の勝利の様相をも帯びた。

かのオリエンタル趣味から生まれたあらゆる魔法が、英国女王の行く径には仕掛けられていた。グラッドストーン氏は彼女を一人の女性として、一人の寡婦として捉えていた、何と言う肩書きだ！……けれどもディズレーリ氏はずっとずっと深く捉えていたと言える。ちょっとした不注意で彼はフェアリーの肩書きが、英国女王ばかりでなくインドの女帝にも当て嵌められるべきであると示唆してしまった。魔法のような考えが女王陛下の心に浮かび、すぐにもディズレーリ氏が気付いたことは、女王自ら大英帝国女王の称号から、大英帝国女王並びにインド女帝、の称号へと王室の称号を変更するという途轍もなく評判の悪い事案を支持しなければならない事態に直面してしまったことだった。激しい押し引きの後に事案は通過し、ウィンザーでのディナーパーティによって勝利が祝われた。そこに、新しく位階を得たビーコンズフィールド伯爵はフェアリーによって歓迎された。フェアリーは、この時ばかりは通常の平服の装いを退けて、その上、インド女帝になったことでもあり、彼女に忠誠を誓う王族たちから贈られた宝石で飾り立てられることとなった。

ディナーパーティが終った時、女王陛下の東方帝国の立役者とも言うべきビーコンズフィールド卿は、その不思議な年の功とも言うべき知恵と、ベルベットの肌触りもあり鋼鉄の握力もあるデリケートな手を添えて、新たな称号のインド女帝を美辞麗句の長広舌で祝った。微笑みながら応えるように、彼女は膝を半ば折ってお辞儀を返した。

何年も後、彼が墓に入ってすでに長くたっていたが、彼の女王様は彼のことを「かの心優しく賢明なる老人」と書いたのだった。そして彼女は人間の性格をこれ以上ない程までに理解したのだった。

彼女はおそらく、国民に対して彼女自身が抱く義務感の傾きのゆえに、グラッドストーンのような人間の仕事を過小評価し、高くは買わなかったのだろう。しかしながら、後半生の彼女を大ぼら吹きや卑劣で心の狭い男が牛耳ることなどはとても出来ない相談だった。彼女は王であることの本質に対する大きな尽きせぬ興味と、鷲の眼力、獅子の心を自分のものにしていたからだ。この心優しい賢明なる老人は彼女に献身した。彼女の偉大なる本性ゆえに、彼女の賢明なる心と、鷲の眼力、彼女を取り巻く魔力、その歩き方の途方もない威厳と光輝、国民に対するその自然な愛ゆえに彼女を愛していた。その見返りに、彼女は彼に高貴なる友情を与えたことになる。

そして実際、ついこの間まで、人前に晒される緊張にはとても耐えることが出来ないと彼女は感じてはいなかっただろうか？　今では内閣の要請で、彼女は議会を開いたり、病院を訪問したり、勲章を授与したりしている。けれどもこの増大した気力が危険の源になることもあった。ビーコンズフィールドの対外政策、英国の強大化への彼の欲望、彼の帝国主義は、ロシアに好感を持って見られはしなかったので、かの国とトルコとの間で戦争が勃発した時には、イギリスが巻き込まれる危険が大きかった。ビーコンズフィールドにとっては、大胆さと慎重さのどちらもが必要であるのは明らかだった。しかも、行動における絶対的な確実性と並外れた豪胆さが結び付いていなければならない。しかし今や難しい事態となった。女王は、クリミア戦争時代に生まれたロシアへの昔の嫌悪感を思い出して、トルコを支援することに決心した。夜も昼も、すでに疲れ切っていた首相は手紙と電報に攻め立てられて、強硬な行動を採るよう急き立てられた。「女王は」と彼女は書いている、「躊躇することが私たちに遅れを取らせたり私たちの威信を永久に失う原因になりはしまいかと恐ろしい程の不安を感じている！　そのことが私を夜となく昼となく悩ませている」。「おお、女王が男であったなら」ともその後の手紙に書いている、「ロシア人たちの言動を信ずることなど出来ないのだから、私は行ってロシア人に味わわせてやりたい。したたかな敗北を！　それを完遂するまで私たちは再び友達になることは出来ない。これこそ女王が確信していることだ」。実際「フェアリーは」首相がレディー・ブラッドフォードに語ったように、「毎日手紙を書き、毎時間電報を打っている。これがほとんど文字通りの真相だ」。彼は女王によって行動を促され、一方で過激な方針をとることに耳を貸そうとしない外務大臣によって抑制を促された。そして事態は悪化した。女王は一度ならず数度にわたって、退位すると脅した。なぜなら「もしも英国が」と彼女は首相に語った、「ロシアの足にキスしなければならないようなことになれば、女王は英国の屈辱の共犯者になることを拒否する、そしてその王冠を降ろすであろう」し、ビーコンズフィールド卿には女王の決意を内閣に通告する裁量権がある、と。「この躊躇」と彼女は糾弾している、「この不決定ゆえに、海外で私たちは威信と地位を失いつつあり、その間にロシアはどんどん前進して、今にもコンスタンチノープルに迫ることになるのです！　そうなれば政府は恐ろしいばかりに非難され、女王は即刻退位を考えなければならないという屈辱に見舞われるのです！」そして彼女ははっきりと言うのだった。「私は以前言ったように、膨大な数の未開人たち、現存するあらゆる自由と文明の抑圧者たちの足にキスするために自らを跪かせるような一国の元首に留まることなど、出来ないと思います。」ロシアがコンスタンチノープル郊外に達した時には、戦争を要求する三通もの手紙が一日で書かれた。そして悩み疲れた首相はレディー・ブラッドフォードに、たったひとつのことだけが彼に辞職を思いとどまらせている、と語った——それは現場司令部が大騒動になるという考えであった。ストレィチー氏は悲しげに付け加えている。「これは最早フェアリーではない、それは魔神《ジン》であり、彼（ビーコンズフィールド）が壺からうっかり呼び出してしまったものだ。そして今にも彼女の霊力を見せびらかそうとしている。」けれども、最後は、彼が勝利した。女王の勇壮な情熱は収まり、ソールズベリー卿はダービー卿の地位を襲い、ベルリン会議においてビーコンズフィールド卿は、英国のためにもうひとつの勝利を獲得することとなった。彼が英国に帰国した時、女王に告げたのは、彼女がすぐにも「ヨーロッパの司令官」となるだろうということだった。

　しかし悲しいことに、彼の勝利の日々は数える程しかなかった。一八八〇年、自由党が政権に復帰した。そして一年後、更に酷い一撃が降りかかった。ビーコンズフィールド卿、女王の友であった優しい知恵ある老人、まことに気高くまた見事に国に仕えた人物は、死の床に就いている。「私は余りにも辛抱して来た」と彼は医者に語った。「私がニヒリストでなかったなら、一切合財全部告白したろうと思います。」

第24章　一八七〇年

一八七〇年七月一五日、遠いベルリンでは宰相ビスマルク侯爵が椅子の背に凭れてため息を吐いていた。けれどもそれは満足のため息であり、疲労のそれではなかった。独仏間の戦争は、彼が長きにわたって満を持して構想を練って来たものであり、彼が入念に手順を組み立てて始めたその戦争は、ドイツの全王国をプロイセンの絶大なる支配下に統一せんがためのものだった。

やがてヨーロッパの空には地獄の阿鼻叫喚が響き渡り、大地は赤く染まることだろう。けれどもビスマルク侯爵はただその野心の達成を、その生涯の仕事の勝利のみを見据えていた。そしてフランスに不利となる何と巧みな筋書きが準備されていたことだろう。彼はあらゆる機会に争いの種子を見つけようとして来たが、その争いもフランス不利の兆候を呈し、遂に今や好機到来となった。なぜならスペインが王位継承者を選ぶに当たって、カトリックのホーエンツォレルン家、ホーエンツォレルン-ジグマリンゲンのレオポルド公子を候補者として受け入れる方向に傾いていたからだ。そしてビスマルク侯爵にはよくわかっていた。フランスがスペイン王をこの家系の一員から選ぶなどという考えを許容するはずがないのを。ビスマルクはこの考えを支持するプリム元帥を根気よく盛り立て続けた結果、何ヶ月も遅れてではあったが、レオポルド公子はプロイセン王の許可の下、王位継承を受諾した。

このニュースに接した時のフランスの狼狽ぶりは計り知れないものだった。皇帝は最初如何なる方向へ進むべきか決定しかねるようだったが、外相グラモンとパリの全報道機関が抵抗の叫びを上げ、そんな中で彼らは議会の支持を得ることとなった。英国女王とその内閣、そしてベルギー王は事態の展開に驚いて、レオポルド公子に地位を引くようにやっとのことで説得したのだった。しかしフランス政府、フランス人民はすでに理性を失っていて、プロイセン王は立候補撤回に同意するだけでは不十分である、この王位継承候補者が再び立たないよう約束すべきだと強く主張した。プロイセン王は、この要求に対して立候補撤回を容認はするが、将来にわたる約束ではないことを宣言した。そして今や彼の大臣にチャンスが到来した。このニュースを秘かに伝える電報が、王が湯治をしていたエムスから届いた時、それをビスマルクはこんな言葉で再発信した。フランス・ドイツ共々激昂せるがゆえに戦争確実となるに至る、と。

責任がどこにあるかを知るのが難しいのは、この戦争においては、あらゆる戦争においてそうなるのではあるが、首相の権力にある者を除くとしても、両陣営とも自分たちの潔白を信じていたからなのだ。ビスマルクの計画はひとまず置いて、あらゆることを想定してみるに、責任は等しく割り当てられるべきである。グランヴィル卿がヴィクトリア女王への手紙にしたためたように、「誰もが悪かったようだ」――このような事態によって恐るべき死に運命付けられてしまった惨めな男たちを除いた誰もが。

戦争が勃発する二日前、プロイセンの皇太子はヴィクトリア女王に断言している。プロイセンのレオポルド公子がスペインの王位継承を辞退したことでフランス側の開戦へのあらゆる口実はなくなった。公平な観察者なら誰でも、プロイセン王が平和への誠実な愛を示すこのような行動をとったことを認めるに違いない、と付け加えて。

ドイツ国民とフランス国民双方が、実際自分たちが完全に正しいという感覚を持ち、双方が自分たちの存在そのものが脅威に晒されていると確信していた。プロイセンの皇太子妃は、開戦が宣言された三日後に母親である英国女王に手紙で言っている、「若者にも老人にも、貧者にも富者にも、上流の者にも下流の者にも、男にも女にも、等し並に拡がっている熱狂は、我を忘れてしまう程感動的で美しい」と。

「始まろうとしている恐るべき戦闘で、かなりの強敵を相手にまわすことになりますから、勝敗の行方は私たちにとってひどく不利です。それに、私たちは意志に反して戦いを強いられているのであり、ただ私たちの存亡の危機だということを判っているだけなのです。」そして皇太子妃はフランスにも他国にも何らの災いもないことを望んでいると付け加えている。彼女の唯一の望みはヨーロッパがこれを最後に一致団結して、フランスが他国に戦争を強いる権利を二度と与えないようにすることだった。……「おお、なぜ」と彼女は他の手紙で、イギリスは戦争を止めようとしないのか、と言うのだ、「ロシア、オーストリア、イタリアと協力して侵略者に対して武器を取ると宣戦布告しないのか?」

と。

しかし戦争は続いた。何千人もの人々が、どちらの陣営も自分の国が正しく、戦争を終らせるために戦争をしていると信じながら、死んだり、かたわになったりした。それから幾週間もしないうちに、ナポレオンが惨敗するセダンの戦いや、マクマオン軍の降伏、パリの猛り狂う暴徒が上院に乱入して王朝の打倒を宣言した、というニュースが打ち寄せた。……ナポレオンという、輝ける泡沫が消え去り、帝国に替わって彼らは共和国の樹立を布告した。

十一月のじめじめした寒い日のこと――おお、それ程昔とは言えないあの美しい夏の午後と何と違うことだろう、女王とその友ユージェニー皇后はオズボーンの岸辺を馬車を走らせていたものだが――ヴィクトリアは皇后が身を潜ませているケント州のチズルハーストへと馬車を走らせていたのだった。

それは悲しい時間だった。かつては澄み切った空のような美人だった人が、その美しさの上に影を落とし、友人を待ってドアの前に立っていた。彼女は、大層質素な黒い服を着て、装身具ひとつ付けず、その髪はあまりにも無造作にネットで後頭部にまとめられていた。彼女は革命の恐怖を語った。また、彼女がパリから逃げ出す前に、群衆がすでに庭園に押し入っていた様子、彼らに抵抗する軍隊とてなかったことをも語った。パリを去る前日の夜は、完全な身づくろいをしてベッドに横になっていたと、彼女は女王に話した。そこに皇帝の幼い王子が入って来た。「ステキな男の子だけれど、ちょっと背が低くて、ずんぐりしていた。」「悲しい訪問だった」と女王は日記に書いている、「そしておかしな夢のようだった」と。

その後、三月には女王は皇帝の訪問を受けた。この時までにイギリスで妻と合流していたのだが、彼女が悲しそうに記述しているところによると、とてもでっぷりして白髪混じり、その口髭を最早以前のようにワックスで固めてはいなかったしカールもさせていなかった。

ドイツでは、勝利は圧倒的に見えた。プロイセンの皇太子妃は、英国女王に手紙で、敗戦というものは憂鬱なことではあるが深い教訓を教えるためのものであると声を大にして言っている。戦争は神意に沿って定められたもののように思える、多かれ少なかれフランス国民は軽薄さや自惚れ、不道徳がどういう結果に結び付くかを学ばなければならないのだ、と。何という違いか、と彼女は叫ぶ。この軽薄さと、ドイツ国民の赤貧や質素な町々、こつこつと精出して一所懸命働く真面目な生活とは。それこそがドイツ人たちを強くさせて不屈の精神を養わせたものなのだと。フランス人はドイツ人を侮蔑する権利があるかのように思いなしてドイツを見下して嫌悪した、そして今罰せられたのだと。

戦争はと言えば、皇太子妃はそれが続くのかどうかもわかっていなかったが、けれども、あどけなく付け加えている、「フランス軍はもう残っていないのですから、私たちが誰と戦わねばならないのかわかりません」。

この答え難い難問を前にして、ビスマルクは講和条約を結ぶ仕事に取り掛かった。そして英国女王は、絶え間なく双方の陣営から自分たちに有利な何らかの意見表明を求められていたのだが、戦争の恐ろしさに苦悩していた。かつて墺普戦争の最中にあるプロイセン王に、一切の衝突の危険を避けることに全力を尽くすよう懇請するこの上なく気高い手紙を書いたものだったが、一八七〇年九月九日の日付けでもメモを書き残している。――英国が何らかの干渉をすれば、それは以下のようなことを表明することに他ならなくなってしまうだけだろう。即ち、英国はドイツが恒久平和を築くことを望まないし、フランスがこのような戦争を再び始める保障を与える、と表明することになる。そして女王陛下が付け加えたのは「力のあるドイツが英国にとって危険であるはずがない」ということだった。そして彼女は、私たちの盟友であるにも拘わらず、ドイツ国民に、「私たちが彼らを軽んじて彼らの発展を望まなかった」と思わせておくリスクについて話したのだ。

その間、彼女の義理の息子であるドイツ人の皇太子が切望していたことは、イギリスとドイツの間で、そして出来ればオーストリアも含めた同盟関係が築かれる土壌が徐々にではあれ醸成されるべきだ、ということだった。これら三つの強力な帝国が同盟を結ぶことで、平和の継続を保てるのは疑いのないことだ、と彼は義母に語った。なぜならドイツより(フランスや、イギリスよりも?)平和のことを心にかけている国はないのだから。皇太子の結論は、武力と軍国主義によって維持されるドイツではなく、ドイツの平和主義をイギリスに理解してもらいたい、との熱い希望だった。

気高い精神はこれだけではなかった。このような問題においては夫に遅れを取るまいと、品行においていつも変わらず心暖かで良心的な皇太子妃は、フランスの破滅した皇后に自分たちのこの上なく高潔な資質を示そうと決心した。そこで彼女は、英国女王自らフランスの皇后の手に渡せるようにと、大きな郵便物を女王に送った。この郵便物にはサン・クルーの皇后の寝室《ブドワール》に置かれていた衝立が含まれていた。それは、皇太子妃が説明しているように、フランスの砲弾が家に着弾して火が付いた時、プロイセン兵士たちが最善の判断で中に入り、そこにある様々な種類の貴重品を自らの命を賭けて救い出したもののようだ。そしてそれらの中にあった衝立は、キルヒバッハ将軍に引き渡された後、プロイセン王の許可を得て、皇太子妃に送られたものなのだ。けれども皇太子妃が感じたのは、サン・クルーは皇帝と皇后の個人的財産ではなく、国家のものであり、従って最早彼ら二人の所有物ではないのだけれども、未だに彼女はこれを戦利品と見做すことが出来ず、それを保有することが正しいとは感じなかった。哀れな皇后もまた、皇太子妃に大層優しかったので、王女は皇后に衝立を返すよう大好きな母親に頼んだのだろう。二国が戦争をしている以上、彼女はそれをプレゼントとして皇后に渡すことは出来なかったが、それにも増して単に正当な所有者に戻って行く所有物のひとつと見做していた。そして彼女は戦利品というものを認めない、少なくとも女性が所有することは認めない旨を付け加えた。兵士たちにとっては勿論合法的であり、世界中の軍隊すべてが戦利品をそう見做してはいるのだが。

その問題に付随して採るべき方策について、女王から相談を受けたグランヴィル卿は、素晴らしい高潔の志が示されたことに深く感動した。けれども「一晩の熟考」が彼に第二の手紙を陛下に書かせることになり、その中で彼は、戦利品というものが、イギリスの考えでは、旗であり大砲であると理解されていて、宮殿や別荘から持ち出された価値ある物品は、グランヴィル卿の理解では、大多数がフランスからドイツへ大量に送られたものであり、不幸なことに、戦争していない国から見れば略奪したとか分捕ったと見做される、と断言している。彼が付け加えたのは、国家の所有物である宮殿から持ち出され、フランス人自身によって燃やされた物品については、些かの違いがあるかもしれない。けれども、ドイツ陸軍におけるこの慣行を皇太子が容認しないとすれば、ある種の人々にはよりよきことと思われたに違いない。グランヴィル卿は次のことも考えた。女王陛下は、友好状態にある宮廷から持ち出されたと認められる贈り物を受け取ることで、あるいはそれがフランス国家の所有に帰している時にイギリスでフランス皇后に手渡すことで、難しい立場に置かれるだろうと。そこで、彼が考えた女王陛下にとっての、最善にして確実に最も安全なプランは、皇太子妃に次のように説明することだった。彼女の善意は十分にわかるが、女王は戦争が終るまで衝立を荷解きしないでおきたい、戦争が終れば皇太子妃自身で衝立をどうすべきかを決められるだろうから、と。

これから三年ばかり後、ドイツ連邦はすでに発足していたが、女王が娘に書き送った手紙がある。彼女はイタリア王ヴィクトル・エマニュエルには共感することが出来ないという趣旨を書いている。理由は彼が自身の実の叔父の王国を段々に蚕食して他国であるかのように占領してしまったからである。そして、娘の義理の父親がイタリア王のような内閣の道具には決してならないと誇りを持って最早言い切れず、どんなにか悲しいかしれない、と。女王はドイツの統一を望んでいて、彼女の最愛の夫もそうであったように――一人の領袖、ひとつの軍隊、そしてひとつの外交政策を望んでいるのだが――他国の王子たちを退位させたり彼らの財産や宮殿を奪うことを望んではいなかった。女王は皇后や皇太子妃の立場にあったとしても、問題のある宮殿で生活しなければならないような道は決して選ばないだろう。これに対する応えとして皇太子妃は大好きなママにたくさんの愛情溢れる感謝の籠もった手紙を送り、次のように述べている。彼女がイタリア王について言ったことのすべては全く正しいが、彼女がドイツ皇帝について感じたことや宮殿の没収については正しくないと。「宮殿を」と彼女が付け加えて言うに、「私の義父は決して没収したのではなく相応の支払をしましたから、それらは合法的に彼のものなのです。……私たちがほんの僅かでも疑問のある宮殿に足を踏み入れるようなことは決してあってはならないことなのです。私たちが住んでいた宮殿は、私たちに住む権利があり、あなたがコ・イ・ヌール（パンジャブ併合に当たりヴィクトリア女王に献上されたインドの至宝のダイヤモンド）を身に付けることやウィンザーの兵器庫にインド兵を配備する権利と同じです。占領権と言うのは」と彼女は続けている、「なかなか難しい問題です。神は私がそれを称賛する者ではないことをご存知ですが、時々、時々ですが、それは最大に有効なものになるのです。東洋を征服した大英帝国がその最高の例であり、そこにあってさえイギリス人はそうであるべきような良心的で人道的、文化的で、啓蒙された者としての姿をいつも見せて来たわけではありません。ですから私たちがこれ以上の不面目をかこつことなど私は全く考えません。東洋人はヨーロッパ人ではないし、同じマナーで処することは出来ないとあなたは反論なさるでしょうがね！

私は自由と進歩を主張することが何よりも好きですし、六六年と七〇年の出来事はそこへ向かう第一歩だと信じたいです。それらの出来事を引き起こした者たちの目論見にも拘わらず。……」

この注目すべき手紙への女王陛下の返事がどのようなものなのか私は知らない。皇太子妃は実際、彼女の母国に関しても、彼女が嫁いだ国に関しても、双方の海外への版図拡大に非常な興味を持っていた。そして、コ・イ・ヌールについての手紙の六年後、彼女が大好きなママに手紙を書いて考えさせようとしているのは、「露土戦争《オリエンタル・ウオー》」の責任問題から、イギリスを愛する者たちすべてがエジプト併合のこの無類の好機をイギリスが取り逃がすべきではないと、とても心配していることだった。彼女は付け加えて言った。「イギリスはエジプトを獲得すべきであるとの信念をビスマルク侯爵が表明した時、彼にはある下心《アリエル・パンセ》があったとイギリスのある人々が思っていたと私は聞いています。彼には強いイギリスがヨーロッパで大きな役割を占めること以外には何ひとつアリエル・パンセがなく、私たちは彼がそのように考え、感じていることがただ嬉しいだけなのです。オランダを併合してフランスにはベルギーを獲得させようという野望に関しては、それがツクリバナシ以外の何ものでもなく、非常に馬鹿げたことであると私はあなたに請け合います。」

　女王陛下はしかしながら、この問題に関して娘と心を同じにすることなく——その手紙を見せられたビーコンズフィールド卿も同様で、手紙がビスマルク侯の差し金に違いないと言い——彼女が可愛い子供に言ったのは、娘からもたらされたこのような提言が彼女を大層驚かせたということだった。どうしてイギリスがそのような野放図な侵略をしなければならないのか理解し難い。なぜならトルコもエジプトも彼女を怒らせることなど何ひとつしなかったのだから。おそらくは、コ・イ・ヌールやインドの国章《エンブレム》問題に関する取り沙汰を思い起こしたからだろう、彼女が付け加えたのは、トランスヴァール共和国（南アフリカ共和国）のケースにおけるように、強いられないかぎり、諸国を併合することは（どこかの国の習慣であるようには）私たちの習慣ではないということだった。そして、そんな行為は貪欲漢のガツガツした行動と言えよう、と。イギリスにとってロシアの侵略に抗議することは一体可能だろうか、と女王は糾すのだった。もしも私たち自身が同じ過ちを犯しているとすれば？

なぜならロシア、ロシアの脅威、ロシアの恐怖――こうしたものが女王の脳髄の奥を打ち付け続ける間断なき大音響であったのだから。そして大臣たちへの彼女の執拗な叫びとなる。「準備せよ！すぐに、もう遅いかもしれぬ。」

第25章　帰還

一八七一年十一月末のじめじめしたうすら寒い午後、しめやかな馬車の一行が、ノーフォークの砂地の荒野をゆっくりと走りながら、細い樅の木の林や、風に吹き晒された公有地を通り過ぎて、道路際の暗い庭園の真ん中に立っている一軒の家の前で止まった。家のドアが開いて、若く美しい一人の女性が何も言わず目に涙を浮かべ、荒寥たる地域を覆い尽くす深い霧のようなベールを纏って先頭馬車から降り立った、喪服姿の小さな人影に両手を差し伸べた。手に手を取って女王と義理の娘は、暗い色や寒々とした色の葉を付けた樹々の間を縫う細道のような廊下を上がって、小さな明かりがただひとつ灯っているだけの暗い部屋の中へと入って行った。手に手を取って彼女たちは立ち尽くし、ベッドに横たわってうとうとしている人影を見降ろしていた。十年前、と女王が思い浮かべたのは（十年前などということがあるだろうか、あの恐ろしい夜の暗闇が今も彼女の心に纏い付いているのに?）、彼女が立って、未知の海に漂い出て行くもう一人の愛する人を見降ろしていたことがあったということだった。そして今、彼女の長男は彼女から夫を奪ったのと同じ病気に襲われて横たわっている。

彼女のサンドリンガムの別荘への旅と、ウィンザーへの帰還、その恐怖と希望が交互にやって来る長き日々は終りのない夢のようであり、夜々は眠りと共に多くの思い出を引き戻し、亡くなり塵となって久しい愛しい顔と姿形を彼女に返してくれ――それから、残酷極まることに、再び彼女からそれを取り上げた。……アルバートは、ウィンザーの陽の光溢れる部屋で彼女の傍らに立って、腕に長男を抱きながら女王が見られるようにとあやしていた――まだほんの小さな子供のエドワードは彼を呑み込んでしまいそうな暗い波立つ海の方へと走って行った。……おお！　滝のような大波！　けれどもアルバートは走って行って小さな少年を抱き上げるだろう、高く抱え上げて暗い海は少年に触れることも出来ないだろう。だが違う、アルバートはそこに居ず、誰かが泣いていた。……一体誰なのか？　真っ暗だ！　朝の二時で、女王が最新の報せを聞くことが出来る時間にはまだ早い。二十一日目より早く快癒することは期待出来ないと言われているし、まだ彼女の息子が病いに倒れてからわずか十六日目の、十二月八日だ。

朝と共に悪い報せが届き、女王は今一度サンドリンガムへ旅立ち、ドアのところで再びあの悲しそうな無言の人影と落ち合うことになった。医師たちの声は低く、彼女の息子の寝室にあるランプはかつてなかった程微かなように見えた。翌朝、五時三十分、彼女が横になってきれぎれの眠りをとっていた時、医師に起こされた。王子はひどい痙攣に襲われ……言い終るか終らないうちにウィリアム・ジェンナー卿が戻り、二度目の発症があったもので、体力も由々しき状態にあることからして彼女の息子はいつ死んでもおかしくないと語った。女王はただちにお出でになられた方がよい。部屋着を羽織ると彼女は、義理の娘とアリス王女、医師たち、そして献身的な看護師たちが立ったまま囁くように話している部屋へと急いだ。とても暗い、と女王は思った。数本しかない蠟燭は今にも消えそうだった。王子は苦しそうな息をして横たわり、冷たい汗にまみれていた。

しばらくすると息子の容態がやや持ち直したと医師たちが言ったので、彼女は寝室へ戻って朝食を摂り、不意の風のような囁き声が吹き寄せたかと思えばもっと恐ろしい静寂の緊張状態があったりする長い一日が過ぎて行った。

翌日の十二月十三日、王子の病状は更に悪化してますます弱り、絶え間ない譫妄状態に陥った。彼が眠っている相間に、母親は家を離れてほんの僅かの間だったが庭園の中を歩いた。けれども空気はとても湿っぽく、地面の雪は溶けていた。数本のクリスマスローズはその繊細な美しさが深い霧によって台無しにされてはいたが、溶けかけた雪に緑が映えていた。けれども女王は知っていた。霧の冷たさ、彼女の心の冷たい荒寥から救ってくれるものは何もないことを。王子の部屋に戻ってみると、彼女は彼の妻と彼の妹のアリスがあまりにも大きな心配と絶望に沈んでいるのを目にした。そして遂に泣き崩れた三人の女性は、「もう何の希望もないのよ」と泣きじゃくった。女王はベッドの方へ行くと、息子の手を取って何度も何度もキスをして、その腕を撫でさするのだった。彼は寝返りを打つと見知らぬ人を見るように彼女を見つめた。「誰?」と彼は訊いた。……それから、しばらくして、「ママ」と言った。「愛しい子よ」と彼女は囁きよりももっと小さな声で応えた。続いて彼は、「来て下さってありがとう」と言った——沈黙に漂い消え入るような奇妙な声だった。刻々と十四日に近付いて行く、と彼女は苦悶の内に思った。あの恐るべき闇とすべてを呑み込む時というもの、そしておお、今日という日はあの日の悪夢の再来となるのではなかろうか。十年前の私にとっては世界が失われてしまったあの日の——私の世界はまだあるけれども、余りにも変わってしまった。

しかし翌日、彼女が覚悟していたように、もうひとつの死の床に朝陽が射すということにはならず、彼女の息子がうつらうつらにではあるが静かに眠っているという報せがもたらされた。潮が変わり、最早あの暗い海が彼を呑み込みに押し寄せることはないと。

あの時から二ヶ月後、一八七二年二月二七日の朝早く、バッキンガム宮殿の部屋の窓から外を眺めていた女王が目にしたのは、王子の恢復を感謝する礼拝のためにセントポール寺院へと馬車で向かう女王とその息子、彼の妻と子供たちを祝おうと集まって来る群衆だった。六頭の馬に引かれた四輪のオープン馬車《ランドー》に乗って、彼らは叫び喝采する群衆の中を通り抜けて行った——白い毛皮《ミニバー》で縁取りされたドレスに黒いシルクのジャケットを着た女王と、セーブルで縁取りされた青いベルベットを着た皇太子妃は、幼いエディー王子を連れたプリンス・オブ・ウェールズとベアトリス王女に向かい合って座っていた。何百万とも思える人々が通りに溢れ、差し始めたばかりの陽光の中を踊る旗また旗の世界となった。

ヴィクトリアには、彼女を愛するがゆえに共に集まって来たこれらの群衆を見るに付けても、彼女が知っていた世界が彼女の目の前で変化しつつあるように思えた。革命を予言し、共和制を求めて叫ぶ多くの声は陰鬱な呟き声となって来ており、やがて沈黙の中へと消え去ることだろう。なぜなら、王子の病気によって女王は国民の愛を取り戻したのだ。彼らは彼女の中に、苦しみ悩む一人の人間を、自分たちと同じ法則に従い、同じ愛、同じ希望と恐怖に囚われている人間を今一度見たのだ。最早彼女は高価なお飾りでも、統治する土地からお金を取り立てるためにのみ存在している血の通わない存在でもなくなっていた。

ある方面で感じられていた王家に対しての不満、小さくとも脅威となる共和制支持の運動——これらは様々な原因によるものであるが、結局は女王の隠遁によるものであり、彼女が一個人の用途のために膨大な額のお金を貯蓄していると信じられていたことによるものだった。彼女のまわりに立ち籠める涙の霧によって彼女は人々から引き離され、彼女はしばらく、彼らの愛を失っていた。後半生において、彼女の不屈の意思が彼女を支え、彼女が自分自身を立て直して今までなかった程に大きな人柄になった時、道案内として、予言者として、母として、国民の元に帰って来て、我々の民族の君主の誰一人として未だかつて経験しなかった程に国民に愛されることになったのだ。彼女の息子の病気が彼女を生きている存在として国民の元に返すまでは、彼女は彼らの言語を話さないよそ者であり、国民が分かち合うことの出来ない悲しみの言葉ばかり話す異邦人だった。

彼女は滅多に公的職務に関与しようとしなかったから、実際に人々が感じたのは、彼女が進んで国民の前に姿を現す唯一の機会は、国会によって決められた彼女の子供たちへの新たな皇族費をもらいに行こうとする時だけであるということだった。こういった場合、議会を開いて公的義務を執行することに同意するのだが、国民は彼女のこうした普段の習慣とは違う行為の理由に完全に気付いていた。ルイーズ王女のローン侯との婚約がしばらくは不満を鎮めたのは確かだった。なぜなら英国の君主が王女の臣下との結婚を認可したのはヘンリー七世の娘とサフォーク公との結婚(一五一五年)以来これがはじめてだったからだ。けれどもこれがまた新たなお金の要求へとつながることとなり、そして、王女の婚礼(一八七一年三月二一日に執り行われた)の一週間後には、女王陛下は娘と義理の息子と共にパディントンからバッキンガム宮殿へとオープン馬車を走らせた。群衆は大挙して、礼儀正しく声援を送った。風はとても冷たく女王を打っていたけれども。

相も変わらず忠実で騎士道的なグラッドストーンは、恐れ——そして女王に警告した——国会は彼女のルイーズ王女への三万ポンドの皇族費請求に反対するに違いないと。この件に関して彼は間違っていた。けれどもアーサー王子が成年に達した時、年一万五千ポンドの収入を受け取るべきであると提議された時には、国会議員の五十三人のメンバーがこの総額を五千ポンドに減額する方へ投票し、一方十一人が如何程の手当が供されることにも反対の票を投じたのだ。女王の非常に多額な収入をアメリカ合衆国の大統領に年間支払われる給与である一万ポンドという穏当な額と比較するパンフレットが出版された。この種の出版物のひとつ——運動の頭目ソロモン・テンプルによる「時局小冊子」とか「彼女はそれで何をする?」——は次のように指摘している。国家から女王に支給される年間三十八万五千ポンドの手当に加えて、彼女はプリンス・コンソートから百万ポンドを相続している。自分の全財産を女王に残したニールド名義の百万長者(オーストラリアで金鉱を当てた)からの五十万ポンドも同様だ。

著者は、次のようにも不満を言っている。女王は自らの公務手当を目的に沿った使い方をしていない。手当が支払われたその目的とは「ウィリアム四世と同様のスケールの宮廷と王室の建物」の保持ということだった、と——なぜなら立派な皇室と気前の良いもてなしは国の商業貿易を刺激するだろうから。女王とは、すでにその額五百万ポンドに上るとも信じられる巨大な富を蓄積するためにその手当の大部分を取り置いている者である、とも陳べられている。彼女はこれらの蓄財に何の権利もない。実に、この問題における彼女の振舞は公金を私物化する汚職に等しいとパンフレットは主張していた。

これらの故意に事実を曲げた意見表出に対して、彼女の変わることなき忠実な闘士であるグラッドストーンが抗議しても無駄だった。そこには嘘があり、それらの嘘が拡まって反女王のプロパガンダの手段としてこの国の共和主義者たちによって熱心に活用された。なぜならフランスにおける共和制の発生は、この国に影響しないではいなかった上に、おそらく初めてのことと思われるが、イギリス共和主義は多少ではあれ公然と支持されていた。この感触はフランスに対する英国民の姿勢の変化に現れた。普仏戦争が始まった時、イギリスの共感はドイツに傾いていた。なぜならビスマルクの企図は一般社会には知られておらず、挑発は、表向きはフランスから発せられたのだったから。けれども戦争が終った後、これらの共感は変化した。プロイセンが課した条件の苛酷さ、プロイセンの燃える復讐心がこの見解の変化の一因となり、この変化と共に女王を非難する風潮がやって来たのだ。敗れた敵に受け入れ可能な条件のみを課すよう懇願するプロイセン王への気高い洞察力ある彼女の手紙のことは何も知らずに。更に大きな要求はすまいとする彼女の唯一の理由は、勝利の戦利品のおこぼれに与る企てだと誤解したドイツ人がますます苛酷で非情になることへの怖れだったという事実も知らずに、人々は女王がプロイセンと手を組んでいたに違いない、フランス国民には振りかかるべき恐怖を知らしめようとしていたに違いない、と信じたのだ。女王の夫はドイツ人だった。彼女はドイツの王子たちと結婚している二人の娘と手紙のやりとりもしている。このことは彼女の共感がドイツにあることを証明するに十分なものだと思われた。

そして不満は大きくなり、一八七一年には頂点に達するまでになっていた。その年の四月、パリコミューンへの共鳴を旗印にハイドパークで会合が開かれた。これが全面的成功であるとは言い切れない。と言うのは、主催者たちは十万人集まると断言していたにも拘わらず、わずか六百人が出席しただけだった。十一月には、それでも更に縁起の悪い催しが行われた。その日、国会議員の一員であるサー・チャールズ・ディルクが、ニューカッスルで英国の共和主義を支持する演説をした。彼自身の説明によると、この演説は女王の子供たちの皇族費問題から引き出されたもので、「この問題への的確ではあるが事によると無分別であるかもしれない言及を含んでいた」。

女王は心が凍りつく怒りを覚えて、ただちにグラッドストーン氏に告げたのは、彼がこの演説にすでに言及していて、サー・チャールズ・ディルクが唱導しているものよりも現在の政府の形体の方を好む、と明言していたはずだと認識していると。のみならず、もしも女王がグラッドストーン氏を誤解していないなら、演説の最後は議論の余地があるという印象を持ったとも示唆していたはずだった。サー・チャールズはあまり重大な力を持たない人物ではあったが、彼の君主制への攻撃と女王個人に向けられた個人攻撃に対しては、グラッドストーン氏が強い処分を執行すべきだと女王は感じていた。

これに対するグラッドストーン氏の応えは、この問題に深刻な不安を覚えたというものだった。なぜならサー・チャールズ・ディルクのようなほどほどの地位の人物でさえ公的演説においてこうした見解を表明することが出来た上、感謝決議を獲得したことがまず驚きに値したからだ。会合に出席していた人は多くはなかったとは言え、数年前にはこの少ない共和主義者さえ存在しなかったのだ。グラッドストーン氏は最上の方針は「兆候が表れた時は出来るだけすばやく、とは言え異常事態の時は油断なく！」取り組むことであると感じた。彼がこの上なく強い口調で君主制を称賛しながら、サー・チャールズの愚かな共和主義を軽蔑する演説をしたのはこの理由による。

グラッドストーン氏は実際驚いた。サー・チャールズ・ディルクの演説が運動として少なからぬ熱狂的な後援者を得たことに。例えば、ジョゼフ・チェンバレン氏は、きらめきある、さっそうたる猟犬フォックステリアの鋭い容貌で登場し、公然と称揚した。「共和制は必ずや来る、まっしぐらに我々はそちらへ向かって動き我々の世代にそれはやって来るだろう。更に重要なことはあらかじめその条件を議論することと、得るものはあるかもしれないが、それと同じくらい失うものもあるかもしれないということを明晰に認めることである。」

けれども、イギリス共和主義の思想の支持者は少なく、そのため一八七二年の初め頃、ディルクは下院において王室費に対する質問の動きを見せたが大混乱の内にそれは覆された。

一八七三年五月、共和主義の協議会がバーミンガムで開催された。ジョゼフ・チェンバレンは欠席して、ハーディ氏の語るところでは「ブライトは明確に運動から身を引いた。指導者はブラッドローとジョージ・オジャーである」。一八八三年にチェンバレンが、二万人の人々が集う会場で、ジョン・ブライトをバーミンガム選出の議員として推奨し共和主義的感覚の新たな噴出に手を貸したのは事実である。しかしハーディの所信によると共和主義に関する「彼の更に熟慮された見解は」一八七四年に彼がバーミンガムの市長として行った演説の中に籠められているという。それは市がプリンス・オブ・ウェールズ夫妻の訪問を受ける直前のことだったという！

「もしも共和主義者になることが、あらゆる情勢における理論上、それが自由で知的な人々にとって最良の政治体制であり、その体制内ではむしろメリットが出現するという思想を抱き続けるということであれば、私はその考えをこの国のほぼすべての偉大な思想家と共にすることを誇りに思うし、共和主義者になることも誇りに思う。けれどももしも共和主義者が現存する秩序を乱暴に根こそぎにしようとする者であり、思想を脇に押しやり、国民の大多数の感情を辱める者であり、単に抽象論議の論理的帰結に終始する者であるなら、私は共和主義者であることから誰よりもずっとずっと遠くに離れて身を持するだろう。……つまるところ、皆さん、極端な忠節心というものも極端な共和主義というものもあり得るということなのでしょう。」

イギリスにおける共和主義運動は死んだ——王子の病気によって喚起された同情によって抹殺された。そして、感謝の礼拝の二日後に起こった出来事によって怒りは目を覚ました。王子の命が危険にさらされていた時には、地方自治協会さえアイルランド総督が女王陛下に大急ぎで保証したように、「病気の理由で休会した」。そして今、王子の恢復を祝う儀式の二日後、国民全体の憤激が目覚めた。

一八七二年二月二九日、女王は二人の息子と侍女を伴って四輪のオープン馬車に乗ってバッキンガム宮殿に戻って来た。侍従たちが馬車から降り、好漢ブラウンが降りて馬車の段々をしつらえようとし、侍女が今まさに降りようとした——その時女王の横にひとつの影が現れた。最初彼女は、オープン幌を閉じようとしている従僕の影と思っていたが、振り向くと、知らない顔が彼女をじっと見つめ、知らない声が話しているのに気が付いた。片手が振り上げられた、その時、生涯で初めてのことだが、勇猛なる英国女王が悲しみと心配に疲れ果てて恐怖を顕わにした。「助けて」と彼女は叫んでその軀を侍女の軀に投げ掛けたのだ。それと同時に、足を引き摺る音と声が聞こえ、彼女は一瞬で立って周りを見渡すだけの正気が戻った。好漢ブラウンはしっかりと一人の若者を捕まえて激しい揉み合いがあった後、ブラウンと侍従たちは男を地面に抑え込んだが、ブラウンは警察官が到着する前に彼が逃げるのを恐れてずっと彼をしっかりと摑まえていた。この時までに女王は自制を取り戻していた。けれども一瞬、すべての目撃者が恐怖に打ちのめされて——女王が後々思い出したようにまるでシーツのように白くなり、侍女は半泣き状態で、レオポルド公は今にも卒倒せんばかりだった。なぜなら騎馬御者《ポスチリヨン》のキャノンが、地面を指差して叫んだのだ、「そこです」と。下を見た女王と目撃者が目にしたものは輝くピストルだった。

好漢ブラウンとその失われることなき沈着さこそが、女王が言うには、彼女の命を預けるに足るものだ。なぜなら彼は突進して来る少年を目にするや彼を追い掛けたのだから。そしてピストルは、運の良いことに装塡されてはいなかった。

取り調べてみると、彼女を威嚇した十七歳の少年オコナーは、彼女を脅かすことによって囚人となっているフェニアン騎士団員たちを釈放する文書にサインさせるつもりだったらしい。彼は一年の投獄と鞭打ちを宣告された。

人々にとって、女王の隠遁の長き年月の間と言うのは、服喪の中に覆い隠された見えざる姿が彼らから隔離されていたかの感があった。なぜならそれは血の通っていない生きてはいない代役、生きている女性の外観を纏った人形に他ならなかったのだから。

けれどもそこにも生の営みはまだあり、こうした年月にあってさえ彼女の国の栄光や幸福のことが心配される段になると、不思議な偉大さが、彼女の言葉を今以て人の心を打つちょっとした家庭の響きから、それ以前のことはすべて吹き飛ばしてしまう歴史という風の凄まじい響きへと変化させてしまう——そんなふうに聞こえるのだった。それはシュレスヴィヒ゠ホルシュタイン問題の折、ラッセル伯爵への彼女の応えのあらゆる件りに生じていて、その中で彼女は女王に英国の栄誉を思い出させる必要はないと述べているが、これこそが彼女には誰にとってでもない自分自身にとって一番の心配事だったからではある。それだけではない、彼女は同様に自分の女王としての責任を心得ていること、イギリスが単に想像上の利害や、ありもしない名誉といった問題のために戦争に巻き込まれるのを許すようなことは拒否すると付け加えている。そして、ヨーロッパ全土を覆う大災厄へと導くだけで、おそらくは世界的な無政府状態に終るであろう政策を認めることも拒否する、と。

再三再四、ヨーロッパを新たな血の海から救った人、その人こそ鷲の眼力、不思議な先見の明と知恵を持つヴィクトリアだった。沈着に、動揺することなく事を解決して、恐れることがないのはその洞察力ゆえであり、彼女は力強い両手でバランスをとっていた。一八七五年五月、ドイツのフランスへの威嚇行動のことや、フランスの報復戦争準備が出来る前にドイツがフランスを攻撃するに違いないとのドイツ側の噂を聞いて、女王がディズレーリ氏に告げたことは、ドイツの行動には我慢ならず、報復戦争の話など全くナンセンスであり、イギリスが他の列強の先頭に立ってドイツに告げなければならないことは、ヨーロッパはもう一回戦争をすることには耐えられないし、耐えようとも思わないということだった。

その不屈の意思を前にしてドイツは譲歩し、ヨーロッパの平和は救われることになった。偉大さと無比の勇気を生来与えられていた彼女であったから、夫の死に引き続いて起こった心気症の症状のありとある苦痛によってもそれらは曇らせられたままにはならず、偉大さが自覚される時がやって来たのだ。

第26章　過ぎゆく年月

年月は何と素早く流れ去って行くことか、女王の若い身体を、若々しい幸福な顔を変化させて、中年の重く弛んだ線にして行きながら。今ではその顔は、少女時代には「とても可愛らしくて庶民的」だったのに、中年に差し掛かって苦悩や苛立ち、自己憐憫や不機嫌の皺を刻まれ、気高く思慮深くなり——そこに見られるのは峻険な山々の影のようだった。彼女の性格は幅が広くなり、いつの時も深い思いやりは、経験によって一層大きなものになっていた。国民の福祉に影響するどんなに小さな細目も彼女の注意を逃れるものはなかった。例えば、特別税はマッチには掛けられなかった。なぜならマッチは、とても幼い子供たちも含む最も貧しい人々によって作られていて、彼らの生計は増税すれば成り立たなくなるだろうから。夫を失くした彼女の悲しみはずっと続いていた。けれども子供たちのどの結婚においても、どの孫の誕生においても、家庭内のどんな儀式においても、あるいは国民に囲まれる公的儀式においても、彼女はもう涙を溢れさせて臨むことはなかった。

年月は英国女王から愛らしいところ、また皆に愛されていたものをたくさん奪い取った——その響きによって皆に愛されていた賢そうな声、失った若さや幸福な結婚生活の一部を成していた優しい声もそうだ。一八六五年、その父親のような愛で彼女の子供時代を慰めていたベルギー王が、少し病んだ後に亡くなった。一人ずつ、彼女を青春に繋ぎ止めていたあらゆるものが消え去って行った。彼女の愛する異父姉フェオドラ、その物腰の美しさゆえにジョージ四世に大変愛された人——フェオドラ、どんなに妹を愛しているかをただ告げるだけのために幼い妹の十歳の誕生日に鳥のように窓から飛び立ちたいと願った——フェオドラ、若々しい笑いさざめく令嬢で、決して年を取ることなどないと思われていた——彼女もまた死んでしまった。そして善良にして賢明なドクター・マクロードは、バルモラルでの友であり、霊廟に関しての彼女の思いをとてもよく理解していて、彼女が宗教に慰めを見出すのを肯定してくれた人であったのに、彼も塵と化した。女王は鏡台に座った、その顔に涙が雨と降り注いだ、ただ機械的に髪を梳いていた。一八七八年一二月一四日のことだった。彼女から夫が奪われたあの黒い極北の日の十七回忌であった。一年にはあらゆる日々があるというのに、よりによってこの日に、彼女の娘のアリスは死んだ。子供たちを看病している間に伝染したジフテリアで急死したのだ。夜は女王のきれぎれの眠りのうちに過ぎて行き、やっと朝が来て、彼女は夫の部屋へ行き、毎年この日にするように祈りを捧げた。部屋を出た時、彼女は打ち拉がれた表情を顔に浮かべて電報を手にしているジョン・ブラウンと行き合った。……女王の世界が終ってしまったあの夜、父親の枕元に立っているアリス……婚礼の朝母親の部屋に入って来て、キスを受けようと腰を屈めるアリス……女王は両の目を指で押さえた。まるでこれらの思い出を目の中に閉じ込めるかのように。

年月は、悲しみの重荷の全てを荷うにはあまりにも速く過ぎ去って行った。年月はまた、彼女に明るくきらめく喜びや、ささやかな楽しみももたらしてくれ、結局は、彼女に更なる明晰な理解力を与えることになった。プリンス・オブ・ウェールズは、何年もの間公的業務のどのような実務に携わることからも締め出されていたが、今では、グラッドストーンとビーコンズフィールドの不断の要請のお蔭で正式な後継者としての地位にあり、一八七五年には女王の代理としてインドへ行ったのだった。実際、彼女にとっては今や息子の支えなしに生きる時間などあり得ないように思われた。

　それからまた、女王の健康が回復すると共に生きる上での新たな興味も回復し、ついこの間まではひどく恐れていたあれらの国賓の訪問に喜びを見出すこととなった。一八七三年六月二〇日にはペルシアの国王《シャー》が首相《グランド・ヴィジャー》と大随行員に伴われてウィンザーに彼女を表敬訪問した。イギリスがペルシアと友好関係を結ぶことは、ロシアのアジア進出という理由から極めて望ましいことだった。だからこそ信頼関係がロシアともペルシアとも樹立されるべきであり、皇太子《ツアーラヴィチ》夫妻がロシア皇太子妃の姉妹に当たるプリンス・オブ・ウェールズ妃を訪問されるようにと、シャーがウィンザーに到着するなり招待されたのだった。

　十年前には、女王はシャーのためのパーティからこれ程大きな喜びや楽しみを得られるなどとは信じられないことだった。まるまる一日が喜びに満たされて、シャーの宝石の数々は——途方もなく大きなルビーを彼はボタンとして付け、彼の剣帯と肩章はダイヤモンドづくめで、帽子のリボンの留め飾りもダイヤモンドだった——彼が第二の太陽に見えてしまう程に夏の青い陽の光の中に輝いていた。君主たちは勲章を互いに贈り合い、シャーは女王の両肩に腕をまわして勲章を掛けようとして、彼女の帽子を払い落としそうになった――けれども首相《ヴィジャー》とベアトリス王女によってすぐさままっすぐに直された。そして勢いよくドアが開けられると行列はゆっくりと昼食が供される樫の間《オーク・ルーム》へと入って行った。シャーは昼食の間中果物を食べ、夥しい量の氷入りの水を飲み、『ハイランド生活日誌』について、彼が読めるようペルシア語に翻訳させてはくれまいかと女王に話したりした。それから昼食が済むと女王は、酌人やパイプ持ちの召使たちを伴って休憩しに行こうとしていたシャーの傍を離れたが、三時半頃窓の外を眺めている時目に入った彼は、宝石の飾り付き帽子を脱ぎ、眼鏡をかけて、ヴァージニアウォーター湖とフィッシング・テンプルを訪問すべく馬車で行くところだったのだが、そこは四十七年前、幼い王女がジョージ四世やロシア皇帝と共にオープン幌付き四輪馬車で行った所だったのだ。

女王のもてなし役としての活動ばかりでなく、彼女の子供たちの結婚が彼女の影響力をますます深めて行った。この時から三週間後、オズボーンの松ともちの木の傍らでベアトリス王女とお茶を飲んでいた時のことだった。エディンバラ公（次男アルフレッド）からロシア皇帝《ツァー》の一人娘との婚約を知らせる電報が届いた。そして翌年の三月七日、新たな義理の娘に会うという試練に神経質に慄くばかりだった女王は、ウィンザー駅に公爵とその妻を迎えた。鐘という鐘が鳴り、楽隊という楽隊が演奏し、多くの大砲が祝砲を撃ち旗がはためいたその時、花嫁が長い裳裾引く淡いブルーのドレスを纏い、白薔薇と白いヒースの付いたチュールのボンネットを被って馬車から降り立った。気だての良さそうな顔と明るい眼差し、人懐っこい物腰の彼女はとてもチャーミングだったので、女王は慄く気持も忘れて優しく彼女にキスしたのだった。

彼女の息子がかつての若きロシア大公の娘と結婚することに不思議な気持がした。あの愛すべきチャーミングな若者と「冗談を言い合い」ながら、彼女は本当にちょっと恋をした気がしていたのだ。ウィンザーで彼らが共に踊り、共に語り、涙で別れてから本当に三十五年も経ったのか？　彼の娘がやって来て新たな家庭に入ってから二ヶ月後に、彼は女王を公式に訪問した。けれども、女王は彼が大層優しくはあったがその顔は恐ろしく変わってしまったことに気が付いた。何と悲しげで、何とやつれて、何と年取ってしまったことか！　と日記に書き留める程に。翌日、彼に敬意を表して盛大な晩餐会が開かれ、席を並べた女王とツァーはあの若き日々のことを語りあった。共に踊り、共に馬に乗り、そして、多分、二人ともちょっぴり恋していると思っていたあの日々のことを。再び――彼女は三十五年前の別れを告げた日のことを思い出した。――女王が彼の目に涙を見たからだ。けれども今度は別れによってではなく、女王が彼の娘に示した優しさによって浮かんだ涙だった。そう、若きエディンバラ公爵夫人の方もまたすっかり上がっている様子だったので、義理の母はツァー越しに腕を伸ばして彼女の手を取り、勇気づけるように握り締めてくれたのだ。イギリスとロシアの間の過去の不幸にはほとんど話が及ばなかった。ツァーは意味ありげに「あなたはとんでもない仕えられ方をされたものだ！」とだけ言ったけれども、女王が思ったように、それはパーマストンを指しての言及だった。

訪問は楽しく過ぎたが、ロシアの強大化する力と迷路状態の策謀への女王の恐れは変わらず、ツァーの訪問の十八ヶ月後にはこれらの不安はある程度現実のことになった。バルカン諸民族のオスマン帝国政府に対する反乱が、トルコの武力を憂慮するロシアによって、ロシア自身の野望を押し進める口実に利用された。ロシアは、一八五四年の時と同じように、同胞であるキリスト教徒の救援に赴くのだという意図を表明し、ビーコンズフィールドは、英国のインドでの利害問題がある程度までトルコ皇帝が支配力を保ち続けることにかかっていると考えていたから、イギリスはどんな犠牲を払ってもロシアからトルコを護らなければならないだろうという現実を認めていた。私たちがビーコンズフィールドの章で見て来たように、女王は彼の視点に添って彼を擁護したばかりでなく、更に極端な政策を採らせようとした。ロシアを扱う際には後生だから断々固とした言葉を「使用する」よう、イギリスの名誉と尊厳が関係していること、大英帝国が維持されるべきであることを覚えておくよう、彼に頼んだ。一方でイギリスの外務大臣であるダービー卿が聞かされていたことは、女王は困難だとか不可能だとかいうことについての講釈を聞くつもりはない、イギリスの諸々の権利は保証されねばならない、ということだった。

この線に沿った政策の結果、インド総督が女王に確信を持って言うことが出来たことは、イギリスがインドの目に再び立法者と裁判官の旧来の気高い姿で現れたということと、イギリスの法律に反乱を起こした国が、それからわずか二十ヶ月しか経っていないにも拘わらず、今では人的金銭的全資源をイギリスの手に委ねたいと思っているということだった。

ビーコンズフィールド卿のベルリン会議での勝利は、最後はヨーロッパに平和を取り戻させたが、女王はイギリスの威信と偉大さを取り戻したというように感じた。我が女王がヨーロッパの司令官となるのを見んがために生きようとする彼の野望は、決して無視されたわけではなかった。しかしグラッドストーン氏が全く別の光の中に姿を現した。即ち、公的生活から退く意向を公言しながらも、時宜をはずさずに捉えて、女王陛下の内閣は侵略されることを望まず、元の状態に戻ることを望まず、英国民の中にトルコの残虐行為に対する怒りを掻き立てることを望まない、という事態となった。女王は日記の中で、グラッドストーン氏の政策はイギリスが昔からの地位を再び得ることはないということを明らかにしてしまった、と所見を述べている。……なぜなら、この時までに、これら二人の偉大ではあるが徹頭徹尾相入れない人格は絶望的な程に掛け離れてしまっていたのだから。グラッドストーン氏は、ある程度までは女王の性格を理解することが出来たが、二人の偉大さの源となっている寛容さと把握力の全容量を以てしても、どちらも自らの音調を他方の音調に合わせることが出来なかった。

グラッドストーン氏の第二期統治は女王の不信感を増すことになった。前内閣からこの内閣に引き継がれたアフガン戦争と南アフリカ戦争は勝利に導かれるべきであると女王は絶え間なく主張していた。軍備の削減と軍隊の縮小を恐れてもいた。自らの義務に倦むことなく彼女は軍隊を観閲し、インドへ増援隊を送る戦艦ジュノーを視察し、内閣に更なるエネルギッシュな行動を促した。ようようのことでサー・フレデリックは、引き続いてロバーツ卿が、アフガン人を屈服させるに至った。そして女王の関心はボーア戦争へと向けられたが、それは一八八〇年十二月に勃発していた。最後に政府は女王には弱腰で不徹底だと思える講和を結び、ボーア人は実質上の自治権を取り戻すことになった。この時、女王はさすがにグラッドストーン氏の不満もこれ以上増大することはないだろうと感じた。女性の権利を喋々することの邪悪さ愚劣さという観点を除けば、彼らが同意出来る点は全くなかった。女王は今でも、傍にいないかぎりはグラッドストーン氏の健康や、彼が巻き込まれてしまった様々な珍事に関心を示す気遣いを見せ続けてはいたのだが。この時から何年も経った後、例えば、一八九二年八月も終ろうとする頃だが、グラッドストーン氏が獰猛な雌牛からの注目を奇跡的に逸らすことが出来た時、女王の同情が呼び覚まされることになった。グラッドストーン夫人によって女王宛てに書かれた一通の手紙によると、この相当に不埒な動物がグラッドストーン氏に突進して仰向けに彼を投げ飛ばしたと思うや、その雌牛がこれ以上ない程の威嚇的な態度で睨めつけた、といった構図だ。グラッドストーン氏は睨めつけ返し、この睨み合いはしばらく続くことになるが、この政治家は、彼の妻の言葉に従えば、一瞬も心の落ち着きを失うことなく、自分の足で立ち上がって矢のように木の背後に飛んで行くことが出来——残された雌牛はすぐさま彼のことなどは忘れてぶらぶら歩き回っていた。雌牛は撃たれた。この乱闘は、実際、この上なくシンボリックなことのように思われた。

グラッドストーン氏も女王もこの出来事のしばらく前から、女と言う性の中で自分たちの主なる魅力である優しさを忘れる傾向が増して行くことにしばしば脅威を感じていた。二人とも同じように一八五一年のオハイオ州セネカ郡のアメリア・ブルーマー夫人のゆったりしたズボン姿での登場にはびっくり仰天したものだった。このレディーは「当世風の女性」で、「リリー」と言う高い見識の論調を持つニューヨークの雑誌の編集者のようだった。彼女のズボンは――踝にまで届き、そこでゴム紐で締められ――「道路の泥等を避けるため日に十二回もドレスの裾を高く持ち上げるがさつさ」という現実への指弾を意図したものだ。けれどもこれは一般に理解されなかったし、彼女がイギリスに現れた時にはズボンについての問題を議論するために公的会合を開くまでのセンセーションを引き起こし、そして混乱は大きなビール工場のオーナーが彼の酒場の女給仕全員にその婦人の衣装にそっくりなものを着せた後にようやく収まったのだ。

雌牛の事件の頃、もう二十年も前のことだが、女王はマーチン氏に確信を持って言っている。「私は一意専心して〝女性の権利〟というものの気の触れた邪悪な愚挙を阻止することに当たっていました。あらゆる怖ろしいことが付随するだけで、〝女性の権利〟などというものに私自身の哀れな弱々しい性が従うとすれば、女性らしい感性や所作は忘れ去られてしまうでしょう。レディーは――」と女王陛下は付け加えて、「正しい鞭打《しつけ》ちを受けるべきです。それは私を自制出来ない程怒らせる課題です。神は男性と女性を異なったものとして創られた――ですからそれぞれをそれぞれの立場に留めておいてほしいのです。テニスンは『王女』の中で男性と女性の違いを美しい詩行にしました。女性が自分から女らしさを放棄することを認めるとしたら、女性たちはこの上なく嫌らしい、情もない、吐き気を催すばかりの人間に成り果てることでしょう。それに男性がより弱き性に与えようとする庇護はどこで発揮すればよいのでしょう？」と述べた。

この脅威に対するグラッドストーン氏の恐れは女王陛下のそれと全く同等のものだった。ディズレーリ氏がインドで暴動が吹き出そうとしていることを政府に警告していたまさにその時も、グラッドストーン氏はある法案と戦うことで大変に忙しく、迫り来る嵐に何の注意も払っていなかった、その法案は、女性に道を誤った夫との離婚を許すというものだった。法案はグラッドストーン氏の視点からは、実際、節操の緩みを奨励する嘆かわしい傾向を示していた。今後は、もしも法案が通過するようなことになれば、今まで金持ちにだけ可能だった安全弁を貧しい人々までもが手にすることが出来ることになるだけの話だ。

フェミニズムへの嫌悪は、しかしながら女王陛下とその大臣の間の唯一の絆だった。グラッドストーン氏は大英帝国主義の考えは持たなかった。従って、女王には、アイルランドの自治に対する彼の態度が革命に偏向しているように見えていた。彼は不可欠な女王の許可なしで、友人のテニスンとヨットで海外へ行った。彼には先見の明がまるでなかった。彼はイギリスの名誉を気にかけることもなかった。

しかしながら、女王の彼に対する怒りは一八八四年には頂点に達した。これより三年前、スーダンのドンゴラの一人の原住民が、天より啓示を受けたと宣言した。それは彼に悪者や、偽善者、不信心者を退治して（皆殺しにして）この任務を実現するために、彼の旗印の下に南スーダンの神を恐れる種族を集めるように命じるものだった。不幸にも、この高潔な理想は女王陛下の政府の承認を受けることはなかった。長い長い議論の後、スーダンを解放することが決定された。ドンゴラの救世主《マフディー》と同じくらいに狂信的で、好戦的で、天啓的で、勇敢な一人の不可思議な人物が、この仕事を為すために派遣された——中国を鎮圧したゴードン将軍である。彼は、聖書の命ずるところに従って生き、孤独を愛し、危険と隣り合わせでいることを好み、世俗的な物には関心もなく、持てる物すべてを慈善に供した。彼の風貌は彼の性格のように並外れていた。背が低く痩せて、赤レンガ色の顔色と青い炎のような目をした、まだ子供の面影を宿したままの無邪気な顔付き、小股で、ひょこひょこした歩き方は、彼の本性とは完全に矛盾しているように見えた。

このような人物こそ、一八八四年二月一八日に、総督としてスーダンの首都ハルツームに勝利の入城を果たし、公共の広場で古来の拷問具を破壊すべしと命じ、なおかつ、同時に、奴隷制が公認されるべく正式表明を果たした人物だった。

ハルツームに入った瞬間から、スーダンを解放する考えは彼の頭から消えてしまい、解放実行のための最良の手段を報告するためにロンドンから送られた人間であるにも拘わらず、今では「イギリス軍とインド軍の援護の下にマフディーを粉砕する」こと以外考えることも話すことも出来なくなった。イギリスの世論は、その間に彼の行き方に方向転換し、しばらくするとウォルズリー卿はスーダンの併合を強く唱導した。そのために、サー・ジェラルド・グラハムが大軍と共にスーダンの紅海に面した港スアキンへ送られた。しかしその時、政府の政策は再び揺れ動いた。なぜなら、ゴードン将軍がゾベイールに「英国の軍事援助とスーダンの支配権を与える」ことを望んだりするようなことがあり得るだろうかと思われたからである。ゾベイール、あのダルフールの逆賊の首領、これまでで最大級の奴隷ハンター、ゴードン自身が何年にもわたって戦って来た男、その息子を処刑したことのある男だ。この現実をイギリスの世論と折り合わせることは可能だろうか？　反奴隷制協会が大きな抗議の声を上げた。しかしゴードン将軍は自らの要求を固持した。なぜなら彼はハルツームでゾベイールと行動を共にしたのだが、ゾベイールはマフディーを殲滅する手立てになるに違いないという直観を抱いたからだった。その説明するところによると「神秘的な感じ」に依拠する直観のようだったが、それゆえにこそ信ずるに足る直観だという。不幸なことに政府は神秘主義とは縁もゆかりもなく、彼らのゴードンへの熱狂は衰え始めていた。イギリスの帝国主義的感情は鎮まっても行き、そしてその時突然、内閣は決定的な恐ろしい一歩を踏み出した。サー・ジェラルド・グラハムとその英国軍はスーダンから呼び戻され、マフディーとその軍勢はゴードンとエジプト軍以外には歯向かう者のいない最強の存在となり、おもむろにハルツームに侵攻して行った。

その後、遂にイギリスでも危機が理解されるに至ったが、それが多くの人々に知られるようになるずっと前に、女王は政府にその責任に思い至らせようとしている。……「驚いたことに」と彼女の電報が三月二十五日にハーティントン卿に走った。「ゴードン将軍が危険に晒されています、あなたには彼を助ける義務があります。……あなたは恐ろしいばかりの責任を背負い込んでしまったのです……」集会が開かれ、ゴードンはどんな犠牲を払っても救われるべきだと攻め立てた。ウォルズリー卿がゴードンを救出するための遠征部隊長として送り込まれたが、それはあまりにも遅過ぎた。すでに包囲されて人々は餓死しようとしており、すでにゴードンは宮殿の地下室に火薬を運び入れていた。マフディーに降伏するぐらいならむしろその場所は徹底的に粉砕されて地中に消え去るべきものであると考えていたからだ。しかしこれさえ虚しかった。ある朝ゴードンは、部屋着を着て立っていた屋上から、最初の攻撃が始まるのを目にした。彼に残されていた時間は、電光石火寝室に駆け込み、軍服を着てピストルと剣を摑むだけがやっとだった。すでに宮殿の門が押し破られマフディーの信徒団デルウィーシュたちが駆け込んで来た。階段のてっぺんに彼らが探している男が立っていた。一瞬の静けさがあった。先頭のデルウィーシュが大声で、「憎っくき奴、おまえの最期だ！」と叫んでゴードンの体に槍を突き刺した。瞬く間に彼は滅多斬りに切り刻まれて首は切り落され、それからマフディーの命令で本街道の木の枝と枝の間に釘付けにされたから、通り過ぎる人は皆石を投げ付けた。

そのニュースがイギリスに届いた時、女王の激怒と悲嘆は限りないものになった。グラッドストーンは彼女のあらゆる警告を無視して、彼女の忠実なる従者を見捨てたのだ。彼の死はグラッドストーンの責任である、と女王は主張した。彼女の激情は非常なものだったので、電報を幾つか打った。暗号ではなく普通の文言で、人々の目に触れるように。一通は首相のグラッドストーン氏宛ての、ひとつはハーティンントン卿宛ての電報だった。「ハルツームからのこれらのニュースは恐ろしいばかりで、より早い行動があればこのことがすべて避けられて多くの人々の生命が救われたのでは、と考えれば更に更に恐ろしいことです。」

これらの電報は郵便局の職員に読まれることになり、女王の怒りは周知のこととなった。グラッドストーン氏は、彼に対する女王の不信感が公けに表明されたことに深く傷付き、ゴードンの死に直結した遅滞が、軍当局がどちらの方針を取るべきか結論を下せなかった事実によるものであると指摘することで応えた。しかし女王が宥められることはなかった。彼女は書いている。「グラッドストーン氏と政府は——女王は怖気をふるった——ゴードンの清浄で気高い英雄的な血にやましさを感じています。彼がどのように派遣され、どのように拒絶されたかをよくよく考えるなら、このことを誰一人として否定することは出来ません！　恐ろしいことに……彼らはそれを感じながら、あんな風にすることに決めたのです。」

女王は決して首相を許さなかった。彼は相変わらず彼女の目には、優柔不断であると同時に頑固、猛々しくてひ弱な一人の男でありながら、無脊椎動物のように腰が重いかと思うと凶暴なエネルギーを発し続けもし、洞察力や判断力のない一人の政治家だった。そしてこれらの性格的欠点は、彼女の意見では、ゴードンの死と同じくらいフェニックス・パークの虐殺事件にも大きな責任があった。グラッドストーン氏が、アイルランドの反逆者たちとの交渉に断固たる態度を示していたら、フレデリック・キャヴェンディッシュ卿とバーク氏が死ぬようなことにならなかった。

グラッドストーン氏は彼を有罪とする女王陛下の判定に同意出来なかった。そしてゴードンの死から随分経ってから、彼が沈黙の中で苦しみ続けねばならないことを同僚に手紙で説明している。「ゴードンは英雄であり、英雄の中の英雄ではありますが、私たちは、英雄の中の英雄というものが遠い地点にあって、最も困難な環境において、一般人の見解を代行して実現する人物とは限らないことを知っておくべきだったのです。不幸なことに、彼はイギリスを後にするに当たって抱いていた考えや目論見のことごとくをメチャメチャにすることによって英雄の特権を得たのです。それに、彼の当初の考えや目論見こそが公式の支持を得ていたのですから。……私の唯一の意見は、私たちが彼を救けるために更なることをすべしと言うのは、それ以上にすべきではないと言うよりも難しいということです。部隊がハルツームに到着したとしても彼は考えを変えることはせず（と私は思います）ジレンマが別の形で起こったことでしょう。」

こうした人たちなのだ。それぞれがあまりにも典型的なイギリス人ではあったが、全く対照的でもあった――グラッドストーン氏はその冷静で頑固な不屈さと尋常さで、ゴードン将軍は激情と強情さと常軌を逸していることで――どちらもがイギリスとその女王のいや増して行く栄光を創って来たのである。

第27章　勝利の日

夜明けから軍隊が集まり、楽団が演奏し、群衆が歓呼する声がバッキンガム宮殿に聞こえていた。そして今、期待と共に待っていた大勢の人々が目にしたのは、指輪をはめたふたつのふっくらした手。それが中国の間《チャイニーズ・ルーム》のカーテンの端を引き寄せた時、背の低いがっしりした姿が垣間見られたが、ほんの一瞬で再び引っ込んでしまった。

英国女王は五十年前の即位を記念するこの日に彼女に喝采を送るために集まっている人々を見つめた。それから、窓から離れるとウェストミンスター寺院での感謝の儀式の準備のために化粧室へ歩いて行ったのだった。

金糸織りの布に身を包んだ小さな姿が王冠を戴いてウェストミンスター寺院に立ち、国民のために働くことへの天の祝福を求めてからもう五十年になった。今、白いアランソンレースで縁取りされた勲章だらけの黒いドレスを着て、未亡人の印のボンネットをかぶり、首に真珠を付けた一人の小さな老夫人が、バッキンガム宮殿の階段を降りて大きな中庭へと出て行き、感謝を捧げている国民の中へと入って行った。そして彼女の傍らに誇らしげに寄り添うのは、彼女御自慢の決して忘れることのない「死者」たち——今の彼女を創り上げることに貢献したそれら愛すべき人たち——永遠に若く常に誠実な彼女の夫、レオポルド叔父さま、二人の死んだ子供たち、あの優しく賢い老ビーコンズフィールド卿、親愛なるレーツェンと忠実なシュトックマー、哀れなM卿——は死によってその人間的欠点を浄化され、敬愛され、そして愛に溢れている。

彼女が六頭のクリーム色のポニーに引かれた金箔の幌付き四輪馬車に乗り込んだ時、空は晴れ渡って暖かく、陽光が燦々と煌めいていた。彼女の向い側には娘であるプロイセンの皇太子妃とイギリスの皇太子妃が座っていた。馬車のすぐ前を十二人のインド人将校が、そしてその前には女王の三人の息子、五人の義理の息子、九人の孫息子や義理の孫息子が馬で進んで行ったが、一方、女王の馬車に随って行ったのは彼女のその他の三人の娘、その他の三人の義理の娘や孫娘、義理の孫娘と彼らの従者の幾人かだった。他の王族たち、ベルギー王夫妻、デンマーク王、ザクセン王、ポルトガル王夫妻、オーストリアのルドルフ大公や、多くの王女たちは、別々の行列を成して行った。未来のドイツ皇帝と未来のロシア皇帝妃の祖母である女家長は、地球上に拡がって行く自分の偉大なる影を感じていた。群衆の数は、五十年前の十八歳の幼い女王を迎えた群衆より多い、女王にはそのように思われた——そして今彼らは彼女への愛に満たされ、不満や不信のすべては忘れられていた。王家の行幸の列は壮観だった、軍隊の華麗な制服、軍楽隊、圧倒するばかりに厖大な群衆が、皆彼女に喝采し彼女の名を呼びながらハンカチを振っている——それに、世界にこれ程沢山の旗があったとはとても信じられないが、現に今日、こんなに沢山風に舞っている！　幸福な陽の光の中、彼女の愛するフリッツの顔に影のひとつでもかかることなどありはしない——彼女にはわかっている、心配しながら彼を見守って来たからだ。彼はとても快調そうでハンサムに見えた。医者たちは間違っていたのだ、彼らはミスを犯したのだ。彼は彼らが言う程病弱ではなかった……だがプロイセンの皇太子の咽喉を検査する新たな専門家を送ってくれるように女王に懇願するプロイセン皇太子妃からの苦悩に満ちた手紙や電報が彼女に届いたあの恐ろしいばかりに不安な日からわずか数週間しか経ってはいなかった。首相のソールズベリー卿は、女王が不安を打ち明けた時何と親切だったことか。彼はいつも彼女を支えてくれる。彼の助けと彼の共感は、変わることがなかった。誰一人としてビーコンズフィールド卿に代われる人はいなかったけれども——だが、今や彼は去り行き、せめてもの頼みを彼の教え子に見出すことが出来ると彼女は感じていた。……女王はベアトリス王女の若き夫、バッテンベルクのハインリッヒ公子を見て微笑んだ。彼と娘は一八八五年七月二三日に結婚した。その時の彼は初めてイギリス軍の制服に身を包み、とてもハンサムに見えた。女王は彼をずっと自分自身の息子であるかのように愛して来た。彼はとても明るく、愛情深く、一緒に暮らすことになった彼女の家庭にこんなにも幸福をもたらしてくれた。その上彼は音楽を愛し、宮殿での演奏会の手筈を整えてくれ、サリバンの陽気な新作オペラが宮廷で公開されることになった。彼が来てから生活はガラリと変わり、女王にはほんの数年前は、小さな催しであれ大きな催しであれ、すべての催しを溢れ出る涙で迎えていた、ということがほとんど信じられない程だった。

気付けば行列はウェストミンスター寺院に到着していて、そこにはカンタベリー大主教と主任司祭が、もう五十年も前に彼女の戴冠式に着用したのと全く同じベルベットと金糸織の儀式用大外衣《コープ》を着て立っていた。ウェストミンスター寺院の影に入りながら彼女は、その持って生まれた比類ない風格でゆっくりと歩き、そして楽の音につれて身廊《ネイブ》を上って行き、たった一人で座らねばならない椅子の方へと歩いて行った。女王として生きることを慰めてくれた男性はもういない。そしてそこにある玉座に座った時にも、再び彼女の最愛の死者のことを思った。儀式が終った時、息子、義理の息子、孫息子が彼女の前に進み、腰を屈めてその手にキスした。彼女は娘たちにキスし、それから玉座から立ち上がると、影の中を通って陽光と国民の一団の方へと戻って行った。

太陽の熱がとても強かったことを、彼女は帰宅して書いている。宮殿に着くと彼女は自分の部屋へ行ってボンネットを脱いでキャップを被り、そして昼食は四時からだったので、ザクセン王の腕につかまって食堂まで歩いて行った。昼食後は青の間《ブルー・ルーム》の小さなバルコニーに座って、庭を眺め、水兵の行進を見て、その後小さな舞踏場へと行って、そこで子供たちからのプレゼントの一葉の版画を受け取った。それから何やかやの贈り物。ハワイの女王からの珍しいプレゼントも含まれていて、花輪のようにアレンジされたとても珍しい羽根で彼女の名前を囲み、名前も黒い地の上に羽根で描かれていた。

熱気が、興奮が、あまりにも高まっていたので女王はここまでで疲れ果ててしまい、気を失うのではないかと感じた程だった。それで彼女は車椅子に乗って自分の部屋へ戻り、ソファーに横になると、自分の帝国のあらゆる地域から来た電報を開いて読んでいたが、しばらくすると小さな曾孫がさようならを言いに来た。

疲れ果てる日だ！　そしてもう、晩餐とそれに続く大きな儀式のために、バラ（イングランドの国花）とシャムロック（アイルランドの国花）とアザミ（スコットランドの国花）を銀で刺繍したガウンに着替え、全身ダイヤモンドづくめになる時間になった。デンマーク王が彼女をエスコートして晩餐へと導き、彼女は彼と自分の従兄のベルギー王の間に座った。晩餐の後はインドの王子や、外交団や、外国の公使たちに、疲労で半分死んだようになるまで接見した。やっと、イルミネーションの数々を見ようと、わけもわからなくなった状態で中国の間へ戻ることが出来た時は随分遅くなっていた。部屋の明かりは消え、ドアは閉じられ、女王は部屋に溢れる青い月光の中に一人ぼっちだ。宮殿のあらゆる音がまるで遠くへ消え去ったかのようだったが、外では群衆のざわめきが、前日に始まったものだったが、まだ彼女の耳の中に響いて来る。そして朝の明けやらぬ時間まで続いていた。まだ群衆の歓呼する声や話し声が聞こえるのに、花火がほんの少ししか見えないのにはとてもがっかりする、と女王は思った。

翌朝、彼女が中国の間で朝食を摂っていた時、群集の声も音楽の音も聞こえず、昨日はまるで夢であったかに思われた。けれどもその日も遅くなると彼女には夢が終ってはいないことがわかった。なぜなら大昼食会があり、その後彼女は王室のメンバーやベアトリス王女の一族と接見してプレゼントの数々を受け取ったのだ。それから、疲れ果てて、彼女はソファーに横になって一杯の紅茶を飲み、バッキンガム宮殿を後にしてウィンザーへと向かったのはようやく五時半になる頃だった。ロンドンの道路は旗がひしめき、「ゴッド・セイヴ・ザ・クィーン」を全く調子外れで歌う学校の生徒たちがいて、可愛い小さな女の子が彼女に渡した花束のリボンには、「女王に幸あれ」、「女王」ばかりか「母に、女王と友に幸あれ」とプリントされていた。女王が列車を降りたスラウでは挨拶の言葉を献じられ、旗が舞い踊るウィンザーではイートン校の少年たちがテンプル騎士団員の服装をしていた。お城で家族的なディナーパーティがあり、それからイートン校の少年たちがトーチライトの行進をすると、女王は「ありがとう」と出来るかぎりの声で叫んだ——ラウンドタワーはイルミネーションを施されたが、女王はあまりにも疲れていて何も見られなかった。ローズベリー卿は、その後すぐに手紙で、すべてが女王陛下が受けるに値し、彼女の統治下にある帝国が受けるに値するものであったと断言した。儀式全体が、世界に影響を及ぼす君主国の基礎を強めると共に深めるものであり、三億人の国民の一体感と熱望を象徴するものである、と彼は続けて言っている。女王の応えは、気苦労と働き詰めの彼女の五十年が、悲しみや病気や貧困への彼女の配慮が認められたのだ、というものだった。

　女王は実際、彼女が支配する様々な人種に以前よりも近しくしていた。カルカッタでの即位五十年記念祭《ジュビリー》の儀式はインド人たちをびっくり仰天させた。副王のダファリン卿が女王に請合ったように、インド人たちは華やかな仕掛け花火や打ち上げ花火が熱烈に好きなのだが、お祭はインド人たちのもっともな期待をはるかに超えていた。——何しろ、女王の顔が花火の線模様で描かれ、炎の巨大な薔薇の木の真ん中にプリンス・オブ・ウェールズ夫妻の像が現れたのだから。これに驚かないでいられようか？　そして、大英帝国への忠義心は爆発的にいやまさり、女王の写真が街頭に担ぎ出され、彼女を褒め称えて叫びたてる行列が幾つも繰り出した。

六月三十日、女王はウィンザーでインドの王子たちの一団を迎え、自身の琺瑯の肖像メダルとインド帝国の大十字章を贈った。お返しにパルタブ・シン卿は自分のターバンから真珠の飾りをはずして女王にプレゼントし、彼女の足元に剣を横たえて、彼の持てる物すべてが彼女の意のままであることを誓った。クーチベハールの王妃《マーハラニー》は彼女に大きなダイヤモンドで囲まれ彫琢されたルビーを献上した。女王が散歩に出ようとすると、モーリールのタカールが、チェッタワ種の若馬に乗ってやって来て、鎖帷子ですっかり身を鎧い、一本の脚に護符を付けたその馬から降りて、この馬を貰ってくれるよう請うた。

この一年前には、女王は彼女の支配下で暮らす遠方の民族たちの様々な使節をウィンザーに迎えていた。そのあまりの黒さで彼女を感動させたスリランカのシンハラ族、毛布のようなものだけを身に着けた立派な顔付きのアフリカのカファー族、彼らは堂々たる手足を見せ付けていたわけだ。貧弱な様子の小柄なブッシュマンや、喜望峰に定住するマレー人、そしてイギリス領ギニアの原住民はぞっとする程の印象を女王に与えたが、彼らは腰のまわりの小さな紐の他、体の大部分に何も付けてはいなかった。同じように、香港からの面白い顔付きの中国人や、キプロス島人がいた。こうした人々の大部分が忠節の証として突然歌い出したり楽器を弾いたりしたのだが、それは女王が退席してもよいかと思うまで暫く続くのだった。彼女はしかし、多少の興味を示したばかりか喜びと感謝を以て、試練に耐えた。なぜならこれらの人々のすべてが彼女の帝国の増大する力の証ではなかっただろうか、彼女は彼らの忠節を得ていることを幸せに思ったのではないだろうか？　彼女の領土は広大であり、彼女の力はいや増して行った。そして彼女がソールズベリー卿に告げたのは、ビーコンズフィールド卿がイギリスの力を七四年から八〇年にかけて驚異的な手法で引き上げたことだった。グラッドストーン氏とグランヴィル卿がそれを「彼らの有害で致命的な失政のこの五年」の間に再び引き摺り下ろしたのだったが、早々と、たった七ヶ月でソールズベリー卿がそれを再び世界中が目を見張る前で、引き上げて見せたのだと。

女王はグラッドストーン氏が公的生活から引退することをずっと望んで来たが、それは彼の元同僚たちに対する攻撃の激しさのためであり、彼女によれば、彼は一瞬たりとも自分が間違っていて他人が正しいと思うことが出来ないために大変な害ある人物になってしまった。彼はイギリスのためばかりでなく彼自身のためにも、辞職すべきだった。そしてまたもや、富裕層と教育のある階層に対する彼の攻撃があり、それは女王が大嫌いな大臣に自ら指摘したように、深く遺憾とされるべきものだった。けれどもこの頑迷な老紳士はただ言い返しただけだった。彼は長年にわたって認識していたと。すなわち、人道と正義の広い視野に立って考えたあらゆる大問題に関すれば、富と階級を独占する人々は常に間違って来て、庶民が正しいことを。このような人間と一緒に何が成し遂げられると言うのか？　彼は救い難い。彼と議論するのは明らかに不可能だ。そして、一八八六年一月、とても短い期間だったが彼がソールズベリー卿に代わって首相になった時、女王は彼がアイルランド議会を設立するつもりであるのがわかっていた。そして彼女は苦々しく付け加えたのだ。「それで革命を回避することが出来ると思い込んでいるのです」と。

今は、それでも女王は再び息が出来るのを感じている。なぜなら彼の地位は再びあの堅実で、賢明で、公正で、洗練された、教養があって面白いソールズベリー卿に取って代わられたのだから——ソールズベリー卿は好機の到来をどうやって待てばよいかを知っている。それが到来するや手に入れる術を知っている。ソールズベリー卿は断固たる行動を取り、率直な回答であれ曖昧な回答であれ返答する術を知っている。ソールズベリー卿は自分の住む館ハットフィールド・ハウスが一個の爆弾の爆発で大方吹き飛ぶだろうという新しい作り話や科学的発見にもどうしようもないくらいの興味を持つ。その間、彼の客人はいつも電話線のもつれに絡まれる危険があるが——ヨーロッパにおける爆発と紛糾《もつれ》を避ける術をも知っている人だった。

女王はソールズベリー卿が首相になった時は満足を覚えたが、ソールズベリー卿はそうでもなかった。なぜなら彼が説明するには、彼はふたつの部署は完璧に運営することが出来ると思っていたのだが、運命の残酷さゆえに四つの部署を運営することを余儀無くされたのだから。首相職、外務省、女王——そしてランドルフ・チャーチル卿という四つを。そして不幸にも最後のふたつの部署は戦争状態で、それは女王がランドルフ卿を愚かで、気違い染みていて、出しゃばりで、信頼出来ない、と見做していたからだった。悩み疲れたソールズベリー卿が、ある折に通告されたのは「女王はさる人物のことを非常に怒っている(〝さる人物〟はランドルフ)。その人物が推量で次のように広言している」、アレクサンダー公子を復位させるためにロシアと戦争したがっている」、アレクサンダー公子はバッテンベルクのハインリッヒ公子の兄弟であり、ロシアの陰謀によってブルガリアの王位を廃せられた経緯があるからだ、という。ランドルフ卿は、ロンドンの社交界でこの言説を繰り返していたようで、女王の憤慨がどんなに深いものかを思い知らせなければならない。

こうした困難にソールズベリー卿は直面していた。しかし女王は新しい首相に完全に満足していた。なぜなら、彼の外交政策はビーコンズフィールド卿のそれを直接受け継ぐものだったからではないか。一八八七年一月、女王と彼はフランス・ドイツ間の戦争の新たな勃発を避けるために身を挺していた。なぜなら、ソールズベリー卿から聞くところによるとビスマルクはもしもフランスが準備をやめなければドイツは戦争に突入せざるを得ないと宣言しているということで、女王はソールズベリー卿に頼んで、二国が互いに攻撃し合うつもりのないことを、イギリスその他の列強に誓うよう二国に促したのだ。この取り引きの途中で、ソールズベリー卿はドイツ大使と奇妙な会談をしている。その中で、首相にドイツには戦争の意思がないことを確信を持って伝えた後、大使は彼に言ったのだ。「何らかの良き戦にかかずらうこと程、イギリスにとって有益なことは無いでしょう」と。

ソールズベリー卿は、女王が高く評価していたようにとても公正で寛大であり、彼女が非常に孤独な隔離された状態にあることに大層心を砕き、彼女を助けることに持てる力のすべてを尽くそうという思いに揺らぎはなかったから、女王は彼が傍にいてくれることに慰められていた。そして彼女は本当に支えをとても必要としていて、それは彼女の個人的生活が最近懸念材料を多く孕んでいたからなのだ。例えば、狂人になった妻を離婚しようとしていたサー・チャールズ・モードントが、共同被告の中の一人としてプリンス・オブ・ウェールズを召喚した悲惨なケースがある。王子が完全に無罪である十分な証拠があったが、召喚された他の共同被告が王子の友人たちの中にいたのだ。王子はこうした不良に対する自分の関心についてかつてシュトックマー男爵に手紙を書いたチャーミングで、愛情深い、呑気な子供だったが、今や一人前の男になっていて、もし父親が生きていたなら道徳的見地からして全く上等とは思わなかったに違いない輩から、関心を抱かれ弄ばれる男になっていたのだ。

けれども、女王の個人的な心配にも拘わらず、イギリスのいや増して行く栄光に対する彼女の誇りを曇らせるものは何ひとつなかった。毎年新たな土地が英国の保護下に入るか帝国に併合されることになり、ヨーロッパにおける彼女の影響はその子供たちや孫たちや曾孫たちの結婚と共に増大して行った。そして、時の経過と共に科学の発明が彼女の国々を更に近間なものに結び付けて行った。コミュニケーションの手段が更に可能性あるものにされたからだ。ある夜のオズボーンでの晩餐後、即位五十年記念祭の九年前のことだが、女王はあの不思議な新しい発明、電話のことを見聞することになった。ベル教授は仕組みの全てを説明したのだが、それは、恐らく、これ以上ない程法外なことだったろう。新発明はオズボーン・コッテージとの通信手段として配備され、女王はサー・トマス・ビッダルフと会話を交わすことが出来た。彼女は何か歌のようなものをかなりはっきり聞くことも出来た。けれどもずいぶんと微かな音で、女王は管を耳にピッタリとくっ付けなければならなかった。この発明に女王は大変に驚き感動した、長く使われていたのは有線電報だったのだから——実際、送られて来た最初の電報のひとつは女王にデリーの占領をお祝いする皇帝ナポレオン三世からのものだったぐらいだ。

人生への興味も新たに、女王は旅行に喜びを覚え始め、一八八八年四月にはフィレンツェを訪れた。彼女の到着の折にはイタリア王夫妻は彼女が滞在しているパルミエーリ荘園を訪問し、同じ日の四時には女王がピッティ宮殿まで馬車で彼らを送って行った。翌朝はブラジルの皇帝と皇后と彼らの若い孫のペドロ王子を迎えた。けれども彼ら王族の威厳ある暗色の顔がとても年取って病気のように見えることに女王は気が付いた。彼らの森という森の影が彼らの上に投げ掛けられているかのように見えたのだ。彼らが去った後、女王は馬車でフィレンツェを通ってピッティ宮殿へとイタリア王夫妻と食事をするために行ったが、そこで女王は彼らの急進的な首相クリスピ閣下の全くもって配慮のない態度にびっくりしてしまった。その部屋にいた彼は、苦虫を噛み潰したような態度で黒い眉の下からひっきりなしに彼女をジロジロ見て、誰もが不愉快になってしまった。同じ日に彼女はドイツの皇帝と皇后が娘のヴィクトリアとバッテンベルクのアレクサンダー公子との婚約に賛同した事実を理由として、ビスマルク侯が辞任するつもりであるというニュースを受けた。女王は長女と臨終の義理の息子に会いにベルリンに行こうとしているところだった。しかしこの点に関してはソールズベリー卿は訪問の申し出にただ驚くばかりだった。なぜならビスマルクが女王に大層立腹していることを知っていたし、その理由は、非常に具合の悪いことに、彼女が長女を使ってこの結婚を押し進めようとしているものと信じ込んでいたからだ――しかもヴィルヘルムはビスマルクの影響下にあった。ソールズベリー卿はヴィルヘルムのことをわかっていたし、ヴィルヘルムの祖母のこともわかっていた。そこで彼は女王に率直に言ったのだ。もしも何か厄介な問題が話題に上って王子が何か信用を失うようなことを言い、そのことで彼が祖母からお咎めを受けるようなことにでもなれば彼はきっとそれを悪く取り、そのことが将来イギリスとドイツの間のトラブルの原因になるであろうと。けれども女王は躊躇することなく、四月二十三日ベルリンへ出発した。彼女は皇帝フランツ・ヨーゼフと昼食を摂るためにインスブルックで旅を中断した。皇帝は彼女を迎えるためプラットフォームで彼女を待ち、そのために十七時間もかけてウィーンから旅して来たのだ。その日はとても暑く晴れ渡り、田舎はとてもロマンチックだった。緑のベーズ織のような木々の葉に囲まれてまるで大きな蠟を曳いたようにつやつやしたベゴニアの花束のような村々があり、瀕死の人を訪ねる旅行を続けることなど出来なくなってしまいそうだった。

女王とベアトリス王女と彼女の夫は花々の溢れる小さな部屋で皇帝と昼食を摂り、それから女王は旅を続け、六時にミュンヘンに着くとプラットフォームでバイエルンの王太后の出迎えを受けた。二年前に水死した息子のルートヴィヒ、王の後を継いだこの息子の狂気の思い出に浸り切ってまるで深い永遠の喪に服している美しくも悲しい影であるかのような王太后の出迎えを。王太后は女王に薔薇の花束を渡したが、花は淡い色で不思議な悲しげな香りがしていた。それからまた列車は旅を続け、女王はアルプスの夕焼けに見入っていた。

彼女がシャルロッテンブルクに着いて長女の出迎えを受けたのは翌朝八時十五分前で、娘は必死に涙を抑えようとしていた。夫が病気に襲われてからの彼女の人生は、ほとんど追われる生きもののそれであり――ビスマルクの暗い影と、プレス紙の攻撃に狩り立てられたもので、彼らは憲法に従えば、不治の病の犠牲者であるなら、如何なる王子もプロイセンの王座を継ぐことは出来ないと主張した。そのことで彼は君主として振舞えなくなってしまうからだ。だが、結局はヴィルヘルムの振舞が問題だった。この王子と母親との間の断絶は日毎広がって行った。双方とも頑固で、双方とも少なからず尊大であり、双方とも支配欲が強かった。王子の母親である皇后は彼が「思いっきり無作法で生意気で不愉快」で、干渉はするし、威張り散らすし、と自身の母親にすでに不満を漏らしていた。しかし、もしも私たちが皇后の手紙に表れた性格から判断し得るなら、恐らくこの問題にはふたつの局面があっただろう。けれども、祖父である皇帝の死と父親の病気によって置かれることになった立場のために彼が些か思い上がってしまっていたことは疑いのないことだった。老いた皇帝の死の前から、孫はすべての公的文書にサインをした。これは必要なことではあったが、それにしてもベンスン氏が指摘したように、署名が求められるたびに、王子と彼の母親の双方ともが、王子がドイツ皇帝として自分の名前をサインする日がやがて訪れることを意識した。一人は尊大さのゆえに、一人は彼女の心奥の苦悩のゆえに。そして今彼の妹へのバッテンベルクのアレクサンダー公子の結婚申し込みが二人の関係を更に険悪なものにした。なぜならヴィルヘルムはビスマルク侯と同じ見解を抱いていて、縁組に激しく反対していたのだから。

女王と皇后は馬車で宮殿へ行き、女王は階段を上って義理の息子の部屋へ行った。彼はベッドに横たわり、その愛しい顔は彼女には変わっていないように見えた。彼女を見ると彼は嬉しそうに両手を上げた。小さな花束を彼女に差し出した。それから彼の妻は母親をベッドサイドからロココ調の銀の装飾を施されたとても美しい小さな部屋へ連れて行き、そこで、皇后の三人の娘たち、ベアトリス王女、バッテンベルクのハインリッヒ公子と朝食を摂った。三人の若い王女たちは胸当ての付いた黒いハイネックのドレスを着て、髪を高く結い上げて額にカールを垂らしてとてもチャーミングに見えた。窓を取り囲む木々の葉は部屋を飛び交う影よりも淡い緑で、王女たちは鳥の声のように高い声で祖母とおしゃべりするのだった。けれどもそれはすべて恐ろしいばかりのことで、皇后はほとんど際限もなく泣き詰めだった。

午後、女王は老いた皇太后を訪問するためにベルリンの暑い、夢に出て来るような道に馬車を走らせた。そして、これは悪夢のようでもあった。女王は一人で階段を上って行き、黒い長いベール付きの黒い帷子を纏った老婦人が部屋の真ん中の椅子に座り、すっかり皺だらけになって幽霊のように蒼ざめているのを目にした。

翌日、十二時ちょっと過ぎ、皇后はビスマルク侯に女王を訪問させた。ドアが開いた時、ビスマルク侯が出くわしたのが女王の両のまなこであった。彼女が遠くイギリスにいてくれて何の危険もなかった時には、彼と小さな老いた未亡人の間の如何なる闘いの結果に関しても高飛車で自信満々で、彼女のことを「ママ」とか「媒酌人」とか話していたものだが。ウェリントン、ピール、パーマストン、グラッドストーン、各人とも順番にその視線を知っていた。そして今や向かうところ無敵のビスマルク侯の番だ。彼は、やっとの思いですすめられた椅子に辿り着くと、表敬の挨拶をしようとした。彼女は日記に、彼が愛想が良く礼儀正しいことがわかって心地よい驚きを覚えた、と書いている。彼女はその理由を理解していたようには思えない。彼はドイツ軍の偉大な力や必要とあらば戦地に送り込まれる厖大な数の男たちのことを長々と熱心に話した。彼の最大の目的が戦争を回避することであると彼女に話した。――女王が指摘したように、不思議にもイギリスとフランス双方と一致する目的について。侯爵は同意したが、フランス政府はあまりにも弱いから何事も力ずくで強いなければならないと付け加えた。面談は三十分に及び、それから女王は話を切り上げた。

時間は恐ろしい程の速さで経ってしまった！　そして、彼女には命ある義理の息子に会うのはこれが最後になるだろうとわかっていたけれども、そんな様子を見せはしなかった。永い別れの思いで彼にキスした時、彼女は涙に暮れるのを何とかこらえた、もう少し元気になったら昔の幸福な日々のように、彼女を訪ねて来るよう優しく彼に言った。それから着替えをすると娘と一緒に馬車で駅へ向かったのだった。列車が蒸気を吐き出してシャルロッテンブルクを出発した時、彼女は娘が廷臣たちに囲まれているにも拘わらずとても淋しそうに、涙に暮れてプラットフォームに立っている姿を目にし、彼女の心は彼女の奥深くで弱り果て形をなくしてしまった。

七ヶ月後の暗い十一月の午後、ウィンザーの廷臣たちは儀仗兵のトランペットの音を聞いた。真っ黒な服を着た一人の女性が、足元まで届く分厚いクレープのベールを纏って、馬車から降り、一人一人すべての手を握った。けれども彼女は話すことが出来なかった。なぜならあまりにも激しく泣いていたからだ。

第28章　老年

これよりずっと以前から、女王とドイツ新皇帝である孫息子の間のベールに隠された戦闘状態は始まっていた。彼は愛すべき良い子だった頃からそんなに変わったわけではなく、その頃にはエドワード叔父さんの結婚式で、若い叔父たちを困らせようと短剣から煙水晶をはずしてチャペルの向こうに投げつけるようなことまでやってのけていた。不遜と怖れが奇妙に入り混じったような感じながら、彼が生意気にも祖母に反抗するようになったのは、父親の死から間も無くのことだった。けれどもとても不思議なことに、彼は一瞬たりとも彼女への愛情と尊敬を決して手放すことなく、彼女の穏やかな叱責に対する彼の応答は、軽薄な態度と傲慢な口調であるにしても、純真な畏怖の趣も示していた。一時期、彼は自分の強情さにプライドを感じているようにも見えた。なぜなら彼は駐独大使だったサー・エドワード・マレに、母親と自分が同じ性格を分かち持っていること、あの善良で頑固な不屈のイギリス人の血を分かち持っていることを自慢していたのだから。そして結論として彼が付け加えたのは、母親と自分が意見を異にするようなことが起これば事態は難しくなるということだった。彼は妹とバッテンベルクのアレクサンダー公子との結婚を許していなかった、そして今も彼のやり方に対する祖母の穏やかなアドバイスに対して、軽く受け流すような応えをして、彼女の提案に真っ向から対立するつもりだということを敬意を表しながらも確固とした決意で表明した。なぜなら彼女のアドバイスは、彼には非常に度々ある干渉じみたものに思えたからだ。彼の母親が未亡人になった今どこに住むべきかについての女王のアドバイスに対しても、長い恐怖に満ちた試練の後なのだから彼女が時に苛立ったり興奮したりした時には共に耐えてやってほしいという女王の切なる要望に対しても、彼の応えは「御心配には及びません」（逆に、彼が何かしらを耐えなければならないはずだと女王が心配していたことを思わせる言葉だ）といった程度のもので、女王が穏やかに希望を述べて、彼が外国君主たちを訪問するつもりらしいという噂が流れているが、そんなはずはない、あなたの愛するパパが墓に入ってまだ三週間しか経たないのだからと言った時には——かなり荒々しい語調のやや不遜な返答を受けることになった。彼は、ママの希望に添ってベストを尽くしている最中である。もうすでに、彼の資産の一部を彼女に譲渡する心づもりを表明していた。けれどもバーティ叔父さんは住むべき場所に関する母の希望について思い違いをしている。君主を訪問することに関しては、皇帝自身が自らの行動の最高の審判人であると思われる（彼は祖母にこのことを言わなかったけれども）。この月の終りには、艦隊の視察やバルト諸国の訪問を必ず果たすつもりで、そこでヨーロッパの平和のためにロシア皇帝《ツァー》に面談したいと思っている。訪問を延期することが可能だったらそうしただろう。だが、国家の利害は常に個人的感情に優先されなければならない。そうすればこそ「我ら皇帝」についての評価が舞い込むこととなるのだ。

ドイツ皇帝と彼の祖母との関係の最高に幸福な瞬間は、彼が新しい役割を担って正装してお目見えする、という構図だったようだ。彼は新しい制服を受け入れる時にはいつも、即座にその衣装に見合った役割を担うことが出来た。戦闘はすべて終り、戦士は休日を得て平和の喜びにひたっていた――しかし、戦闘はいつの時にも、制服というものから切り離せない相応の裏地として目に見えるものとなって来た。例えば、英国艦隊の提督になることを英国大使から告げられた際の皇帝の喜びに勝るものはなかったはずだ。「びっくりするじゃないか！」と彼は叫んだ。「セント・ヴィンセント提督やネルソン提督と同じ制服を着るなんて夢のようだ。めまいを起こしそうだよ！」とは言っても、めまいにも拘わらず彼は自分が配属された任務のために最善を尽くす決意だったし、海軍に交付すべき軍事費について祖母にアドバイスする仕事にも取り掛かろうとしていた。最初は、七年計画のために提示された二千百万ポンドの交付金で十分と思えた。けれどもしばらくすると七隻の新しい戦艦が地中海艦隊に加えるべく建造されるべきであると女王に警告を発するのが彼の役割となり、そしてもうしばらくするとフランスとアメリカがイギリスに対抗して連合する恐れから、二千百万ポンドの概算は三倍にもなった。

英国艦隊の提督であることの彼のプライドと喜びが、定期的に提督の制服を着て馬に乗り、またその服装で英国陸軍を閲兵しなければならないという事情から結局は薄れて行ったと思うのは悲しいことだ。スウェイン大佐がサー・ヘンリー・ポンソンビーに語ったのは、皇帝はあの緊急事態を回避するためにのみ英国の軍服を大事にしているに違いないのであって、結局はハイランド地方の衣服を着たがっているらしいということだった。けれども確たる理由から女王にはキルトを着た孫息子を目にすることは出来ない相談であって、この件で彼女に譲歩させるものはなかった。しかしながら、三ヶ月の内に彼は歩兵連隊名誉大佐に叙せられ、彼が祖母に説明したように、「特攻精鋭の赤服の英国歩兵隊《シン・レッド・ライン・オブ・イングランド》」の一員になった。彼は新しく配属先となった連隊を見て、また「多くの素晴らしい軍隊仲間と交流」出来ることを大層喜んだ。

皇帝はこれらの機会を与えられたことに感謝したが、祖母のことは愛するのと同じように恐れてもいて、彼女の七十三歳の誕生日に送った彼の手紙には奇妙な調子がある。その中で彼が祈ったことというのが、彼女がヨーロッパの君主たちの中にあってギリシア神話の老智将ネストールか預言する巫女シビーラであり続け、すべての人々から敬われ、崇められ、悪者のみから恐れられることだった！

彼のプリンス・オブ・ウェールズとのやりとりは彼が祖母に抱いていたような畏敬の念に染められてはいなかった。叔父のバーティは、過去においてはいつも彼より劣っていると漠然と感じられていた——あまり洗練されていない、あまり自信もなく服装もあまりちゃんとしていない。しかし今では、バーティ叔父がイギリス王座の唯一の明白な後継者であり、甥の方はドイツ皇帝であるのだが、将来に備えてバーティ叔父にどちらがより高位の地位にあるかを感じ取ってもらうことを目論んだ。皇帝フリードリッヒの死の直後、無惨な出来事が起こった。プリンス・オブ・ウェールズに対し、彼の甥の皇帝がウィーンで会うことを拒絶したと報告された。理由として挙げられているのは（二人の間に話し合いはあったわけではなかったから、プリンス・オブ・ウェールズに対して述べたものではなかったが）（1）皇帝がロシア大公に語った意見は、即座にそのまま伝えられたのだが、もしも皇帝フリードリッヒが生きていたら、アルザスに対して、北シュレスヴィヒに対して、カンバーランド公爵の要求に対して、幾分かの譲歩をしただろう。（2）プリンス・オブ・ウェールズ夫妻は二人してこうした甥の要求をビスマルク侯爵に個人的会話の中で言い募り、ビスマルク侯は皇太子妃が陪席しているために愛想良い返答をすることを強いられ、皇太子はこの事実を利用して返答書の覚書を作って確認するようにと送り付けて来た。そして（3）プリンス・オブ・ウェールズが彼を当然あるべきように皇帝として扱わず、甥として扱ったことだった。女王の憤りは大きく、ソールズベリー卿に言い放った。皇帝としてではなく甥として扱われた皇帝の憤懣は信じようにもあまりにも低俗でバカバカしいと言えるものだ。完全に気狂い沙汰だ。彼は大好きな父親と全く同じやり方で、そして彼女自身がベルギー王の叔父にされたと同じように扱われただけだ。「もしも」と彼女は付け加えて「彼がそのような考えを持っているなら、ここへ来たりしない方が良い。女王はこの侮辱を呑むことはありません」と言った。

最終的には皇帝がある程度引き下がって、プリンス・オブ・ウェールズと会いたがらなかったという言説は全くの作り事であり、誰がそのニュースを送ったかを知りたがっていると述べたメッセージをクリスティアン王子を通して送った。皇太子は、甥の言葉を躊躇なく受け入れると穏やかに返答した。そして彼が考えるに、皇帝にとっての最良の方策は、自身が張本人であるかのような印象を与えてしまったことを反省する二、三行の文章を皇太子に書くことで――そうすることで問題は終息するだろうとも返答した。皇帝は言ってもいない言葉に反省の情を表すことなど出来ないと言ってこの提言を受け入れなかったが、相互理解を切望していること、イギリスの皇太子に会うことを前向きに考えていることを付け加えた——事実としては、サー・ヘンリー・ポンソンビーが女王に述べたように、むしろ状況を緩和するよりも悪化させることになった。とは言え、プリンス・オブ・ウェールズはいつもの都会風の物腰で甥の説明を受け入れ、最後的にはこの事件によって皇帝が長い間欲しがっていた提督の制服を手に入れられることになり（回復された友情関係を固めるために何かがなされなければならなかったのだから）、そしてまた、幸福な一族の集まりに結び付いたのだった。

平和が復活して、女王の誕生日が次の年には孫息子からのいつもながらの真情溢れる熱烈な祝辞の機会になった。なぜなら毎年の誕生日は一族にとってなかなかの出来事であり、出来るだけ多くの王族が一堂に会する再結束の場でもあるからだ。そうして女王は、彼女の幼い孫たちのブロンドのカールそっくりなブロンドの硬い蕾のあるスズランの幾つもの花束に息も出来ない程に包まれていた。孫たちは朝早くに彼女の寝室に走って来てはベッドの上でジャンプしながら、腕を彼女の頸に巻き付けて、「お誕生日おめでとう、ドンドン」と叫びながら、スズランを全部彼女に投げ付けた。それから彼女は、午後も遅くなると軍旗の敬礼行進を、夕方には幼い孫や曾孫たちが「お祖母ちゃまの誕生日」と呼んでいる劇を演じる絵のような光景を目の当たりにすることになり——それはいつも彼女の目に涙を溢れさせるものなのだった。

オズボーンでは夏の朝、女王は芝生に立てられた大きな緑色の傘の下で朝食を摂り、草の上を戯れ動くたくさんの影に見入っていた。朝食が終ると彼女は公文書送達箱を開いた。それから少し後、インド人の従僕の一人から習うヒンドスタニー語の勉強の時間になるが、好漢ブラウンの死後は彼女はずっとこの従僕にかしづかれて来た。なぜなら女王の想像力は東洋《オリエント》にとても掻き立てられたからだ。例えば、『ハイランド生活日誌抜粋』『生活日誌続篇』『プリンス・コンソート殿下の一生』などの冊子を中国の皇帝に送ったことが知られている。また、次のようにも伝えられている。中国皇帝陛下はこれらのまことに期待を抱かせる贈り物に対する期待ではちきれんばかりになり、ただちにこれらを引見の場に廻すべく布令を発したので、何冊もの本は輿籠に入れられて急ぎ宮殿に運ばれ、皇帝の前に据えられたテーブルの上に横たえられた――これは最大の信義と尊敬の念を表す中国のやり方に従ったものだ。王家の手づからの贈り物によってヒースと臓物煮込みの国へと誘われ、中国皇帝陛下は彼我の絆が強められ、相互理解が深められたと感じないわけには行かなかった。

その間、女王の即位五十年記念祝典に前後して慌しく過ぎて行った幾年かの内には政治的トラブルがありはしたが、今は年も重ねて、彼女はそれらにより上手く対処出来るようになっているようだった。一八八六年には、すでにアイルランド自治問題が女王陛下の大きな心配の種になっていて、彼女は個人的に自由党のゴッシェンと「穏健派の人々や、帝国と王位の安全を心に期する忠実にして真に愛国的な人々」に政党政治を超越して真の愛国者となるように訴えまでした。グラッドストーン氏は、いつものように今回も女王の激怒を招き、女王はゴッシェンに次のように言っている。ゴッシェンの女王と祖国に対する義務はグラッドストーン氏に対する義務に優先するもので、グラッドストーン氏は、些か錬金術かとも思われるやり方で自分がすることのすべて、自分が支持する主張のすべては正しいと確信しているだけだ、たとえそれが黒を白と言いなし善を悪と言いなすことになろうとも。なぜならグラッドストーン氏が祖国の栄誉と権勢を強く心に期していると女王に納得させるものは何ひとつなかったからだ。パーマストン卿は、欠点を沢山持ってはいるが——そのように彼女はグランヴィル卿に語ったのだが——この偉大なる資質を持っていたし、ビーコンズフィールド卿もそうだった。しかしグラッドストーン氏は、彼女の意見では下院の伸張と政党政治の問題を第一に置いていた。彼がこの上ない誠実さに駆り立てられて行動する人であることを彼女は認めてはいたのだけれども。

新たな諸現象が地平線に現れ、それらの現象の中でも最も不思議なひとつがジョゼフ・チェンバレン氏というつい最近まで共和主義者だったが、すぐに意志堅固な帝国主義者になった人物だった。女王は最初は彼に賛同出来なかった。一八八二年、彼女はグランヴィル卿に、彼はグラッドストーン氏をもっとひどくした悪霊みたいな人物だと言っている。二年後のエジプト政策に関する彼の確固とした姿勢に満足はしていたし、彼の態度がサー・チャールズ・ディルクよりも決定的に面白い上に、出過ぎることがないことも分かってはいたが、その後ある時のこと、彼が上院の未来に関するスピーチをした時には、ショックを受けた。その瞬間からグラッドストーン氏は女王から攻め立てられることになった。チェンバレン氏を処分し、襟を正させるよう、そのスピーチの激しさを抑制させるよう、更に彼自身の名をこの道を誤った同僚の名前から絶縁するか、ともかく切り離すようにと。遂にグラッドストーン氏は女王陛下に自分が同僚たちのスピーチに対して何の力も支配権もないことを伝えざるを得なくなった。彼らの同意の元にすでに女王に言上した幾つかの言質に反する所を除けば。その結果、女王陛下はグラッドストーン氏がチェンバレン氏については大変な策士であるとサー・ヘンリー・ポンソンビーに不満を述べることになった。献身的にお仕えしている女主人の目には、高潔で騎士道的ではあっても、彼は未だに正しい事のひとつもしてはいなかったのだ。彼らは二人の全く違う個性の奥の知れない壁によって、彼の抗しがたい厳格さによって、分断されてしまっていた。そして一八九二年、彼が総理大臣としてソールズベリー卿の後を継いだ時、「八十二歳半の一人の年老いた、粗暴な、理解し難い男性の震える手にこのように大きな利害問題を委ね」てしまうことに、女王はイギリスにとっての、彼女の広大な帝国にとっての、ヨーロッパ全体にとっての恐ろしい危険しか見ることが出来なかった。その老人がまだ受けていなかった最も残酷な打撃はおそらく、ランズダウン卿がインド総督としての彼の任期の終りにバス勲章の特別グランド・クロス章を受けるべきとの発議が為された時に彼に降り掛かった。グラッドストーン氏は女王に、彼が三回も内閣の一員になっているのにバス勲章のグランド・クロス（通常の）さえ授与されていないことを指摘した。すると女王は、「政党政治に尽力することが君主と国家に対する偉大なる政治的尽力と同じであると見做され得る」という事実を一時期受け入れることが出来なかったためだと応えた。おそらく、その時だっただろう、彼らの間の亀裂がどんなに深いかを彼が十二分に理解したのは。三週間後の一八九四年二月二七日、彼は辞職願いを提出した。自分が非常に年老いたこと、目と耳がどんどん悪くなっていることを理由に。そして翌日女王は彼を謁見した。彼女は彼がとても年取って見え、耳もとても悪くなっているようなのに気付いた。彼に座るように言い、彼の辞職の理由をとても残念に思っていることを伝えたが、彼女のために仕える職務から離れることが残念だとは言わなかった。最近のビアリッツ滞在以来目が悪くなっているのが分かったということ以外、彼はほとんど喋らなかった。それから彼は同僚の幾人かに名誉が授与されたことや、その他の無難な話題を口にした。

この時から三日後、グラッドストーン夫妻はウィンザーへの最後の訪問を果たし、三月三日の朝食後に女王はグラッドストーン夫人と会見したが、夫人は涙を溢れさせて、彼女の夫がどのような過ちを犯したにしても、女王陛下と王位への彼の献身は絶大なものであることを伝えた。彼女は涙ながらに繰り返して、女王がこのことをお信じ下さったと夫に伝えるのを許してくれるよう涙ながらに懇願した。女王は信じていることを伝え、日記で付け加えた。時に彼の行動が信じるのを難しくしたとは言え、それが事実であることを確信したと。

それで終りだった。そして彼の献身に対して、彼の尽きることなき騎士道に対して、彼の職務上の尽力に対して、感謝は何ひとつ述べられなかった。彼は女王がこのように彼に別れを告げたことに信じられない思いだったので、おそらくたったひとつの慰労の言葉を期待して、女王に手紙を書いたのだ。「非常に多くの機会に女王が私に優しくお示し下さった鷹揚な親切」への感謝を述べて。応えとして女王が書いたのは、彼の手紙に応えないままにしておくのはいやなので書きはしたが、自分の考えでは、苛酷な仕事と責任の長い年月の後に、彼の年になって、その義務から解放されたくなるのは当然のことで——そして、彼が素晴らしい妻と共に平和で静かに、健康で幸福に過ごし、目も良くなることを願っている、ということだった。彼女は喜んで貴族の爵位を彼に授与する、と言ったものの彼がそれを受けはしないことを知っていた。そしてそれがすべてだった。後に彼は日記に書いている。「主君からの私へのねぎらいの気持が占めるべき所にあったのは、ポンソンビーからのやさしく尽きることのないねぎらいの気持であった。」

三年後、一八九七年三月二二日、女王と今では八十八歳になっている誠実な従者はもう一度だけ面談した。老人は次のように記録している。「女王の態度は、私の辞職前の最後の充実した期間には見たこともない程に確かに行き届いたものだった。女王は私に手を預けた。男性に対しては滅多にないことであるのをよくよく考えれば、私のこれまでの全生涯にあって、決して起こり得なかったことではあった。この生涯、思い出してみれば明瞭な寵愛を受けていた些かの時期が含まれていたとは言え。」

その間も、首相と外務大臣としてのソールズベリー卿の地位は決して閑職ではないことが証明された。彼の困難はベルギー王陛下、女王の叔父レオポルドの息子が、海外政治を研究する新しい一派を立ち上げてソールズベリー卿を自分の盟友にしようという考えに傾いたことによって増大した。彼の話は、実際、当惑させたかと思うと喜ばせる、といったあまりにも桁外れの性格のもので、ソールズベリー卿には息吐く間もない程驚くものだった。事件はそもそもベルギー王陛下が外務省にソールズベリー卿を訪問し「いきなりナイル渓谷に突撃する」ということから始まった。彼の話はすこぶる神秘的で、漏れそうもない秘密や、捕えそこなえば二度とやって来ない好機などを盛りだくさんに暗示するものだった。彼は、イギリスはドイツに何ら留意することなく、フランス軍に身を委ねるべきであるとの考えに固執していた。なぜならフランスはロシアと協調し、ロシアはドイツと協調しているように見えたからだ。それゆえ事はすこぶる単純なもので、それは、もしもイギリスがフランスの支援を勝ち得れば、それはイギリスが同様にロシアとドイツの支援をも勝ち得るという推論が成り立つことになるからだ。パリにおけるベルギー王の比類ない人望の結果として、彼はフランスからある情報を得ていて、それでイギリスがエジプトを撤退する日を定めてくれることを望んでいたのだ。なぜなら、その政策の代償として、フランスの首尾一貫した友好を通じて、イギリスはいくつかの秘密の手法によって、一シリングも使わず、ただの一人も失うことなく、中国をインド帝国に併合することが出来るからだ。中国が何らかの不幸な偶発事によって木っ端微塵になりさえすれば、エジプトは、ベルギー王がソールズベリー卿に請け合ったところでは、イギリスに返還されるであろう。しかし結局は、イギリス自身のためを思えば、エジプトとの関係においてイギリスに必要なことは、ハルツームより上流側のナイル渓谷を「アフリカの事情に通じているさる人物に」譲与するようにエジプト副王《ヘディーヴ》を説得することだった。ソールズベリー卿の記録では、ベルギー王陛下は非常に慎重にもその人物の名に言及しなかったが、手紙でアーサー・ビッジ卿に書いているところでは王が何か良からぬことをしようとしているのは明らかであった。そしてナイル渓谷でベルギー王が摑み得た何らかのイギリスの利権をフランスに売り付けることこそが彼の目論見なのだという疑念を抱いていると書いている。ソールズベリー卿はベルギー王陛下の至極興味深い話題に讃辞を呈して、面談は終りとなった。

しかし問題はそこで休止したわけではなかった。一八九六年一月一七日、ベルギー王陛下はソールズベリー卿を再び訪れ、当時マフディー一派の手中にあったあのナイル地域の借地権を、エジプト副王から（英国の影響下にある）彼自身が得ているという話題を蒸し返した。この借地権は、彼が純粋に英国の利益のために取得しようとしたもののようだった。マフディーの大いなる軍事力の可能性についての火のような熱情と共に述べながら、もしマフディー軍団がイギリスの側に付くならば、イギリスが今後切り抜けて行くために、彼らの兵力が役に立つことを彼は指摘したのだった。そして誰がベルギー王以上に彼らを訓練して従わせるに相応しいだろうか？　彼は続けて言った、ベルギー王が「彼らを鎮圧して、イギリスの意志の従順な道具にし得れば」、彼らをイギリスが為し遂げようとするどのような仕事においても思い通りに動かすことが出来るであろう、と。イギリスは、もちろん彼らに幾許かのお金を払うことになろうが、それだけが取引に伴う唯一の条件だった。彼は続けて、もしもアルメニアに侵攻して占領するという目的のために彼らが使われることになり、現在世界を震撼していている恐ろしい大虐殺にストップを掛けるようなことになれば、何とも素晴らしいアイデアということになるだろう、と述べた。ソールズベリー卿は大変心打たれ、「イギリス人の将軍がマフディー一派のデルウィーシュ軍の先頭に立ってハルツームからヴァン湖まで行進して、回教徒から酷い仕打ちを受けたキリスト教徒を奪いかえすというアイデア」を非常に喜んだ。しかしベルギー王陛下は演舌を何度か止めて、ソールズベリー卿にこれら望ましい新事態を現実のものにするよう女王陛下に要請するチャンスにしようとするのだが、この容易に動じない男は終始一貫聴き手の態度を堅持し、「そしてベルギー王陛下には、讃辞のシャワーの中で、絶望して退席することよりほか何ひとつ残されてはいなかった」。オズボーンの芝生の緑の傘の下に座っていた小さな老夫人はこの訪問についてのソールズベリー卿による報告を大層面白がった。

まるで春を約束するかのような暖かな冬の日差しの中に女王が座っていた時、その老いた顔によぎる影は、彼女に降り掛かった悲しみがそこに留まっているかのようだった。もう五年にもなるが、彼女の若き孫息子のクラレンス公は、テック侯爵の娘メアリーとの婚約の直後、肺炎に罹って死んでしまった。愛されて若かった人が、その幸福の入口で、彼を必要としている世界から奪われてしまったのだ。そして今別の打撃が彼女に及ぼうとしていた。と言うのも、彼女の家の太陽、義理の息子のハインリッヒが、アシャンティーで戦うために彼女の元を去り、すぐに悪いニュースが、そして更に悪いニュースが、彼女に届くことになった。一八九六年一月一〇日、彼女がディナーのために着替えをしている時、ベアトリス王女がオズボーンの女王の部屋にやって来て、電報を手渡した。ハインリッヒが病気で熱を出している――少しだけだが、と。希望と恐怖の交錯する心配の日々が続いた。それから女王の日記の記述のように、「恐ろしい打撃が私たち皆に及び」、「もう私の人生の火は消え去った」と言う娘の声が聞こえ、それから静寂が訪れた。

けれども年月は、どんどんと過ぎ去り、悲しみと同じように喜びをもたらした。あの幸福な一八九三年五月三日という日は、彼女の孫息子のジョージが従妹であるテック侯爵の娘メアリーとの婚約の承諾を求めて女王に電報を打った日で、五日後には女王は結婚式の準備について彼と話をし、ピンクや白のサンザシの枝々が作り成す星々のきらめきのような空の下、バッキンガムの庭園でポニーの馬車に座っていた。そしてそれから結婚式の日、明るく晴れてはいたが堪え難く暑い七月六日がやって来た。女王は、まだベッドの中にいたが、無数の蜂の群のような群衆のざわめきを耳にしていた。彼女が、薄い黒の羅紗をレースで蔽った結婚式のドレスを纏い、小さな宝冠《コロネット》の下に結婚式のベールを着けた時、彼女には七月の空が忘れな草や鍬形草といった青い花で出来ているかのように感じられ、バラやシャムロック、アザミやオレンジの花を銀で描いた白いサテンのシンプルなガウンを纏った花嫁が女王の部屋に歩を運んだ時、その眼はまるで深い天空を思わせたのだった。浮遊する夏の光は雪か、はたまた白鳩の羽根かと見紛う程に白く、群衆は膨れ上がり、誰も彼もが幸福そうだった。それから、儀式の後、大昼食会になり、そこでは誰も彼もが陽気になって、笑い声が小さな光の羽根のように漂っていた。そしてその後、遂に新ヨーク公爵夫人が、金の縁取りのある白いポプリンのドレスとバラの付いた美しい小さなトーク帽を身に付けて、如何にも若く可愛らしい感じで、夫と共にサンドリンガムの別荘に向かって出発した。

十六ヶ月後、もう一人の孫、亡くなったアリス王女の娘が結婚した。何と不思議なことだろう、と女王はこの結婚式で思った。穏やかで素朴な孫娘アリッキーがロシアの皇后になるなんて、と。

女王は、英知の老年期に入り、その不思議な先見性と共に彼女の偉大さの本質を成している意志力を完全にコントロールするまでになっていた。規律を打破する意志力を遺憾無く証明している手紙のアンダーラインや登らねばならない山々、渡らねばならない深い海も昔のことになった。そして、この自らに対するコントロールを手に入れて、彼女は他者の粗削りで性急な行動を抑制することも出来るようになっていた。孫息子のヴィルヘルムは、彼の最近の手柄についてのレポートを読んで彼女がつくづく思ったことだが、彼のような責任ある地位には必須の若干のセンスを修復しなければならないだろう。彼はよけいな口出しをするし、求められてもいない意見を述べたりして、彼の次なるステップを予測するのは不可能だったのだ。一八九六年の年は南アフリカに嵐が巻き起こり、それが女王と植民地相チェンバレン氏に深刻な不安を引き起こすこととなった。新年の三日前、ローデシアのイギリス南アフリカ会社の行政官、ドクター・ジェイムスンが、四、五百人の男たちと共に南アフリカのトランスヴァールに越境して行ったが、それは南アフリカのボーア人大統領クリューガーが英国人《アイト》居住者《ランダー》たちに拒絶した市民権を力で勝ち取るためだった。チェンバレン氏は即座に南アフリカ高等弁務官サー・ヘラクレス・ロビンソンに、侵攻を否認し、中止しなければならないと命令する電報を打った。しかしドクター・ジェイムスンは高等弁務官の命令には従わず、自身の方針を続行して、一月二日、棘丘《ドールンコップ》でボーア人部隊と鉢合わせした。幾時間かの戦いの後、敗北して包囲されることになる。いよいよ皇帝ヴィルヘルムが新品のお得意の態度をぶち上げる瞬間が訪れた。しばらくは、「特攻精鋭の赤服の英国歩兵隊」のメンバーの役割（それはある不可解な手段によって、「全ての国家間――注意セヨ、可能なかぎり――の平和と善意の維持のために仕える」平和の使徒の役割と融合することに彼が成功したものであったが）を放棄して、彼は今や迫害されている者のチャンピオンとして現れ、そして祖母を限りなく驚愕させることになる電報をクリューガー大統領に打った。「平和を乱すものとして貴国に侵入した武装集団を撃退して秩序を回復した」ことを祝う電報だった。この電報によって引き起こされた憤慨は計り知れないもので、プリンス・オブ・ウェールズは、皇帝がその年はカウズの海辺に姿を現すことがないようにとの希望を（またまた）表明した。女王陛下は、孫息子の欠点が慢心と同様に性急さから来ているのだから、彼にあまりにも痛手となる侮辱を与えることになりはしないか、そして冷静さと断固たる意思こそが彼を扱うのに最も効果のある武器であると考えていたので孫に手紙を送った。ふたつの特徴が度を過ぎて顕著だ、と。その手紙は望ましい結果を見出すことになった。と言うのは皇帝は祖母に手紙で説明したのだ。問題の電報はジェイムスン派の謀反人が彼の祖母に対立しているものと彼が思い込んだためのもので、純粋に憤慨から発せられたものであり、彼がただ平和のために、そしてトランスヴァールへのドイツの投下資本の観点から行動したのだと。ソールズベリー卿は、この手紙を見せられた時、皇帝の手紙が真実かどうかをあまり細々しく詮索したりせずに説明をすべて受け入れるよう女王陛下にアドバイスした。皇帝がいつも女王にこの上なく深い愛情と崇拝の念を示して来たこと、皇帝は恐らく昂奮の最中であの電報を書いたに違いないことを付け加えて。そして徐々に平和が回復して来た。しかし三年後、女王はドイツ皇帝に次のような手紙を書くことになる。言うのも悲しいが、ヴィルヘルムはベルリンの英国大使にことあるごとに確信させて来た、ロシアはその力のすべてで大英帝国を痛め付けようとしていること、他の列強諸国との同盟を進めようとしていること、そして現実に、大英帝国に対抗するためアフガニスタンの首長《アミアー》と同盟を結んでしまったということを。彼女は付け加えて、彼女もソールズベリー卿も大使も、誰一人このような話の一言といえども信じはしない。だがもし皇帝が、イギリスに対抗してロシアを利するために、これと同じ表現でものを言うかも知れないと思うと怖ろしい。従って、そのようなことになる場合は、女王にもそのことを知らせて頂きたい。そのような害を呼ぶ成り行きを阻止することが出来るように。この時から三ヶ月後に皇帝は、ソールズベリー卿について、以下のような文言を祖母に書いている。自分の手紙が彼女を「大層驚かせた」と書くようにソールズベリー卿は強いていると彼女は感じたに違いない。けれども君主の誰かがこうした文言を他の君主に書いたことがあったかどうかを女王は疑ってみるべきである、特にその君主が当の君主自身の祖母である場合に。

この振舞が起こったのは、彼が最愛の祖母に「彼女がその腕に何度も何度も抱き上げていた可愛いちっちゃなおチビさん、大好きなおじいちゃんがおむつを付けた姿をあやしていた子が」四十歳になったのを知った彼女の驚きがどれ程に大きいものかが彼にはとてもよくわかる、と告げたわずか数ヶ月後だった。彼はとても、とても心優しいお祖母さまの愛への謝意を表し、あえて次のことを信じていると付け加えている。「君主が時折自分の風変わりで性急な傾きのある同志（新たな役どころはこれだ、一人の皇帝版ティル・オイレンシュピーゲル）の策に何度も頭を横に振ることになる場合は、彼の祖母の善意と温情に溢れた心」が、彼がこうした過ちを犯した場合にも、それが決して真実や善意や正直さが欠けているからではないことを了解するであろうし、それゆえに彼女は「暖かな共感と理解ある温情溢れる微笑みによって頭を横に振る回数を減らす」ことになるだろう。頭を横に振るという動作は、しかしながら、祖母の日誌のコメントに漂う温情の微笑みを凌駕した。「ヴィルヘルムの四十歳の誕生日。この年齢にふさわしく、彼がもっと慎重になってあまり感情にかられて行動しないようになって欲しいものだ。」

ジェイムスンの侵攻の頓挫に引き続く年に女王の治世六十周年記念祭《ダイヤモンド・ジュビリー》があり、それは帝国のあらゆる地域から彼女に贈り物をもたらした。これらの中に、コベントリー市の市長から、市を代表するものとしての自転車があった。この贈り物の提案はソールズベリー卿には若干の心配の種となるものではあったが、最後は彼の異議は女王によって却下され、自転車は受け取られた。

一八九七年六月二一日、あの国民と共に祝った凱旋の式典の十年後、女王はパディントンから混み合った道路を抜け、「我が心の君主」との碑銘を刻んだ凱旋門の下を通ってバッキンガム宮殿へと馬車を進めていた。引き続く夜は暑く、女王は安眠出来そうになかった。六十年も前の、ケンジントン宮殿で小さな白いベッドに横たわる幼い少女が遠くの音楽に耳を傾けながら愛と栄光を語っていた夜とはまるで別の夜だった。今は、宮殿の外には、集まって来る群衆の立てる声以外、音楽はひとつとてないのだった。

翌朝彼女は二人とも寡婦となった娘の前ドイツ皇太子妃とベアトリス王女と共に中国の間《チャイニーズ・ルーム》で朝食を摂り、それからしばらく行列を眺めた。何とがっかりしたことか！　行列の先頭は、植民地の軍隊を含めて、運の悪いことに彼女が朝食を摂ろうと座る前に宮殿を通り過ぎてしまっていた。十一時十五分、淡いクリーム色の馬に引かれたオープン幌付き四輪馬車で女王は出発した。彼女の向かい側に座るライラック色のドレスを着て美しくも青ざめた皇太子妃と、馬で彼女の傍らを走るプリンス・オブ・ウェールズと共に。……群衆はまるで自分たちがライオン集団であると誇示するかのように雄叫びを上げ、女王の眼はこれら何百、何千の顔が花なのか海なのか星なのかほとんど見分けられない程にぼんやりしていた。幼い十八歳の女王が国民の顔を見ていた時もそんな風だった、六十年前、重い王冠が額を押しひしぐようにした後、ウェストミンスター寺院から馬車に乗って来た時。

彼女に残された人生の四年間、彼女は多くの変化を目にすることになった。彼女の王国を創り上げて来た男たちに会うことになり、キッチナー司令官に仇を討たれたゴードン将軍の血も、ハルツームのゴードン将軍の宮殿の上高く揚がった英国とエジプトの旗も、破壊されたマフディーの墓も見ることになった。戦争に行くことは「神と人間への責務とは言え悲惨なもの」であることを知っている彼女は、ファショダ事件の際にはフランスを降伏から救うことで、戦争を回避することが出来た。一八九九年一〇月、南アフリカを襲った嵐から同地を救うことは出来なかったけれども。ドイツの皇帝に会うことになった折には、皇帝は再び「特攻精鋭の赤服の英国歩兵隊」のメンバーになっていて、軍事問題に対するアドバイスをし、クリスマスの日で、天使たちは「人々に安らぎと優しさを」を歌っていたけれども、人々がこのような正しく明快な言葉に添って生き抜くことは難しいと祖母に嘆いた。

衰え行く視力でこうしたことを目にすることになりはしても、国民の愛の中を勝利の行進をしたあの日のように彼女の人生の栄光を象徴する日を目にすることはなかった。

第29章　最後の遠乗り

一九〇一年一月一五日、二人の老夫人を乗せた馬車がオズボーンの森の影成すスミレ色の夕闇の中を走って行く。枝々が影を落とす夕闇は濃く、森がまるでもう早春の仄かな芳しい花々を準備しているようにも見える。けれども大地には蕾のひとつもなく、生え初めた葉が動く気配もなかった。

英国女王と寡婦となったザクセン＝コーブルク＝ゴータの公爵夫人は、隣同士に座りながら、半ば夢の中。女王がとても疲れていたのは、南アフリカ戦争が彼女の上に悲嘆と不安の数々の重荷を投げ掛けていたからだ。働き蜂の女王であり、国民の母でもある彼女は、前年には、彼女の軍隊に多くの補充兵を送ってくれたアイルランドを訪問するために、南フランスで避寒する計画を断念したのだった。恐れを知らない小さな姿が街路という街路を駆け抜け、何かに急き立てられているかに思われる生き方だった。彼女は八十一歳ではあったが、国民への責務が大事なことのすべてだった。だから彼女は、何年も前、クリミア戦争後にしたように兵士たちにメダルを授与し、制服の実用性、看護の手配、といった出征兵士の現状の全細目に携わり、南アフリカから帰還するロバーツ卿を出迎え、植民地相のチェンバレン氏には、南アフリカ問題を議論するために接見の機会を与えた。けれども今、彼女はとても疲れてひたすら眠りたかった。

　こんなにも長い彼女の人生は、新しい時代の始まりをも見て来た。即位六十年記念祭の日、電気のスイッチに触れるという手段で、彼女のメッセージは全領土の国民に送られた。彼女の父親や叔父や伯父たちが知っていた世界と彼女の世界は同じものではないのだ。彼女は電話で話し、列車で旅行し、彼女の声は蓄音機に録音され、彼女の写真はその統治下の人々に身近なものとなった。病院の全機構が改善され、作家で耳鼻咽喉科医のグレヴィル・マクドナルド氏が大層びっくりしたことだが、クロロフォルムの使用が今では一般的になり、今は衛生装置がとても上手く機能しているので、国はもうチフスやコレラといったぞっとするような伝染病が荒れ狂うところではなくなっていた。刑罰のシステムもまた変わり、流刑や公開処刑といった恐ろしいことも廃止された。人民のバスティーユとも言うべき貧民収容施設もなければ、恐るべき破産者の刑務所も存在しなくなった。労働者の状態は大いに改善され、彼らの賃金は嵩上げされた。離婚法は厳しさが緩和され、婚姻外で生まれた子供たちの厳しい生活を和らげる幾つかの試みもある。

　人間の巡り合わせを改善するこうしたあらゆることが、光に向かうこうした邁進が、彼女の生涯の中で為し遂げられた。けれども今、英国女王は疲れ、休息したかった。樹々は春がもうすぐやって来るという秘密を身内に抱いて黙している。そして馬車がスミレ色の枝々の下を通り抜ける時、影が少し長くなったように見えた。彼女にはわかった、誰かがいる。何年も前に逢引の約束をした人がいる。樹々が最も暗く茂っている森の曲り角の辺りで必ず彼女を待っていた人がいる。

それから、半ば夢の中で森を馬車で行きながら、彼女はスミレ色に染まった冬の樹々の間を手に手を取って歩いている少年と少女を見た。彼女には少年の話し声が聴こえ、それは彼女のよく知っている声だった——おお、遠い昔、彼女もとても若かった。もしも彼が振り向いて彼女を見さえしたなら、彼女はきっとその顔を知っているはずだ。

どうして、なんて不思議なの！　彼女はオズボーンにいるように思っていた、が、自分の目の前の若い姿と顔立ちを見て、今一度ウィンザーにいることが分かった。かつてアルバートと彼女が二人のいのちを結び合わせたあの日に立ち返っていた。

訳者あとがき

本書は初版一九三五年のイーディス・シットウェル作『英国のヴィクトリア』（*Victoria of England*, by Edith Sitwell, 1935）の全訳である。

一八八七年、イーディス・シットウェルが英国ヨークシャー北部のスカブラに産声を上げた時、ヴィクトリア女王は六十八歳、晩年とは言え時代は近代文明の百花繚乱、成熟期の王朝は過去と未来の入り混じる多様性の坩堝と化していたと思われる。

父はイングランド中部のダービーシャーの准男爵、母はプランタジネット王朝以来の伯爵という貴族の家柄に生まれたシットウェルは、〝歪な《バロック》〟とも言える心身の個性の矯正には耐え得ず、正規の教育を受けることなく、ヘレン・ルーサムというピアニストであり詩人でもあった女性の家庭教師によって守り育てられた。その特異性を磨き、花咲かせることに多いに貢献したその女性と終生生活を共にすることになり、やがてパリに住むヘレンの妹エヴリン・ヴィールの居所で三人が共に暮らすことにもなった。この書物はこの二姉妹に捧げられている。

弟のオズバート（一八九二―一九六九）とサシェヴァレル（一八九七―一九八八）は共にイートン校で正規の教育を受けているが、三人は社会的因習から限りなく自由に知的活動をした姉弟として当時の文壇社交界につとに知られる存在であった。そのような時代と環境の中でシットウェルは古典と前衛を融合しながら詩の新たな境域を開拓し続ける特異な詩人として異星にも似た輝きを送り続けて一生を送った（一九六四年歿）。

私の三十年に亘るシットウェルの詩との友好の証は、二〇一〇年の『凍るひ《モー》』、二〇一一年の『惑星の蔓』の二冊の翻訳書として形になったが、出版直後、友人の木田マス子さんが自宅の書庫から見付けてくれた一九七八年の「現代思想」十一月号が今回の試みへと私を導くこととなった。そこに掲載されていた英文学者富山太佳夫氏の「ヴィクトリア時代」に紹介されたシットウェルによるヴィクトリア女王伝の独特の魅力に即座に魅了され、初めての散文翻訳に取り組むこととなった。

リットン・ストレィチーの『ヴィクトリア女王』は伝記の最高峰として誉れ高いが、同書には描かれることのなかった、当時の社会状況の影の部分に照射されたシットウェルの眼は、産業革命の犠牲者であった労働者や子供たちの姿を立ち上がらせて、社会史としての本書の意義を明確にしている。しかし、エンゲルスの研究にその根拠を仰ぎながらも、彼女特有の華麗なる文体によって織り上げられた一大タペストリーとも言える芸術作品がシットウェルのヴィクトリア女王伝だと言える。

女王を取り巻く政治家はもちろん、音楽家をはじめとする芸術家（特に桂冠詩人であったテニスン）、貧しい青年マルクスの一瞬の登場など、心憎い演出による舞台劇の趣きもあるが、無名の人々の名も同等に扱われ、女王の戴冠式の列席者を女官の一人といえども欠かない心遣いで書き連ねて行くシットウェルの心性は、神明を呼び寄せる斎宮、古代詩人の儀式を髣髴とさせる。旧約聖書創世記においても日本の古事記においても、言葉を付与することによって混沌は分かたれて個別化され、そのことによってはじめて〝存在〟が発生するという事態が展開されているのだ。散文と言えども「初めに言葉があった」ことに遡り続ける詩人の精神を改めて認識させてくれるシットウェルにあっては、詩と散文は互いに干渉し合い、歴史的事実の各所に古代の息が棲息している。

本書の第十九章「流行の思考《おしゃれな》」の冒頭に登場する妖精と化した古代の女性たちの名の由来に困苦していた時、石井洋二郎氏によってそれらがポール・エリュアールの散文『美しい絵葉書たち』に登場していることを示唆され、「ミノトール」に発表されていたこの散文詩を思わせる文章を日本で発行されていた「アール・ヴィヴァン」（西武美術館）三、四月号（一九八六年）に前田礼氏の翻訳で読ませて頂く機会も得た。その上、当時の王室の日常語であったフランス語の会話の訳にも点検の目を通して頂き、ここに深い感謝の念を捧げながら、縦横無尽に飛翔するシットウェルの詩精神の至純至精に浸る喜びを感じるばかりである。またこの章の終りの部分の、二時間のお肌の手入れからの化粧品名の列挙には驚嘆するほかない。布や服飾への言及と共にシットウェルの真骨頂のひとつであろう。ここに名を明示されているメーカーのフランシス・ゲランの東京本社に調査をお願いしてみたが、真偽も含め詳細は不明である。出来るだけ言葉に添うようにだけ努めた。私たちの世紀の私たちの環境で言えば「ベルツ水」「桃の花」「ロゼット」等に相当するのであろうか。「スルタンのセルヒ」はスルタンからの贈答品であるらしいが、どのような物であるのか。

政治ばかりか経済（王室の経済状況を含め）をも精緻に書き込むシットウェルの関心の多角性によって、英国を中心に当時のアジアを含めた世界状況がきめ細かくダイナミックに映し出されている本書を読み進むにつれて、いつしか現在の世界状況そのものに触れているかの錯覚に陥り、歴史の循環性と家族の普遍性を改めて思い知る。

ドイツのザクセン＝コーブルク＝ゴータ家に属するヴィクトリア女王の母親は、夫の死後英語も話せない身でありながら、我が娘の皇位継承のためにイギリスに乗り込む。時代は遡るが我が国の北条政子を思わせるこの母とその娘の葛藤、そしてある日突然の娘の親離れ宣告。長い離反の末の和解にはほっと胸を撫で下ろすが、シットウェル自身は親との距離の縮まることのなかったことも思い出される。貴族の身分を捨てたとも言われる彼女が、後年王室から「デイム（Dame）」の称号を賜ったことが和解の暗示だったのだろうか？

自身は実ることのない恋愛ゆえに独身を貫いたと思われるシットウェルではあるが、ドイツから婿入りした従弟でもある美貌の王子アルバートとの生涯にわたる純愛をヴィクトリアの生涯を貫く主旋律としている。妻が執務している間、音楽を奏でながら待つという平穏な生活も許される身でありながら、この伴侶は非常に志高き人で、大英帝国の現実に殉ずる戦士として美と芸術の普及に努め、四十二歳の若さで過労死したと言っても過言ではない。シットウェルはこの王子の幼少期の日記を差し挟むことによって、その天性の生真面目さを生き生きと伝えている。その遊びのない精神構造ゆえの子育ての失敗もあったが、むしろ私たちと何ら変わらない小事に拘わる親心に切なくなるばかりであり、イギリス議会からプリンス・コンソートの称号を認められた唯一の人物としてその称号にふさわしい。因みに、この書の第十八章にあるアルバートの尽力によって大きな成果を上げた一八六二年のロンドン博覧会において、「ソレソ」の考案を「普遍音楽言語」に発表したフランスのフランソワ・スードルが金メダルを獲得していることがウンベルト・エーコの『完全言語の探求』に記されている。この事は存在の初源としての言葉を追求し続ける詩人としてシットウェルの興味を惹かなかったはずはないが、テーマの拡散を恐れたためか、北極探検と共に記述されることはなかった。

谷田博幸氏の『北極の迷宮――北極探検とヴィクトリア朝文化』（名古屋大学出版会）は、カニバリズムの疑惑を生む程の壮絶な英国探検隊の道程を伝え、大英帝国の留まることのない向上心と領土拡張の野望が改めて強く迫って来る書である。そして、ヴィクトリア女王の幼少期の絵の先生エドウィン・ランドシアの名をシットウェルも記しているが、王室お抱えの画家には留まらないこの人物の動物画家としての技量と物議を醸す程の批評精神の激しさを谷田氏の書物によって知ることが出来た。

　夫の死後は終生喪服で通した程の強い愛で結ばれたヴィクトリア夫妻の子供たちは各国の王や皇后になり、何とも豪奢な家系ではあるが、庶民と同様の諸問題に悩まされつつ、疾風怒濤の世界情勢の中でそれぞれが王族ならではの過酷な生涯を送らざるを得なかった。そのような中でも、この理想的夫婦の最高に幸福な思い出はハイランドと言われたスコットランド旅行であり、その地の狩猟案内人《ギリー》であるジョン・ブラウンは夫の死後の傷心の女王が最も信頼を寄せた人物であり、終生女王の側近くに仕えていたことは、鷲の眼を持つこの女王のもうひとつの側面を際立たせる暖かなエピソードである。

　壮大な大河小説をも思わせるこの書ではあるが、シットウェルの蔓植物の伸長を思わせるエクリチュールは社会現象の深い断層崖の手触りすら感じさせながら、言葉という生命体の奏でる悲歌と喜遊曲の混成した世界観で、読む者の琴線を震わせる。

＊

　本書は史実によっているとは言え、事実に必ずしも忠実でない場合もあり、姓名などがそれと推量出来るようにではあるが故意に書き違えられていたり、事象の描出に韜晦が施されていることもある。また、私たち日本人にとって必ずしも馴染みではない史実もあるが、注記は極力付さず、原文の呼吸を再現したく思った。原注についても同様である。なお、本書に付した人名に関する栞にも拘わらず、人物名の錯綜は物語をやや判り難くしているかもしれない。これらについての細かな注記は却って物語の力を削ぐ煩雑さに陥るのではないかと恐れて、このような栞の形に留めた。詳しくは歴史書を参照していただければ幸いである。

『凍るひ《モー》』『惑星の蔓』に引き続き、この度も書肆山田の精緻で献身的な仕事によって『ヴィクトリア』を日本に誕生させることが出来た。わかりやすいことが要求され良しとされる昨今の風潮への不安を押しての決断に改めて感謝の念を捧げるばかりである。

二〇一四年葉月末日、鈴虫の声籠のなかで

藤本真理子

ヴィクトリア——英国女王伝＊著者イーディス・シットウェル＊訳者藤本真理子＊発行二〇一五年三月一〇日初版第一刷＊装幀者菊地信義＊発行者鈴木一民発行所書肆山田東京都豊島区南池袋二—八—五—三〇一電話〇三—三九八八—七四六七＊印刷精密印刷石塚印刷新有写植社製本日進堂製本＊ＩＳＢＮ九七八-四-八七九九五-九一〇-二